Jane Hill arbeitete als Moderatorin, Journalistin und Programmdirektorin eines vielfach ausgezeichneten britischen Radiosenders, bevor sie sich als Autorin von Thrillern einen Namen machte.
Bei Bastei Lübbe erschien von ihr bereits ICH WEISS IMMER, WO DU BIST.

Weiterer Titel der Autorin:

16 313 ICH WEISS IMMER, WO DU BIST

Jane Hill

IRGENDWANN HOLT ES DICH EIN

Psychothriller

Aus dem Englischen von
Sabine Schilasky

BASTEI
LÜBBE

BASTEI LÜBBE TASCHENBUCH
Band 16 471

1. Auflage: September 2010

Vollständige Taschenbuchausgabe

Bastei Lübbe Taschenbuch in der Bastei Lübbe GmbH & Co. KG

Deutsche Erstausgabe

Titel der englischen Originalausgabe: »Watch Me Fall«

Lektorat: Regina Maria Hartig
Redaktion: Ute Leibmann
Titelillustration: © shutterstock/konstantynov
Umschlaggestaltung: Rolf Hörner
Autorenfoto: © Rupert Truman
Satz: Urban SatzKonzept, Düsseldorf
Gesetzt aus der Baskerville
Druck und Verarbeitung: GGP Media GmbH, Pößneck
Printed in Germany
ISBN 978-3-404-16 471-4

»Wir haben etwas Furchtbares getan.«

Ein geflüstertes, heimliches Geständnis, Worte, die kaum mehr sind als ein Hauch in Kates Ohren, weshalb sie sich später fragt, ob sie richtig gehört hat. Die Hand, die Kate an der Schulter packt, ist knochig und stark, und Kate kann die Ginfahne ihrer alten Freundin riechen. Dann der warme, schmutzig riechende Luftzug und das Rattern und Gesause der einfahrenden U-Bahn. Das Wort »Edgware«. Der Ausdruck auf dem Gesicht des Fahrers. Der Schrei und das Blut. Was danach war, weiß Kate nicht mehr so genau.

Eins

In der U-Bahn-Station Tottenham Court Road kam die Frau ins Abteil gestürzt. Sie musste an der Bahnsteigkante gestolpert sein, denn sie wäre fast der Länge nach hingefallen. Sie landete in den Armen eines Fahrgasts, der in der Nähe der Türen stand, ein bärtiger junger Mann, der einen Mantel im Military-Style trug. Er half der Frau, sich wieder aufzurichten, und bewegte sich höflich zur Seite, damit sie sich an die Trennwand am Ende der Sitzreihen lehnen konnte.

Kate Callan beobachtete alles von ihrem Platz weiter hinten im Wagen aus. Ihr fiel das blonde, teuer zerzauste Haar der Frau auf, ebenso wie ihre weiche Wildlederjacke und die lächerlich hochhackigen Stiefel. Für einen Moment kam Kate die Frau irgendwie bekannt vor. Sie bemerkte außerdem die fahrige, verwirrte Art, mit der die Frau sich bei dem jungen Mann und allen Umstehenden entschuldigte, und schloss daraus, dass sie sehr, sehr betrunken war. Daraufhin wandte Kate sich ab und blickte konzentriert auf die Werbetafeln über den Köpfen der anderen Fahrgäste, um zu verdeutlichen, dass sie das alles nichts anging.

Der Zug der Northern Line war voll und wurde mit jeder Station voller. Es war kurz nach sieben Uhr abends, und das Ende der Rushhour näherte sich. Beim Einsteigen in Charing Cross hatte Kate einen der letzten freien Plätze des Wagens erwischt und sich dankbar fallen lassen. Aus Erfahrung wusste sie, dass man seinen Sitzplatz nur behalten konnte, ohne sich dabei mies zu fühlen, wenn man systematisch den zufälligen

Blickkontakt mit allen vermied, die einen Sitzplatz womöglich nötiger hatten. Nicht dass sie einem gebrechlichen Rentner oder einer Hochschwangeren ihren Platz hätte verweigern wollen, aber sie hoffte inständig, dass ihr so ein Opfer erspart bliebe. Und nun hoffte sie nicht minder inständig, dass die Betrunkene keine Szene machen würde. Die Kunst des U-Bahn-Fahrens bestand darin, keine Interaktion mit den Mitreisenden zu riskieren. Kate wollte einfach nur heil nach Hause kommen, ohne sich mit irgendjemandem oder irgendetwas Außergewöhnlichem auseinanderzusetzen.

Es war ein Donnerstag Anfang Dezember, der erste frostige, beißend kalte Tag des Winters. Zehn Minuten hatte Kate am Morgen damit verbracht, nach ihren Handschuhen zu suchen; aber sie konnte sich partout nicht erinnern, wo sie die Dinger hingepackt hatte, nachdem sie sie im Frühjahr zuletzt getragen hatte. Also hatte sie sich in der Mittagspause ein neues Paar gekauft. Sie hatte sich sogar besonders schöne, teure, weiche Lederhandschuhe gegönnt; in Taubenblau mit einem pflaumenblauen Futter und kleinen Knöpfen am Handgelenk, auf der Unterseite. Sie rochen so herrlich nach Leder und Luxus, dass Kate sie gar nicht mehr ausziehen wollte. Gelegentlich strich sie sich damit wie zufällig übers Gesicht, um sie zu fühlen. Und sie fand den Geruch nach einem Tag voller kleinlicher Ärgernisse beruhigend.

Am Morgen war Kate wie üblich um kurz vor acht zur Arbeit im Radiosender erschienen, einige Stunden, bevor sie auf Sendung ging. Sie nutzte die Zeit, um ihre E-Mails durchzusehen, die neuesten Nachrichten zu sichten und die Tagesschwerpunkte festzulegen. Dann suchte sie die Musikeinlagen für ihre Sendung aus und plante die Interviews für den Rest der Woche. Diese sogenannte »Showprep« war weder besonders anstrengend noch außergewöhnlich. Die Sendung selbst verlief gut. Doch anstatt wie üblich um vier aus dem Sender zu kommen, war Kate durch eine Reihe lästiger Kleinigkeiten im Büro aufgehalten worden und hatte auf Rückrufe und E-Mails warten müssen, die nicht zur vereinbarten Zeit eingetroffen waren.

Danach hatte sie sich überreden lassen, mit einigen der Mädels aus dem Büro noch etwas trinken zu gehen. »Die Mädels« – wie Kate diese Bezeichnung hasste! In ein paar Jahren würde sie vierzig. Inzwischen glaubte sie sich das Anrecht verdient zu haben, als »Frau« und nicht mehr als »Mädel« bezeichnet zu werden. Jedenfalls waren sie in eine überfüllte Bar in der Nähe der Charing Cross Station gegangen, gleich um die Ecke vom Sender. Die meisten von ihnen hatten sich Cocktails mit dämlichen Namen bestellt; Drinks in grellen Farben mit albernen Papierschirmchen und Oliven, von denen sie zunehmend beschwipst und ganz giggelig wurden. Auch auf die Gefahr hin, als Spielverderberin zu gelten, war Kate bei Mineralwasser geblieben. Sie trank selten Alkohol, weil sie es hasste, die Kontrolle zu verlieren.

In der Bar fanden bereits erste Weihnachtsfeiern statt, sodass ein dichtes Gedränge herrschte. Kate hatte sich nicht sonderlich amüsiert, denn schon bald verlegte sich die Unterhaltung auf Babys und Beziehungen, beides Themen, über die sie nicht gern redete. Sie hatte keine Kinder und konnte nichts zu dem Thema beitragen, was die »Mädels« sehr wohl wussten. Was sie indes nicht ahnten, war, dass Kates Ehe gerade auseinanderging. Sie hatte bisher niemandem beim Sender erzählt, dass Neil und sie getrennt lebten, und hatte das auch nicht vor, jedenfalls im Moment noch nicht. Seit drei Wochen ging das schon so, aber noch handelte es sich um eine Trennung auf Probe, von der außer ihnen beiden niemand wissen sollte.

Also hatte Kate sich bald verabschiedet und die Bar verlassen. Jetzt allerdings war sie genervt, fühlte sich einsam und ein bisschen traurig und hätte sich am liebsten dafür geohrfeigt, dass sie sich von dem Gerede herunterziehen ließ.

Entsprechend verdrossen saß sie in dem vollen, überheizten Waggon, der rumpelnd durch den Londoner Untergrund fuhr. Sie war auf dem Weg zu dem vierstöckigen viktorianischen Haus in Tufnell Park, das Neil und sie vor fünf Jahren zu einem geradezu unanständigen Preis gekauft hatten. Das Haus war lachhaft riesig, viel größer als die Häuser, in denen sie beide aufgewachsen waren. Es hatte ein Heim für ihre Familie werden sollen, die sich jedoch nie ergeben hatte, weshalb sie beide sich bemühten, den Platz irgendwie auszufüllen, und sich einredeten, dass sie all die zusätzlichen Zimmer bräuchten – als Arbeitszimmer, Fitnessraum mit eigener Nasszelle und als Speisezimmer, das sie kaum benutzten. Und nun wohnte nur noch Kate dort. Nach sechzehn Jahren Ehe war es seltsam, aber durchaus irgendwie verlockend, das ganze Haus für sich zu haben. Während Kate auf ihrem Platz zur Seite rutschte, um dem ausladenden Hinterteil einer jungen Frau auszuweichen, die im Mittelgang stand, wünschte sie, sie könne sich einfach direkt nach Hause in die Badewanne beamen.

Der Zug hielt an der Euston Station. Hier leerte sich der Waggon merklich, und Kate atmete erleichtert auf, als die Frau mit dem üppigen Hintern ausstieg, die neben ihr gestanden hatte. Sie bemerkte, dass die Betrunkene blieb, wo sie war, an die Trennwand gelehnt, als sei sie nicht mehr in der Lage, es noch zu einem der frei gewordenen Sitze zu schaffen. Kate lehnte sich zurück, nahm die Zeitung, die jemand auf einem der Nachbarsitze liegen gelassen hatte, und versuchte, sich darin zu vertiefen. Nicht mehr lange bis nach Hause. Sie konnte das warme Badewasser schon beinahe fühlen.

Aber dann, kurz hinter Euston, gab es einen Ruck, der sie jäh aus ihren Gedanken riss. Es war einer dieser schrecklichen Momente, die jeder Fahrgast der U-Bahn fürchtet: Der Zug hielt plötzlich aus keinem erkennbarem Grund. Er blieb einfach vibrierend im Tunnel stehen. Aus den Lautsprechern drang ein knisterndes Geräusch, als wolle jemand eine Durchsage machen, doch gleich darauf wurde es wieder still. Die Beleuchtung im Wagen flackerte, ging aus und sofort wieder an. Der Zug rührte sich nicht. Eine Minute, zwei Minuten – zu lange. Kate wurde unruhig; sie versuchte sich wieder auf die Zeitung zu konzentrieren, doch es fiel ihr schwer. Sie tauschte einen vielsagenden, genervten Blick mit dem Fahrgast, der ihr gegenübersaß, einem Mann im Geschäftsanzug in mittleren Jahren. Derweil sagte sie sich, dass sie viel zu vernünftig sei, um wegen einer U-Bahn-Verspätung in Panik zu geraten. Bestimmt wartete der Zug bloß auf ein Signal. *Aber wenn es nichts weiter ist als das, wieso sagen sie es uns dann nicht?* Heutzutage gab es immer eine Durchsage, wenn der Zug länger irgendwo stehen blieb (und inzwischen stand er schon viel zu lange, weit länger als bei gewöhnlichen Aussetzern). Ruhig bleiben!, sagte sie sich. Keiner der anderen Fahrgäste wirkt beunruhigt. Es besteht kein Anlass zur Sorge, gar keiner.

Und da begann das Jaulen. Es war beinahe komisch, dass genau in dem Moment, in dem Kate sich ermahnte, nicht in Panik zu verfallen, ein hohes Wimmern die angespannte Stille im Wagen durchschnitt. Kate bekam eine Gänsehaut. Wie alle anderen Fahrgäste auch sah sie sich nach der Lärmquelle um. Es war die Blonde, die betrunkene Blonde. Sie war wieder gestürzt, diesmal auf den Boden, wo sie auf den Knien herumkrabbelte, ihr Handy in einer Hand. Kate erkannte, dass sie aufs Display stierte und wild Tasten drückte. Offenbar wollte sie jemanden anrufen.

»Mein Telefon ist kaputt!«, schrie sie. »Ich muss telefonieren. Ich muss die Polizei rufen.« Sie wedelte mit dem Handy, ehe sie erneut auf die Tasten drückte. »Es ist kaputt«, jaulte sie abermals und fing zu schluchzen an, als bräche es ihr das Herz.

Kate atmete tief durch. Die Stimme der Frau, wohltönend tief, ein wenig rauchig, kam ihr bekannt vor, obgleich sie sie nicht zuordnen konnte. Sie überlegte, ob sie zu ihr gehen und ihr helfen, sie am Arm hochziehen und sie beruhigen solle. Aber es gab etliche andere Leute, die viel näher saßen und teilweise auch netter, freundlicher und vor allem geduldiger wirkten, als Kate sich augenblicklich fühlte. Nicht dass sie nicht helfen wollte, sie *konnte* nicht, wirklich nicht. Womöglich würde sie die ganze Szene noch unschöner machen.

Also schlug sie wieder die Zeitung auf und hielt sie sich vors Gesicht, um sich dahinter zu verbergen. Angestrengt konzentrierte sie sich auf die Klatschspalten mit Fotos von Halbprominenten, die aus Limousinen stiegen, während sie sich inständig wünschte, dass die Bahn weiterfuhr und die Frau zu heulen aufhörte. Das Gejammer hatte etwas Durchdringendes, bohrte sich ihr direkt in den Kopf. Kate wollte nach Hause. Sie wollte in einer Badewanne voll duftendem Schaum liegen. Stattdessen hing sie mitten in einem Tunnel in einer U-Bahn fest, zusammen mit einer Betrunkenen, die nur wenige Meter von ihr schluchzend umherkroch. Die Situation wurde immer unangenehmer.

Kate hörte nun, wie der junge Bärtige versuchte, die Frau zu beschwichtigen, und ihr haarklein erklärte, weshalb ihr Handy im Tunnel nicht funktioniere. Geduldig wie ein Grundschullehrer redete er auf sie ein – sehr viel geduldiger, als es Kate vermocht hätte. Kate krümmte die Schultern und sackte auf ihrem Platz buchstäblich in sich zusammen. Sie war Meister darin, sich klein zu machen. Die Zeitungslektüre gab sie endgültig auf. Sie schloss die Augen und versuchte sich vorzustellen, sie wäre irgendwo anders. Aber das klappte nicht, denn ein neues Geräusch, ein dumpfes Klopfen, zwang sie zurück ins Hier und Jetzt. Vorsichtig linste sie nach vorn, wo die Betrunkene gegen die Waggontüren hämmerte und die Finger in die Gummidichtungen krallte, um die Türen gewaltsam zu öffnen. Wie auf Kommando wandten sich alle anderen Fahrgäste ab, versteckten sich hinter Zeitungen oder wühlten in ihren Aktenkoffern und Handtaschen, als sei ihnen plötzlich eingefallen, dass sie dringend etwas brauchten. Kate spürte, wie die Atmosphäre immer gespannter wurde.

Und in dem Moment fuhr der Zug genauso unvermittelt wieder an, wie er zuvor gehalten hatte. Das heftige Rucken schleuderte die blonde Frau ein weiteres Mal in die Arme des Mannes im Mantel; sie rappelte sich aber sofort wieder auf und stolperte ein Stück nach vorn. Kate verkrampfte sich. *Lieber Gott, mach, dass sie sich nicht auf mich einschießt!* Noch während des stummen Stoßgebets kam ihr ein Gedanke, bei dem es sie fröstelte: Vielleicht kenne ich die Frau tatsächlich. Vielleicht kennt die Frau mich und steuert deshalb geradewegs auf mich zu. Oder aber die Frau kennt mich wegen dieser blöden Plakate, auf denen ich letztes Jahr für meine Radiosendung geworben habe. In diversen U-Bahn-Stationen waren die Wände neben den Rolltreppen damit gepflastert gewesen. Das hatte Kate noch gefehlt: ein betrunkener Fan, der sie in der U-Bahn belästigte. Ihre Atmung beschleunigte sich. *O Gott*, flehte sie im Geiste, *ich möchte einfach nur nach Hause!*

Der Zug fuhr in den U-Bahnhof Camden ein. Sobald die Türen aufglitten, fiel die Frau ebenso unelegant aus dem Waggon, wie sie hineingestolpert war. Sie landete auf Knien auf dem Bahnsteig, die Hände vorgestreckt, um den Sturz abzufangen. Kate atmete erleichtert auf, weil sie endlich weg war.

Dann jedoch – und hinterher hätte sie nicht mehr sagen können, warum sie es getan hatte – drehte Kate sich zu der Frau um, die über den Bahnsteig torkelte. Hatte Kate ein schlechtes Gewissen bekommen? Aus welchen Gründen auch immer, jedenfalls sah sie ihr zum ersten Mal richtig ins Gesicht. Sie sah die angsterfüllten Augen, den starren, glasigen Gesichtsausdruck, und Kate zog sich der Magen zusammen. Gleichzeitig wurde ihr eiskalt.

Sie kannte die Frau tatsächlich, kannte ihr Gesicht. Es war ein Gesicht aus der Vergangenheit, das ihr einst sehr vertraut gewesen war. Manche Leute kannten es aus dem Fernsehen: als frostige Anwältin Julia Harkness aus der Nachmittagsserie *Lawyers*. Die Schauspielerin hieß Harriet Fox. Kate hatte sie noch als Hattie Fox gekannt, eine Freundin, Feindin, Mitschülerin an der berühmten Schule Lady Jane Grey, an der sie beide so etwas wie Außenseiterinnen gewesen waren. Seit zwanzig Jahren hatte Kate sie nicht mehr gesehen.

»Hattie!«

Kates Stimme hallte laut von den gefliesten Wänden und Decken des Tunnels wider, der zwischen den beiden Bahnsteigen der U-Bahn-Station Camden verlief. Hattie wollte anscheinend zur Edgware-Linie, denn sie drängte sich durch die Menschenmenge, die nach links Richtung Rolltreppe eilte. Kate folgte ihr. Kurz bevor die Türen zugingen, war sie aus dem Zug gesprungen, angetrieben von dem seltsamen Drang, Hattie zu helfen. Falls sie denn Hilfe brauchte. Vielleicht war Hattie auch einfach bloß betrunken: besoffen und von Wahnvorstellungen getrieben. Wäre ja nicht das erste Mal. Doch etwas an Hatties ängstlichem Blick hatte Kate zu dem spontanen Entschluss gebracht, aus dem Zug zu steigen, um ihrer alten Freundin zu helfen. Im Grunde schämte sie sich, weil sie zuvor versucht hatte, sie zu ignorieren.

In der Menge konnte Kate nur Hatties blonden Schopf ausmachen, der schwankend den Bahnsteig entlangwippte. Falls Hattie Kates Ruf gehört hatte, veranlasste sie das lediglich, noch schneller zu laufen. Sie bewegte sich sogar erstaunlich schnell. Möglicherweise rannte sie trotz der lächerlich hohen Absätze. Kate bahnte sich ihren Weg durch das Gedränge, so rasch sie konnte. Dabei klang ihr noch Hatties ängstliches Heulen in den Ohren. Wieder rief sie ihren Namen, diesmal lauter. »Hattie, warte! Ich bin's, Kate! Bleib stehen!«

Hattie wandte den Kopf ein wenig, genug, dass Kate ihr vertrautes Profil sehen konnte: mager und begierig wie das eines hungrigen Vogelkükens. In ihren Augen war Angst, ja Panik. Hattie bewegte sich noch hastiger, und Kate sah, wie sie gegen die Metallschranke krachte, die sich vor dem Bahnsteig Richtung Edgware befand und die Leute davon abhalten sollte, gefährlich schnell auf den Bahnsteig zu stürmen und über die Kante auf die Gleise zu stürzen.

Kate beobachtete, wie Hattie nach rechts bog und den Bahnsteig entlanglief, und verlor sie für einen Moment aus den Augen. Dann war sie selbst auf dem Bahnsteig angekommen, konnte die Freundin aber nicht gleich entdecken. Kate keuchte und war bei aller Sorge wütend auf sich, weil sie sich auf dieses aussichtslose Unterfangen eingelassen hatte, doch sie würde trotzdem nicht aufgeben. Sie würde es sich nie verzeihen, wenn Hattie etwas zustieß.

Hektisch suchte Kate die Menge ab. Am anderen Ende des Bahnsteigs stand eine ganze Traube von Menschen dicht an der Kante, routinierte Pendler, die genau wussten, wo die

Türen aufgehen würden, wo sie am ehesten eine Chance auf einen Sitzplatz hatten oder wo wenigstens nicht so ein Gedränge herrschte wie in den vorderen Wagen. Und mitten zwischen Männern in Anzügen und Frauen in Wintermänteln und Schals entdeckte Kate Hatties blonden Haarschopf. Sie rief ihren Namen und winkte. »Hattie! Ich bin's, Kate. Kathryn. Kathryn Small von der Lady Jane.«

Diesmal blieb Hattie stehen und erstarrte. »Wir haben etwas Furchtbares getan.« Hatties dürre Finger bohrten sich in Kates Schultern. Ihr Atem stank nach Gin, und sie beugte das hagere Gesicht zu Kate, als sie die Worte flüsternd wiederholte, wobei ihr Atem Kates Ohr kitzelte. »Wir haben etwas Furchtbares getan.«

»Was meinst du?«, fragte Kate. »Wer? Was? Was hast du gemacht?«

Die Inbrunst, mit der Hattie sprach, gefiel Kate nicht. Doch ihre Frage ging im Rauschen des einfahrenden Zuges unter. Kate drehte sich um. »Edgware« leuchtete oberhalb des Fahrerfensters. Rings um sie herum setzte Geschubse ein wie immer auf belebten Bahnsteigen. Die Leute drängelten zu den Stellen, an denen die Türen aufgehen würden. Kate überlegte, was sie tun solle. Wie konnte sie Hattie aus dem Gedränge zur Rolltreppe lotsen, und wo würde sie um diese Zeit in Camden ein halbwegs ruhiges Café finden? Sie wollte erfahren, was los war, was Hattie solche Angst einjagte. Oder vielleicht sollte sie Hattie einfach nur in ein Taxi setzen und nach Hause schicken.

All diese Gedanken wirbelten Kate durch den Kopf, und sie bereute bereits, dass sie sich eingemischt hatte. Zugleich fragte sie sich, was Hattie mit ihren Worten gemeint hatte. Müde und schlecht gelaunt erinnerte Kate sich daran, wie oft sie sich früher in die Eskapaden der betrunkenen Hattie hatte hineinziehen lassen. Noch während Kate all das dachte, merkte sie, dass Hatties Finger ihre Schultern freigaben, und für einen winzigen Moment war sie erleichtert.

Bis sie merkte, dass Hattie sich auf einmal von ihr wegbog. Was passierte, ließ sich schwer beschreiben. Hattie war plötzlich nicht mehr bei ihr, nicht mehr auf dem Bahnsteig. Sie kippte rückwärts ins Bodenlose. Ihr Gesicht war vollkommen ausdruckslos. Und in dem Bruchteil einer Sekunde, der eine Ewigkeit anzudauern schien, musste Kate flüchtig an die Fallübungen aus dem Theaterkurs in der Schule denken. Dort hatten sie gelernt, sich so nach hinten fallen zu lassen, um zu beweisen, dass sie den anderen Schülerinnen vertrauten. Aber Hattie kippte immer weiter nach hinten, und da stand niemand, um sie aufzufangen. Unterdessen kam der Zug näher. Als Kate hinsah, bemerkte sie die weit aufgerissenen Augen des Zugführers. Gleich darauf kreischten die Bremsen schrill und ohrenbetäubend. Aus allen Richtungen kam Geschrei, bevor ein lauter, dumpfer Knall ertönte, als die Zugfront auf etwas Weiches prallte. Überall war Blut, und Hattie war nicht mehr da. Ein besonders lauter Schrei ertönte in Kates unmittelbarer Nähe, und sie fragte sich, wer dieses abscheuliche Geräusch machte. Erst da begriff sie, dass sie es selbst war, die da schrie. Sie schlug beide Hände vor den Mund, damit das Schreien aufhörte, und da bemerkte sie, dass ihre wunderschönen neuen Lederhandschuhe voller Blut waren.

Zwei

Noch vor vier Stunden hatte Kate sich darauf gefreut, in ein leeres Haus zu kommen. Nun aber, als das Taxi in ihre Straße einbog, hätte sie fast alles dafür gegeben, dass Neil da wäre. Sie wünschte sich, dass sämtliche Fenster hell erleuchtet wären, wie es Neils verschwenderischer Gewohnheit entsprach. Sie wollte hineingehen und ihn ausgestreckt auf dem Sofa vorfinden, wo er sich eine Sendung auf CNN ansah, vor ihm auf dem Fußboden ein Stapel von Aluschalen mit Curry vom Inder und ein paar leere Bierdosen. Sie wollte, dass er aufstand, sie in die Arme nahm und eine Hand auf ihren Hintern legte. Könnte er sie doch nur festhalten und ihr sagen, dass alles wieder gut würde!

Sie hatte vorgehabt, ihn anzurufen. Eine Trennung auf Probe schloss gewiss nicht aus, dass eine Frau in einem solchen Moment ihren Mann anrief. Also sagte sie sich, sie werde ihn anrufen, sobald ihr Zittern nicht mehr so stark war und sie das Telefon halten und die richtigen Tasten drücken konnte. Doch zuerst hatte sie mit der Bahnpolizei reden müssen. Sie hatte sich bemüht zu beschreiben, was geschehen war, wie verängstigt Hattie in der U-Bahn gewirkt, wie sie sich benommen hatte. Aber die Polizisten hatten sie dauernd unterbrochen und Fragen gestellt, auf die Kate keine Antwort hatte. Vielleicht war das, was sie erzählt hatte, auch zu wirr gewesen. Das war durchaus möglich.

Und dann war sie trotz ihres Protests in einem Krankenwagen zur Unfallklinik gefahren worden. In einem Krankenwagen! Als hätte sie durch die Ereignisse irgendwelche Verletzungen erlitten. »Schock« hatten sie es genannt, ein Wort, das jedoch nicht annähernd beschrieb, wie sie sich gefühlt hatte und noch immer fühlte. So hatte sie im Leben noch nicht gefroren. Ihr war durch und durch kalt, als könne ihr nie wieder warm werden. Sie hatte derart vor Kälte gebibbert, dass sie tatsächlich ihre Zähne klappern hörte. Unterdessen hatte sie um jeden Atemzug gerungen, als wäre sie kurz vorm Ersticken. Ja, sie hatte sich schrecklich gefühlt, bloß verstand sie nicht, was ein Trupp Sanitäter, das Personal einer Unfallstation oder ein Haufen Ärzte daran ändern könnten. Sie wollte einfach nur nach Hause und für immer schlafen.

Jemand hatte ihr eine Decke umgelegt und sie auf einen Plastikstuhl in einen Krankenhausflur gesetzt, wo sie warten sollte. Irgendwann hatte sie dort noch mal mit der Polizei geredet, obwohl sie sich nur noch erinnerte, dass sie auf ein Paar dicke schwarze Schnürschuhe gestarrt hatte, während sie den Kopf zwischen die Knie geklemmt hatte und gegen die Übelkeit ankämpfte, die sie in Wellen überkam.

Schließlich war ihr die Warterei zu blöd gewesen. Alle schienen vergessen zu haben, dass sie da war. Immer noch frierend, zitternd und in die Decke gehüllt, war sie den Gang hinunter bis zu einer Toilette gegangen, wo sie sich Wasser ins Gesicht spritzte. Im Spiegel hatte sie gesehen, dass ihre Lippen blau waren. Und dann war sie, weil sie eigentlich nicht wusste, was sie tun sollte, nach draußen getrottet und hatte sich ein Taxi herbeigewinkt.

Nun war sie hier, schlotterte nach wie vor unter der blauen Krankenhausdecke, stieg aus dem Taxi und wollte den Fahrer bezahlen. Aber ihre Finger, inzwischen ohne Handschuhe, waren fast zu eisig, um Geld aus ihrem Portemonnaie zu holen. Das Haus war dunkel, alle Vorhänge waren noch offen, und die Fenster wirkten wie tote Augen. Während Kate sich mit dem Hausschlüssel abmühte, kam ihr in den Sinn, dass Nachbarn, die sie zufällig sahen, denken mussten, sie kehre sturzbetrunken von einem Kneipenabend in der Stadt zurück. Sie stieß die Vordertür auf und trat sie mit dem Fuß zu, sobald sie drinnen war, während sie nach dem Lichtschalter tastete. Das Licht in der Diele erschien ihr unerträglich grell. Sie musste sich eine Hand über die Augen halten, um es abzuschirmen, und sackte auf die Holzdielen, viel zu erschöpft, zittrig und benommen, um noch irgendetwas zu tun.

»Was ist los?«

Neil war Anrufe mitten in der Nacht gewöhnt. Immer meldete er sich mit klarer Stimme und wirkte hellwach, selbst wenn er es nicht war. In seinem Job bedeutete ein nächtlicher Anruf, dass etwas »los« war. Und das war gleichbedeutend mit einer Story: ein Toter, ein »Zwischenfall«, Schlagzeilen.

»Was ist los?«, fragte er wieder, stützte sich mit dem Ellbogen auf dem Kissen auf und versuchte, die Anrufernummer auf dem Display seines Handys zu lesen. Mist! Es war Kate. Er sprach betont sanft: »Liebling, was ist denn? Was ist passiert?«

Kate neigte nicht zum Weinen. Sie war eine ganz Zähe. Selten hatte er einen Gefühlsausbruch bei ihr erlebt. Das war eines der Dinge, die er an ihr liebte und bewunderte. Und so absurd es schien, hatte gerade diese Eigenschaft zur Zerrüttung ihrer Ehe beigetragen – zu ihrer Entfremdung, der Trennung auf Probe oder wie immer sie es bezeichnen wollten. Kate hatte ihn nie mitten in der Nacht angerufen, um ihm weinend ihr Herz auszuschütten, nicht einmal in ihren schlimmsten Momenten. Folglich musste Neil schlucken, als er sie nun so furchtbar schluchzen hörte. Er fühlte, wie sein Herz hämmerte. Das war unheimlich.

Die Handyverbindung war schlecht, und Neil verstand nur, dass Kate etwas von einer Schulfreundin redete, einer alten Schulfreundin. Er strengte sich an, ihr zu folgen, aber weil er erwartet hatte, dass es um ihn und sie ginge, um ihre Beziehung, brauchte er eine Weile, bis er Kate richtig zuhören konnte. Soweit er sich entsinnen konnte, hatte Kate nie irgendwelche alten Schulfreundinnen erwähnt, kein einziges Mal. Auch das mochte und hasste er an ihr: keine alten Freundinnen, die man besuchen oder zum Dinner einladen musste, um so zu tun, als möge man sie. Zugleich hatte er stets das ungute Gefühl gehabt, dass Kate zu viel verbarg. Eine alte Schulfreundin war gestorben, das erzählte sie ihm. Traurig, ja, aber wieso rief sie ihn um diese Zeit an, um ihm davon zu erzählen? Warum war sie deshalb so außer sich?

Mit einer Hand hielt er sich das Telefon ans Ohr und schwang sich aus dem Bett. Er war unterwegs, um für einen Fernsehdokumentarfilm zu recherchieren, und übernachtete in einem billigen Hotel. Im Zimmer roch es nach dem Curry, das er sich am späten Abend bei einem indischen Schnellimbiss geholt und während einer Late-Night-Fernsehshow verspeist hatte, wobei er Naan-Brot anstelle von Besteck benutzt hatte. Neil ging hinüber zum Fenster und zog den Vorhang ein kleines Stück beiseite. Die Aussicht war dieselbe, die man in England von allen Hotels dieser Billigketten am Stadtrand hatte: ein Parkplatz, dann eine Hauptstraße, jenseits der Straße ein Baugrundstück, ein McDonald's und eine Tankstelle. Anonym, deprimierend, austauschbar. Neil hatte schon Mühe, sich an den Namen des Ortes zu erinnern, in dem er war. Irgendwo in der Gegend um Birmingham, wo die West Midlands in Richtung Malverns, Cotswolds – oder was auch immer – ländlicher wurden. Mehr fiel ihm gerade nicht ein. Und währenddessen schluchzte sich seine Frau – seine entfremdete Frau – in London die Seele aus dem Leib, ohne dass er begriff, wieso.

»Warst du gut mit ihr befreundet? Bist du deshalb so fertig? Erzähl mir alles!« Der letzte Satz kam quasi automatisch heraus, und unwillkürlich verzog er das Gesicht. Das war der Fluch des Journalisten: Solche Fragen gingen ihm wie von selbst über die Lippen und klangen folglich nicht ernst gemeint.

»Neil, du verstehst mich nicht. Hör mir zu! Ich habe sie *gesehen!*«, schluchzte Kate seltsam kehlig und abgehackt, als drohe sie an ihren Worten zu ersticken. »Ich war da. Ich hab's *gesehen*! Ich hab gesehen, wie sie starb!«

Und schließlich begriff er. Es traf ihn wie ein Hieb, und er sackte fröstelnd auf die Bettkante. Beinahe konnte er es vor sich sehen: den Zug, die Leiche, das Blut. Kate, die dastand und alles mit anschaute. Er wollte bei ihr sein, sie in die Arme nehmen, sofort. »Ich komme nach Hause«, sagte er. »Auf der Stelle. Ich bin so schnell bei dir, wie ich kann, okay?«

»Okay«, hauchte sie matt. Er hörte, wie sie wieder schluchzte, und musste schlucken. »Ich weiß nicht, was ich machen soll«, flüsterte sie mit gebrochener Stimme. »Ich weiß überhaupt nicht, was ich machen soll.«

Ihre Verzweiflung erschien ihm viel zu groß, um am Telefon etwas ausrichten zu können. Am liebsten hätte er durch das Kabel gegriffen und Kate festgehalten, sie nie mehr losgelassen. Doch selbst wenn er in diesem Moment bei ihr gewesen wäre, hätte er gar nicht gewusst, ob er dazu noch das Recht besaß. Mit den Regeln, die zwischen einander entfremdeten Ehepartnern galten, kannte er sich nicht aus. Fürs Erste rettete er sich in pragmatische Ratschläge. »Mach dir eine Tasse von dem Kräutertee, den du gern trinkst, und dann ruf deinen Chef an und sag ihm, dass du morgen nicht zur Arbeit kommst. Anschließend gehst du ins Bett. Versuch zu schlafen. Ich fahre sofort los und bin so schnell wie möglich zu Hause.«

Zu Hause, dachte er, als er das Gespräch beendete. Ja, es ist immer noch mein Zuhause.

»Versuch zu schlafen«, hatte er gesagt. Und Kate versuchte es. Ja, sie versuchte es wirklich. Bevor sie ins Bett gegangen war, hatte sie ihrem Chef eine Nachricht aufs Band gesprochen, ihm kurz erklärt, was geschehen war. Dabei staunte sie selbst, wie ruhig ihre Stimme geklungen hatte. Sie hatte sich einen Becher Kamillentee aufgebrüht und ihn getrunken, während sie ein Lavendelschaumbad nahm und Radio Two hörte. Vergeblich hatte sie sich bemüht, dem sinnentleerten Geplauder einer Late-Night-Sendung zu lauschen, und gehofft, dass es die Stimmen und die Schreie in ihrem Kopf übertönen würde. Dann, in den frühen Morgenstunden, war sie unter ihre warme Bettdecke geschlüpft, hatte die Nachttischlampe ausgeschaltet und versucht, den Schlaf herbeizuzwingen.

Und das tat sie immer noch. Sie lag im Bett, schweißnass, auf einem unbequem verrutschten, faltigen Laken. Inzwischen war sie so weit zu glauben, dass sie wohl nie wieder würde schlafen können. Nie. Jedes Mal, wenn sie die Augen schloss, sah sie Blut, als sei es ihr auf die Innenseiten der Lider gespritzt. Und die Blutflecken verliefen ineinander, bildeten Lachen, die ihr gesamtes Denken überfluteten. Sie sah Arme, die nach ihr griffen, sie stießen und schubsten; die verängstigten Augen des Zugführers; das Wort »Edgware« oben an dem Zug. Schreie, Stoßen, Schubsen. Sie hörte das entsetzliche Geräusch, als Hatties Körper gegen den Zug geprallt war, ein lauter, aber dennoch weicher Ton. Als Kate einmal kurz vorm Einschlummern war, hatte sie das Gefühl, abrupt in die Tiefe zu sinken. Ihr war, als falle sie und müsse jeden Moment hart aufschlagen, so hart, dass sie fast meinte, die Blutergüsse spüren zu können, die sie davontragen würde. Ein myoklonisches Zucken. Kate wusste, dass es ein einfach zu erklärendes, rein physisches Phänomen war. Die Muskeln spannten sich an und lockerten sich wieder. Dennoch ließ der Schreck sie unkontrolliert zittern.

Durch jahrelange Erfahrung mit ungewöhnlichen Arbeitszeiten und ständig sich ändernden Schichtplänen hatte Kate gelernt, dass es bei Einschlafschwierigkeiten zwecklos war, es weiter krampfhaft zu versuchen. Deshalb bemühte sie sich stattdessen, richtig wach zu werden, zog sich ihren Morgenmantel an, schaltete die Nachttischleuchte ein und nahm sich den Krimi, der aufgeschlagen auf dem Nachttisch lag. Sie versuchte sich auf die Geschichte zu konzentrieren und sich zu erinnern, was bisher geschehen war. Aber die Worte blieben vollkommen belanglos und nichtssagend.

Kate merkte, dass sie schon wieder zitterte und sich wie eine Besessene vor- und zurückwiegte. Ihre Fingernägel bohrten sich in die Handflächen, weil sie die Fäuste zu fest ballte. Dann bemerkte sie, wie sie ihre Haut rieb, auf den Armen und im Gesicht, bis sie sich wund anfühlte. Blut, das war es, was sie wegwischen wollte. Dann fiel ihr ein, was sie tun musste. Obwohl sie erst vor wenigen Stunden ein langes Bad genommen hatte, ging sie nach unten in das neu eingebaute, moderne Duschbad. Dort drehte sie die Dusche so heiß auf, wie sie es eben noch aushielt, stellte sich unter den Strahl und wusch sich, wieder und wieder, schrubbte sich überall ab. Ihr war klar, dass sie längst sauber war. Und trotzdem musste sie sich immer weiter waschen. Dieser Drang machte ihr Angst. Das letzte Mal hatte sie ihn an dem schrecklichen Tag vor zwei Jahren verspürt: an dem Tag, an dem sie das dritte Baby verloren hatte.

Hinterher zog Kate sich ihre Hausschuhe und den Morgenmantel an und ging in die Küche. Statt Kräutertee machte sie sich Kaffee, aufpeitschenden, dunklen, starken, anständigen Kaffee. Mit zitternder Hand zählte sie die Löffel dunkelbrauner, duftender Kaffeebohnen ab. Wenn Schlaf ihr bloß Albträume brachte, hielt sie sich lieber wach.

Hattie Fox war tot. Die freizügige, glamouröse Hattie Fox. Die schwierige, problemgeplagte Hattie Fox. Kate erinnerte sich, wie sie Hattie zum ersten Mal gesehen hatte, wie strahlend, wunderschön und interessant sie gewesen war, wie sehr Kate sich gewünscht hatte, mit ihr befreundet zu sein. Und sie erinnerte sich an das letzte Mal, dass sie Hattie gesehen hatte, vor langer Zeit – das letzte Mal vor dem gestrigen Abend. Es war an jenem Abend gewesen, als Kate beschlossen hatte, ihre Freundschaft zu beenden. Sie erinnerte sich noch an das Gefühl, als sie Hattie schließlich den Rücken gekehrt hatte. Eine Mischung aus Erleichterung und Wehmut über den Verlust. Und nun war sich Kate unschlüssig, ob sie überhaupt trauern sollte. Im Augenblick war der Schock noch so gegenwärtig, dass sie gar nicht wusste, was sie empfinden sollte. Eigentlich war sie nur benommen. Vielleicht richtete das der Schock mit einem an. Aber tief in ihr regten sich noch andere Gefühle und drängten an die Oberfläche: Schuld, Verärgerung, Wut, Unglaube. Und Neugier. Abermals wurde sie in Hatties Drama hineingezogen. *Wir haben etwas Furchtbares getan.* Was hatte Hattie damit gemeint?

Neil öffnete die Haustür mit dem Schlüssel, den er behalten hatte. Zum ersten Mal seit drei Wochen betrat er das Haus wieder. Die Luft roch etwas anders: frisch, klar, dünn. Er fand Kate schlafend in der Küche, den Kopf auf die verschränkten Arme gesenkt, eine fast volle Tasse kalten Kaffees vor sich auf dem Tisch. Ihr glattes braunes Haar war zu einem der merkwürdigen Halbpferdeschwänze hochgebunden, die sie sich gern machte: das Haar einmal verschlungen und mit einem stoffumhüllten Gummi fixiert. Neil hatte ihr gern dabei zugesehen, wie sie sich das Haar hochband. Dabei konnte er die blasse Innenseite ihrer durchtrainierten Oberarme sehen, die so zart und verletzlich schien. Kates Gesicht drückte sich halb in ihre Armbeuge. Als Neil sich einen Stuhl neben sie zog, konnte er nicht umhin, mit dem Finger über ihre zarten sommersprossigen Wangenknochen zu fahren. Das war ein Fehler, denn Kate schrak auf. Nein, »aufschrecken« traf es nicht richtig, denn ihr gesamter Körper zuckte so heftig, dass der Tisch sich ein Stück hob und klappernd wieder auf die Fliesen aufsetzte, wobei etwas kalter Kaffee auf den Untersetzer überschwappte. Neil griff nach ihrem Arm, um sie zu beruhigen, doch Kate starrte ihn mit einem solch vehementen Entsetzen an, dass ihm eiskalt wurde.

»Schatz«, sagte er wieder und wieder, hielt sie in den Armen und strich ihr beruhigend das Haar aus dem Gesicht. Kate zitterte, weinte jedoch nicht. Und das machte Neil Sorgen, denn er glaubte, irgendwo gelesen zu haben, dass Menschen einen Schock nur überwanden, wenn sie sich zu weinen erlaubten. Zudem sprach Kate kaum und beantwortete seine Fragen lediglich mit einem erstickten Gemurmel. Neil wusste nicht recht weiter. Sollte er sie zum Reden drängen? Lieber alles rauslassen, als es in sich reinfressen, pflegte seine Mutter zu sagen, wenn ihn etwas bedrückte, und er hatte diesen Satz oft in seinem Beruf genutzt, wenn er Leute bewegen wollte, mit ihm zu reden und ihm ihre tragischen Geschichten zu erzählen. Er hatte keine Ahnung, was er tun sollte, außer Kate festzuhalten und sie nie wieder loszulassen. Genau das machte er, stand mit ihr in der Küche, eng umschlungen, als könne sie nichts mehr trennen. Da klingelte das Telefon.

Neil spürte, wie Kate sich in seinen Armen verkrampfte. Dann griff sie, unfassbar für ihn, nach dem Telefon und ging nach dem dritten Klingeln dran. Wahrscheinlich handelte sie instinktiv, denn schließlich waren sie beide darauf gedrillt, bei Anrufen zu seltsamen Zeiten – wie jetzt, um halb sieben morgens – Wichtiges zu vermuten. Neil streckte die Hand aus, um ihr das Telefon abzunehmen, doch Kate sprach bereits. »Ja. Klar. Kein Problem.«

Gleichzeitig löste sie sich aus Neils Umarmung, wobei sie peinlich berührt wirkte, verlegen, weil sie sich von ihm hatte halten lassen. Neil hörte aufmerksam zu und versuchte zu erraten, wer der Anrufer sein mochte. Immer noch zitterte Kate, und ihr Blick wirkte leer, obgleich ihre Stimme so klar, wach und konzentriert klang wie immer, wenn sie telefonierte. Sie stand da, das Telefon am Ohr, während Neil ihr bedeutete, sie möge ihm stumm mitteilen, mit wem sie redete. Doch das tat sie nicht. Stattdessen drehte sie sich zur Küchenwand um. Wie Neil es hasste, wenn sie das machte! Sie fingerte an dem Kalender herum, der dort hing. Und dann hörte Neil, wie Kate wieder sprach; gefasst und unaufgeregt begann sie, über das zu sprechen, was sie am vorigen Abend erlebt hatte: der wohlformulierte, klare Bericht einer Tragödie. Wie sie Hattie in der U-Bahn gesehen hatte – nein, sie nannte sie Harriet, sehr formell; wie der Zug im Tunnel stecken blieb und Harriet darob in Panik geriet. Gefasst erzählte sie, wie sie Harriet in Camden auf den Bahnsteig gefolgt war und sie stürzen sah, mit ansah, wie sie unter den einfahrenden Zug fiel. Neil beobachtete Kate, nach einem Anflug von Emotionen suchend, den er nicht entdecken konnte. Kate verstummte, hörte anscheinend dem Anrufer zu, dann sprach sie wieder: von ihrem Schock und ihrer Trauer, allerdings in einem Tonfall, der meilenweit entfernt von Schock und Trauer war.

In dem Moment begriff er, was sie tat. Verdammt, sie gab ein Radiointerview! Sie redete mit ihrem Sender, war live auf Sendung, in den Nachrichten, und berichtete den Zuhörern vollkommen ruhig, was sie ihm nicht erzählen konnte – oder wollte.

Drei

Kate wachte von den Klängen von »Five Live« auf, die aus Neils Arbeitszimmer kamen. Er war also noch hier, und sie fragte sich, wie es ihr damit ging. Wenn sie ehrlich war – und wahrscheinlich würde sie es ihm nicht sagen –, gab ihr seine Nähe eine gewisse Vertrautheit, das Gefühl, ein bisschen menschlicher zu sein. Sie stand auf und zog sich eine Jogginghose und ein T-Shirt an. Es war gerade vier Uhr nachmittags, wie sie feststellte, bevor sie sich das Haar zu einem losen Knoten hochband und die Vorhänge ein Stück aufzog. Draußen war es schon dunkel. Sie hatte den ganzen Freitag verloren.

Im Bad neben dem Schlafzimmer betrachtete Kate sich im Spiegel. Ihr fiel auf, dass sie noch blasser war als sonst. Sie hatte Ringe unter den Augen, dunkel wie Hämatome. Nachdem sie sich Wasser ins Gesicht gespritzt hatte, tapste sie hinunter ins Souterrainzimmer, das sie sich als Fitnessraum eingerichtet hatte. Sie brauchte Zeit für sich, musste sich den Kopf freistrampeln und ihre Gedanken ordnen.

Warum bin ich ihr nachgegangen? Wieso bin ich ihr gefolgt? Warum habe ich mich da hineinziehen lassen? Kates Gehirn pumpte die Fragen im Takt des Rudergeräts an die Oberfläche. Sie begann langsam, wurde mit jedem Schlag schneller und schneller, bis sie schließlich ihr Idealtempo gefunden hatte. Eine Weile wurde sie wieder langsamer, dann erneut schneller. Ihr Haar wehte im Luftzug der Maschine, und ihr ganzer Körper arbeitete im perfekten Rhythmus. Das heißt, alles außer ihrem Kopf, der nicht aufhören wollte, bohrende Fragen zu produzieren: Warum war sie Hattie nachgelaufen? Warum hatte sie versucht, ihr zu helfen? Was brachte sie dazu, sich wieder einmal einzumischen? Hatte sie sich nicht geschworen, es nie mehr zu tun?

Kate hatte Hattie geliebt und sie auch gehasst, manchmal hatten beide Gefühle sich sogar in kurzer Folge abgewechselt oder gleichzeitig eingefunden. In der Schule hatte Hattie tatenlos zugesehen, sich bisweilen gar beteiligt, wenn die anderen Mädchen Kate das Leben zur Hölle machten. Hinterher jedoch genügten ein freundliches Lächeln, ein paar nette Worte, und schon glaubte Kate wieder, in Hattie eine Verbündete, ja, eine Freundin zu haben. Wenige Gesten hatten schon gereicht, dass Kate ihr dankbar war. »Erbärmlich dankbar«, sagte sie sich jetzt.

Hattie war eine Drama-Queen gewesen, bevor dieser Ausdruck überhaupt erfunden wurde. Oder eine zutiefst verstörte, gequälte Seele. Da war Kate sich nie so ganz sicher gewesen. Sie wusste lediglich, dass Hattie sie manchmal gemocht hatte. Ab und zu war Hattie nett zu ihr gewesen. Weit häufiger aber nahm Hattie sie als selbstverständlich hin. Und Kate kam herbeigelaufen, wenn Hattie sie brauchte. Immer. Die Macht der Gewohnheit. Als wäre sie Hattie irgendetwas schuldig gewesen.

Als Kate sie zum ersten Mal gesehen hatte, war Hattie allein gewesen. Und einen winzigen Moment lang hatte Kate wider alle Vernunft gehofft, sie könnten Freundinnen werden. Hattie hatte auf der Lehne eines alten Sessels im Gemeinschaftsraum der Oberstufe gehockt. Es war der erste Schultag nach den Sommerferien auf der Lady Jane Grey gewesen. Hattie hatte bestickte chinesische Pantoffeln getragen und die Füße auf das zerschlissene Sitzpolster gestützt. Mit beiden Händen hatte sie sich an einen Kaffeebecher geklammert, als hinge ihr Leben davon ab, dass ihr der Becher Wärme spendete. Als Kate in den Gemeinschaftsraum kam, in dem außer ihnen beiden niemand war, hatte Hattie aufgesehen und ihr freundlich zugelächelt.

»Hallo«, begrüßte sie Kate. »Ich bin Harriet Fox, aber alle nennen mich Hattie. Ich bin neu hier. Ich habe mir einen Kaffee gemacht. Das war hoffentlich okay, oder?«

Kate nickte und merkte, wie sie rot wurde. Hatties Selbstvertrauen verschlug ihr die Sprache. Ihre Stimme war klar und warm mit einer interessant klingenden rauchigen Note. Sie schaffte es, gleichzeitig arrogant – nein, nicht arrogant, sondern »vornehm«, wie Kates Mutter sagen würde – und eindeutig nach London zu klingen. Für Kate hörte Hattie sich wie eine Erwachsene an, wie jemand, der es gewöhnt war, Fremde selbstbewusst anzusprechen. Kate hatte den Mund geöffnet, um etwas zu sagen, irgendetwas. Aber dann war ihr Hatties rosa-silbernes Fünfzigerjahrekleid aufgefallen, und sie hatte den brüchigen Silbernagellack und den hennagefärbten Bob wahrgenommen, der Hatties schmales, blasses Gesicht rahmte. Es wäre zwecklos, hatte Kate gedacht, und in dem vertrauten Gefühl von Resignation ließ sie die Schultern hängen. Hattie war viel zu glamourös, zu schick, zu besonders, um sich mit Kate anzufreunden. Und während Kate ehrfürchtig schweigend dastand, ging die Tür hinter ihr auf und eine ganze Horde großer, selbstbewusster, arroganter Mädchen stürmte herein, die sich mit lauten, selbstbewussten, arroganten Stimmen über ihre aufregenden, exotischen Sommerferien unterhielten. Kate hatte gespürt, wie sie in sich zusammenschrumpfte. Noch ehe jemand sie bemerkte, hatte sie sich leise aus dem Gemeinschaftsraum geschlichen, die kurze Treppe hinunter in die ruhige, nach Möbelpolitur duftende Bibliothek. An ihren Zufluchtsort.

Kate hatte kein weiteres Jahr auf der Lady Jane Grey bleiben wollen. Mit Engelszungen hatte sie auf ihre Mutter eingeredet, dass es besser wäre, wenn sie die Schule verließ und ihren Abschluss am örtlichen College machte, zusammen mit einigen ihrer alten Freundinnen aus der Grundschule.

»Das ist wirklich viel erwachsener«, hatte sie gefleht, wenngleich sie keinerlei Hoffnung hegte, ihre Mutter umstimmen zu können. »Viel eher wie an der Uni, mit Vorlesungen und Seminaren statt Klassen. Da lerne ich, wie ich richtig studiere.«

Aber ihre Mutter war nicht zu überzeugen. »Bist du verrückt geworden? Du hast ein Stipendium an einer der besten Schulen im ganzen Land und willst auf ein bescheuertes College? Ich dachte, du willst nach Oxford oder Cambridge. Ich dachte, du wolltest mal was Richtiges werden. Das wirst du bestimmt nicht, wenn du deinen Abschluss an einem Wald-und-Wiesen-College machst. Dazu musst du schon auf der bescheuerten Lady Jane Grey bleiben.«

Die Art, wie ihre Mutter das Wort »bescheuert« benutzte, störte Kate auf eine Weise, die sie nicht einmal beschreiben konnte. Es kam ihr kleingeistig und provinziell vor. Wieso konnte sie nicht einmal richtig fluchen? Die Mädchen in der Schule fluchten andauernd, schmückten ihre selbstbewussten, arroganten Sätze zu gern mit »beschissen« oder »Scheiße« aus. Aber wahrscheinlich war es snobistisch von Kate, so über ihre Mutter zu denken. Sie fühlte sich hin- und hergerissen, gefangen zwischen zwei Welten, in die sie nicht hineinpasste. Und das war nur eines der kleinlichen Ärgernisse jenes Sommers. Kate hätte eine ganze Liste von Ärgernissen aufstellen können. Da war die viel zu verhaltene Begeisterung ihrer Mutter über Kates hervorragendes Zeugnis. Dann die anderen Mädchen in dem Laden, in dem Kate samstags arbeitete, die sie als Streberin bezeichneten, weil sie in der Mittagspause lieber Bücher las statt *My Guy*, das angesagte Teenagerblatt. Und am schlimmsten war, dass Kates Mutter schlanker Hand behauptete, Kate würde keine neuen Sachen brauchen, sondern könne in der Oberstufe ihre Schuluniform auftragen, obwohl ab diesem Jahrgang gar keine Uniformpflicht mehr bestand. Kate vermutete, dass die anderen Mädchen einen Großteil des Sommers mit dem Aussuchen von topmodischen, teuren Klamotten verbracht hatten, mit denen sie ihre Mitschülerinnen beeindrucken konnten. Derweil hatte Kate verzweifelt ihre drei weißen Schulblusen in verschiedenen Dylon-Tönen gebatikt und sich das Hirn zermartert, ob es eine witzige, modische oder wenigstens ironische Möglichkeit gab, wie sie den flaschengrünen Pullover mit dem V-Ausschnitt tragen konnte. An jenem ersten Schultag war Kate morgens zeitig aufgebrochen und hatte einen Zug genommen, der eine halbe Stunde eher fuhr, um den großen Pulk der Lady-Jane-Grey-Schülerinnen zu meiden. Sie hatte zwischen Hoffnung und Angst geschwankt: der Angst, dass die Oberstufe genauso übel würde wie die vorherigen Klassen, und der Hoffnung, dass sich etwas ändern könnte. Es sind sicher neue Mädchen dabei, hatte sie gedacht. Die kennen mich nicht, wissen nichts von meiner Herkunft oder der ganzen Geschichte. Vielleicht ist eine von denen wie ich, und ich finde eine richtige Freundin. Vielleicht wird jetzt alles anders. Deshalb hatte sie sich einen klitzekleinen Moment der Freude gestattet, als sie in den Gemeinschaftsraum kam und Hattie allein dort sitzen sah, auf der Sessellehne hockend wie ein exotischer Vogel – bevor Kates unvermeidliche Furcht sie einholte und ihre Schultern nach unten drückte.

Kate saß an ihrem Lieblingstisch in der Bibliothek, einem langen Holztisch, in dessen Platte die Initialen früherer Lady-Jane-Mädchen eingeritzt waren, die Kate mit dem Finger nachmalte. Außer ihr war niemand in der Bibliothek, schließlich war heute der erste Schultag, und bis zum Aufruf dauerte es noch fünfzehn Minuten. Von ihrem Platz aus konnte Kate den Schulhof und das Haupttor sehen. In Dreier- und Vierergruppen kamen die Mädchen in ihren flaschengrünen Blazern mit passenden Baskenmützen, blauen Röcken und grauen Kniestrümpfen durchs Tor geströmt. Alle schritten sie hocherhobenen Hauptes daher: selbstsicher, glücklich und furchtlos.

Die Bibliothek war Kate der liebste Raum im ganzen Gebäude. Dort musste man nicht mit jemandem zusammen sein, denn in der Bibliothek allein zu sitzen wirkte nicht merkwürdig, nicht sehr jedenfalls. Auf den altmodischen Holzregalen zu ihrer Linken standen Kunstgeschichtsbände, große ausgeblichene Leineneinbände voller Sepia-Reproduktionen von Gemälden Botticellis oder Michelangelos. An der Wand direkt vor Kate hing ein gerahmter Druck der »Mappa Mundi«.

Kate versuchte, eine Zeitung zu lesen, aber in ihrem Kopf wiederholte sich fortwährend die Begegnung mit Harriet Fox, Hattie, und sie überlegte, wie sie hätte anders verlaufen können. Was hätte sie sagen sollen? »Hallo, ich bin Kathryn, aber alle nennen mich Kate.«

Wäre das doch bloß wahr gewesen! Sie hätte gern gehabt, dass alle sie Kate nannten, doch die Mädchen taten es nicht. Auf der Lady Jane suchte man sich seinen Spitznamen nicht selbst aus, zumindest nicht, wenn man Kathryn Small war. Kein Mensch auf der Schule nannte sie Kate. Die meisten Mädchen sprachen sie überhaupt nicht an, oder wenn, dann riefen sie Ka-ffryn, rollten das f ins r und machten allein durch die Betonung deutlich, dass nicht einmal die Schreibweise ihres Namens stimmte und sie möglicherweise einen besseren Stand gehabt hätte, wenn ihr Name »Catherine«, »Katherine« oder »Katharine« geschrieben würde.

Was sonst hätte sie zu der Neuen sagen können? »Hör nicht auf das, was die anderen über mich sagen. Ich bin eigentlich ganz nett«? Ja, klar, das hätte sicher ganz toll funktioniert! Wie auch immer, Kate hatte gar nichts gesagt. Stattdessen saß sie nun in der Bibliothek, blätterte in einer Zeitung und wusste, dass es schon zu spät war. Sie hatte ihre Chance verpasst und musste weitere zwei Jahre allein an einem Tisch im Klassenzimmer und in der Cafeteria verbringen, ohne Freundinnen, und dabei vorgeben, dass es ihr nichts ausmachte.

Harriet Fox. Vom allerersten Tag an hieß sie bei jedermann »Hattie«. Alle hatten ihren Spitznamen einfach so übernommen; sie musste nicht einmal darauf bestehen. Hattie war aufregend, ungewöhnlich und glamourös, nicht bloß für Kate. Jeder schien das zu denken. In der Unterprima wurden begierig alle Informationen ausgetauscht, die die Mädchen über Hattie hatten, und Kate konnte nicht anders, als zu lauschen. Ihr Vater war irgendein Filmproduzent, ihre Mutter Schauspielerin. In den Sechzigerjahren war sie berühmt gewesen, hatte ihre Karriere dann aber für ihre Tochter, ein Einzelkind, an den Nagel gehängt. Hatties Vater hielt nichts von Privatschulen, weshalb Hattie auf eine berüchtigte Gesamtschule im Norden Londons gegangen war, wo sie es trotzdem schaffte, ihre mittlere Reife so gut abzuschließen, dass sie zur Oberstufe zugelassen wurde. Auf Drängen ihrer Mutter wechselte sie für die Oberstufe zur Lady Jane Grey. Die Mutter wollte, dass Hattie in Cambridge PPÖ studierte (Kate wusste nicht genau, was das war) und dort bei den »Footlights« einstieg, der Comedy-Truppe der Universität.

Hatties Kleidung sorgte ständig für Gesprächsstoff: Secondhand-Kleider aus den Fünfzigern und Sechzigern, Strumpfhosen in Bonbonfarben, die nicht unbedingt Ton in Ton mit den restlichen Sachen waren; Schuhe und Stiefel, die häufig nicht zur Rocklänge passten; Ethno-Teile wie Saris oder chinesische Pantoffeln; klobiger, unechter Schmuck, der aussah, als stamme er vom Trödel. Kate fand, dass Hatties Kleidungsstil für die Lady Jane eine zu entschieden persönliche Note aufwies. Die meisten Schülerinnen schworen auf eine teure Variante der neuesten Mode; nur einige wenige blieben bei der klassischen Kombination von säuberlich gebügelten Jeans, Pullovern in Pastelltönen und Blusen mit Stehkragen. Die Einzige in der Oberstufe, die sich ganz und gar nicht wie ein Lady-Jane-Mädchen kleidete, war Kate, die jedoch mit ihren handgefärbten Schulblusen und artigen Röcken kaum in dieselbe Kategorie wie Hattie fiel.

Kate – als stummer Beobachterin, der die Marotten ihrer Mitschülerinnen allzu vertraut waren – kam es merkwürdig vor, wie beliebt Hattie war. Unangepasstes Verhalten wurde an der Lady Jane Grey gewöhnlich nicht gut aufgenommen. Wer von der Norm abwich, erntete Spott oder Schlimmeres. Doch soweit Kate feststellen konnte, hatte Hattie – in jenem Jahr das einzige neue Mädchen in der Oberstufe – sich nahtlos eingefügt, als wäre sie schon ewig auf der Lady Jane. Schnell war sie eng mit Susan und Serena befreundet, den beiden Mädchen, die de facto den ganzen Jahrgang regierten. Kate fragte sich, ob es an dem besonderen Glanz lag, der ihre Familie zu umgeben schien. Waren die Mädchen in der Oberstufe womöglich cooler, offener für Leute, die nicht ins Raster passten? Oder lag es schlicht daran, dass Hattie ein wirklich netter Mensch war?

Denn sie *war* nett. Das ließ sich nicht leugnen und erstaunte Kate. Hattie war sogar noch nett, wenn sie sich den anderen anschloss, Kate verspottete und sie triezte, was Kate wiederum längst zu ertragen gelernt hatte. Selbst dann gab es gelegentlich Momente, in denen Hattie freundlich und warmherzig, fast freundschaftlich auf Kate zuging. Beispielsweise grüßte sie Kate, wenn sie sich auf dem Flur trafen, lächelte ihr im Gemeinschaftsraum zu, wenn sich ihre Blicke begegneten, und eines Tages – unvorstellbar! – setzte sie sich in einer Mittagsstunde, die eigens für die Schülerinnen gegeben wurde, die sich für Oxbridge bewerben wollten, tatsächlich neben Kate. Zugegeben, das geschah nur einmal und das an einem Tag, an dem Serena zufällig krank war. Dennoch war es für Kate eines der glücklichsten Erlebnisse gewesen.

In jener Unterrichtsstunde ging es um ein furchtbar vages Thema, irgendwas Künstlerisch-Philosophisches, und Hattie beteiligte sich mit Feuereifer an der Diskussion. Kate hatte sie beobachtet. Sie betrachtete den ungewöhnlichen goldenen Halsreif mit den großen, hässlichen grünen Steinen, der viel zu schwer für Hatties schmalen blassen Hals wirkte. Sie betrachtete die pfirsichfarbene Seidenstrickjacke, die Hattie unter ihrem engen dunkelroten Samtjackett mit Puffärmeln trug. Ihr fiel auf, wie die weiten Ärmel in lange Manschetten mit Dutzenden winziger stoffbezogener Knöpfe mündeten, die beinahe bis zu den Ellbogen reichten. Sie beobachtete Hatties kantiges Profil, das nicht direkt hübsch, eher irgendwie vogelähnlich war. Und sie sah, wie Hatties hennagefärbter Bob exakt so nach vorn fiel, dass die Haarspitzen die kleine

Windpockennarbe rechts an ihrem Kinn berührten. All das registrierte Kate, während sie in ihrem blauen Cordrock dahockte, den sie seit Jahren hatte, und sich in der steifen Bluse, deren grüne Farbe sich ungleichmäßig auswusch, hässlich und langweilig vorkam. Ihr fielen all die Dinge auf, und sie fragte sich, ob sie vielleicht in Hattie Fox verliebt war.

Dann wurden sie Freundinnen. Kate erinnerte sich noch, wie sie es ab und zu als wahres Wunder empfand. Es geschah in Cambridge, bei einem Wochenend-»Schnupperseminar« für herausragende Englischschüler, die einen Vorgeschmack auf das Leben in Cambridge bekommen sollten. Von der Lady Jane Grey war eine ganze Gruppe dort: Kate und Hattie, Serena, Susan. Kate hatte vor dem Wochenende gegraut, und sie hatte befürchtet, es würde noch schlimmer als die Schule, gab es dort doch kein Entkommen. Aber zu ihrer Überraschung hatte sie die Zeit in Cambridge genossen. Es war kurz nach Weihnachten, und der wunderschöne, eis- und schneebedeckte Innenhof des College erinnerte an alte Romane über das Studentenleben der Söhne aus besserem Hause. Die ganze Stadt wurde von gefrierendem Nebel verhüllt, in dem man nur wenige Meter weit sehen konnte, und man hätte beinahe glauben können, dass außerhalb der College-Mauern gar nichts anderes existierte, eine seltsame, geradezu magische Stimmung, wie Kate fand.

Susan und Serena teilten sich natürlich ein Zimmer. Die beiden waren stets unzertrennlich gewesen. Das bedeutete, dass Kate sich eine winzige, eisig kalte Bodenkammer mit Hattie teilte. Erstmals lernten sie sich richtig kennen und stellten fest, dass sie manches gemeinsam hatten und dass sie sich – fernab von den dämlichen anderen Mädchen – gegenseitig zum

Lachen bringen konnten. Und nachdem Hattie sie erst einmal akzeptiert hatte, waren sogar Susan und Serena bereit, Kates Gesellschaft zu ertragen, zumindest für die Dauer des Wochenendseminars. Vielleicht hieß es für sie auch bloß »Lady-Jane-Mädchen gegen den Rest der Welt«. Wie auch immer, zum allerersten Mal, seit Kate auf der Schule war, gehörte sie mit zur »In«-Clique. Und alles wegen Hattie. Dafür war Kate ihr dankbar.

Dennoch hätte sie gleich begreifen müssen, dass Hatties allzu freier Umgang mit Alkohol und Drogen zu einem Problem werden könnte. Als sie in ihrer kleinen Dachkammer in Cambridge auspackten, hatte Hattie zwei Flaschen Wodka aus ihrem altmodischen Koffer geholt. Kate war schockiert gewesen, zugleich aber auch ein bisschen beeindruckt. Ihr war es, als hätte man sie in einen Kreis von Erlauchten eingeladen. Sie kam sich schrecklich naiv vor, weshalb sie ihr Entsetzen und ihre unbewusste Ablehnung verbarg. Stattdessen versuchte sie, sich einzufügen. An jenem Wochenende wurde sehr viel getrunken, flaschenweise Wodka und Scotch in ihrem oder in Susans und Serenas Zimmer, einer ebenso kleinen Dachkammer. Kate hatte mitgemacht, wenn auch in Maßen. Es gelang ihr, ihr Glas jeweils nur halb so schnell zu leeren wie die anderen und dabei noch einigermaßen nüchtern und klar zu bleiben, ohne dass die anderen es bemerkten.

Und dann kam der Moment, spät am Abend in Susans und Serenas Zimmer, als Susan einen kleinen Umschlag mit weißem Pulver hervorholte: Kokain, wie sie sagte. Da hatte Kate sich entschuldigt und war zu Bett gegangen. Sie hatte Angst bekommen, wollte das Zeug nicht probieren. Schließlich hatte sie keine Ahnung, was es mit ihr anstellen würde, und vor diesen Mädchen wollte sie auf keinen Fall die Kontrolle über sich verlieren.

Alle schienen bei diesem Seminar über die Stränge zu schlagen. Jedenfalls wurde reichlich getrunken. Ein Haufen Oberstufenschülerinnen, die so taten, als wären sie Studentinnen – was wollte man da anderes erwarten? Später, als sie wieder in der Schule waren, erzählte die Direktorin ihnen, dass ein Mädchen von einer anderen Schule an dem Wochenende ums Leben gekommen war, in der letzten Nacht im Fluss ertrunken. Ein tragischer Unfall, verursacht durch übermäßigen Alkoholkonsum. Die Direktorin hatte sie streng ausgefragt, und sie alle leugneten übereinstimmend, während des Seminars übermäßig getrunken zu haben. »Wir haben uns den einen Abend eine oder zwei gute Flaschen Wein geteilt«, sagte Susan, die mit ihren blassgrauen Augen so ernst dreinblicken konnte, dass ihr alle Erwachsenen glaubten. »Es tut mir leid, falls das unangemessen war.«

So wenig Kate Susan mochte, war sie doch beeindruckt. Susan hatte sich äußerst geschickt verhalten. Statt sich übertrieben unschuldig zu geben, bestätigte sie mit ihrem »Geständnis« das Bild, das die Direktorin von ihren Schülerinnen hatte. Wein, ein guter noch dazu, war für ihre jungen Damen vollkommen akzeptabel.

Kate hatte erwartet, dass ihre Freundschaft mit Hattie nach dem Cambridge-Wochenende vorbei wäre. Aber das war ein Irrtum. Sie ging weiter, obgleich anfallsweise, mit Unterbrechungen. Hattie rief sie von Zeit zu Zeit an den Wochenenden an, forderte Kate auf, mit ihr auszugehen, sie hier- oder dorthin zu begleiten. Der Zwischenfall mit dem Mädchen, das in Cambridge umkam, hatte Kate Angst eingejagt. Hatte sie befürchtet, dass mit Hattie eines Tages dasselbe passieren könnte? War sie deshalb herbeigeeilt, wann immer Hattie sie rief – in jenen letzten beiden Schuljahren und in dem Sommer zwischen Schule und Universität? Das Telefon läutete, und Hattie sagte: »Mir ist langweilig. Komm und leiste mir Gesellschaft.«

Und Hattie konnte die beste Gesellschaft von allen sein – düster, waghalsig und witzig, voller Leben und Abenteuerlust. In dem Sommer nach dem Schulabschluss besuchten sie zusammen zahlreiche schrille Partys, erlebten unzählige Abende, die großartig anfingen und doch in Tränen und Reue endeten, mit verschmiertem Make-up, zerrissenen Kleidern, abgebrochenen Absätzen. Abende, die so viel Aufregendes versprachen, aber übel ausgingen. Am Ende lief es jedes Mal darauf hinaus, dass Kate Hatties Haar zurückhielt, während diese sich in einer Seitengasse übergab, oder sie über Kater und Schlimmeres hinwegtröstete. Wie viele Nächte hatte Kate Hattie in Taxis bugsiert, Hattie nach Hause begleitet und sie, halb bewusstlos, in die stabile Seitenlage gebracht, wobei sie betete, ihre Freundin möge nicht sterben? Und dann, eines Nachts, hatte etwas in Kate »klick« gemacht. Sie erinnerte sich nicht mehr genau, wie es kam, bloß dass es der letzte Tropfen war, der das Fass zum Überlaufen brachte. In jener Nacht entschied Kate, dass es ihr reichte, dass sie weggehen musste, ehe etwas richtig Übles geschah. Das war vor zwanzig Jahren gewesen.

Kates Gedanken blieben im Takt des Rudergerätes. Sie wurde schneller und schneller. *Zurückstemmen mit den Beinen, Arme anziehen und wieder nach vorn.* Endlich hatte Kate den Punkt erreicht, den sie liebte: Sie überwand die Schmerzgrenze. Von nun an wurde sie von Wärme, Heiterkeit und der Überzeugung beherrscht, sie könne ewig auf dieser Maschine rudern. Dies war der Moment, auf den sie sich bei jedem Training freute, der Moment, in dem ihr Körper und ihr Geist sich in vollständigem Einklang befanden.

Und dann war er wieder fort, der Moment, und mit ihm auch die Konzentration. Kates Gedanken schweiften ab, kehrten zurück zu dem entsetzlichen Augenblick in der U-Bahn-Station in Camden. Sie dachte an Hatties Gesicht unmittelbar vor dem Fall, kurz vor dem Sprung. *Wir haben etwas Furchtbares getan.*

Was hatte Hattie gemeint? Irgendetwas musste schrecklich auf ihr gelastet haben. Sie war verwirrt und betrunken gewesen, und Kate zu sehen hatte eine Kurzschlussreaktion in ihr ausgelöst. *Wir haben etwas Furchtbares getan.* Plötzlich fragte Kate sich, ob es eine Entschuldigung sein sollte. Vielleicht hatte Hattie sie gesehen und sich an alles erinnert – daran, wie sie wie all die anderen Mädchen Kate in der Schule behandelt hatten. Und sie hatte sich schuldig gefühlt.

Kate fröstelte, während sie ihren Körper entspannte, denn ihr wurde kalt auf dem Rudergerät. Sie war verärgert, wütend. Das war blöd, sagte sie sich. Hör auf, dich für das fertigzumachen, was Hattie gestern Abend getan hat. Hattie hatte es mal wieder geschafft. Nach zwanzig Jahren hatte sie sich abermals erfolgreich in Kates Gedanken gestohlen, sie in ihr persönliches Drama hineingezogen. Wie konnte sie es wagen? Sie hatte Kate gezwungen, etwas mit anzusehen, was nichts mit ihr, Kate, zu tun hatte. Hattie, die Drama-Queen hatte noch nie ohne Publikum auskommen können, und in Kate fand sie stets aufs Neue eine dankbare Zuschauerin. Hattie hatte Kate als Zuschauerin für ihren großen Abgang missbraucht.

Vier

Neil saß in seinem Arbeitszimmer, dem kleinen Dachzimmer im dritten Stock, das ein Kinderzimmer werden sollte, ehe sich die Dinge anders entwickelten. Sein Laptop stand aufgeklappt vor ihm, und er hielt einen großen Becher mit starkem Tee in der Hand. Dieses Zimmer, sein eigener kleiner Raum, hatte ihm gefehlt. Auf den Regalen und dem Schreibtisch stapelten sich Zeitungsausschnitte und unordentliche, viel zu volle Ordner. Die Wände waren behängt mit Bildern, die Neil mit einem Posterkleber befestigt hatte – Schnappschüsse von Kate und seinen Eltern, ein Teamfoto und der Saisonspielplan seines heiß geliebten Barnsley FC.

Neil war froh, wieder zu Hause zu sein, auch wenn es nur vorübergehend war. Für die Trennung auf Probe war er in der Wohnung eines Freundes untergekommen, ein Journalistenkollege, der praktischerweise gerade beruflich in Jerusalem war. Neil wollte sich nicht gleich eine eigene Wohnung suchen, denn er glaubte nicht, dass seine Ehe wirklich am Ende war. Das Ganze war eine kleine Krise, mehr nicht. Sechzehn Jahre warf man nicht so einfach fort.

»Ich frage mich, warum wir noch verheiratet sind.« So lautete der Satz, der die Trennung herbeiführte. Kate hatte ihn ausgesprochen, ruhig, scheinbar ohne jeden Anlass. Ja, es hatte einen Streit gegeben, oder zumindest war Neil wütend geworden, und Kate hatte dichtgemacht. Er hatte geahnt, dass da etwas war, was sie nicht sagte. Manchmal war der Umgang mit ihr frustrierend, sie konnte so verflucht unkommunikativ sein.

Und nun waren sie wieder am selben Punkt. Kate hatte ihn gebeten, zurückzukommen, hatte ihn zu Hilfe gerufen, aber jetzt wollte sie nicht mit ihm reden. Sie hatte schon wieder zugemacht. Gott, sie konnte furchtbar verschlossen sein! Zum Beispiel hatte Kate ihm gegenüber nie erwähnt, dass sie eine Harriet Fox – Hattie – kannte. Möglicherweise hatte Neil sogar die Serie gesehen, in der diese Frau mitspielte. Eines Tages hatte er von zu Hause aus gearbeitet, und Kate war früh aus dem Sender zurück gewesen. Als er die Treppe runterkam, saß sie vor dem Fernseher, in dem diese grottenschlechte Seifenoper lief, erbärmliches Nachmittagsprogramm eben. Ein Haufen flüchtig bekannter Mimen, die Anwälte spielten. An dem Tag hatte Kate nichts gesagt, das wusste er genau. Sie hatte nicht auf den Bildschirm gezeigt und gesagt: »Die Frau da ist eine alte Freundin von mir.« Oder: »Siehst du die Schauspielerin? Mit der bin ich zur Schule gegangen.« Das wäre doch nur normal gewesen, jeder andere hätte das getan.

Neil Callan hatte täglich mit den Nachwirkungen von Ereignissen zu tun. Das war sein Job. Er produzierte eine Dokumentarserie fürs Fernsehen, die er manchmal auch selbst moderierte. *Nach den Schlagzeilen* ging Titelgeschichten nach; Wochen, Monate, bisweilen Jahre später wurden Beteiligte und Betroffene aufgesucht und gefragt, ob und was sich seit dem Medienrummel verändert habe. Zumeist gefiel ihm die Arbeit. Angesichts des gegenwärtigen Trends, Nachrichten zunehmend als Unterhaltung darzubieten, war er froh, in einer Sparte zu arbeiten, die noch anständige, solide Dokumentationen lieferte. Er brachte harte Fakten (nicht eingelöste Regierungsversprechen, ausgebliebene Untersuchungsberichte) mit menschlichen Geschichten zusammen. Die Leute sprachen deutlich freier über ihre Anliegen und Nöte, wenn ein wenig Zeit verstrichen war. Und da die Serie von Neils eigener Firma produziert wurde, konnte er sich aussuchen, wie und woran er arbeitete.

Neil konnte mit Fakten ebenso gut umgehen wie mit Gefühlen. Sensibel und dennoch direkt befragte er Menschen zu ihren traumatischsten oder empörendsten Erlebnissen. Er wusste, dass er ein begnadeter Zuhörer war, als warmherzig wahrgenommen wurde und intuitiv Gespräche lenken konnte. In seinem Beruf befragte er praktisch wöchentlich andere Menschen zu den fürchterlichsten Dingen, die ihnen je widerfahren waren, und überredete sie, ihm etwas zu erzählen, was sie noch nie zuvor jemandem erzählt hatten.

Gestern war er in einem Dorf in Worcestershire gewesen, in einer Gegend, die er gar nicht kannte. Es war ein recht hübscher Ort, fand Neil, inmitten sattgrüner Landschaft, der jedoch unendlich weit von allem entfernt zu sein schien. In dem Dorf hatte Neil eine Frau namens Christine befragt, deren dreijähriger Sohn vor fast einem Jahr verschwand, als sie mit ihm einkaufen war. Der Junge wurde beinahe eine volle Woche vermisst. Dann fand man ihn lebend und wohlauf vor der Schule im Nachbardorf. Damals war es wie ein Wunder erschienen, dass er überhaupt noch lebte. Und er war mehr als wohlauf gewesen, als man ihn entdeckte. Der Kleine war sauber, gut genährt, teuer neu eingekleidet und hielt einen brandneuen Steiffteddy umklammert. Wie sich herausstellte, hatte eine Frau aus dem Ort den Jungen gesehen, als er allein im Einkaufszentrum umherwanderte, und hatte ihn mitgenommen. Sie wollte ihn sofort zur Polizei bringen. Die Frau war eine Witwe in mittleren Jahren mit erwachsenen Kindern. Sie war Klavierlehrerin, betreute eine Pfadfindergruppe und galt als echte Stütze der Gemeinde. Und sie war einsam. Der kleine Junge hatte sich vertrauensvoll von ihr an die Hand nehmen lassen, und so kam es, dass sie mit ihm bei sich zu Hause landete. Sie gewann den Jungen lieb und sorgte für ihn, wusste aber natürlich, dass sie ihn nicht behalten durfte.

Es war eine traurig-schöne Geschichte mit einem unerwartet glücklichen Ende für Christine und ihren Mann. Ihr kleiner Sohn war nicht zu Schaden gekommen. Die Frau, die ihn zu sich genommen hatte, durchlief zurzeit psychiatrische Tests, und die aus ihnen resultierenden Gutachten würden das Urteil mitbestimmen. Nach fast einem Jahr hätte alles wieder gut sein sollen. War es aber nicht.

Christine – »nennen Sie mich Chrissie« – war eine hübsche, füllige Frau in den Mittdreißigern, die sich für die Fernsehkameras eines dieser bunten tunikaartigen Oberteile angezogen hatte, die das Dekolleté betonten. Sie machte Neil eine Tasse starken Tee und führte ihn im Haus herum. Neil und sein Produktionsteam hatten Chrissie dazu gebracht, sich für das Interview mitten im Kinderzimmer ihres Sohnes aufzustellen. Die Kamera filmte das überall verstreute Spielzeug und den inzwischen berühmten Steiffteddy, der auf dem Bett saß. Als Neil behutsam nachfragte – halb unbewusst sprach er in seinem freundlichen Yorkshire-Akzent –, hatte Chrissie sich ihm langsam aber sicher geöffnet. Ungeweinte Tränen schwammen in ihren Augen, als sie erzählte, wie angespannt ihr Eheleben sei und wie sehr die Kinder in der Schule litten. Sie erzählte, wie es sei, als Mutter auf dem Prüfstand zu stehen und sich zu fühlen, als habe man bei seinem Kind versagt. Sie berichtete auch, dass sie immerfort versuche, mit der Frau mitzuhalten, die ihren Sohn so hübsch angezogen und so gut für ihn gesorgt hatte.

Neil konnte es gar nicht erwarten, die Aufnahmen zu sehen.

Er wusste, dass es eine wunderbare Sendung werden würde – eine zu Herzen gehende, facettenreiche Geschichte, die fast jeden rühren würde, der sie sich ansah. Wenn er binnen weniger Stunden so viel emotionale Offenheit bei einer Frau erreichen konnte, die er nie zuvor gesehen hatte, wie kam es dann, dass es so schwierig war, mit seiner Frau zu reden? Nun ja, mit seiner *entfremdeten* Frau, musste man wohl der Ordnung halber hinzufügen.

Seine eigene Frau jedenfalls hatte eines der schrecklichsten Erlebnisse gehabt, die man sich überhaupt vorstellen konnte. Und dennoch wollte sie nicht mit ihm darüber sprechen. Nachdem Kate dieses surreale Radiointerview gegeben hatte, war Neil überzeugt gewesen, dass es etwas gab, was sie ihm erzählen wollte, ihm erzählen musste.

Neil war ziemlich sicher, dass sie zu diesem Zeitpunkt drauf und dran gewesen war, ihm die ganze Geschichte über diese Hattie zu erzählen. Vielleicht hatte sie auch bloß erzählen wollen, wie es dazu kam, dass sie mit ihr auf dem falschen Bahnsteig landete. (Denn was hatte Kate auf einem Bahnsteig in Richtung Edgware zu suchen? Das war ihm nach wie vor ein Rätsel.) Aber nichts geschah. Es gab keine Erklärungen, gar nichts. Alles, was er von Kate bisher gehört hatte, war das unzusammenhängende Gestammel am Telefon gewesen, mitten in der Nacht. Danach folgte jener kalte, klinisch sachliche Bericht, den er mit angehört hatte, als sie mit ihrem Sender telefonierte. Mit ihm hatte sie immer noch nicht gesprochen, und das gefiel ihm ganz und gar nicht.

Er hatte wirklich sein Bestes getan, sie zum Reden zu bringen. Sie hatte gesagt, dass sie zurück ins Bett müsse, worauf er nach ihrer Hand griff und bat: »Bleib. Nur kurz. Bleib und rede mit mir!«

Doch Kate hatte nur die Augen geschlossen, den Kopf

geschüttelt, ihre Hand zurückgezogen und war aus der Küche gegangen. Den Rest des Tages war sie in ihrem Bett geblieben, und hier saß er nun und versuchte immer noch herauszufinden, was los war, und vor allem zu ergründen, ob Kate wollte, dass er blieb. Er wurde nicht mehr schlau aus ihr. Neil war nicht sicher, ob Kate inzwischen bereute, ihn angerufen zu haben. Warf sie sich jetzt womöglich vor, dass sie ihn um Hilfe gebeten hatte?

Fakten, die brauchte er. Wenn er schon keine Gefühle haben konnte, musste er halt mit Fakten vorliebnehmen. So fing er jede Story an. Man grub so viele Informationen wie möglich aus, jede noch so nichtige Kleinigkeit, die sich als wichtig erweisen konnte. Und dann konnte man losziehen und Leute finden, die man befragte, bei denen man sozusagen die richtigen Knöpfe drückte, damit sie einem die Antworten lieferten. Nur war das hier keine Befragung, bei der er Knöpfe drücken wollte. Hier ging es um seine Frau, und er wollte sie zum Reden bringen – um ihr zu helfen. Gleichzeitig ahnte er, dass diese Situation ein Wendepunkt für sie beide sein könnte. Falls er sie dazu bringen konnte, über ihr Erlebnis zu reden, sich an ihn zu lehnen und ihm zu vertrauen, fanden sie vielleicht wieder zueinander zurück.

Wer in aller Welt war Harriet »Hattie« Fox? IMDb, die Internet Movie Database, schien ihm ein guter Ausgangspunkt zu sein. Leider war das, was dort auftauchte, erbärmlich spärlich. Für eine Schauspielerin von Ende dreißig hatte sie verblüffend wenige Filmverweise: ein paar Rollen in Low-Budget-Filmen der Achtziger und Neunziger, gefolgt von Gastauftritten in Arzt- oder Krimiserien wie *Casualty* oder *The Bill*, wie sie fast jeder Schauspieler in Großbritannien hatte. Rollennamen wie

»Georgina« oder »Lavinia« legten nahe, dass sie gern als »arrogante Zicke« gecastet wurde. Es gab eine Nebenrolle in einer Sonntagabendserie, die in einer fiktiven Kleinstadt spielte, irgendwo im ländlichen, herzerwärmenden England, das die Macher von Fernsehserien so gern zum Schauplatz wählten. Seit Hattie bei *Lawyers* mitspielte, war sie gerade mal für einen Preis nominiert worden: »Beste Zicke« in einer dieser fragwürdigen Abstimmungen, die Fernsehzeitschriften veranstalteten. Das Interessanteste an ihrer Biographie waren ihre Eltern. Ihr Vater war ein relativ bekannter Film- und Fernsehregisseur, inzwischen verstorben, und ihre Mutter hatte sich früher als Schauspielerin und Glamour-Girl einen Namen gemacht und es sogar zu einem Kurzauftritt in einem Bond-Film gebracht.

Neil hatte im Hintergrund »Five Live« an und zusätzlich aktiviert, dass er angepiept wurde, sowie irgendwas über Harriet oder Hattie Fox auf dem Newsticker einging. Obwohl die Medien bereits ihren Namen nannten, schien die Polizei ihre Identität noch nicht offiziell bestätigt zu haben. Neil fragte sich, wer wohl diesen undankbaren Job bekäme und ob Hatties Mutter noch lebte. Er rief einen seiner Informanten bei der Polizei an und plauderte eine Weile mit dem Mann, bevor er ihn überredete, ihm eine Kontaktperson bei der British Transport Police zu nennen. Anschließend rief Neil sofort die Nummer an und fühlte vor, wie viel er rauskriegen könnte. Der Mann, der Neil weder kannte noch von ihm gehört zu haben schien, war sehr zurückhaltend und wollte so gut wie nichts preisgeben. Der Tod einer »achtunddreißigjährigen Frau« wurde als Suizid behandelt, so viel schien klar, aber offiziell sagte man gar nichts, bis die richterliche Untersuchung abgeschlossen war. Die wiederum sollte binnen weniger Tage eröffnet werden, eine Anhörung allerdings erst in einigen

Wochen stattfinden. Neil vermutete, dass sie dort auch Kates Zeugenaussage brauchten, und er hoffte sehr, sie würde es verkraften. Immerhin würde sie den ganzen Schrecken nach Wochen noch einmal durchleben müssen. Der Mann von British Transport bestätigte, dass Hatties Mutter noch lebte, aber dass sie auf zahnärztliche Aufzeichnungen zurückgreifen würden – zurückgreifen *müssten* –, um das Opfer letztgültig zu identifizieren. Und das war auch so ziemlich alles, was Neil aus ihm herausbekam.

In den Nachrichten brummte die Story. Offizielle Bestätigung hin, zahnmedizinischer Abgleich her, eine auch nur halbwegs bekannte Schauspielerin, die beim »Horror in der U-Bahn« ums Leben kam, lieferte spannenden Stoff für einen Tag ohne große Nachrichtenaufhänger. Man redete noch nicht von Suizid, obwohl Neil vermutete, dass es die Regenbogenpresse morgen tun würde. Sofern sich nicht in den nächsten paar Stunden eine andere große Sache ergab, war es die perfekte Titelstory für sie. Vorerst jedoch blieb es eine »Tragödie«: ein absurder Unfall, kein willentlicher Sprung. Und die Nachrichten über Kates Rolle sickerten infolge ihres Radiointerviews auch allmählich durch. »Grausiges Ende einer Mädchenfreundschaft: Radiomoderatorin wird Zeugin eines tragischen Todes«, war nur eine der Schlagzeilen, und Neil dachte flüchtig, wie sehr Kate sich über das Wort »Mädchenfreundschaft« ärgern würde. Eine Weile würde sich die Story halten, es gäbe einen Nachruf von der BBC sowie Trauerbekundungen von den Kollegen der Serie *Lawyers*, man würde über den Preis des Ruhmes spekulieren, und dann, in ein paar Wochen, wäre alles wieder vergessen.

Es sei denn, Neil beschloss, der Geschichte später noch einmal nachzugehen. Diesen Gedanken wollte er jedoch vorerst weit von sich schieben. Hier ging es um eine frühere Freundin seiner Frau. Und dennoch: Etwas an der Story reizte ihn, und das hatte mit Lady Jane Grey zu tun, der piekfeinen Mädchenschule, die Kate besucht hatte. Warum sollte sich eine erfolgreiche Schülerin einer der berühmtesten Eliteschulen Großbritanniens vor die U-Bahn werfen? Bis heute fand Neil es fast unvorstellbar, dass Kate auf der Lady Jane Grey gewesen war. Bevor er nach Oxford kam, hatte Neil nie von der Schule gehört, doch dann schienen die Lady-Jane-Grey-Schülerinnen – *Janeites*, wie sie offenbar genannt wurden – plötzlich überall zu sein. Aber vielleicht übertrieb er auch. Nicht jedes auffallend selbstbewusste Mädchen mit langem honigblondem Haar, dem er auf seinem College begegnete, hatte zwangsläufig die berühmte Nordlondoner Schule besucht, auch wenn es ihm so vorgekommen war. Sie waren sich alle ziemlich ähnlich gewesen. Auf den ersten Blick wirkten sie wie klassische *Sloanes*, Trendsetterinnen aus gutem Hause, denen alles in den Schoß fiel, nur dass sie sich gewöhnlich als sehr viel klüger oder vielleicht auch nur akademisch gefestigter erwiesen, als man erwartet hätte. Diese Mädchen – jedenfalls die, die Neil gekannt hatte – waren nahezu erdrückend selbstbewusst. Wie sie sich mit einer Hand das Haar aus der Stirn hielten, während sie in Seminaren und Tutorien ihre Ansichten vortrugen! Kein Zögern, kein Bangen um die richtige Formulierung oder die korrekte Aussprache. Neil, das gescheite Arbeiterkind von der Gesamtschule in Süd-Yorkshire, war von ihrem Selbstvertrauen und ihrer Kompetenz geplättet gewesen.

Er hatte sogar mal mit einem Mädchen von der Lady Jane geschlafen, lange bevor er Kate kennenlernte, aber das hatte er ihr nie erzählt. Er hatte befürchtet, sie würde das Mädchen kennen, das wenige Jahre über ihr gewesen sein musste. Sie hieß Camilla – natürlich, wie sonst? – und war mit ihm in Oxford, wo sie für ihr College Tennis spielte. Neil erinnerte sich noch, wie überrascht er war, als er erfuhr, dass es an seinem College eine eigene Tennismannschaft gab. Er lernte sie in einem kleinen Pub in Oxford kennen, wo noch traditionell gebrautes Ale ausgeschenkt wurde. Das Lokal hatte er mit seinen Freunden entdeckt. Eines Abends kam eine Gruppe von fünf oder sechs piekfeinen Mädchen herein. Camilla sah, was die Jungen tranken, und begann pintweise Ale in sich hineinzuschütten, als wäre es ein exotisches Spiel. Sie war für jeden Spaß zu haben und erwies sich als ausgesprochen trinkfest, was in Neils damaliger Lebensphase bei einer Frau einen besonderen Reiz darstellte. Später waren sie und Neil zurück zu ihrem Zimmer getorkelt, wo über allen Stühlen und Lampenschirmen dünne Tücher drapiert waren. Im Bett konnte Camilla total versaut sein. Mit demselben Schmollmund, aus dem sonst die eloquentesten Sätze sprudelten, tat sie Dinge, von denen Neil bis dahin nur geträumt hatte.

Als Neil nach ein paar vergeudeten Jahren in der Stadt ans College kam, um Rundfunkjournalismus zu studieren, hatte sich sein Frauengeschmack geändert. Nun ertappte er sich auf einmal dabei, dass er die zugeknöpfte, äußerst strebsame, schmale, aber hübsche Kate Small bewunderte, ja, geradezu anbetete. Sie kennenzulernen war alles andere als leicht gewesen. Sie trank nicht und ging folglich nie ins Pub. Immerzu lernte sie, und wenn sie gerade nicht in Vorlesungen und Seminaren saß, joggte sie, büffelte in der Bibliothek oder war im Produktionsstudio, um Extra-Aufgaben zu erledigen. Schließlich gelang es Neil, ein Projekt zu ergattern, bei dem er mit ihr zusammenarbeiten sollte. Bei strömendem Regen saßen sie in seinem Wagen vor dem Haus eines Mannes, den sie interviewen wollten – den Leiter eines örtlichen Kinderheims, der wegen eines Skandals geschasst worden war, soweit Neil sich erinnerte. Sie kamen sich ein bisschen vor, als würden sie den

Mann observieren. Während sie über dies und jenes redeten, landeten sie irgendwie bei dem Thema, wie Neil nach Oxford gekommen war und wie komisch und deplatziert er sich in seinem ersten Jahr gefühlt hatte. Darauf sagte Kate mit ihrer allzeit ruhigen, geschmeidigen, klassenlosen Stimme: »Da hättest du erst mal die Lady Jane Grey erleben müssen.«

»Wie meinst du das?«

»Hast du noch nie von der Schule gehört?«

»Doch, klar habe ich. In Oxford waren ja haufenweise Janeites.«

Kate hatte verbittert gelacht. »Janeites«, wiederholte sie beißend. »So wie ich. Ich bin auch eine Janeite. Überrascht?«

Natürlich war er überrascht. »Heiliger Himmel!«, hatte er gesagt und sie verdutzt angestarrt. Und dann, ehe er sich bremsen konnte, hatte er gefragt: »Wie kommt's, dass du nicht schnöselig bist?«

Kate hatte gelacht, und Neil verliebte sich in ihr Lachen. So einfach war das. In dem Moment, in dem er sie erstmals richtig lachen hörte, wusste er, dass er sie heiraten würde. Ihr Lachen war mädchenhaft und klar, glockenhell. Und gleichzeitig wurde ihr Gesicht außergewöhnlich schön. Grübchen erschienen auf ihren Wangen, das eine rechts von ihrem Mund, das andere weiter oben auf der linken Seite. Noch dazu errötete sie. »Das ist eine lange Geschichte, die ich dir vielleicht eines Tages erzähle.«

Das hatte sie jedoch nie getan, jedenfalls nicht in zusammenhängender Form, nicht die ganze Geschichte. Hier und da fielen ein paar Informationsbröckchen – dass sie ein Stipendium hatte, »großes Glück« gehabt hätte (was sie stets wie auswendig gelernt sagte, als wäre es ihr eingetrichtert worden), eine außergewöhnliche Chance bekommen hätte. Nie aber hatte sie ausführlich darüber gesprochen, und Neil hatte längst begriffen, dass er sie nicht drängen durfte. Nun jedoch war es an der Zeit. Kates mangelnde Offenheit, ihre fortwährende Vorsicht und Zurückhaltung waren ihrer Ehe nicht bekommen. Mehr denn je wollte Neil alles über Kates Zeit auf der Lady Jane Grey erfahren. Seine Wissbegier war geweckt, und er hatte das Gefühl, kurz davor zu sein, wenigstens eine Vorstellung von der Vergangenheit seiner Frau zu bekommen. Er wollte wissen, wie die Schule wirklich war, und vor allem interessierte ihn, warum eine wortgewandte, erfolgreiche Ex-Schülerin der Lady Jane so deprimiert gewesen war, dass sie sich auf eine denkbar entsetzliche Weise das Leben nahm.

Fünf

»Wie fühlt man sich, wenn man jemandem beim Sterben zusieht?«

Es war eine Männerstimme, eine ziemlich ausdruckslose, gewöhnliche Stimme, schwer einzuordnen, da sie nichts über Herkunft oder Bildungsstand verriet. Kate lauschte über ihre Kopfhörer, spielte abwesend mit dem Stift in ihrer Hand und blickte aus dem Studiofenster auf den wenig inspirierenden Lichtschacht und die gegenüberliegenden Fenster. Es war Montagmorgen, ihr erster Tag im Sender nach Hatties Tod, und ihre Gedanken waren nicht recht bei der Arbeit. Sie wäre beinahe überall lieber gewesen als im Studio, wo sie versuchen musste, ihre Zuhörer zu unterhalten. Kate öffnete den Mund, um die Frage zu wiederholen, was sie normalerweise bei Höreranrufen immer tat. So konnte sie sich auf den Anrufer einstellen und Zeit gewinnen, um eine Antwort zu formulieren. »Wie fühlt man sich ...«, begann sie, und erst jetzt, da sie zu sprechen begann, begriff sie richtig, was der Mann sie fragte.

»Wer spricht da?« Sie drehte sich mit dem Stuhl zum Mischpult mit den zahlreichen Computerbildschirmen um, als würden die ihr helfen, den Anrufer zu identifizieren. Ihre Stimme musste ruhig und professionell bleiben. Auf keinen Fall durfte sie ängstlich, schroff oder verwirrt klingen. Zunächst aber musste sie herausbekommen, ob der Anrufer wirklich interessiert oder nur ein Perversling war. Vor durchgeknallten Anrufern war sie stets auf der Hut und hatte mittlerweile eine

Art sechsten Sinn für sie entwickelt. Es kam äußerst selten vor, dass Kate überhaupt einen Irren auf Sendung nahm, wissentlich geschah das nie. Trotzdem schaffte es alle Jubeljahre einer von ihnen, sich unter Kates Radarschirm hindurchzumogeln. Und nun fragte sie sich, ob dies einer der Fälle war. Ganz sicher konnte sie sich indes nicht sein, dass dieser Mann wirklich ein Irrer war. Daher war sie gewillt, es ihm zunächst einmal nicht zu unterstellen. Die Frage an sich war ja nicht direkt unangebracht, sagte sie sich. Mithin könnte der Mann durchaus ein ganz normaler Mensch mit einem normalen menschlichen Interesse daran sein, wie es jemandem erging, der mit ansehen musste, was sie mit angesehen hatte. Schließlich war Kate erst vor drei Tagen in den Radionachrichten gewesen und hatte berichtet, wie sie Hattie sterben sah. Vor ihren Zuhörern schien sie kein Problem zu haben, über das Thema zu sprechen.

Wie fühlt man sich? Wie fühlen *Sie* sich? Das waren klassische Journalistenfragen, die Art von Fragen, die sie im Laufe ihrer Rundfunkkarriere unzähligen Leuten gestellt hatte. Und nun saß sie eben hier und bekam sie selbst gestellt. Vertrackt war einzig, dass sie die Antwort immer noch nicht wusste.

»Wer spricht da?«, fragte sie nochmals.

Einen Moment lang blieb es still in der Leitung, und dann, kurz bevor Kate den Blendregler zog, um den Anrufer rauszuwerfen, hörte sie wieder die ruhige, normal klingende Stimme. »Hier ist Andy aus Ealing. Tut mir leid, ich wollte Sie nicht aufregen, meine Liebe. Ich hatte mich bloß gefragt, wie das sein muss.«

Andy aus Ealing war einer ihrer regelmäßigen Anrufer. Im Geiste ohrfeigte sie sich, dass sie Angst bekommen hatte. Andy rief sie mindestens zwei oder drei Mal die Woche an. Er war ein bisschen seltsam – einsam wahrscheinlich –, aber ganz gewiss kein Irrer. Kate hätte seine Stimme eigentlich erkennen müssen. Wie dem auch sei, jetzt war es zu spät, seine Frage nicht mehr zu beantworten, denn sie steckte mitten in der Unterhaltung.

»Schrecklich fühlt man sich. Ein solches Erlebnis wünsche ich niemandem.« Na also! Das hörte sich gut an: professionell, aber mitfühlend, und hoffentlich knapp genug, um andere davon abzuhalten, sie nochmals deswegen anzurufen.

»Nein, das würde ich auch keinem wünschen«, sagte Andy aus Ealing. »Niemand sollte bei so etwas zugucken müssen. Na ja, wie auch immer, ich dachte einfach, ich rufe Sie mal an und frage, wie es Ihnen geht. Als Sie am Freitag nicht da waren, haben wir Sie vermisst.«

Kate war merkwürdig gerührt. Sie brachte ein »Danke« hervor, befürchtete allerdings, dass sie womöglich heulen würde, falls sie versuchte, noch mehr zu sagen. Eilig betätigte sie den Überblendregler und tippte auf einen der Touchscreens, um den nächsten Song aufzuspielen, ehe sie sich einen tiefen Seufzer gestattete. In dem Moment, in dem sie den Regler losließ, bemerkte sie, dass ihre Hände furchtbar zitterten und verschwitzt waren, obwohl Kate eiskalt war. War sie vielleicht zu früh wieder zur Arbeit gekommen?

Kate schätzte, dass die Albträume, die sie das ganze Wochenende über quälten, nach ihrem Erlebnis unvermeidlich waren. Sie bestanden aus einem dunklen Mosaik von Blut, Tunneln und leblosen, verdrehten Gliedmaßen. Und Kate schrie immerfort, mal stumm, mal laut. Das Schlimmste jedoch waren die Fallträume. Wieder und wieder hatte Kate das Gefühl zu stürzen, gleich einer Marionette, deren Glieder sich beim Aufprall zu einem unordentlichen Haufen inmitten einer Blutlache türmten. Und jedes Mal landete sie so hart, dass sie davon aufwachte. Einmal war es gar kein Sturz gewesen, sondern sie sprang. Im Traum schritt sie oberhalb eines Abgrunds entlang, auf einer schmalen Mauer, und konnte nicht anders, als sich ins tiefe Nichts zu stürzen.

Mit den Albträumen hatte Kate gerechnet, und ihr war klar, dass sie noch eine ganze Weile schlecht träumen würde. Das war nach ihrem Erlebnis vollkommen normal, und auf die Träume hatte sie keinerlei Einfluss. Was sie indes nicht erwartet hatte, war die Angst bei Tage. Das ganze Wochenende hatte sie gezittert wie Espenlaub und furchtbar gefroren. Obwohl sie die Zentralheizung so hoch aufdrehte, wie es irgend ging, und sich ihren wärmsten Pulli überzog, wurde ihr einfach nicht warm. Am Samstag war es dem armen Neil so heiß im Haus geworden, dass er nur noch in T-Shirt und Shorts herumlief. Unterdessen war Kate außerstande gewesen, irgendetwas Sinnvolles zu tun. Außer fernzusehen hatte sie eigentlich gar nichts getan, und selbst das war bisweilen sehr verstörend gewesen. Allein der Anblick von Zügen, jedwede Art von Bahnen, Lärm oder schreiende Menschen genügten, und schon wurde Kates Zittern heftiger, was sie maßlos ärgerte. Sie war wütend auf sich, weil sie nicht besser mit der Sache fertigwurde.

Hinzu kam das Telefon. Freunde, Kollegen und Neils Mum riefen an, lauter nette Menschen, die sich um sie sorgten und über deren Anrufe Kate sich unter anderen Umständen durchaus gefreut hätte. Nicht zu vergessen Neil, der sie mit diesem Dackelblick beäugte, sich permanent um sie kümmern wollte und praktisch minütlich nachschaute, wie es ihr ging, oder ihr Kaffee brachte, den sie gar nicht wollte. Er schien anzunehmen, dass ihre Ehe nun schlagartig wieder intakt war und er fortan zu Hause bleiben würde. Vor allem aber wollte er sie zum Reden bringen und verlangte ständig von ihr, dass sie ihm alles erzählte, *alles rausließ.* Bis sie ihn schließlich bat zu gehen. »Ich muss allein sein«, hatte sie ihm gesagt. »Ich brauche Zeit zum Nachdenken.«

Noch während sie den Satz aussprach, merkte Kate, dass er nicht stimmte. Nachdenken war das Letzte, was sie wollte. Sie wollte weder denken noch reden noch erzählen oder irgendetwas »rauslassen«. Sie wollte nichts weiter, als die ganze Geschichte mit Hattie weit von sich schieben und vergessen.

Alles in allem war es wohl doch richtig gewesen, heute zur Arbeit zu gehen. Morgens hatte sie sich gezwungen, die U-Bahn zu nehmen, nachdem sie zunächst kurz erwogen hatte, mit dem Wagen zu fahren. Neil hatte sogar angerufen und ihr angeboten, sie zum Sender zu fahren, aber Kate war klar, dass sie es früher oder später ohnehin schaffen müsste, wieder in die U-Bahn zu steigen. Eine alte Reiterweisheit besagte, dass man das Pferd, das einen abgeworfen hatte, gleich wieder besteigen musste. Und genau das sagte Kate sich jetzt. Je eher sie wieder mit der U-Bahn fuhr, desto schneller würde sie sich wieder daran gewöhnen. Also hatte sie sich morgens um Viertel nach sieben auf den Weg zum Radiosender gemacht. Sie hatte bewusst einen leuchtend grünen Mantel und einen lila Schal gewählt, sah mithin deutlich fröhlicher aus, als sie sich fühlte. Und im Geiste betete sie, dass es ihr gelingen möge, die Fassung zu wahren.

Das Schwitzen und Zittern setzte ein, kaum dass sie in Tufnell Park in den Aufzug gestiegen war. Sie hatte sich an die Seitenwand gelehnt, weil sie etwas Festes brauchte, das ihr Halt gab. Unten angekommen, ertappte sie sich dabei, wie sie sich an der Kachelwand festhielt, während sie über den Bahnsteig ging – oder sie zumindest berührte, mit einer Hand an ihr entlangstrich, ohne den Kontakt zu unterbrechen. Als wäre die Wand eine Art Talisman, der verhindern konnte, dass jemand sich an ihr vorbeidrängte und sie vor eine Bahn schubste. Oder, schlimmer noch, dass sie plötzlich wie in ihren Träumen der Impuls überkam, an die Bahnsteigkante zu rennen und sich hinunterzustürzen, wenn die Bahn einfuhr.

In der U-Bahn hatte sie sich einen Sitzplatz in der Mitte des Wagens gesucht, möglichst weit weg von den Türen. Sie hatte beide Füße flach nebeneinandergestellt, die Sohlen gleichsam festgeklebt am Waggonboden. Ihre Ellbogen hatte sie auf die Seitenlehnen gestützt und sich so weit nach hinten auf den Sitz gesetzt, wie es ging. Sie drückte sich ihre Tasche auf den Schoß, denn sie brauchte das Gewicht, das sie auf ihrem Sitz beschwerte und ihr zusätzlichen Halt verlieh. Unterwegs wagte sie weder eine Zeitung zu lesen noch ein Buch aufzuschlagen, aus lauter Furcht, sie könne die Kontrolle verlieren, sobald sie aufhörte, sich ganz und gar auf die Fahrt zu konzentrieren. Ein Teil ihres Verstandes war nämlich davon überzeugt, dass sie, falls ihre Konzentration auch nur eine Sekunde lang nachließ, sofort aufspringen, zur Tür rennen und sich aus dem Wagen stürzen würde.

Kate war erleichtert, als sie endlich im Sender ankam. Wieder einmal war sie vor den meisten anderen dort, früh genug, um die neugierigen Blicke der Empfangsdame sowie der Büromitarbeiter zu meiden, denen sie sonst auf dem Weg in die weniger öffentlichen Produktionsbereiche begegnet wäre. In der schäbigen kleinen Küche machte sie sich Kaffee und beschäftigte sich dann mit ihren E-Mails und den jüngsten Online-Nachrichten. Als ihre Kollegen nach und nach eintrudelten, hielt Kate den Kopf über der Arbeit gesenkt, setzte eine strenge Miene auf und schaffte es tatsächlich, sich in keine

Unterhaltung verwickeln und von niemandem nach ihrem Befinden fragen zu lassen.

Anna, die Nachrichtenredakteurin, die sie am Donnerstagmorgen angerufen und interviewt hatte, kam zwischendurch vorbei, berührte Kate lächelnd an der Schulter und sagte: »Schön, dass du wieder da bist.« Das war schon alles, doch die freundliche Geste genügte, dass Kate sich ein kleines bisschen besser fühlte. Mehr passierte nicht, bis Kate die Höreranrufe entgegennahm und ein Anrufer wissen wollte: »Wie fühlt man sich, wenn man jemandem beim Sterben zusieht?«

»Bist du okay?«

Die Stimme ihres Chefs riss sie jäh aus ihren Gedanken. Kate drehte sich auf dem Stuhl um und sah Richard, den Programmleiter, der in der offenen Studiotür stand und sie besorgt musterte. »Mann, du siehst echt beschissen aus.«

»Danke.« Kate rang sich ein mattes Lächeln ab. Natürlich hatte er recht. Erst kurz zuvor hatte sie sich im Spiegel in der Damentoilette gesehen und festgestellt, dass die dunklen Ringe unter ihren Augen im Begriff waren, sich über ihr gesamtes Gesicht auszubreiten.

»Wieso bist du nicht zu Hause geblieben?«, fragte Richard, der sie immer noch anstarrte.

»Warum sollte ich? Findest du, ich klinge, als gehörte ich nicht hinters Mikro?« Obgleich sie es scherzhaft sagte, war Kates Frage durchaus ernst gemeint. Sie hatte sich immer eine Menge auf ihre Professionalität eingebildet. Wenn sie zuließ, dass ihre Gefühle, die Angst und der Schlafmangel ihre Radiopräsenz beeinflussten, dann würde es rapide bergab mit ihr gehen. Sie wusste nur zu gut, dass sie ersetzbar war und Richard keinerlei Skrupel hätte, sie vor die Tür zu setzen. Zu viele Kollegen waren schon gegangen und durch Stimmen vom Band ersetzt worden, die nichts weiter taten, als die Songtitel und den Sender anzusagen.

»Nein, du hörst dich prima an. Tust du doch immer.« Richard lächelte. »Du siehst bloß nicht prima aus, das ist alles. Ich mache mir Sorgen um dich. Darf ich mich denn nicht um meine Mitarbeiter sorgen?« Auch er sprach im Scherz, um die Situation zu entkrampfen.

Kate zuckte mit den Achseln und versuchte zu lachen. Sie mochte Richard, hatte ihn immer gemocht. Seit Jahren arbeiteten sie zusammen, seit Kate im Management angefangen und sie gemeinsam die Programmabteilung geleitet hatten. Eigentlich war er ein guter Boss, und Kate machte es nichts aus, dass sie ihm heute unterstellt war. Allerdings hatte Richard eine etwas schroffe Art, und er wurde zunehmend schroffer, seit die Radiosender mit sinkenden Zuhörerzahlen und sinkenden Werbeeinnahmen zu kämpfen hatten. Daher war Kate nicht sicher, ob seine Sorge tatsächlich ihrer Gemütsverfassung galt oder nicht vielmehr ihrer Moderation. Das Wohlergehen seiner Mitarbeiter rangierte für Richard weit hinter den Hörerzahlen. Kate drehte sich wieder zum Studioschreibtisch und spielte den nächsten Song, spürte aber, dass Richard nach wie vor in der Tür stand. Was wollte er noch? Sie wünschte, er würde einfach gehen und sie in Ruhe lassen. »Was gibt's?«, fragte sie beinahe schnippisch.

»Nichts, eigentlich. Ich wollte nur sagen, dass du das mit dem Anrufer wirklich gut gemacht hast. Nach dem, was passiert ist, hätte manch einer unsicher reagiert, aber du nicht. Ich bin beeindruckt. Gut gemacht.«

»Danke«, erwiderte Kate zögernd. Was würde Richard denken, wenn er wüsste, wie verängstigt sie tatsächlich war?

Kate produzierte und moderierte die Vormittagssendung auf Londons fünftbeliebtestem Privatsender. »Warm FM« war wenige Jahre zuvor umbenannt und neu gestaltet worden. Das Radioprogramm wandte sich an »die heiß begehrten Fünfunddreißig-plus-Hörer«, wie es das Marketing formulierte, hatte es jedoch nie geschafft, eine echte Konkurrenz für die Londoner Rundfunkriesen zu werden. Im Zeitalter der Konsolidierungen und Sparmaßnahmen hielt sich der Sender mit Ach und Krach über Wasser. Mitarbeiter gingen und wurden nicht ersetzt; die Wände waren ewig nicht mehr gestrichen worden, die Teppichböden fadenscheinig. Alles sah schäbig und vernachlässigt aus. Kates Taktik bestand darin, nicht aufzumucken, hart zu arbeiten und sich unentbehrlich zu machen. Sie gab sich alle Mühe, tadellos professionell zu sein und alles zu tun, damit so viele Hörer wie möglich so lange wie möglich ihre Radios eingeschaltet hatten.

Angefangen hatte sie als Journalistin. Sie hatte die Nachrichten und Talkrunden des Senders geleitet, als er sich noch ernsthaft anstrengte, bei den Großen mitzuspielen. Das Programm war seinerzeit ein mehr oder minder ausgewogener Mix aus Nachrichten und Musik gewesen. Dann hieß es, der Gürtel müsse enger geschnallt werden. Die Nachrichten wurden auf das von der Rundfunkaufsicht vorgeschriebene Mindestmaß zusammengekürzt, und der Sender stellte auf ein billigeres Musikformat um. Kate wurde der Moderatorenjob angeboten, als das Newsteam rausflog und durch ein paar neue Journalisten ersetzt wurde, die frisch vom College kamen. Der Posten war schlechter bezahlt, bedeutete aber auch weniger Stunden: von zehn bis eins auf Sendung, zuzüglich ein bis zwei Stunden für die Showprep. Den Ausschlag für Kates Entscheidung hatte jedoch die Tatsache gegeben, dass sie nicht mehr mitten in der Nacht rausgeklingelt werden würde, weil irgendetwas passiert war. Deshalb nahm sie das Angebot bereitwillig an, denn zu dem Zeitpunkt passte es hervorragend für sie. Neil und sie hatten schon eine Weile über Kinder nachgedacht, aber keine Möglichkeit gesehen, wie sie eine Familie mit ihren Berufen in Einklang bringen könnten. Folglich schien der neue Job wie ein Geschenk. Kate könnte das Baby um neun Uhr morgens bei einer Tagesmutter abgeben und um zwei wieder abholen, womit ihr noch reichlich Zeit bliebe, die sie mit ihrem Kind verbringen könnte. Das schien ideal.

Nur dass sie nie eine Familie wurden, und nun arbeitete Kate in einem Radiosender, der in den letzten Zügen lag und bei dem sie einen nicht sonderlich befriedigenden Job machte. Sie investierte mehr Zeit und Energie, kam früher und blieb länger, ja, überhaupt tat sie alles, damit ihre Sendung super wurde. Sie wollte unbedingt beweisen – Richard, sich selbst und vielleicht auch Neil –, dass es ein anständiger Job war, einer guten Journalistin würdig. Ja, sie musste sich und allen anderen klarmachen, dass die Sendung eine echte Moderatorin brauchte, keine anonyme Stimme vom Band. Also tat sie ihr Bestes, sich an den Themen interessiert zu geben, über die ihre Zuhörer plaudern wollten, redete über Showbiz und *Big Brother*, über Schuhe und Shoppen, über alles, was bei den Leuten draußen vor den Radios Resonanz fand.

Fast täglich überlegte Kate, den Krempel hinzuschmeißen. Doch sie blieb. Sie hatte sich mit dem Job arrangiert, und im Grunde wollte sie, dass er funktionierte. Außerdem war sie stur. Sie hasste es, sich eine Niederlage einzugestehen. Und natürlich fragte sie sich auch, welcher andere Radiosender eine faktisch unbekannte Achtunddreißigjährige als Prime-Time-Moderatorin nehmen würde.

Nach ihrer Sendung ging Kate zurück in den Produktionsbereich und setzte sich für eine Weile an ihren Schreibtisch. Sie las ein paar E-Mails und suchte im Internet nach Programmideen. Dann machte sie sich noch einen Kaffee, räumte ihren Schreibtisch auf und beantwortete einige Hörerbriefe. Auf dem anderen Schreibtisch in dem Büro lag ein Stapel Zeitungen, die sie bewusst ignorierte. Sie wollte nichts über Hattie lesen und abermals durchleben müssen, was geschehen war. Es sollte einfach vorbei sein.

Natürlich würde es noch eine Untersuchung geben, die sie durchstehen musste. Man würde gewiss ihre Zeugenaussage verlangen. Das hatte sie in dem Augenblick gewusst, als sie ihre Aussage bei der Bahnpolizei machen musste. Trotzdem wollte Kate im Moment nicht daran denken. Hattie war tot. Sie hatte enorme Probleme gehabt und sich das Leben genommen. Entsetzlich, aber wahr. Kate war rein zufällig gerade dort gewesen. Deshalb hatte Hatties Selbstmord noch lange nichts mit ihr zu tun. Dennoch ließen ihr Hatties Worte keine Ruhe. *Wir haben etwas Furchtbares getan.* Nein, Kate wollte gar nicht wissen, was Hattie gemeint hatte. Auf keinen Fall würde sie in die Vergangenheit eintauchen und nach einer Erklärung suchen. Am besten dachte sie gar nicht mehr darüber nach.

Hatte sie ihre Gefühle wohl hinreichend unter Kontrolle, um zum italienischen Laden um die Ecke zu gehen und sich ein Sandwich zu holen? Kate fürchtete, jeden Moment in Tränen auszubrechen. Während der Sendung war es ihr gelungen, sich zusammenzunehmen, doch jetzt, nachdem alles überstanden war, fühlte Kate sich total ausgelaugt. Gott sei Dank schienen ihre Kollegen den Wink zu verstehen. Laura, die Studioassistentin und zuständig für die Verkehrsmeldungen, hatte ihr einen Becher Kaffee gebracht, aber ansonsten versuchte kaum jemand, ihr ein Gespräch aufzudrängen.

Kate erschrak. Plötzlich hatte sie bemerkt, dass jemand neben ihrem Schreibtisch stand. Es war eine der Frauen vom Empfang, deren Name Kate gerade nicht einfiel.

»Das hier ist für dich gekommen«, sagte sie und reichte Kate einen großen braunen Umschlag, einen von denen mit verstärktem Rücken, die man benutzte, um Fotos zu verschicken.

Merkwürdig, dachte Kate. Die Post von heute hatte sie bereits durchgesehen, denn die war schon vor Stunden hier gewesen. Kate sah sich den Umschlag genauer an. Vorne drauf stand ihr Name, handgeschrieben, mit blauem Kugelschreiber, in winzig kleiner Schrift. Darüber waren die Worte »Per Boten« gekritzelt. Kate öffnete den Umschlag, griff ein bisschen ängstlich hinein und zog ein einzelnes Blatt hervor. Nein, kein Blatt, sondern einen Ausschnitt aus einer der Gratiszeitungen, die jeden Abend in den U-Bahnhöfen verteilt wurden.

»Radiomoderatorin sieht Fernsehfreundin vor U-Bahn springen«, lautete die etwas holprige Titelzeile. Kate blickte auf das Datum. Die Zeitung war von Freitagabend, dem Tag nach Hatties Tod. Sie überflog den Artikel. Der Schreiber benutzte Zitate aus dem Interview, das Kate ihrem eigenen Sender gegeben hatte. Ihre Nachrichtenredaktion hatte sie am Freitagmorgen angerufen. War das wirklich erst drei Tage her? In dem Zeitungsartikel wurde erwähnt, dass beide Frauen die Lady Jane Grey besucht hatten, als würde die Story dadurch spannender oder skandalöser.

Abgesehen von dem Ausschnitt war nichts in dem Umschlag, was Kate seltsam vorkam. Da war kein Begleitschreiben, kein Deckblatt, keine Kurzmitteilung. Allerdings hatte jemand in dem Artikel Kates Namen und den ihrer alten Schule mit einem gelben Textmarker angestrichen, wo immer sie im Text erschienen. Kates Hände begannen zu zittern, und sie wusste nicht recht, wieso.

»Wer hat das abgegeben?«, fragte Kate die Frau vom Empfang, die bereits wieder wegging.

»Irgend so ein Typ«, sagte sie, drehte sich zu Kate um und sah sie gelangweilt an. »Er hat ihn heute Morgen gebracht, als du auf Sendung warst. Er hat gesagt, der ist für dich.«

»Kam er von einem Ausschnittdienst?«

Normalerweise hatten sie eine Agentur, die für den Radiosender die Presse sichtete und ihnen einmal im Monat ein Bündel von Artikeln schickte, in denen der Sender erwähnt wurde. Diese Ausschnitte gingen, soweit Kate wusste, jedoch an die Werbeabteilung, nie direkt an die Moderatoren. Die Empfangssekretärin zuckte nur mit den Schultern und trottete stumm davon.

Mit dem Artikel in der Hand saß Kate da und las ihn noch einmal. Sie war wie benommen, genauso wie heute Morgen, als der Anruf kam, und wieder wusste sie nicht recht, wie sie die Situation einschätzen sollte: War das hier normal oder eher unheimlich? Ihr war schleierhaft, warum ihr jemand kommentarlos diesen Zeitungsausschnitt schickte. Wieder bemerkte sie, wie sehr ihre Hände zitterten, und schaute sich im Büro um. Niemand beobachtete sie. Ohne zu wissen, warum, riss sie den Artikel in winzige Fetzen, stopfte sie in den Umschlag zurück und warf ihn in den Papierkorb.

Sechs

Hatties Mutter wohnte noch in demselben Haus wie früher, einem großen, heruntergelebten, künstlerisch anmutenden viktorianischen Bau in Crouch End. Sogar die Türklingel hörte sich genauso an wie früher: ein getragenes Läuten, das von weit hinten im Haus kam. Während sie wartete, dass Rosemary Fox öffnete, malte Kate die moosüberwucherten Umrisse der Pflastersteine mit der Stiefelspitze nach. Nichts hatte sich verändert, außer dass das Haus noch schäbiger wirkte als früher. Als Kate das Haus zum ersten Mal gesehen hatte, war sie von der Unordnung und dem Staub überall regelrecht schockiert gewesen. Ihr eigenes Zuhause war dagegen geradezu erdrückend sauber, denn für ihre Mutter war Reinlichkeit stets gleichbedeutend mit Anständigkeit. Umso mehr verblüffte Kate, dass Angehörige der kunstbeflissenen Mittelklasse anscheinend stolz auf ihren Schmutz waren.

Als sie nun draußen stand und wartete, dass die Tür aufging, fühlte Kate sich beinahe wieder wie achtzehn, als sei sie gerade erst auf ihrem verlässlichen Gebrauchtfahrrad hergekommen, das sie als Teenager heiß und innig geliebt hatte. Damals schloss sie das Rad immer an den Zaun. Und auch damals hatte sie die Steine mit dem Fuß nachgemalt, bis ihr geöffnet wurde, und sich gefragt, welcher Wirbelwind sie wohl diesmal begrüßen würde. Hattie in Federboa und Satinhandschuhen bis zu den Ellbogen, die plante, uneingeladen zu einer »fabelhaften« Party zu gehen? Oder eine halbbetrunkene Hattie, tränenüberströmt, weil sie gerade *Herzen in Aufruhr* gelesen hatte?

Oder Hattie, die ihr einen Beutel mit irgendetwas in die Hand drückte und sagte: »Pass gut darauf auf. Das brauchen wir später, falls der Abend öde wird.«? Hattie, die sie umarmte, sie hineinbat und ihr versprach, ein opulentes Abendessen zu kochen, dann aber zu viel trank und zu lallen begann, ehe auch nur der erste Gang fertig war. Alle diese Varianten waren denkbar, als sie beide jung waren.

Kate war sich immer bewusst gewesen, dass Hattie ihre Freundschaft bestimmte, dass sie für Hattie jederzeit auf Abruf stand. Und sie wusste auch, dass sie zumeist nicht Hatties erste Wahl war, sondern nur hergebeten wurde, weil Susan und/oder Serena keine Zeit hatten. Kates Mutter warnte sie immer: »Das Mädchen nutzt dich aus. Lass dich von der nicht völlig vereinnahmen.«

Aber ihre Mutter ahnte ja nicht, wie begeistert Kate sich von Hattie ausnutzen ließ, wie klasse sie es fand, Hatties Freundin zu sein und von ihr vereinnahmt zu werden. Hattie war so witzig gewesen, so anstrengend, so unberechenbar und so lebendig. Und nun war sie tot.

Kate ballte ihre Hände zu Fäusten und kämpfte gegen die Tränen an, die ihr in die Augen stiegen, zumal sie hörte, wie jemand zur Tür kam. Sie hatte keinen Grund zu weinen. Immerhin war sie seit zwanzig Jahren nicht mehr mit Hattie befreundet, hatte also gar kein Recht, um sie zu weinen. Und sie musste stark sein, schon um Hatties Mutter willen.

Rosemary Fox hatte Kate bei der Arbeit angerufen und sie gebeten, zu ihr zu kommen. Sie hatte die Zeitungsartikel gelesen und an dem, was über sie geschrieben wurde, Kate wiedererkannt. Wie sie am Telefon sagte, wollte sie mit jemandem reden, der ihre Tochter gerngehabt hatte. Kates erster Gedanke war gewesen, höflich, aber bestimmt abzulehnen. Doch bei Rosemarys vertrauter, melodisch wohlartikulierter Stimme erinnerte Kate sich, wie sehr sie Hatties Mutter früher gemocht hatte. Damals hatte Mrs. Fox alles verkörpert, was Kates eigene schwer arbeitende, bodenständige Mutter nicht war: Mrs. Fox war warmherzig, liebevoll und freundlich, sie verteilte ständig Umarmungen und Wangenküsse und war allzeit bereit, Vertraulichkeiten auszutauschen. »Sag Rosemary zu mir«, hatte sie Kate gleich bei ihrem ersten Besuch in Hatties Zuhause aufgefordert.

Dann hatte es jenen unvergesslichen Abend gegeben, als Kate in Crouch End ankam, nur um zu erfahren, dass Hattie bereits ausgegangen war, zusammen mit Susan oder Serena statt mit ihr. Rosemary hatte Mitleid mit ihr gehabt und Kate eingeladen, zum Abendessen zu bleiben – »nur ein paar Kleinigkeiten, die ich rasch gemacht habe«. Kate hatte eingewilligt, weil es ihr höflich erschien und weil ihr eine so frühe Rückkehr nach Hause viel zu peinlich gewesen wäre. Ihre Mutter hätte zu viele Fragen gestellt oder ihr »Ich hab's dir ja gleich gesagt«-Gesicht aufgesetzt. Also hatten Rosemary und Kate gemeinsam in der Küche gesessen und außergewöhnlich streng schmeckenden Käse und exotische Salate gegessen. Bei dieser Gelegenheit hatte Kate auch den allerersten Möhrenkuchen ihres Lebens gekostet. Derweil hatte sie voller Ehrfurcht den Geschichten gelauscht, die Hatties Mutter aus ihrer Zeit als Schauspielerin erzählte.

Nun stand sie vor der Tür und wurde zunehmend nervös. Sie fragte sich, was genau Rosemary Fox ihr erzählen oder von ihr wissen wollte. Zum millionsten Mal seit dem Geschehnis wünschte Kate sich, sie hätte ihre frühere Freundin nie in jener U-Bahn gesehen.

Rosemary öffnete die Tür und begrüßte Kate mit einer jener herzlichen, theatralischen Umarmungen, wie sie ihr noch so lebhaft im Gedächtnis waren. Sie roch sogar wie früher, nach einem moschusschweren Parfum, das Kate stets zu übertrieben für Rosemarys zarte, blasse Ausstrahlung gefunden hatte. Und bis heute war Rosemary auffallend schön, obgleich sie, wie Kate wusste, an die siebzig sein musste. Sie hatte silbernes Haar, kobaltblaue Augen, makellose Haut und die hübschen, zarten Züge, die Hattie von ihr geerbt hatte. Rosemary tätschelte Kates Hand und führte sie stumm durch den Flur, der mit zusammengewürfelten Antiquitäten und Dekorationsgegenständen vollgestellt war. Manches in dem Durcheinander erkannte Kate wieder: einen angelaufenen Spiegel mit schwerem Bronzerahmen, eine Buddha-Statue, die auf einem Bambustisch hockte. Sie erinnerte sich sogar noch an die Tapete. Das dunkelgrüne Laura-Ashley-Blumenmuster entsprach Mitte der Siebziger den neuesten Mode und war bereits ausgeblichen, als Kate vor über zwanzig Jahren erstmals in dieses Haus kam. Unwillkürlich streckte Kate die Hand aus und berührte die Tapete. Sie war feucht und löste sich ab, was Kate unbeschreiblich traurig stimmte. Wieder kämpfte sie mit den Tränen. Sie wollte selbst kaum glauben, dass die Tapete sie fast zum Heulen brachte.

»Hattie mochte dich so gern.«

Rosemary Fox hatte ihnen beiden sehr dünnen Tee eingeschenkt. Tassen wie Untertassen waren fleckig und staubig, sodass Kate es fast nicht fertigbrachte, die Tasse an ihre Lippen zu heben. Als Teenager hatte sie das leicht schmuddlige Durcheinander in diesem Haus geliebt. Es bildete einen solch aufregenden Kontrast zu ihrem eigenen Zuhause, der antiseptisch reinen, oberanständigen Sozialwohnung. Jetzt hingegen kam ihr hier alles nur unordentlich und dreckig vor, als wäre in den Jahren seit damals erst recht nicht mehr saubergemacht worden. Alles, was früher unkonventionell, künstlerisch und aufregend wirkte, mutete nun wie eine abgetakelte Kulisse an. Kate hockte auf dem Rand eines durchgesessenen Sofas, dessen Polster von Katzenhaaren übersät waren, und bemühte sich, so viel von ihrem Tee zu trinken, wie sie konnte. Ihr wollte partout keine passende Erwiderung einfallen.

»Hattie mochte dich wirklich gern«, soufflierte Rosemary.

»Ja, ich mochte sie auch sehr«, sagte Kate, was sich selbst für sie unglaubwürdig anhörte. Ihr fiel auf, dass Hatties Mutter ganz in Grautönen gekleidet war: eine Seidenbluse unter einer wollenen Tunika zu einer weiten Hose im Katherine-Hepburn-Stil. Wie früher schon oft, fragte Kate sich auch jetzt wieder, wie eine so wunderschöne, stilsichere Frau in solch einem Haus wohnen konnte.

»An der Lady Jane Grey war sie glücklich.« Rosemary lehnte sich auf ihrem Sessel nach vorn, so nahe zu Kate, dass ihre Knie sich beinahe berührten, und fixierte Kate mit ihren blauen Augen. »Was für eine entzückende Schule das war! So viele entzückende Mädchen!«

Nun berührte sie Kates Knie mit der Hand, als wollte sie ihr bestätigen, dass sie entzückend war. Hastig trank Kate einen Schluck von ihrem Tee, um nichts erwidern zu müssen.

»Du weißt selbstverständlich, wie furchtbar Hattie auf ihrer vorherigen Schule zugesetzt wurde«, fuhr Rosemary fort. »Ihr Vater bestand darauf, dass sie zur öffentlichen Gesamtschule ging, aber die Jungen und Mädchen dort waren so hässlich zu ihr. Sie wollten ihr künstlerisches Wesen eben nicht begreifen.«

Kate nickte bloß, und ihr kam der Gedanke, dass Rosemary

Fox womöglich ein bisschen lächerlich war. Doch sie verscheuchte ihn gleich wieder. Sie hatte diese Frau immer gemocht. Und wie konnte sie eine Frau so harsch beurteilen, die gerade ihre Tochter verloren hatte?

»Ich war begeistert, als Hattie den Platz auf der Lady Jane bekam«, sagte Rosemary. »Du musst es dort genossen haben, Kathryn.«

Kate entging nicht, dass Rosemary Fox' Augen vor Tränen schimmerten, und sie nickte automatisch. »Ja, ich hatte großes Glück.« Na also, das war eine sichere Antwort. Kates Gedanken indes schlugen eine gänzlich andere Richtung ein: Hattie war an ihrer vorherigen Schule gemobbt worden? Das war erstaunlich. Oder auch nicht. Vielleicht erfüllte sich auch nur die Weisheit, dass aus dem Tyrannisierten ein Tyrann wird. Nur dass Hattie sie nicht tyrannisiert hatte, wenigstens nicht richtig, nicht böswillig. Sie war eben eines der beliebten Mädchen gewesen und hatte getan, was die beliebten Mädchen taten.

Kate spürte, dass Rosemary unbedingt reden wollte, ihre Gefühle und Erinnerungen teilen. Als sie Kate hereinließ, hatte sie so gefasst gewirkt, aber jetzt sah Kate, dass sie zitterte, als würde sie mit aller Macht ihre heftigen Gefühle unterdrücken. Neil hatte Kate gedrängt, alles rauszulassen, darüber zu reden. Doch Kate wäre sich wie eine Betrügerin vorgekommen, hätte sie Rosemary jetzt in gleicher Weise zum Reden aufgefordert. Sie wollte nicht über Hattie reden, und es widerstrebte ihr, gegenüber Rosemary Fox so zu tun, als sei es eine unkomplizierte, liebevolle Freundschaft gewesen, die sie mit ihrer Tochter verband. Kate wusste eigentlich gar nicht, wieso sie hierhergekommen war oder was Rosemary Fox von ihr wollte. Vielleicht sollte sie noch ein letztes Mal an diesem scheußlichen Tee nippen, sich entschuldigen und gehen.

Vorsichtig nahm Kate ihre Tasse und Untertasse auf. Eine alte Wanduhr auf der anderen Seite des Zimmers tickte und knarrte. Auf einmal kam ein großer roter Kater angeschlichen, den Kate vorher gar nicht bemerkt hatte, und rieb seinen Rücken an ihren Beinen. Und dann lehnte Rosemary Fox sich unvermittelt vor und packte Kates Handgelenk, sodass diese ihren Tee auf die Untertasse verschüttete.

»Hat sie dir erzählt, was mit ihr passiert ist?«

Kate fühlte, wie sich die Atmosphäre im Zimmer verdichtete. Rosemarys Griff an ihrem Unterarm erinnerte sie daran, wie Hattie sie in jenem schrecklichen Moment auf dem Bahnsteig an der Schulter gepackt hatte. Und Kate wusste nicht, was sie antworten sollte. Wollte Rosemary Hatties letzte Worte hören? Hatte sie ein Anrecht, sie zu hören? Wüsste sie, was ihre Tochter gemeint hatte?

»Du warst ihre Freundin«, drängte Hatties Mutter. »Hat sie dir von den schrecklichen Dingen erzählt, die ihr passiert sind?«

Wieder kam Kate sich wie eine Betrügerin vor. Rosemary Fox ging offenbar davon aus, dass sie und Hattie bis zum Ende befreundet waren und erst kürzlich miteinander gesprochen hatten. Kate wollte nicht lügen, aber sie wollte die arme Frau auch nicht enttäuschen. Rosemary suchte zweifellos nach Antworten. Und sie schien etwas zu wissen. Kate überlegte angestrengt. »Sie wirkte furchtbar außer sich«, sagte sie schließlich und hätte sich gleich darauf am liebstem für diesen dummen Satz geohrfeigt. Natürlich war Hattie außer sich gewesen. Immerhin hatte sie sich vor einen Zug geworfen!

Doch genau das wollte Rosemary offenbar hören, ja, hatte es erwartet. »Ich wusste, dass sie dir was sagen würde«, sagte sie lebhaft. »Bin ich froh, dass ich dich angerufen habe!«

Sie ließ Kates Handgelenk los, räusperte sich und umfasste

Kates Unterarm aufs Neue, wenngleich sehr viel sanfter als zuvor. Und dann sagte sie etwas, womit Kate nie gerechnet hätte: »Bist du nicht mit diesem bezaubernden Neil Callan verheiratet?«

Kate starrte sie entgeistert an. Einer der Zeitungsartikel hatte Neil erwähnt, zugegeben, und sein Gesicht war im Fernsehen halbwegs bekannt, aber wie Rosemary dazu kam, sich für ihn zu interessieren, war ihr ein Rätsel. Kate brachte ein Kopfnicken zustande. »Ja, bin ich.« Es schien Kate nicht der richtige Zeitpunkt, ihre Trennung zu erwähnen.

»Schön«, sagte Rosemary und stemmte energisch beide Hände auf die Oberschenkel. »Ich will nämlich, dass er mir hilft herauszufinden, was Hattie umgebracht hat.«

Einen Augenblick lang saß Kate wie versteinert da, dann platzte es aus ihr heraus: »Sie denken, jemand hat Hattie umgebracht?«

Leider hatte sie keine Kontrolle über ihre Stimme, die irgendwo zwischen Unglauben und Lachen changierte. Sie dachte an den Moment auf dem Bahnsteig. Sie hatte niemand Verdächtigen gesehen, nichts, was ihr ungewöhnlich vorgekommen wäre. Nur ein willentlicher Sprung und ein trunkener Sturz. Sie war sich fast sicher, dass Hattie gesprungen war. Offenbar glaubten die anderen Zeugen das auch. In den Berichten, die Kate seither gelesen oder gehört hatte, war Hattie nicht gestoßen worden. Sie sah Rosemary Fox an und versuchte zu ergründen, ob die Frau möglicherweise senil war oder schlicht irre vor Trauer: eine Frau, die nach allem griff, um sich den Tod ihres einzigen Kindes zu erklären.

»Komm mit!«, sagte Rosemary, stand mit der ihr eigenen Geschmeidigkeit auf und reichte Kate ungewöhnlich entschlossen die Hand. »Ich will dir was zeigen.«

Hatties Zimmer war fast genauso, wie Kate sich daran erinnerte. Der Geruch – das wohlbekannte Parfum von Lilien und L'Heure Bleue, mit einer schwachen Schweißnote – ließ Kates Hals sofort enger werden. Kleider hingen über dem hohen Mahagonibett, Schuhe und Handtaschen waren überall auf den abgeschliffenen Dielen und den fransigen Orientläufern verstreut. Auf der aufwendigen viktorianischen Frisierkommode mit ihrem dreiflügligen Spiegel standen immer noch Flakons und Bürsten zwischen verstreutem Puder und zusammengeknüllten Kleenex-Tüchern. Als wäre Hattie erst kürzlich aus dem Raum gegangen. Kate linste in den Spiegel und erinnerte sich an die Zeiten, als sie dort gesessen hatte, während Hattie sie schminkte, sie anmalte wie eine kleine Puppe. Wie eine Welle überkam sie die Trauer um all die wundervollen, verlorenen Abende, die sie in diesem Zimmer verbracht hatte.

»Sie war für einige Zeit nach Hause gekommen«, sagte Rosemary mit bebender Stimme. »Sie hatte ja so viele Probleme. Nachdem sie aus der Klinik entlassen wurde, zog sie erstmal wieder hierher. Die Versuchung wäre hier nicht so groß, hat sie gesagt. Zu Hause würde sie stärker sein und nicht wieder mit dem Trinken anfangen.«

Kate hatte nicht gewusst, dass Hattie einen Entzug gemacht hatte, auch wenn es sie nicht überraschte. Sie sagte nichts, sondern ließ Rosemary reden.

»Das war, bevor dieses Schwein sie in den Abgrund riss.«

Kate hatte Rosemary Fox noch nie verärgert erlebt, geschweige denn, dass sie von ihr abfällige Ausdrücke gehört hätte. Erschrocken drehte sie sich zu ihr um. Die Mutter ihrer Schulfreundin stand mitten im Zimmer, die Hände unterm Kinn verschränkt; ihre zarten Züge wirkten ungewöhnlich streng. »Deshalb möchte ich gern, dass dein Mann nachforscht.

Er ist gut im Recherchieren, und er soll für mich rausfinden, welches Schwein Hattie das hier geschickt hat.«

Sie beugte sich zur obersten Schublade der Frisierkommode und nahm ein kleines Päckchen heraus, das sie Kate reichte.

Es handelte sich um einen wattierten Umschlag, einen ganz gewöhnlichen wattierten Umschlag mit einem gedruckten Etikett, adressiert an Hattie unter der Adresse ihrer Mutter. Kate griff hinein. Da war ein kleiner Gegenstand, in Luftpolsterfolie verpackt, die Polsterblasen nach innen gerichtet. Als sie mit den Fingern darüberstrich, bemerkte Kate, wie seltsam sich diese Luftpolsterfolie von der Unterseite anfühlte. Vorsichtig wickelte sie die Folie auf. Der umwickelte Gegenstand war eine kleine Brandy-Flasche, die Art, wie sie in Flugzeugen verkauft wurden.

»Fast jeden Tag kam eine von denen«, erzählte Hatties Mutter. »Flaschen über Flaschen – Brandy, Wodka, Whisky, alles. Und sie haben sie zum Alkohol zurückgetrieben. Die hier kam am Tag, nachdem sie gestorben ist. Danach sind keine mehr gekommen.« Ihre Augen funkelten zornig. »Das war das Grausamste, was jemand ihr antun konnte. Kannst du dir das vorstellen? Sie hat so hart gekämpft, um ihre Probleme in den Griff zu bekommen, und dann das. Diese *Person*, dieser bösartige, hämische Mensch, hat sie gepeinigt, bis sie wieder zu trinken anfing. Wer das auch ist, derjenige ist für ihren Tod verantwortlich.«

»Glauben Sie wirklich?« Kate setzte sich aufs Bett und legte das Päckchen neben sich.

»Ich weiß es.« Rosemary blieb stehen, elegant und kerzengerade inmitten des unordentlichen Zimmers. »Niemals hätte sie sich umgebracht, wäre das nicht gewesen. Hattie wollte sich nicht das Leben nehmen. Sie wollte nicht sterben. Sie hat so gekämpft, um sich vom Alkohol fernzuhalten. Meine arme, wunderschöne Tochter hat wirklich versucht, nüchtern zu bleiben, und dann kommt jemand, der es spaßig findet, sie zurück an die Flasche zu treiben.«

»Hat sie sich an die Polizei gewandt?« Kate machte sich Sorgen. Sie wollte nicht, dass Neil und sie in irgendeinen kranken Rachefeldzug hineingezogen wurden. Falls Hattie von jemandem verfolgt worden war, der ihr diese anonymen Päckchen geschickt hatte, war das eine Angelegenheit für die Behörden und sollte richtig untersucht werden.

»Nein, sie hat sich geweigert, es irgendwem zu erzählen. Sie wollte keine Schwäche zeigen. Und sie hat befürchtet, dass die Zeitungen voll davon wären, wenn das erst mal bekannt wäre.«

»Aber jetzt ... Ihr Tod wird untersucht. Sicher war die Polizei schon bei Ihnen und hat sich nach Hatties Verfassung erkundigt. Und es wird noch eine Anhörung geben. Sie sollten es jemandem sagen. Jemand Offiziellem, meine ich.«

Rosemary schüttelte energisch den Kopf. »Nein, du kannst dir doch vorstellen, was sie dann sagen werden. Sie werden behaupten, dass es harmlose Geschenke von einem Fan waren. Ich habe doch an der Art, wie sie mit mir geredet haben, gemerkt, dass sie sich längst ihr Bild von Hattie zurechtgelegt haben. Für die war sie bloß eine Schauspielerin, ein bisschen unkonventionell eben, und das ist für sie gleichbedeutend mit verrückt, labil, überspannt. Ich hab's an ihren Blicken erkannt: diese Verachtung, die Missachtung gegenüber uns allen, die wir für unsere Kunst leben, die wir unsere Gefühle zu sehr zeigen. Die wollen gar nichts näher untersuchen.«

Kate schluckte. Es fiel ihr schwer zu beurteilen, ob Rosemary in ihrer Art lächerlich war oder Würde ausstrahlte. Und auf einmal hatte sie genug von diesem Besuch. Sie wollte nicht länger in diesem Haus sein. Es war ein milder Tag, das Zimmer warm, und Kate wollte weg von den vielen vertrauten Gerüchen, den erdrückenden Erinnerungen an ihre frühere Freundin. Ihr wurde schwindlig, sodass sie den Kopf zwischen die Knie senken musste. Da entdeckte sie unter Hatties Bett ein Paar Satinsandalen, an die sie sich noch besonders gut erinnern konnte. Sie hatten hohe Holzabsätze und waren aus austernfarbenem Satin. Es war das einzige Modell von Hattie gewesen, das Kate ebenfalls hatte, und sie hatte es oft getragen, wenn sie abends zusammen ausgegangen waren. Kate griff unters Bett, holte die Sandalen hervor und ließ sie an den Fersenriemen vom Finger baumeln. Prompt holten die Bilder sie wieder ein. Hattie und sie, gemeinsam unterwegs. Sie amüsierten sich und tranken zu viel. Hattie war in Kates Leben ein wichtiger Mensch gewesen. Vielleicht war sie es ihr schuldig, zu ergründen, weshalb Hattie sich das Leben genommen hatte.

»Behalte sie, Kate«, sagte Rosemary Fox. »Trage sie und denk an Hattie. Ich habe übrigens noch etwas für dich.«

Kate schüttelte den Kopf, um die Erinnerungen zu vertreiben. Hatties Mutter hielt ein Foto in der Hand. »Ich dachte, das möchtest du vielleicht haben. Es ist das einzige Bild, das ich von dir und Hattie zusammen finden konnte.«

Kate nahm das Foto und betrachtete es. Es war alt und an den Rändern verkrumpelt, der rechte Rand war ganz abgerissen. Sie erkannte sofort, wo es aufgenommen worden war: auf dem College in Cambridge, wo sie ein Wochenendseminar besucht hatten. Hattie und sie hatten einander die Arme um die Schultern gelegt und lächelten in die Kamera. Neben ihnen standen Susan und Serena, die nicht lächelten, weil sie cool wirken wollten. Der Riss am rechten Bildrand deutete darauf hin, dass mindestens eine weitere Person auf dem Bild gewesen sein musste. Kate vermutete, dass es eingerissen war, als es vielleicht zu ungeschickt aus einem Album gelöst wurde.

»Danke«, sagte sie und zögerte. »Ich rede mit Neil. Wir … melden uns bei Ihnen.« Ihre Worte klangen schrecklich formell, aber sie wusste einfach nicht, was sie sonst hätte sagen können.

Sieben

Kate wühlte in ihren Kleidern und überlegte angestrengt, was sie zu Harriet Fox' Trauerfeier anziehen sollte. Neil saß in seinem anthrazitfarbenen Anzug, dem Standardanzug für ernste Anlässe, auf dem Bett und beobachtete sie. Er gab sich redlich Mühe, nicht zu lachen, wusste er doch, dass es nicht bloß wenig hilfreich wäre, sondern auch denkbar unangemessen. Trotzdem entbehrte es nicht einer gewissen Komik, wie seine sonst wunderbar pragmatische, kompetente Frau – inzwischen leider auch entfremdete Frau, ja, verdammt – sich in helle Aufregung steigerte, weil sie nichts zum Anziehen fand. Auf dem Bett lagen bereits etliche Hosen und Röcke verstreut, die vollkommen geeignet wären, aber dennoch aus unerfindlichen Gründen verworfen worden waren. Und nun stand sie in einem dunklen, rötlich braunen Wickelkleid vor ihm, von dem er sich nicht entsann, es vorher schon mal gesehen zu haben. Kate hatte es aus irgendeiner versteckten Ecke ihres Kleiderschranks ausgegraben, und, bei Gott, das Kleid machte ihn scharf. Was ebenfalls wenig hilfreich und denkbar unangemessen war.

Seit dem schrecklichen Ereignis vor einer Woche kam Neil sich ausgesprochen nutzlos vor. Er wusste schlicht nicht, was er tun sollte. Nein, er wusste nicht, was er tun *durfte.* Und er wusste nicht, was in Kate vorging oder warum.

Letztes Wochenende, als sie ihm *großzügig* gestattete zu bleiben, war er hilflos herumgetapst und hatte versucht, sich nützlich zu machen. Er hatte ihr Kaffee gekocht, den sie eindeutig nicht wollte. Mit ihrem Kaffee war Kate sehr eigen. Neil trank problemlos Instantkaffee, aber Kate hatte es gern exklusiver; sie mochte nur die arbeitsintensivere Variante. Sie mahlte ihre Bohnen gern selbst und benutzte die sündhaft teure italienische Espressomaschine in Chrom und Rot, die er ihr letzte Weihnachten geschenkt hatte (auf ihre Anweisung hin), um sich dicke braune Brühe zu kochen. Rein theoretisch wusste Neil, wie der Apparat funktionierte, und er hatte versucht, Kates Bedürfnisse zu erahnen, indem er ihr Kaffee brachte, wann immer sie besonders niedergeschlagen schien. Aber ihm war klar, dass er irgendetwas nicht ganz richtig gemacht hatte. Das erkannte er an der etwas zu bemühten Art, in der sie »Danke. Der ist köstlich« sagte, als würde sie die Worte für einen albernen Fernsehwerbespot üben.

Sein Versagen an der Kaffee-Front war natürlich nur ein Symptom ihrer gegenwärtigen Unfähigkeit, miteinander zu kommunizieren. Neil hatte sowieso nie begriffen, was in ihrer Ehe eigentlich schiefgegangen war; umso ratloser machte ihn, dass sich Kate nun sogar noch abgelenkter, distanzierter und zugeknöpfter gab als sonst. Ihm war klar, dass sie unter Schock stand oder zumindest an den Nachwirkungen des Schocks litt. Fachleute würden wahrscheinlich von posttraumatischem Stress reden, und Neil hatte hinreichend Traumafälle gesehen, um zu wissen, wie übel das sein konnte. Vermutlich hatten sie Kate sogar Hilfe angeboten bei der Polizei oder im Krankenhaus, doch das erwähnte sie natürlich mit keinem Wort. Vor einigen Wochen erst hatte Neil ihr erfolglos vorgeschlagen, dass sie zu einem Paartherapeuten gehen sollten; sicher würde er nicht so blöd sein, ihr nun zu einer Traumatherapie zu raten. Lieber würde Kate sich eine Gabel ins Auge stechen, als zuzugeben, dass sie bei irgendetwas Hilfe brauchte.

Der einzige Grund, weshalb Neil mit ihr zur Trauerfeier ging, war der, dass sie seine professionelle Hilfe wollte. Kate hatte ihn angerufen, um mit ihm über Hattie Fox zu sprechen. Anscheinend hatte Hatties Mutter gefragt, ob er sich diese bizarre Geschichte einmal näher ansehen könne: Angeblich hatte irgendein boshafter Stalker der Schauspielerin nachgestellt, sie in die Trunksucht und mithin letztlich in den Tod getrieben. Jedenfalls war das die Quintessenz. Neil war vorbeigekommen, hatte zugehört und kluge Fragen gestellt: Wie lange ging das Ganze schon? Waren die Päckchen ins Fernsehstudio oder nur an Hatties Privatadresse geschickt worden? Kate räumte ein, dass sie es nicht wusste, weil sie nicht daran gedacht hatte, Hatties Mutter zu fragen. Neil hatte die Nähe genossen, als sie miteinander redeten, und so sagte er aus reinem Egoismus zu, nämlich um mehr Zeit mit Kate zu verbringen. Außerdem musste er zugeben, dass es sich nach einer möglicherweise interessanten Geschichte anhörte.

An dem Abend hatte ein Foto auf dem Couchtisch gelegen, ein altes Bild, das er noch nie zuvor gesehen hatte. Es zeigte Kate in Teenagerjahren, zusammen mit einigen anderen Mädchen. Neil hatte es sich angesehen. »Du siehst hübsch aus«, hatte er gesagt. »Sehr fröhlich. Ja, richtig niedlich.«

Kaum hatte er es ausgesprochen, wurde ihm bewusst, dass er das Falsche gesagt hatte. Die junge Kate auf dem Foto hatte noch den Babyspeck der Pubertät, ebenjenen Babyspeck, den sie über Jahre mit schierer Willenskraft bekämpft und verloren hatte, bevor sie sich zum ersten Mal begegneten. Er merkte, wie sie sich anspannte und eine scharfe Erwiderung vorbereitete, deshalb war er rasch ausgewichen, indem er den zerrissenen Rand des Fotos ertastete und fragte: »Wer fehlt denn da?«

Kate schaute genauer hin. »Ach, niemand Wichtiges. Jedenfalls keines der Lady-Jane-Mädchen.« Und dann hatte sie gelacht, wundervoll glockenhell und klar. »O mein Gott! Das ist so Lady-Jane-mäßig von mir! Diese Bemerkung hätte auch von Serena kommen können. Ich habe damit eigentlich bloß gemeint, dass ich die Person auf dem Bild nicht kannte und sie auch für dich uninteressant ist. Sie hatte nichts mit Hattie zu tun ... oder mit mir.«

Neil legte das Foto wieder auf den Couchtisch und wandte sich zu Kate. Dann streckte er die Hand aus, berührte ihr Haar und strich es ihr sanft aus dem Gesicht. »Alles okay?«, fragte er.

Kate nickte und legte ihre Hand über seine, sodass ihre Finger für einen Moment miteinander verwoben waren. Gleich darauf wurde ihr wohl bewusst, was sie tat, denn plötzlich zog sie ihre Hand wieder zurück. »Entschuldige«, sagte sie. »Das wollte ich nicht.«

Wenn Neil doch nur eine Ahnung hätte, wie es zum Bruch gekommen war! Was hatte die Trennung ausgelöst? Lag es daran, dass Kate nicht mit ihm reden wollte? Oder weil sie so unzufrieden mit ihrem Job war? Schon seit Monaten hatte er ihr geraten: »Wieso schmeißt du nicht einfach hin? Reich deine Kündigung ein, und such dir was anderes!«

»Es herrscht gerade eine Rezession, falls dir das entgangen sein sollte.«

»Na und? Wir können es uns leisten, für eine Weile auf dein Gehalt zu verzichten. Nein, im Ernst, wenn du eine Auszeit brauchst, nimm dir eine.« Neil verstand Kates Karrierebesessenheit nicht. Wieso musste sie sich unbedingt in diesem mittlerweile ziemlich bescheidenen Job beweisen? Und in dem Augenblick hatte er einen fatalen Fehler begangen, wie er nun wusste. »Geht es hier vielleicht um etwas ganz anderes?«

»Was sollte das sein?« Da war dieser gefährlich angespannte Unterton gewesen, der ihm signalisieren sollte, sich lieber zurückzuhalten, und Neil hatte wider besseres Wissen nicht darauf gehört.

»Geht es um diese Kindersache?«

Ja, das hatte er Kate tatsächlich gefragt. Und damit war er geradewegs in »den Sumpf« gestolpert. Natürlich war ihre Reaktion eisiges Schweigen gewesen. Neil war nicht sicher, ob Kate stumm weinte, wie sie es manchmal tat. Man konnte es lediglich an ihren bebenden Schultern erkennen. Aber nein, sie weinte nicht. Sie war einfach bloß stumm. Und dann kam die Äußerung – vollkommen ruhig, sachlich, als mache Kate sie aus rein akademischem Interesse: »Ich weiß nicht, warum wir überhaupt noch verheiratet sind.«

Nun betrachtete Neil seine Frau, die in ihrem Wickelkleid vor ihm stand. Sie hielt das Haar zu einer Art Knoten hoch, wobei die blassen Innenseiten ihrer Arme faszinierend zart aussahen. Eine Woge der Liebe erfasste ihn, so warm und zärtlich, dass sie ihm Tränen in die Augen trieb. Er wollte Kate so gern helfen, doch sie ließ ihn nicht an sich heran.

»Alles wird wieder gut«, sagte er, weil ihm nichts Besseres einfiel. »Wir stehen das durch.«

Leider wusste er nicht, was er mit »das«, meinte.

Kate sah ihn eine halbe Ewigkeit an, und er glaubte, Tränen in ihren Augen zu erkennen. Aber er konnte ihre Mimik nicht lesen. Sie öffnete den Mund, und er war sicher, dass sie etwas Wichtiges sagen wollte. *Bitte*, flehte er im Geiste. *Rede mit mir!* Was sie aber nicht tat. Stattdessen sagte sie: »Ist das okay? Dieses Kleid? Entschuldige, ich bin ein bisschen durch den Wind. Geht es so?« Ihre Stimme war ohne jeden Ausdruck, und unweigerlich fühlte sich Neil an jemanden erinnert, der soeben aus einem Koma aufwachte.

Dann nahm er sie in die Arme, ganz fest. Sie zuckte leicht zusammen, wich jedoch nicht zurück. Kate stand da und ließ sich von ihm umarmen, ohne die Umarmung zu erwidern. Er küsste sie auf die Stirn, an die Stelle, wo ihr spitz zulaufender Haaransatz begann, und hielt sie weiter fest. Unterdessen bemerkte er, dass ihm, im Gegensatz zu Kate, die Tränen aus den Augen liefen.

Sie wären beinahe zu spät zur Trauerfeier gekommen, und ausnahmsweise war Kate schuld, wie sie selbst wusste. Dabei war Kate stets pünktlich auf die Sekunde, denn sie hasste es, die Kontrolle über die Zeit zu verlieren. Ein Teil der Verspätung war nicht zu ändern gewesen. Seit dem Besuch bei Rosemary spielte ihr Verstand verrückt – ja, eigentlich seit Hatties Tod. Jeder Versuch, klar zu denken, die Orientierung zu wahren, ähnelte einem Waten durch Sirup. Es war, als habe ihr jemand eine Schaufel über den Schädel gezogen und sie müsse von neuem lernen, wie sie Entscheidungen traf. Alltägliche Aufgaben konnte Kate erledigen. Sie schaffte es, zur Arbeit zu gehen und täglich an ihrem Studioschreibtisch zu funktionieren. Sie konnte nach Hause fahren und sich Abendessen bereiten. Sie bewältigte sogar oberflächliche Unterhaltungen. Aber alles, was vom Gewohnten abwich, was ein Urteil oder eine Entscheidung verlangte – womöglich gar unter Beteiligung ihrer Emotionen –, stellte sie vor Probleme. Es machte ihr Angst, wie seltsam, wie fremd sie sich fühlte. Ihr war nicht klar gewesen, dass ein Schock so lange anhalten könnte.

Kate war nach wie vor übel, und sie fror immer noch, obwohl

es ein verhältnismäßig lauer Tag war. Sie hatte sich in einen dunklen Mantel und eine Mütze eingemummelt und ihren lila Schal um Hals und Kinn gewickelt. Glücklicherweise bedeckte der Schal so viel von ihrem Gesicht, dass niemand sie erkennen würde. Hattie war einigermaßen bekannt gewesen und ihr Tod gerade dramatisch genug, dass die Trauerfeier eine Meldung wert war, und so wartete eine kleine Traube von Pressefotografen vor der Kirche. Neil legte schützend einen Arm um Kates Schultern und führte sie an den Knipsenden vorbei, als wäre er ihr Leibwächter. Zum ersten Mal seit der Trennung war sie dankbar, dass Neil sie berührte und seine Berührung so natürlich und ungezwungen wirkte.

Sie liebte Neil, und die Ehe mit ihm war ihr keineswegs zuwider. Sie sah nur keinen Sinn mehr darin. Sie hatten sehr jung geheiratet – Kate war erst zweiundzwanzig gewesen –, aber ihre Ehe war stets stabil gewesen, weil sie gemeinsame Ziele hatten: Beide wollten sie es in ihrem Beruf zu etwas bringen, wollten einen höheren Lebensstandard erreichen als ihre Eltern und eine Familie gründen. Immerhin war der Lebensstandard da: das schöne Haus; die riesige lichtdurchflutete Küche mit den Flügeltüren zur kleinen gepflasterten Terrasse, deren Steine schimmerten wie Goldstaub mitten in London; die großen, luftigen Zimmer mit den hohen viktorianischen Decken, den Originalkaminen und Stuckaturen. Das Haus hätte direkt aus einer Wohnzeitschrift stammen können. Und dennoch konnte Kate sich des Gefühls nicht erwehren, dass sie irgendwo auf dem Weg hierher ihre Karriere geopfert hatte. Sie hatte ihre beruflichen Ziele für eine Familie geopfert, die es nie geben sollte, und nun fragte sie sich, welchen Sinn und Zweck ihre Ehe eigentlich noch hatte. Sie hatte zwar keineswegs bewusst geplant, eine Trennung vorzuschlagen; sondern hatte sich eher unvermittelt erdrückt und durch tausend Nichtigkeiten von Neil verärgert gefühlt. Und sie überlegte, ob sie an diesem Punkt in ihrem Leben nicht lieber ausbrechen sollte, statt weiter auf den öden, ausgetretenen Pfaden zu trotten. Sie hatte das Gefühl, als bewegten Neil und sie sich einfach nicht mehr auf demselben Weg, nicht einmal auf derselben Umlaufbahn.

Sie hockten zusammengedrängt in einer Kirchenbank weit hinten in der fast vollen Kirche, und von ihrem Platz aus konnten sie lediglich die Hinterköpfe der anderen Leute sehen. Was Kate ganz recht war, und sie war froh über den Schal, der ihr Gesicht verhüllte. Auch wenn sie es Neil gegenüber nie zugeben würde – ja, es kaum sich selbst eingestand –, wollte sie von niemandem erkannt werden, der mit ihr zur Schule gegangen war. Das war wohl einer der Gründe, weshalb sie vor der Trauerfeier so getrödelt und ihren Aufbruch hinausgezögert hatte. Seit zwanzig Jahren hatte sie weder Susan Sullivan noch Serena Lacey oder irgendein anderes der Mädchen von der Lady Jane Grey gesehen, und auch jetzt wollte Kate sie nicht sehen. Auch nach so vielen Jahren hatte sie immer noch Angst.

Nein, »Angst« war wohl nicht das richtige Wort. In Wahrheit hatte sie keine Ahnung, wie sie sich ihren damaligen Mitschülerinnen gegenüber verhalten sollte. Auf jeden Fall hatte sie ihnen nichts zu sagen. Sie war nicht im Mindesten interessiert, mit ihnen zu reden oder von ihnen zu hören, wie es ihnen seit der Schulzeit ergangen war. Deshalb mied sie Klassentreffen und diese Websites, mithilfe derer man Kontakt zu Leuten aus der Schulzeit aufnehmen konnte. Sie wollte keine Höflichkeit heucheln und hatte Sorge, dass ihr Gesicht sie verraten könne: ihre Unsicherheit, ihre Angst und ihren Hass.

Einige Reihen vor ihnen stand eine große dunkelhaarige Frau. Sie hatte schimmerndes schulterlanges Haar und trug einen maßgeschneiderten dunkelgrünen Mantel. Kate starrte wie gebannt auf den Rücken der Frau und betete im Geiste, sie möge sich nicht umdrehen und zu ihr blicken, denn sie war sich beinahe sicher, dass es sich bei der Frau um Susan Sullivan handelte. Und die wollte Kate nie wiedersehen.

Kate versuchte, sich auf die Trauerfeier zu konzentrieren. Die Ansprache hielt ein Pfarrer, der Hattie offenbar nie begegnet war und der mit frappierend gefühlloser Stimme von einem Skript ablas, was für eine wunderbare Tochter und Freundin sie doch gewesen sei. Vorn in der Kirche war ein gigantisches, farbenprächtiges und doch zutiefst konventionelles Blumenarrangement aufgebaut: rote Rosen, weißes Schleierkraut und alles mögliche grüne Beiwerk. Rosemary Fox hatte erwähnt, dass die Beerdigung erst stattfinden könne, nachdem der Gerichtsmediziner Hatties Leiche freigegeben hätte. Kate fragte sich, ob Hatties Leiche dem Gerichtsmediziner überhaupt irgendwelche neuen Erkenntnisse liefern könne. Hattie war von einem Zug überfahren worden, ganz einfach. Und dann ertappte Kate sich bei der Überlegung, was wohl in dem Sarg wäre, wenn sie die eigentliche Beerdigung abhielten. Hatties Leiche. Was machten Bestatter mit einem Menschen, der von einem Zug in Stücke gerissen worden war? Kate würgte und hielt sich ein Taschentuch vor den Mund.

Wenn sie seitlich an der Kirchenbank vorbeilugte, konnte Kate einen Ausschnitt von Rosemarys Hinterkopf sehen. Soweit Kate erkennen konnte, schien Rosemary bewundernswert gefasst. Wie fühlte man sich, wenn man am Trauergottesdienst für die eigene Tochter teilnahm?

Die letzte Trauerfeier, die Kate besucht hatte, war die Beerdigung ihrer Mutter vor vier Jahren. Sie war mit Neil nach

Spanien geflogen, zur Costa del Sol, an die ihre Mutter gezogen war, nachdem Kate das Haus verlassen hatte. Beim Trauergottesdienst hatte Kate so gut wie niemanden gekannt, nur Barry, den Lebensgefährten ihrer Mutter. Barry war ein sehniger, tätowierter Mann aus dem East End, der Shirley Small während ihres Kampfes gegen den Krebs liebevoll umsorgt hatte. Kate hatte nicht richtig trauern können. Ihre Mutter und sie hatten einander nie nahegestanden, waren eigentlich auch nie miteinander ausgekommen. Kate hatte ihr Zuhause verlassen, jung geheiratet, und ihre Mutter war nach Spanien gezogen, wo sie eine Bar eröffnete. Danach hatte jede ihr eigenes Leben geführt, in dem die andere nur eine sehr kleine Rolle spielte. Nach der Beerdigung hatte Kate bis spät in die Nacht mit Barry in der Bar ihrer Mutter gesessen und sich schrecklich betrunken. Neil hielt ihr das Haar aus dem Gesicht, als sie sich übergeben musste. »Ungelöste Probleme«, hatte er halb im Scherz gesagt. Küchenpsychologie war eine Schwäche von ihm.

Der Pfarrer leierte immer noch lieblos Plattitüden herunter, und auf einmal wurde Kate wütend auf ihn. Diese Trauerfeier war nichts für Hattie, sie war vollkommen falsch, viel zu ruhig und beherrscht. Viel zu gedämpft: Fahrstuhlmusik, Prozac, entschieden zu »angemessen« für Hattie Fox. Die Trauergemeinde war zu stumm, zu emotionslos. Dabei wären auf Hatties Trauerfeier große Gefühle am Platz gewesen: Heulen und Wehklagen, so wie Hattie es ausgestoßen hatte, als die U-Bahn im Tunnel stoppte. Irgendetwas an dieser Trauerfeier musste es doch geben, das Kate aus ihrer Benommenheit, dem tauben Nichts reißen konnte. Die Leute sollten sich die Kleidung zerfetzen, sich Asche auf die Stirn reiben und beklagen, dass ein solch lebendiger, unbequemer und einzigartiger Mensch tot war.

Nun standen sie auf und sangen ein Kirchenlied: »The Day Thou Gavest Lord is Ended«. Neil legte einen Arm um Kate und zog sie nahe an sich; die unerwartete Zärtlichkeit seiner Geste war zu viel. Kate merkte, wie ihre Lippen zu beben begannen, und plötzlich konnte sie nicht mehr. Sie weinte! Sie weinte nie, doch jetzt erschütterten die Schluchzer sie von Kopf bis Fuß, und je mehr sie sich anstrengte, sie zu unterdrücken, umso schlimmer wurden sie. Neil reichte ihr ein Taschentuch, während Kate bemüht war, sich zusammenzureißen, sich wieder unter Kontrolle zu bekommen. Auch wenn sie sich eine emotionalere Trauerfeier gewünscht hätte, waren solche Gefühlsausbrüche gänzlich unangebracht. Es war okay, bei solchen Anlässen zu weinen. Ein paar diskrete Tränen von einer Freundin der Toten waren akzeptabel und wurden erwartet. Aber um jemanden laut schluchzend zu trauern, den man seit Jahren nicht gesehen hat – zumal wenn die Mutter der betreffenden Person geradezu bewundernswert gefasst blieb –, war lächerlich und zeugte von erbärmlicher Selbstbeherrschung. Das alles sagte Kate sich, nur half es nichts.

Die Leute drehten sich zu ihr um und sahen sie an, sodass es peinlich wurde. Kate spürte, wie Neils Arm sie sanft drückte und aus der Kirche leitete. Dankbar ging sie mit ihm. Was für ein Glück, dass sie so spät gekommen waren und nur noch einen Platz weit hinten bekommen hatten! Sobald sie draußen waren, führte Neil sie zu einer Holzbank an einem Kiesweg neben dem kleinen grasbewachsenen Friedhof, der zur Kirche gehörte. Er reichte Kate weitere Taschentücher, legte wieder den Arm um sie und hielt sie fest, während sie schluchzte.

Acht

Dort war es beinahe friedlich. Das dumpfe Rauschen der nahe gelegenen North Circular Road hatte einen seltsam beruhigenden, fast hypnotischen Effekt. Alles schien plötzlich egal. Kate saß in einen warmen Mantel gehüllt auf einer Bank, und Neil hatte den Arm um sie gelegt. Hier konnte sie sitzen und in Ruhe Tränen vergießen.

»Entschuldige«, sagte sie immer wieder.

Neil lächelte. »Ist okay, Liebes. Du darfst ruhig trauern.«

»Ich bin gleich wieder okay.«

»Lass dir Zeit.«

Kate erkannte natürlich, dass Neil seine bewährte sanfte Stimme einsetzte, die er benutzte, wenn er Leute nach einem traumatischen Erlebnis befragte. Sie wollte ihm widersprechen und ihm sagen, dass es ihr gutging. Aber ihr wollten partout nicht die richtigen Worte einfallen. »Das ist der Schock«, sagte Neil. »Sonst nichts.«

»Es ist bloß ... ich muss immerzu an sie denken.«

»Ja, und das ist vollkommen normal.«

Neil massierte ihr sanft die linke Hand, allerdings wirkte seine Berührung ein bisschen mechanisch. Kate zog ihre Hand zurück und begann an den zerknüllten Taschentüchern in ihrem Schoß herumzuzupfen. Es gab etwas, über das sie sprechen musste. Neil hatte recht: Sie musste darüber reden.

»Kurz bevor Hattie sprang, hat sie etwas Merkwürdiges gesagt: *Wir haben etwas Furchtbares getan.* Seitdem muss ich dauernd daran denken und frage mich, was sie gemeint hat.«

Da. Jetzt war es heraus. Sie hatte es endlich ausgesprochen. Sie wollte wissen, was Hattie gemeint hatte. Es ließ ihr keine Ruhe, doch zugleich hatte sie Angst davor, es zu erfahren.

Als sie die Worte aussprach, war ein Erinnerungsfetzen aufgetaucht. Er hatte mit dem Gefühl zu tun, das sie überkommen hatte, als sie Hatties Satinsandalen von ihren Fingern baumeln ließ. Etwas Furchtbares. Doch es blieb seltsam fern, unbenennbar. Kate schüttelte den Kopf und verdrängte das verschwommene Bild.

»*Wir haben etwas Furchtbares getan.*« Wenn Neil den Satz aussprach, hörte er sich weniger dramatisch, weniger bedrohlich an. »Nach allem, was du mir erzählt hast, war sie sturzbetrunken. Vielleicht hat sie gar nichts Besonderes gemeint.«

Kate spürte, dass er nur versuchte, sie zu beruhigen. Mit der Stiefelspitze malte sie Formen in den Kies. Wie konnte sie Neil begreiflich machen, warum sie dieser Satz verfolgte? »Aber sie hatte solche *Angst*. Als würde sie von jemandem verfolgt.«

Natürlich hatte sie Neil diesen Teil der Geschichte bisher gar nicht erzählt. Sie sah ihn an und bemerkte, wie seine Augen interessiert aufleuchteten.

»Hat sie denn jemand verfolgt?«, fragte er.

»Ich glaube nicht. Nur ich, später dann, nachdem sie aus der U-Bahn gestiegen ist.« Sie verzog das Gesicht. »Hätte ich das doch bloß nicht gemacht, Neil. Ich wünschte, ich wäre ihr nicht nachgelaufen. Hätte ich sie doch einfach ignoriert. Ich muss ihr Angst eingejagt haben. Wahrscheinlich war es das Schlimmste, was ich tun konnte.« Kate überlegte und versuchte sich zu erinnern, was geschehen war, wie Hattie in den Wagen gestürzt war, betrunken, tollpatschig und verängstigt. »Nein, ich habe niemanden gesehen. Sie hatte Angst und war in Panik, aber ich glaube nicht, dass tatsächlich jemand hinter ihr her war.«

»Also war sie sturzbetrunken und paranoid?«

Zweifellos war das die einfachste Antwort. Sie sollte sie hinnehmen und ihr Leben weiterleben. Schließlich hatte sie versucht, Hattie zu helfen. Sie hatte alles getan, was sie konnte, aber leider war Hattie nicht mehr zu helfen gewesen.

»Ja, du hast recht«, sagte sie. »Sie war sturzbetrunken und paranoid.«

Nun kam die Trauergemeinde aus der Kirche, wie Kate am Knirschen der Schritte auf dem Kies hörte. Von der Bank aus konnte sie die Kirchentür sehen. Dunkel gekleidete Menschen traten in gemessenem Gang heraus und kondolierten Rosemary Fox an der Kirchentür. Einige umarmten sie, andere schüttelten ihr die Hand, und sie bedachte alle mit demselben traurig freundlichen Lächeln. Kate stand auf und wandte sich von der Kirche ab. Falls die große Frau im grünen Mantel tatsächlich Susan war, wollte Kate nicht, dass diese sie weinend sah. Sie streckte die Hand nach Neil aus.

»Gehen wir!«

Sie gingen ein Stück, vom Kirchhof die Straße entlang zum geparkten Wagen. Das schien Kate gutzutun, dachte Neil. Kate wirkte nach den Tränen ein bisschen weniger verkrampft, eher bereit zum Reden. »Kate, irgendwas erzählst du mir doch nicht. Warum setzt dir das so zu? Was macht dir an Hatties Worten so schwer zu schaffen?«

Er konnte sehen, dass Kate versuchte, sich zu beherrschen. Sie rang die Hände, atmete tief ein und sagte dann: »Ich kannte Hattie nur einige Jahre, und das ist lange her, aber es war eine ziemlich ... wie soll ich sagen ... eine ziemlich intensive Freundschaft. Und jetzt geht mir der Gedanke nicht aus dem Kopf, dass sie *uns* gemeint hat ... Also mit dem Furchtbaren, was das auch gewesen sein mag ... Dass wir das gemacht haben, Hattie und ich. Hat sie mich gesehen und sich an irgendwas erinnert, was wir getan haben? Etwas, das so schrecklich war, dass sie sich umgebracht hat?«

Neil sah Kate an. Ihre Augen waren rotgerändert, ihr Gesicht verquollen, und sie wollte ihn nicht ansehen. Ihm fehlten die Worte, weil er nicht verstand, was sie ihm zu sagen versuchte. Seit einigen Tagen schon hegte er den leisen Verdacht, dass ihre Beziehung zu Hattie womöglich sexueller Natur gewesen war. Eine lesbisch angehauchte Schulmädchenerfahrung vielleicht. Das würde auch den Kummer erklären, die Heimlichtuerei und die Weigerung zu reden. Und als Kate sagte, ihre Freundschaft wäre »ziemlich intensiv« gewesen, glaubte Neil schon zu ahnen, was sie als Nächstes sagen würde. Aber es schien doch etwas anderes zu sein. Kate würde ein lesbisches Erlebnis nicht als »furchtbar«, bezeichnen. Peinlich höchstens, ja, das wohl eher.

»Wie könntest du etwas Furchtbares getan haben und dich nicht erinnern, was es war?«

»Wir haben früher viel getrunken, Hattie und ich.« Kate hob den Kopf und sah Neil einen Moment lang an, bevor sie den Blick wieder abwandte. »Na ja, Hattie mehr als ich, aber trotzdem, ich habe eine Menge getrunken, wenn ich mit ihr zusammen war.«

»Und?« Das war kein umwerfendes Geständnis. Immerhin waren für Kate schon zwei Gläser Wein eine Menge.

»Ich meine wirklich *eine Menge*!« Sie flocht die Fransen ihres Schals, sehr sorgfältig, als wäre das überaus wichtig.

»Und du warst *wie* alt?«

»Achtzehn, ungefähr. Der Sommer nach unserem Abschluss war der schlimmste.«

»Ist er das nicht bei allen? Mein Gott, ich mag gar nicht daran denken, wie viele Pints ich in dem Sommer runtergeschüttet habe.« Neil begriff immer noch nicht, was Kate ihm zu sagen versuchte. Er konnte an ihrer Stirn sehen, dass sie sich sehr konzentrierte, angestrengt nachdachte.

»Wir sind völlig ausgeflippt«, sagte sie. »Wir sind von einer Party zur anderen gezogen und sind in Clubs gegangen, und dann liefen die Dinge auch mal aus dem Ruder. Hattie probierte mit Drogen rum. Da wurde es dann unangenehm. Ich musste auf sie aufpassen und dafür sorgen, dass sie heil nach Hause kam.«

»So betrunken könnt ihr doch unmöglich gewesen sein.«

»Betrunken genug, um uns hinterher nicht an alles zu erinnern, was wir gemacht haben. Betrunken genug, um die Kontrolle zu verlieren. Es gibt ganze Nächte, an die ich mich überhaupt nicht mehr erinnern kann. Angenommen, wir haben da was gemacht? Angenommen, wir haben jemanden verletzt, was geklaut oder irgendwas Furchtbares getan?« Endlich sah sie ihm in die Augen, das Gesicht schmerzverzerrt und flehend.

Außer Kontrolle zu geraten. Neil wusste, dass das die größte Angst seiner Frau war, schon immer, solange er sie kannte. Das einzige Mal, dass er sie betrunken erlebt hatte, war nach der Beerdigung ihrer Mutter gewesen. Hin und wieder fragte er sich, ob sie in ihrer Vergangenheit schlechte Erfahrungen mit Alkohol gemacht hatte. Das musste sie wohl. Was für ein kompliziertes Bündel von Problemen seine Frau doch mit sich herumtrug! Aber er wurde es nie leid, die Knoten zu entwirren, um sie zu verstehen, zu ergründen, was sie so einzigartig und besonders machte. Man heiratete jemanden, weil man sich verliebte und sich nicht vorstellen konnte, ohne den anderen zu leben. Andere warnten einen, dass die Verliebtheit aufhören würde. Aber niemand erwähnte, dass man sich auch noch mehr verlieben könnte.

Nun sah er sie an, wie sie angespannt und in sich zurückgezogen die Arme vor dem Oberkörper verschränkte. Sie waren stehen geblieben, und Kate lehnte sich an eine Mauer. »Kate, was erzählst du mir nicht? Was ist wirklich zwischen dir und Hattie vorgefallen? Wie kam es, dass ihr den Kontakt verloren habt?«

Kate schlang ihre Arme noch fester um sich und neigte den Kopf, als wollte sie sich so klein wie möglich machen.

»Was ist passiert?«, hakte Neil nach, wobei er seine Stimme so sanft klingen ließ, wie er konnte.

»Ich habe sie sterben lassen.«

»In der U-Bahn-Station? Kate, du hast getan, was du konntest! Du hättest sie nicht retten können.«

»Nein, nein, ich meine schon vor Jahren. Sie war übers Wochenende in Manchester, bei irgendeinem Freund, ihrem vielleicht, was weiß ich. Jedenfalls lud sie mich ein, hinzukommen und die Luxuswohnung zu genießen, nur übers Wochenende. Und ich fuhr hin. Wir sind abends losgezogen, und es ging richtig hoch her, also mit viel Trinken, ziemlich beängstigend. Am Ende habe ich uns zurück zu der Wohnung gelotst, weil Hattie total ausgeknipst war. Sie hatte keine Ahnung, wo sie war. Und kaum hatte ich sie in der Wohnung, brach sie zusammen. Normalerweise hätte ich sie wieder wachgeschüttelt oder sie wenigstens in die stabile Seitenlage gebracht und sie zugedeckt oder irgendwas. Aber ich hatte die Schnauze voll. Ich war müde, total erschöpft und genervt. Also ließ ich sie da sturzbesoffen auf dem Fußboden liegen, und sie atmete kaum noch. Sie war auffallend blass und schwitzte. Ich hätte einen Krankenwagen rufen müssen. Stattdessen habe ich meinen Koffer gepackt, bin abgehauen und habe einen Frühzug nach London genommen. Das war's. Ich beschloss, sie nie wiederzusehen.

In den Tagen danach habe ich immer wieder in die Zeitungen geschaut, denn ich war mir sicher, dass irgendwas über eine Frau drinstehen würde, die man tot in einer Luxuswohnung in Manchester aufgefunden hatte. Wahrscheinlich bin ich deshalb neulich in der U-Bahn hinter ihr hergelaufen. Ich wollte versuchen, sie zu retten. Ich konnte sie doch nicht wieder im Stich lassen.«

»Kate, das ist idiotisch! Deine Freundin war außer sich, als sie sich umbrachte. Das hast du selbst gesagt. Es hatte nichts mit dir zu tun. Du hast erzählt, dass sie schreckliche Angst vor irgendwas oder irgendjemandem hatte. Mit anderen Worten: Sie hat paranoid auf dich gewirkt. Was sie gesagt hat, war wahrscheinlich aus ihrer Paranoia geboren. Das hat wirklich nichts mit dir zu tun. Du warst rein zufällig da. Wenn überhaupt jemand schuld ist, dann derjenige, der ihr diese Miniflaschen zugeschickt hat.«

»Du hast recht«, erwiderte sie. »Ich weiß ja, dass du recht hast.« Sie lächelte zu ihm auf. »Ich bin bloß eine blöde Kuh mit übertriebenen Schuldgefühlen, die sich für alles verantwortlich fühlt.«

Neun

Wie nannte man so was eigentlich? Eine Totenwache war es eher nicht, dachte Kate. Die hielt man doch *vor* dem Begräbnis ab, oder nicht? Sie jedenfalls assoziierte mit dem Begriff einen offenen Sarg und Generationen irischer Familien, die sich versammelten, um dem Toten die letzte Ehre zu erweisen und zu fiedeln: ein ausgelassenes, trunkenes, fast fröhliches Fest, mit dem das Leben des Verstorbenen gefeiert wurde.

Vielleicht hätte man für Hattie lieber so eine Feier organisieren sollen. Stattdessen war die ganze Veranstaltung sehr britisch: ein steifer Empfang, ein unterkühltes Beisammensein von förmlich gekleideten Menschen im gleichfalls kühlen Veranstaltungssaal eines Mittelklasse-Hotels neben der North Circular Road, unweit der Kirche. Der Saal wurde noch um einiges kühler durch den angeschlossenen Wintergarten, der gewiss zu einer anderen Jahreszeit lauschiger gewesen wäre. Zwei lange Tische waren weiß eingedeckt. Auf einem war das Essen angerichtet: Sandwiches, kaltes Fleisch und Salate. Auf dem anderen standen Tee, Kaffee, Gläser mit Wein und Orangensaft bereit. Kein warmes Essen. Kate meinte sich zu erinnern, dass warme Speisen bei solchen »Anlässen« tabu waren.

Sie hockte auf einem Stuhl in der Ecke und hielt einen Teller mit Essen in der Hand, das sie nicht anrühren konnte. Stattdessen versuchte sie zu ergründen, wie sie sich fühlte. Tatsächlich ging es ihr ein bisschen besser. Sie war nach wie vor benommen, ihr war übel, aber sie kam sich fast schon wieder menschlich vor, als wäre sie eben aus einem Albtraum erwacht. Sie war lethargisch und erschöpft, empfand sich jedoch erstmals seit Hatties Tod wieder als halbwegs normal. Es war, als würde sie sich von einer längeren Krankheit erholen, als könne sie für eine Weile einfach ruhig in diesem anonymen Raum sitzen und wieder einen klaren Kopf bekommen.

Aber warum fühlte sie sich besser? Vielleicht hatte Neil recht mit dem, was er immerzu sagte: Lieber alles rauslassen, als es in sich reinfressen. Sie hatte heftig geweint, also musste sie sich danach wohl besser fühlen. Nein, es war mehr als das. Sie hatte Neil ihre Ängste gebeichtet, und er hatte sie beiseitegewischt – zu Recht. Ihre Ängste waren dumm gewesen, und nicht nur das: Es war außerordentlich schwach und egozentrisch gewesen, sich vorzustellen, dass Hatties Kummer, Hatties Verzweiflung, Hatties Suizid irgendetwas mit ihr zu tun haben könnten.

Kate wusste, dass sie in der letzten Woche nicht sie selbst gewesen war, und hasste sich dafür. Sie hatte sich von Furcht beherrschen lassen, obwohl sie sich geschworen hatte, das niemals zuzulassen. Nun schaute sie sich in dem seelenlosen Raum um. Hatties Mutter saß an einem runden Tisch in der gegenüberliegenden Ecke. Neil war bei ihr, den Kopf zu ihr geneigt. Er hörte ihr aufmerksam zu. Na schön. Vielleicht half es allen, wenn er dem Ursprung dieser Schnapspäckchen nachspürte. Immerhin war es etwas Konkretes, und Rosemary Fox würde Neils Recherche gewiss durch ihre Trauer helfen. Außerdem dürfte Neil seinen Spaß daran haben.

Trotzdem wusste Kate nicht, wie sie zu Neils Auftrag stehen sollte – und »Auftrag« war der einzige Terminus, der ihr dazu einfiel, denn er behandelte die Angelegenheit als solchen. Kate hatte es gutgetan, Neil von ihren Ängsten zu erzählen, das musste sie zugeben. Sie fühlte sich erleichtert, seit sie mit ihm geredet hatte, zumal Neil ein guter Zuhörer war. Allerdings konnte er auch nichts auf sich beruhen lassen. Neil glaubte fest an Fakten. Seiner Ansicht nach waren Fakten eine Art Panzer, der sicherste Schutz eines jeden Journalisten. Das sagte er oft. Und seine Faktengläubigkeit machte ihn zu solch einem guten, beharrlichen Reporter. Er wünschte sich, dass Kate ihre Rolle bei Hatties Selbstmord verarbeitete, und dabei unterstützte er sie auf die ihm einzig mögliche Weise: indem er loszog und alles über Hattie und die Person herausfand, die ihr nachgestellt hatte. Natürlich ging es ihm nicht allein um Kate. Neil konnte gar nicht anders. Wann immer ihm etwas Mysteriöses unterkam, musste er die Wahrheit erforschen. Das war wie ein Zwang. Hier tat sich eine Story auf, und er musste ihr nachgehen. Aber Kate war nicht wohl bei dem Gedanken, was er herausfinden könnte.

Sie nahm einen Happen Quiche von ihrem Teller und wollte sich dazu zwingen, ihn zu essen. Es war zwecklos. Bei dem Geruch von gebackenem Käse wurde ihr erneut übel. Stattdessen knabberte sie an einem Petersilienstängel von der Verzierung. Sie musste dringend wieder anfangen, richtig zu essen. Kate stand auf, stellte ihren Teller auf einem Tisch in der Nähe ab und ging im Raum umher, weil sie die Beine strecken und ihre Lethargie abschütteln wollte. Es gab Bereiche in Kates Leben, von denen sie Neil niemals erzählt hatte und die sie selbst vergessen wollte. Zum Beispiel hatte sie ihm kaum etwas über ihre Schulzeit gesagt. Er sollte nicht erfahren, wie unglücklich sie damals war, weil sie nicht noch einmal alles hochkommen lassen wollte. Es war vorbei. Sie hatte es hinter sich gebracht. Also verdrängte sie jene Zeit, und es war ihr gelungen, die schlimmsten Erlebnisse zu vergessen. Wenn man sich hinreichend anstrengte, konnte man Erinnerungen verschwinden lassen, wie Kate entdeckt hatte. Sie wollte nicht riskieren, sich all dem wieder zu stellen. Neil sollte keine alten Geister wecken.

Neil rauchte nicht und hatte es auch nie versucht, jedenfalls nicht ernsthaft. Trotzdem steckte er sich in letzter Zeit hin und wieder aus gutem Grund eine Zigarette an. Seit dem allgemeinen Rauchverbot war das Rauchen nämlich eine ideale Möglichkeit, an Geschichten zu kommen. Das hatte er erkannt, als er über eine Messerstecherei an einer Kleinstadtschule in Cornwall recherchierte, in einem traurigen Nest, dessen Bewohner einst vom Zinnabbau gelebt hatten und das Welten entfernt schien von den Surfboards und Seafood-Restaurants der trendigen Küstenorte. Die Einheimischen waren extrem misstrauisch gegenüber der Presse, die unmittelbar nach dem Ereignis in Scharen einfiel. Überdies stand zu dem Zeitpunkt dauernd etwas über Messerstechereien in den Zeitungen. Die Journalisten hatten die Leute bedrängt und falsch zitiert, womit sie der vierten Gewalt im Staat insgesamt mächtigen Schaden zufügten, wie Neil fand.

Neil und sein Produktionsteam kamen Monate später. Für ihre Sendung *Nach den Schlagzeilen* warteten sie gern ab, bis sich Staub über eine Geschichte gelegt hatte, ehe sie begannen, nach Informationen zu graben, die unmittelbar nach dem Geschehen nicht zutage getreten waren. Und als Neil dort in einem der Pubs saß, hatte er plötzlich begriffen, wo die wirklich interessanten Gespräche stattfanden: draußen auf dem betonierten Hof, der als Biergarten diente, wo sich die Einheimischen bei jedem Wetter in Trauben zusammendrängten und rauchten, als gelte es ihr Leben.

Unter den Rauchern hatte sich eine neue Verbundenheit gebildet, ein »Wir gegen den Rest der Welt«-Gefühl. Sie waren zu einer Interessengemeinschaft verschmolzen, in die jeder aufgenommen wurde, der sich bei Wind und Wetter aus dem warmen Pub in einen schäbigen Hinterhof begab, um sich eine Zigarette anzustecken. Jeder Raucher war »einer von uns«. Und so hatte Neil angefangen, sich Zigaretten zu kaufen, die er mitnahm, wenn er hinter einer Story her war. Er rauchte nur ein oder zwei am Tag, stand dort bei den Rauchern, quatschte und gewann ihr Vertrauen, indem er sich ihnen als netter, bodenständiger Bursche darstellte, der ihre Sprache sprach und ihnen nicht die Worte im Mund verdrehte. Er suchte nicht nach Zitaten – das waren inoffizielle Unterhaltungen –, sondern wollte Vertrauen gewinnen, Ideen, Zugang zu einer abgeschotteten Gemeinschaft.

Die Raucher beim Empfang nach Hatties Trauerfeier waren ein vollkommen anderer Schlag als die Leute in Cornwall, aber das Wir-Gefühl unter ihnen war dasselbe. Ob man Selbstgedrehte, Silk Cut oder billige Importzigaretten bevorzugte: Stolz und Kameradschaft verbanden alle Raucher, weil sie gemeinsam den Kragen hochklappten und dem Wetter trotzten. Als Neil sich draußen vor dem Hotelsaal an die Wand lehnte, bemerkte er zwei von Harriet Fox' Co-Stars aus der nachmittäglichen Soap. Oder Comedy-Serie. Wie immer das heute hieß. In den letzten Tagen hatte Neil sich die Serie bewusst angeschaut, und ihm war aufgefallen, dass sie auf geschickte Weise Soap-Elemente mit »Problemen« mischte. Vor allem aber war sie ein Segen für Schauspieler mittleren Alters mit mittelmäßigem Talent, die den Zuschauern vage bekannt vorkamen, ohne berühmt zu sein.

Einer von ihnen, ein verlebt aussehender Mann von Anfang fünfzig, ließ sich gerade über Hatties tragischen Tod aus. »Mein Gott, sie hat sich so angestrengt, davon loszukommen! Sie war komplett trocken. Wie ich gehört habe, war sie sogar zum Entzug in der Priory. Sie hat echt alles gemacht, und dann kreuzt dieser irre Fan, dieser Stalker, auf, und, zack, säuft sie wieder.«

Der Schauspieler steckte sich eine Zigarette in den Mund und suchte nach seinem Feuerzeug, also gab Neil ihm Feuer. Er bemerkte, dass der Mann ihn erkannte, jedoch nicht einordnen konnte. Neil war oft genug im Fernsehen, dass sein Gesicht den Leuten bekannt vorkam. Manchmal nickte ihm jemand auf der Straße zu, weil er glaubte, er müsste Neil kennen. Vermutlich dachte der Schauspieler, Neil wäre einer von ihnen. Neil rückte näher, angelockt von dem Wort »Stalker«.

»O Gott, Stalker«, sagte er, um das Gespräch in Gang zu halten.

»Hattest du auch schon einen?«, fragte der Schauspieler, und Neil zuckte mit den Schultern, was der andere hoffentlich als »Hatte das nicht jeder?«-Geste deutete.

Eine Frau um die dreißig, hager mit rot gefärbtem Haar, der Typ rehäugig und halb verhungert, aber hübsch, sagte: »Hatties Stalker war echt seltsam.«

Als wären das nicht die meisten, dachte Neil.

»Ich meine, der stand gar nicht auf sie«, fuhr die Rothaarige fort, »jedenfalls nicht auf die übliche Art. Versteht ihr? Da war nix von dem ganzen Sexkram und so. Der wollte anscheinend nur, dass es ihr richtig dreckig geht.«

»Wie meinst du das?«, fragte Neil. Er sah ihr an, dass sie versuchte, irgendeinen feinen Unterschied zwischen diesem einen Stalker und anderen zu formulieren. Was er nicht fragte, war: Wollen nicht alle Stalker, dass ihre Opfer sich schrecklich fühlen?

»Na ja, also, als ich bei *Holby* mitgespielt habe, war da dieser Typ, der mir Briefe geschrieben hat und am Set auftauchte. Der war total überzeugt, dass wir ein Liebespaar sind. Also hat er mir Blumen, Spitzenwäsche und so ’n Zeug geschickt. Das war unheimlich, aber, na ja, eben normal für einen Stalker. Ich meine, der hat wohl ehrlich gedacht, wir wären zusammen, also hat er versucht, mich glücklich zu machen. Hatties Stalker war anders. Er hat ihr Alkohol geschickt, obwohl er gewusst haben muss, dass sie eine Trinkerin war. Gerade so, als ob er absichtlich fies zu ihr sein wollte. So sind Stalker sonst nicht.«

Sie redete wie eine Autorität auf dem Gebiet.

»Wahrscheinlich hat sie sich das Zeug selbst zugeschickt«, mischte sich der verlebte Schauspieler abrupt ein und lachte verbittert. Auf einmal erinnerte sich Neil, wo er ihn schon einmal gesehen hatte: in einer Kaffeewerbung. Dort goss er in einer dieser typischen gehobenen Junggesellenküchen Instantkaffee auf und gab ihn als frisch aufgebrühten aus.

»Glaubst du das wirklich?«, fragte Neil und zog an seiner Zigarette, um gleichgültig zu wirken. Er musste allerdings zugeben, dass ihm dieser Gedanke auch schon gekommen war.

»Keine Ahnung. Auf jeden Fall hat sie reichlich Aufmerksamkeit gekriegt, und auf die war sie immer scharf.« Er überlegte kurz. »Aber nee, das ist unfair. Sie hatte echt Angst. Riesenschiss, kann man eher sagen. Der Typ schien genau zu wissen, wo ihre Schwachstelle war. Hattie hatte ein Zeitschrifteninterview gegeben, das auch online erschien, und darin hat sie von ihrem Alkoholproblem erzählt. Ich schätze, sie wollte darüber reden, auch wenn ich nicht weiß, ob das so clever war. Egal, jedenfalls konnte jeder es lesen. ›Mein Kampf gegen die Flasche, von der eisigen Fernsehblondine.‹ Na, so ungefähr. Und danach ging’s los. Die kleinen Flaschen trudelten ein, mit der Studiopost. Und am Ende war sie eben nicht mehr trocken. *Quelle surprise!*«

Quelle surprise!, fürwahr, dachte Neil. Eine alkoholkranke

Schauspielerin, die einen Stalker angezogen hatte. Was allerdings stutzig machte, war die Tatsache, dass sie sich eine solch scheußliche Methode ausgesucht hatte, um sich umzubringen.

Kate konnte Neil draußen sehen. Soweit sie es durch die breiten Glastüren erkannte, stand er mit ein paar Leuten zusammen und rauchte. Einige von ihnen waren Schauspieler aus Hatties Fernsehserie, wie Kate erleichtert feststellte. Sie hatte befürchtet, dass er zuerst nach alten Freundinnen von Hattie suchen würde, nach Frauen, mit denen Kate zur Schule gegangen war. Dann würde er alles über ihre Schulzeit erfahren, und die daraufhin fällige Unterhaltung wollte sie wahrlich noch nicht führen. Sie stellte sich in die Schlange vor dem Kaffeetisch und hatte vor, Neil ebenfalls eine Tasse zu holen und zu ihm nach draußen zu gehen, um zu hören, was er mit den anderen redete.

Als ihr jemand auf die Schulter tippte, schrak sie zusammen. Beim Klang der klirrend scharfen Stimme wurde ihr eiskalt. »Kathryn Small.«

Kate ertappte sich dabei, wie sie die Schultern hob und den Kopf einzog: eine typische Reaktion aus ihrer Schulzeit. So hatte sie damals stets reagiert, wenn sie angesprochen wurde, doch inzwischen hatte sie dieses Verhalten längst abgelegt. *Reiß dich zusammen!*, ermahnte sie sich. Es gibt nichts, wovor du Angst haben müsstest. Hier kann dir niemand etwas tun. Du bist eine erwachsene Frau, es besteht gar kein Grund, sich zu fürchten.

Kate drehte sich um und sah eine blonde, pummelige Frau mit einem wachen Gesicht. Sie trug ein langes dunkles Kleid mit Blumendruck, das um die Hüften ziemlich unvorteilhaft spannte. Dazu trug sie eine Perlenkette und flache Ballerinas. Kate erkannte sie nicht gleich und sah sie fragend an. Sie wusste, dass es sich um eine frühere Mitschülerin handeln musste, denn niemand sonst würde sie mit »Kathryn Small« ansprechen. Die pummelige Blonde lächelte freundlich und streckte den Kopf vor. Offenbar beabsichtigte sie, Kate auf die Wange zu küssen, und ihrem Gesichtsausdruck nach zweifelte sie keine Sekunde daran, dass Kate sie ebenfalls erkannte. Auf einmal wusste Kate tatsächlich, wer diese Frau war, die ungefähr in ihrem Alter war, sich jedoch nicht sonderlich gut gehalten hatte; diese Frau mit dem ziemlich gewöhnlichen, durchschnittlich hübschen Gesicht. Das war Serena Lacey, die frühere Nummer eins unter den Schülerinnen an der Lady Jane Grey.

Serena Lacey war das beliebteste Mädchen in Kates Jahrgang. Das dachte damals jeder, wobei »beliebt« in diesem Zusammenhang eine eigene Bedeutung hatte. Es war nicht unbedingt so, dass alle anderen Mädchen sie wirklich mochten, obgleich es viele taten. Hauptsächlich hieß »beliebt«, dass die anderen Mädchen wie Serena sein und von ihr gemocht werden wollten. Serena war hübsch, aber nicht zu hübsch gewesen, klug, aber nicht intellektuell oder streberhaft, sportlich, aber nicht übereifrig. Sie war mit dem Selbstvertrauen der Töchter aus sehr gutem Hause gesegnet, das häufig hart an Arroganz grenzte, und sie war auf eine Weise konventionell, die schlicht ideal erschien. Die Lehrer liebten sie; selbstverständlich wurde Serena Lacey zur Schulsprecherin gewählt. Serena hatte den weniger beliebten Mädchen gegenüber eine freundlich überhebliche Art an den Tag gelegt, ohne verletzend zu sein. Viele hätten sie wahrscheinlich als »umgänglich« oder »sozial« bezeichnet, und alle auf der Lady Jane Grey hatten sie geliebt – alle außer Kate Callan, geborene Kathryn Small. Sie hatte Serena aus gutem Grund gehasst.

Nun beugte Kate sich dem Wangenkuss entgegen, weil man das in solchen Momenten, bei solchen Anlässen eben tat. Zivilisierte Erwachsene verhielten sich so. Man benahm sich, als wäre man eng befreundet, als wäre man begeistert, einander zu begegnen. Während Kate Serenas Wange an ihrer fühlte, fragte sie sich kurz, was geschehen würde, sollte sie plötzlich in das weiche Fleisch beißen, das Serena ihr hinhielt. Der Gedanke war so komisch, dass Kate unweigerlich grinsen musste. Dann merkte sie, wie Serena sie gänzlich unerwartet umarmte. Serena presste ihre Wange an Kates und drückte sie fest an sich. »Du armes Ding!«, sagte sie. »Wie furchtbar, das mit ansehen zu müssen.«

Eine Umarmung. Als würde dadurch alles wieder gut. Als könnte sie die Vergangenheit fortwischen. Kate zog sich möglichst rasch zurück, ohne zu zeigen, dass diese Frau bis heute eine gewisse Macht über sie besaß.

»Ich habe das von dir in der Zeitung gelesen«, fuhr Serena fort, als sie Kate aus ihren Armen entließ. »Zuerst war mir gar nicht klar, wen sie meinten, denn an eine Kate Callan aus unserem Jahrgang konnte ich mich nicht erinnern. Aber dann ist mir wieder eingefallen, dass du mit Hattie befreundet warst, und da wusste ich Bescheid.« Sie gab ein resigniertes Stöhnen von sich und setzte eine Miene auf, die so viel sagen sollte wie: *Schön blöd von mir!* »Natürlich, Kathryn Small! Und weißt du was? Seit ich das über dich in der Zeitung gelesen habe, höre ich mir immer deine Radiosendung an. Wie aufregend, dass ein Mädchen von der Lady Jane im Radio ist! Du klingst noch genauso wie früher, so klug und selbstsicher. Woher nimmst du nur den Mut, so locker vor all den Leuten zu reden?«

Die massive Charmeattacke machte Kate sprachlos. Vielleicht war es kein echter Charme, aber es wirkte jedenfalls charmant. Charmeersatz, könnte man sagen. Zwar fielen ihr eine Menge Erwiderungen auf Serenas Redeschwall ein, aber keine wäre angemessen. Sie hätte Serena erzählen können, dass mindestens zwei Lady-Jane-Absolventinnen für Radio Four arbeiteten, sie mithin nicht einzigartig war. Sie hätte auch entgegnen können, dass es keinerlei besondere Courage erforderte, ihre Radiosendung zu moderieren, weil der Sender manchmal so wenige Hörer hatte, dass sie ebenso gut das Mikro ausstellen und einfach aus dem Fenster rufen könnte. Oder sie könnte Serena fragen, wie in aller Welt sie auf die abwegige Idee kam, dass sie, Kate, in der Schule klug und selbstsicher gewesen sei. Wie täuschend die Masken sein können, die wir tragen!, dachte Kate.

Serena hatte Kate irgendwie zu zwei freien Stühlen in der Nähe des Kaffeetisches gelenkt und verhielt sich, als seien sie beide dicke Freundinnen gewesen. Auf einmal erlebte Kate die volle Wucht von Serenas erbarmungsloser Nettigkeit, dieselbe Nettigkeit, für die sie in der Schule zwar berühmt gewesen war, die Kate indes noch nie zuvor gegolten hatte. Sie hatte durchaus etwas Verführerisches. Serenas Hand lag auf Kates Arm, während sie mit einem leicht rauchigen Unterton auf sie einredete, und alles wirkte sehr vertraut. Jeder, der sie beide so sah, würde meinen, dass sie seit Jahren gut befreundet seien. Kate fragte sich, wie es wohl gewesen wäre, wenn Serena ihr diese Nettigkeit schon zu Schulzeiten gegönnt hätte. Wäre dann ihre gesamte Schulzeit anders verlaufen? Wäre sie in Serenas Kreis aufgenommen worden und in deren Sog geraten? Hätte sie Zugang zur ersten Riege der beliebten Mädchen bekommen? Wären ihr all die entsetzlichen Sachen erspart geblieben, die ihr passiert waren?

Serena neigte sich dichter zu Kate und umklammerte deren Arm fester. In dem Augenblick wurde Kate klar, dass sich das Machtgleichgewicht verlagert hatte. Jetzt wollte Serena *ihre*

Freundin sein, rang um Kates Wohlwollen. Ja, Serenas Hände zitterten, sie war nervös, und sie erbat tatsächlich Kates Anerkennung!

»Lass uns mal zusammen einen Kaffee trinken gehen«, sagte Serena.

Kate antwortete mit einer unverbindlichen Geste. Etwas Schlimmeres konnte sie sich kaum vorstellen.

»Nein, wirklich, das müssen wir«, bekräftigte Serena und umkrallte dabei Kates Arm so fest, dass Kate ihre Fingernägel spürte. »Bitte, bald. Wir müssen uns treffen. Zum Kaffee. Ein bisschen reden. Über die *alten Zeiten* plaudern.«

Das alles brachte Serena im Flüsterton hervor, wobei ihre Stimme ängstlicher klang, als ihre Worte vermuten ließen. Besonders die *alten Zeiten* schienen Serena wichtig, und Kate hatte den Eindruck, es wäre so etwas wie ein Code, den sie nicht verstand.

»Klar, okay. Wieso nicht?« Ja, wieso nicht? Sie könnte hundert Gründe dagegen aufzählen, traute sich aber nicht, sie auszusprechen.

»Danke. Ich danke dir.« Nun sah Serena auf, schien über Kates Schulter hinweg jemanden zu entdecken und wurde rot. Hastig stand sie auf und huschte in der entgegengesetzten Richtung davon.

Kate drehte sich um. In der Ecke des Raumes stand eine große Frau, kerzengerade, steif und regungslos. Sie hielt sich abseits von den anderen und blickte über alle hinweg ins Leere. Kate starrte sie an. Sie wollte den Blick von der Frau abwenden, konnte es jedoch nicht. Natürlich wusste sie, wer die Frau war. Sie hatte es sofort gewusst, als sie sie in der Kirche sah. Der lange, schmale Hals, die selbstsichere, arrogante Haltung, die kantigen Wangenknochen, das dichte dunkle Haar, das heute stufig geschnitten und schulterlang war. Susan Sullivan.

Susan Sullivan, das unheimlichste Mädchen in Kates Jahrgang auf der Lady Jane Grey. Schnell, stark und bösartig auf dem Lacrosse-Feld; intelligent und scharfzüngig in der Klasse und im Gemeinschaftsraum. Sie war mit Hattie befreundet gewesen, natürlich, denn das waren alle beliebten Mädchen. Serena war ebenfalls Susans Freundin gewesen, wie es überhaupt ratsam war, sich mit Susan Sullivan anzufreunden. Sie hatte Macht, das stand fest. Sie war schlank, stark, blitzgescheit, und daher war es ratsam, möglichst »dicke« mit ihr zu sein. Kate war nie dicke mit Susan gewesen.

Sie beobachtete Susan, die allein dastand, als hielte sie sich bewusst von allen anderen fern. Sie überlegte, ob sie zu ihr gehen und sie begrüßen solle. Zögernd erhob Kate sich und schalt sich für ihre Unsicherheit. Sie sollte wirklich über den Dingen stehen; immerhin war ihre Schulzeit Jahre her. Du bist eine erfolgreiche Frau von fast vierzig, sagte sie sich. Es gibt nichts, wovor du Angst haben musst. Aber noch während Kate sich Mut zuredete, drehte Susan den Kopf ein wenig und sah sie direkt an. Kate versuchte, Susans Miene zu deuten, und stellte verwundert fest, dass Susan anscheinend geweint hatte. Sie hatte zwar weder die typischen roten Flecken auf den Wangen noch rote Ränder an der Nase, was bei Kate gewiss der Fall war, doch in Susans Augen lag ein verräterischer Glanz, der von Tränen rühren musste, die sie offenbar mit aller Kraft zurückhielt. Susan starrte Kate an, und Kate fühlte sich gleichsam festgenagelt von diesem Blick. Dann öffnete Susan den Mund, als wolle sie etwas sagen, lächeln oder Kate zu sich rufen, vielleicht aber auch nur eine abfällige Grimasse ziehen. Bevor Kate herausfand, was Susan vorhatte, packte jemand ihre Schulter.

Es war ein kleiner Mann, in den Sechzigern, wie Kate vermutete, mit einem bleichen, teigigen Gesicht. Er trug einen billigen, speckigen Anzug und sprach Kate an. »Kennen Sie mich noch?«, fragte er, und Kate blinzelte verwirrt. Nein, sie kannte ihn nicht, hatte keine Ahnung, wer das war, und nahm an, dass er sie mit jemandem verwechselte. Sie sah wieder zu Susan hinüber, doch die war fort, spurlos verschwunden, als wäre sie nie da gewesen.

»Wer war das?«, fragte Neil, der aus dem Nichts neben ihr auftauchte.

»Wer war wer?«, erwiderte sie und merkte, dass sie zu abweisend klang.

»Der Mann, der dich angetatscht hat.«

Ein Glück! Sie hatte schon befürchtet, dass er Susan meinte. »Ich habe keinen Schimmer. Irgendein Freund von Hattie, schätze ich. Er muss mich mit jemandem verwechselt haben.«

Zehn

Ein großes Paket stand auf Kates Schreibtisch, als sie am nächsten Tag zur Arbeit kam. Im ersten Moment war sie verärgert. Irgendwer hatte gedankenlos einen sperrigen Karton auf ihren Schreibtisch gestellt, und sie musste ihn jetzt wegräumen, ehe sie den Computer hochfahren und ihre Sendung vorbereiten konnte. Sie versuchte, den Karton anzuheben. Er war schwer und so riesig, dass sie ihn knapp mit den Armen umfassen konnte.

Immerhin schaffte sie es, das Ding auf den Fußboden zu stellen. Dann bückte sie sich, um ihn genauer anzusehen, und stellte fest, dass das Paket für sie war. Ihr Name und die Adresse des Senders standen auf dem Lieferschein in der aufgeklebten Plastikhülle. Der Karton musste tags zuvor von einem Kurier geliefert worden sein.

An dem Paket war nichts Ungewöhnliches, sagte Kate sich. Sie bekam dauernd Sachen in den Sender geschickt. Schließlich moderierte sie eine Radiosendung, und die Leute wollten, dass sie ihre Produkte im Radio erwähnte. Ihr Name und ihre Kontaktdaten standen auf den Verteilern aller möglichen PR-Agenturen. Sie erhielt Bücher, DVDs, Kosmetikprodukte, Präsentkörbe und sonstige Geschenke, die normalerweise von einer Pressemitteilung und der Bitte um ein Interview begleitet wurden. In Kates Rundfunksender galten klare Regeln für den Umgang mit Geschenken: Alles, was besonders wertvoll oder ausgefallen war, wurde beiseitegestellt und in der jährlichen Wohltätigkeitssendung von Warm FM versteigert.

Die übrigen Sachen kamen auf einen Tisch in der Mitarbeiterküche, wo sich jeder nahm, was er wollte.

Es war vollkommen normal, dass Kate im Sender unerwartet Pakete bekam. Als sie sich jedoch daranmachte, das Paket zu öffnen, indem sie sich mit einer Schere durch das klebrige Paketband arbeitete, bemerkte sie, dass ihre Hände zitterten. Sie musste an Hattie denken. Ein Unbekannter hatte Hattie Pakete geschickt, die sie öffnete. Und die hatten Hattie in den Wahnsinn getrieben. Hattie war eine öffentliche Person gewesen. Jeder hatte ihre Studioadresse nachschlagen und ihr Dinge schicken können. Das ist eben der Preis, den man manchmal zahlen muss, dachte Kate.

Auch Neil wurde mit Post bombardiert. Er bekam dicke Umschläge voller Dokumente und verrückte Briefe von Leuten, die ihn auf irgendwelche Ungerechtigkeiten aufmerksam machen wollten, in denen er ermitteln sollte. Einmal hatte Neil sogar einen Umschlag voller Glasscherben von einem Mann erhalten, der sich über eine von Neils Geschichten geärgert hatte. Seitdem beherzigte Neil bei seiner Post gewisse Regeln: Alles, was ungewöhnlich, verrückt oder krakelig aussah, mit grüner Tinte geschrieben oder mit zu viel Packband oder Schnur versehen war, wurde gar nicht erst geöffnet. Kates Sender hatte nach dem 11. September und den Anthrax-Anschlägen ähnliche Richtlinien erlassen: Auffällige Sendungen mussten erst von einem leitenden Manager geprüft werden, bevor sie geöffnet wurden. Aber diese Vorgaben wurden zumeist ignoriert. Briefe von Irren gehörten nun einmal zum Alltag, wenn man in einem Rundfunksender arbeitete. Und manchmal sorgten sie auch für eine willkommene Ablenkung. Dieser Karton hier jedenfalls wirkte ganz und gar nicht verdächtig. Trotzdem wurde Kate zusehends nervöser.

Laura von den Verkehrsmeldungen und Anna von den

Morgennachrichten beobachteten Kate gespannt. Es war ein alberner Scherz zwischen ihnen dreien, dass sie sich geradezu kindisch über Werbegeschenke freuten. »Vielleicht ist das ein toller Präsentkorb für Weihnachten«, sagte Laura. »Geräucherter Lachs, köstlicher Christmas-Pudding und ein paar richtig teure Käsesorten.«

»Nun mach schon, Kate, schneller! Das Paket kam gestern schon, und wir zermartern uns das Hirn, was da wohl drin ist. Der Karton ist sagenhaft groß!« Anna, die für gewöhnlich eine ernsthafte, sachliche Journalistin war, hüpfte übertrieben aufgeregt auf und ab. »Vielleicht schickt dir ein stinkreicher Hörer das beste Weihnachtsgeschenk aller Zeiten!«

Kate öffnete den Karton und sah einen großen Geschenkkorb mit Deckel, der mit rosa und hellblauen Schleifen verziert war. Bisher wirkte noch alles normal, wie ein herkömmliches Pressegeschenk. Laura half Kate, den Korb aus dem Karton zu wuchten, und gleichzeitig fiel ihnen der kleine Geschenkanhänger in Form eines Teddybären auf. »Für Kate Callan« war auf die Rückseite gedruckt. Kate zog die Schleifen auf und hob langsam den Deckel ab. Was erwartete sie? Essen. Süßigkeiten. Kosmetika. Irgendetwas Ausgefallenes, biologisch Wertvolles und wahrscheinlich Weihnachtliches.

Ausgefallen war es allemal. In dem Korb, umhüllt von rosa und hellblauem Seidenpapier, befand sich eine Auswahl sehr teuer aussehender Baby-Pflegeprodukte: Lotion, Puder, Stoffwindeln aus ungebleichter Baumwolle, eine Rassel und ein paar Stofftiere. Kate erstarrte für einen Moment, atmete tief durch und ermahnte sich, Laura und Anna nicht sehen zu lassen, was in ihr vorging. Vergraben unter den Babysachen lag ein an Kate adressierter Umschlag, den sie mit zitternden Händen öffnete.

»Glückwunsch! Sie sind Mutter geworden!«, stand vorn auf

der Klappkarte, und auf der Innenseite befand sich ein persönliches Anschreiben: »Liebe Kate Callan, als anspruchsvolle berufstätige Mutter, die sich für die Umwelt interessiert, werden Sie erfreut sein, unsere neue umweltfreundliche Baby-Pflegeserie kennenzulernen, die Sie ab sofort über unseren Versandkatalog bestellen können …«

Der Rest des Schreibens war wie üblich, ein Standardwerbetext, ein bisschen übertrieben vielleicht, aber letztlich nur eine Gratisprobe, mit der sich die Leute ein Radiointerview oder zumindest eine Erwähnung in ihrer Sendung sichern wollten. Eine gezielte Marketingaktion, nur zielte sie auf die falsche Person. Kate war keine Mutter und würde nie eine sein.

Laura und Anna widmeten sich derweil verzückt dem Korbinhalt, waren begeistert von den weichen Stofftieren, den niedlichen Behältern für Lotion und Puder. Kate hoffte, dass sie weder ihre zitternden Hände noch ihre geröteten Wangen bemerkten. Die Karte zeigte sie ihnen nicht, sondern versteckte sie in ihrer Hosentasche. Dann machte sie eine spitze Bemerkung darüber, dass wahrscheinlich sämtliche Rundfunkmoderatorinnen in England so einen Korb bekamen. Sie wollte vorschlagen, dass sie den Korb auf den Tisch in der Teeküche stellten, aber Laura hatte sich bereits die Babylotion und eines der Stofftiere genommen, einen blassgrünen Hasen mit Schlappohren. Sowie Kate unauffällig rausgehen konnte, lief sie zur Behindertentoilette (eine einzelne verschließbare Kabine und mithin der beste Ort im ganzen Gebäude, um wirklich allein zu sein), und wartete darauf, dass die Tränen kamen.

Doch nichts geschah. Sie konnte nicht weinen. Sie zitterte zwar, war aber nicht verstört genug, um zu weinen. Vielmehr war sie verwundert, fasziniert, neugierig und auch ein bisschen erschrocken. Eine unsensible, schlecht vorbereitete Marketingaktion, weiter nichts. Kate war sich ziemlich sicher, dass sie in mehreren PR-Verteilern unter »Frauenthemen«, vielleicht sogar unter »Mutterschaft« aufgeführt wurde. Jedes Jahr bekam der Programmleiter ein Formular, in dem er eintrug, welche Berichterstatter für welche Themen zuständig waren – Politik, Gesundheit, Bildung und so weiter. Ein kleiner Sender wie Warm FM konnte sich keine spezialisierten Journalisten leisten, also neigte Richard dazu, die Namen eher willkürlich bestimmten Themen zuzuordnen. Und da Kate die einzige Frau mit einer Vormittagssendung war, landete ihr Name bei allem, was auch nur entfernt mit Frauen zu tun hatte. Wahrscheinlich hatte sie deshalb auch diesen Geschenkkorb, die Pressemitteilung und die Glückwunschkarte bekommen. Eine unsensible, taktlose, schlecht recherchierte Aktion, ärgerlich, sonst nichts. Ganz gewiss war der Korb kein willentlich boshafter Versuch, Kate aus dem Gleichgewicht zu bringen oder sie bewusst an ihrem empfindlichen Punkt zu treffen. Das Paket war etwas vollkommen anderes als die Schnapsflaschen, die jemand Hattie geschickt hatte. Ja, natürlich war es das. Mit Hatties Päckchen hatte das hier bestimmt nichts zu tun.

Kate war nie ein mütterlicher Typ gewesen. Als Kind hatte sie nicht mit Puppen gespielt, und sie hatte auch nie darüber nachgedacht, Kinder zu bekommen. Sie war davon ausgegangen, dass sie eines Tages wahrscheinlich welche haben würde, weil es sich eben so gehörte. Man heiratete und bekam Kinder. Doch soweit sie sich erinnern konnte, hatte Kate sich niemals besonders danach gesehnt, Babys zu haben. Und als sie älter wurde, als Teenager und auch später noch, war sie überzeugt gewesen, dass sie überhaupt nicht Mutter werden wollte. So unglücklich, wie sie mit sich selbst war, hielt Kate sich für unfähig, mit einem Kind zurechtzukommen, das womöglich auch unglücklich war. Wie konnten Eltern ihre Kinder in fürchterliche Schulen schicken, obwohl sie wussten, wie entsetzlich es für sie war? Wie konnten Eltern alle Anzeichen ignorieren und nichts tun, während der Schulalltag für ihre Sprösslinge zur Hölle wurde?

Das erste Mal ernsthaft über ein Baby nachgedacht hatte sie erst, nachdem sie Neil und vor allem seiner Familie begegnet war. Sie hatte erlebt, wie unbeschwert Neil, seine Eltern und sein Bruder miteinander umgingen. Es war verblüffend, wie liebevoll sie scherzten und – kaschiert als Knuffen oder Kitzeln – einander berührten. Die Zuneigung, die sie füreinander hegten, war unübersehbar gewesen. Und Kate wurde klar, dass Neil sich gar nicht bewusst darüber war, welches Glück er hatte. Da war sie zu dem Schluss gekommen, dass Neil ein guter Vater wäre. Sie beide würden gute Eltern – zugewandte, verantwortungsvolle Eltern, für die das Wohlergehen ihrer Kinder an oberster Stelle stünde. Sie wären keine egoistischen, trendgläubigen, unaufmerksamen oder übertrieben beschützenden Eltern. Nein, sie würden ihren Kindern das freundliche, stabile, glückliche Umfeld bieten, in dem sie wachsen und gedeihen könnten.

Also hatten sie relativ jung geheiratet, und nachdem sie eine gewisse Anzahl von Jahren in ihre jeweiligen Karrieren investiert hatten, wie es bei Paaren ihrer Generation üblich war, begannen sie mit der Familienplanung. Kate setzte die Pille ab, sie kauften das Haus in Tufnell Park, und beide stürzten sich voller Elan auf die Einrichtung eines häuslichen Paradieses. Kate nahm den Moderationsjob bei Warm FM an, und schon bald, nach ungefähr sechs Monaten, wurde sie schwanger. Zwei Monate später hatte sie eine Fehlgeburt.

Halb so schlimm, sagte sie sich. Sie würden es halt wieder probieren. Und das taten sie. Kate wurde wieder schwanger und erlitt abermals eine Fehlgeburt. Danach wiederholte sich das Ganze.

Nach dem dritten Mal hatte Kate genug. Sie weigerte sich, nochmals schwanger zu werden oder andere Möglichkeiten überhaupt in Erwägung zu ziehen. Es war eine einseitige Entscheidung, die Kate allein traf. Neil hatte ihr bedeutet, dass er es sehr wohl nochmals versuchen oder über Alternativen nachdenken würde – eine Leihmutter vielleicht oder eine Adoption. Allerdings vermutete Kate, dass er diese Optionen nur vorschlug, um sie zu trösten, weil er glaubte, sie wolle unbedingt ein Kind. Doch das sei gar nicht so, hatte sie ihm versichert. Eigentlich habe sie sich nie dringend ein Baby gewünscht. Und so oder so sei es all die Hoffnung, die Sorge, den Kummer und die Enttäuschung nicht wert. Leider saßen sie da schon in dem sehr großen, sehr schönen Haus, das mit nur zwei Personen doch ein wenig leer erschien. Und als Kate auf die vierzig zuging, fragte sie sich häufiger, welchen Sinn ihr Leben hatte. Was für eine Rolle war für sie vorgesehen? Was sollte das Ganze? Sollte das wirklich alles sein, was nach sechzehn Jahren Ehe herauskam: ein Paar in den mittleren Jahren, das in einem teuren, wunderschön eingerichteten, aber viel zu großen Haus herumirrte? Diese Gedanken waren es, bohrende Sinnfragen, die Kate am Ende dazu brachten, ihre Ehe zu demontieren.

Als Kate nach dem Mittagessen beim italienischen Imbiss um die Ecke ins Büro zurückkam, klebte ein Post-it an ihrem Computer. In der Handschrift einer der Empfangssekretärinnen stand dort: »Bitte Celine anrufen. Sehr dringend!«, sowie eine

Telefonnummer, die Kate nicht kannte. Mit einem andersfarbigen Stift war dann noch hinzugefügt worden: »Biiiitte, ruf sie sofort an! Die hat schon 3× durchgeklingelt!«

Kate ließ sich auf ihren Stuhl sinken, schaltete den Computer ein und überlegte, welche Celines sie kannte. Die einzige, die ihr einfiel, war Celine Dion, und die Wahrscheinlichkeit, dass der singende Superstar sie wegen einer sehr dringenden Nachricht bei der Arbeit anrief, war ziemlich gering. Einen kurzen Moment erwog Kate, beim Empfang nachzufragen, ob sie noch mehr wüssten. Aber vermutlich handelte es sich bloß um eine Hörerin, die es geschafft hatte, der Telefonzentrale weiszumachen, dass sie Kate persönlich kannte. Abgesehen davon konnte Kate kaum von den Empfangssekretärinnen verlangen, dass diese ihre eingehenden Anrufe prüften und/oder abwimmelten. Und nach dem Zusatz auf der Haftnotiz waren die Damen dort vorn ohnehin schon reichlich genervt, also griff Kate verdrossen nach dem Telefon und wählte die Nummer.

Bereits beim zweiten Klingeln wurde am anderen Ende abgenommen, aber es blieb zunächst alles still, bis Kate ein lautes Einatmen hörte. »Hi«, sagte sie unsicher. »Hier ist Kate – Kate Callan von Warm FM.«

»Oh, Gott sei Dank!« Die Frauenstimme klang vornehm, zittrig und nervös. Kate erkannte sie nicht. »Gott sei Dank bist du da!«, sagte die Frau. »Ich dachte schon, du willst nicht mit mir reden. Den ganzen Tag versuche ich schon, dich zu erreichen. Ich muss dich sehen, bitte. Wir müssen reden.«

Die Stimme klang eindeutig mehr als nervös, stellte Kate fest. Diese Frau war vollkommen verängstigt. Zwar kam ihr die Stimme immer noch unbekannt vor, aber die Angst war nicht zu überhören. »Tut mir leid, wer spricht da?«

»O Gott, es tut mir leid. Natürlich, du kannst ja nicht ... Hier ist Serena. Serena von der Lady Jane.«

Kate wurde eiskalt, und sie wusste nicht, was sie sagen sollte. Serena, ja, natürlich. Die Empfangssekretärin hatte sich verhört und deshalb »Celine« aufgeschrieben. Serenas überschwängliche Begrüßung bei Hatties Trauerfeier hatte Kate irritiert, und sie hatte gehofft, dass Serena nicht wieder auf ihren Vorschlag zurückkäme, sie sollten mal zusammen Kaffee trinken. Kate mochte die Frau nicht. Sie würde sogar so weit gehen zu behaupten, dass sie Serena hasste, jedenfalls in dem Maße, in dem sie sich ihren Hass aus Schultagen bewahrt hatte. Aber Serena klang verängstigt, panisch – genauso wie Hattie in der U-Bahn.

»Bitte, Kathryn, es ist wichtig! Ich muss dich dringend sehen. Es ist wirklich, wirklich wichtig.«

Eine seltsame Regung überkam Kate, kein richtiges Mitgefühl, sondern eher eine Art Neugier. »Worum geht es denn, Serena?«

»Du warst bei Hattie, als sie gestorben ist. Ich muss mit dir über Hattie reden. Ich muss wissen, worüber ihr beide gesprochen habt. Wir ... ich muss wissen, was sie gesagt hat.«

Elf

Noch nie war Kate so schnell und aggressiv gefahren. Im gesamten Nordosten Londons drängte sich zähflüssiger Verkehr, aber Kate wechselte dauernd die Spuren zwischen Bussen und Lastwagen, und schaffte es, den Fluss zu überqueren und ins ländliche Kent zu gelangen, bevor der richtige Freitagsfeierabendverkehr einsetzte. Die M 25 mied sie und ließ sich stattdessen von ihrem Navigationsgerät durch Vororte und Dörfer lenken, vorbei an Pratt's Bottom – ein Dorf, über dessen Namen sie normalerweise gelacht hätte – und auf die andere Seite der Autobahn.

In ihrem Kopf herrschte ein heilloses Durcheinander. Sie wusste gar nicht, was sie denken sollte, war buchstäblich zwiegespalten. Serenas Anruf hatte sie aufmerken lassen. Nein, mehr als aufmerken: Da war dieser Unterton in Serenas Stimme gewesen. Er hatte sie so sehr an Hatties Panik erinnert, dass Kate aus dem Sender gestürmt war, die U-Bahn nach Hause genommen und den Wagen geholt hatte und dann schnellstmöglich losgefahren war. Serena wusste etwas über Hatties Tod. Das ging Kate immer wieder durch den Kopf. Serena wusste, dass Hattie ihr etwas hatte mitteilen wollen. Also konnte sie Kate vielleicht auch verraten, was Hattie damit gemeint hatte. Kate hatte das Gefühl, ihr läge ein großer, schwerer Stein im Bauch. Hatte sie Angst? Oder machte sie vielleicht zu viel aus der ganzen Sache, reagierte sie übertrieben, weil sie immer noch unter Schock stand? Hatte sie sich die Panik in Serenas Stimme womöglich nur eingebildet?

Denn ein Teil von Kate sagte ihr, dass alles auch ein gigantischer Schwindel sein könnte. Auf der Trauerfeier war Serena sehr freundlich zu ihr gewesen, und wenn Serena freundlich war, hatte das noch nie etwas Gutes bedeutet. Kate erinnerte sich an das letzte Mal, als Serena sie zu sich nach Hause eingeladen hatte. Kate war dreizehn Jahre alt und an einem Samstag mit der U-Bahn und zwei Bussen quer durch Nordlondon gereist – zum Nachmittagstee zu Serena. Nur um bei ihrer Ankunft festzustellen, dass sie hereingelegt worden war. Serena war gar nicht dort.

Vielleicht war das hier ebenfalls ein blöder Streich? Vielleicht hatte Serena Kates Gespräch mit Neil auf dem Friedhof mit angehört und wusste deshalb genau, was sie am Telefon sagen müsste, damit Kate auch wirklich zu ihr käme. Vielleicht war der Stein in Kates Bauch eher eine böse Vorahnung als Angst? Doch nun war sie gleich da, umkehren hatte keinen Sinn mehr. Sie hatte Serena versprochen, so schnell wie möglich zu kommen, und hier war sie.

Serenas Dorf sah wie alle anderen aus, durch die Kate gekommen war, vielleicht etwas größer. Es gab ein Pub, »The Chequers«, vor dem eine Tafel mit dem Speiseangebot stand; ein paar Geschäfte: eine Post, die gleichzeitig ein Bioladen war, eine vornehme Boutique, ein eleganter Haushaltswarenladen, ein Bistro, alle dezent weihnachtlich dekoriert. Eine hübsche Dorfschule, deren beleuchtete Fenster mit Papierschneeflocken verziert waren; eine große Kirche, vor deren Tür ein stilvoll geschmückter, mit Lichterketten dekorierter Tannenbaum stand.

Gleich hinter der Kirche bog Kate nach links, dann nach rechts ab, vorbei an georgianischen und viktorianischen Häusern hinter hohen Mauern und Hecken, mit langen Einfahrten, auf denen teure Vans und Limousinen standen. Hinter warm leuchtenden Fenstern übten Kinder Geige oder Klavier. Ein typisches Bild wohlsituierter englischer Familien zur vorweihnachtlichen Teezeit. Einen Moment lang wünschte Kate, sie wäre in einem dieser Häuser, und stellte sich vor, wie sie am Aga-Herd stand und kochte, die Kinder zum Essen nach unten rief und sie fragte, wie es heute in der Schule gewesen sei. Von außen betrachtet konnte das Familienleben äußerst verführerisch aussehen.

Weiter südlich wichen die Häuser Feldern, Gattern und noch mehr Hecken. Die Straße wurde schmaler. Kates Navigationsgerät sagte ihr, dass bald eine Abzweigung nach links kam, und in der Dämmerung konnte Kate gerade noch rechtzeitig den kleinen Feldweg zwischen hohen Sträuchern ausmachen, in den sie einbiegen musste.

Am Ende des dunklen Weges erhob sich ein Haus, ein Lichtermeer inmitten der Finsternis. Gartenstrahler fluteten die Hausfront mit Licht, und Kate fiel ein, dass sie das Haus schon mal gesehen hatte: dieses Bilderbuch-Landhaus mit seinen roten Schindeln, Ziegelsteinen und dem weit nach unten gezogenen Dach. Vor allem die Haustür war Kate noch gut im Gedächtnis. Sie wurde von einem Paar etwas zu modern gestutzten Buchsbäumen in quadratischen Zinktöpfen flankiert, wie sie vor einigen Jahren groß in Mode kamen. Kate hatte den Hauseingang in einer Zeitschrift für Wohndesign gesehen, in einem Artikel über Serena, und das vor nicht allzu langer Zeit, irgendwann in diesem Jahr, wahrscheinlich beim Friseur. Es war eine einzige Lobeshymne auf Serenas Versand für Heimtextilien, sprich: eine Werbung, die vorgab, ein Beitrag über Wohndesign zu sein. Kate hätte sich den Text nicht einmal durchgelesen, wären ihr beim Überfliegen nicht die Worte »Lady Jane Grey« ins Auge gefallen. Offenbar konnte niemand etwas über eine ehemalige Schülerin schreiben, ohne die Schule zu erwähnen, geradeso, als wären die Journalisten samt und sonders verzückt von dem Prestige, das der Lady Jane Grey anhaftete.

In der Zeitschrift hatte Serena ihr Haus vorgestellt, dessen Inneneinrichtung eine unangenehme Mischung von Blumigem und Blinkendem war, nicht zu vergessen die nutzlosen Accessoires, die einem Haus angeblich erst das Gefühl von zeitgemäßer Wohnlichkeit verliehen – Flechtkugeln, Kerzen mit mehreren Dochten, Vasen mit toten Zweigen. Der Artikel hatte bei Kate eine Reihe gehässiger Gedanken ausgelöst. Auf einem Foto posierte Serena mit ihrem rotgesichtigen Ehemann, der sich offenbar eigens in ländliche Klamotten gezwängt hatte, in eine zu enge senfgelbe Kordhose und ein blaukariertes Hemd. Kate hatte sich kaum eine klammheimliche Freude verkneifen können, als sie sah, dass Serenas halbwüchsige Tochter übergewichtig war und einen teigigen Teint hatte. Da drängte sich natürlich die Frage auf, ob das Mädchen in der Schule getriezt wurde oder andere triezte.

»Komm direkt in die Scheune«, hatte Serena am Telefon geflüstert. »Da ist mein Büro, in der Scheune.« Wie ängstlich und hilfsbedürftig sie geklungen hatte! Hilfsbedürftig? Das passte überhaupt nicht zu Serena. Vielleicht war Kate deshalb so schnell zu ihr gefahren, weil ihr Serenas Hilflosigkeit so fremd erschienen war. Wollte sie sich womöglich an Serenas Verzweiflung ergötzen? Oder war sie in kindlicher Naivität entzückt darüber, helfen zu können und endlich von jemandem gebraucht zu werden, der sie noch nie zuvor gewollt oder gebraucht hatte?

Sie parkte neben einem großen Geländewagen und stieg aus. Alles war still. Es war ein kühler Spätnachmittag und Kates

Atem formte sich zu weißen Wolken. Der sternklare Himmel wirkte riesig groß. Obgleich die Fahrt von London nur kurz gewesen war, hatte Kate das Gefühl, mitten auf dem Lande zu sein. Im Haus selbst brannte nur hinter einem der Fenster Licht, in einem Zimmer oder Flur im ersten Stock. Ansonsten war im und hinter dem Haus alles dunkel. Kate schritt vorsichtig über den Kiesweg, der rechts vom Haus, an einem Gewächshaus vorbei zu einem hoch aufragenden Gebäude führte, das die Scheune sein musste. Immer noch war sie nervös und angespannt und fürchtete, womöglich auf einen Streich hereinzufallen. Kate fragte sich, was geschehen würde, wenn sie die Tür zur Scheune erreichte. Würde Serena herausstürmen und sich über Kates Kleidung lustig machen, oder war sie vielleicht gar nicht da oder beobachtete sie von einem der dunklen Fenster aus und lachte sich schief, weil sie es geschafft hatte, dass Kathryn Small den ganzen Weg umsonst gefahren war?

Über der Scheunentür brannte eine kleine Lampe. Fröstelnd blieb Kate eine Weile vor der Tür stehen und wunderte sich, dass Serena nicht rausgekommen war, um ihr entgegenzugehen, als sie Kates Wagen gehört hatte. Mit jeder Sekunde wuchs ihre Überzeugung, dass es sich um einen albernen Scherz handelte. Sie könnte wieder ins Auto steigen, wegfahren und die Sache vergessen. Stattdessen aber richtete Kate sich entschlossen auf und drückte gegen die Tür. Groß und schwer ächzte sie knarrend auf.

In der Scheune war es fast stockduster. Einzig von der Lampe draußen fiel ein schwacher Lichtschein hinein, der keine zwei Meter weit in den Raum reichte. Kate trat langsam ein und versuchte dabei die Tür aufzuhalten, die jedoch zu schwer war und hinter ihr wieder zufiel. Bevor sie sich ganz schloss, quietschte sie unheimlich. Dann war alles dunkel. Kate tastete an der Wand neben sich nach einem Lichtschalter.

Nichts. Sie stand einen Moment lang da und wartete, dass ihre Augen sich an die Dunkelheit gewöhnten. In der Scheune roch es nach Heu. Dann war da noch ein Parfumduft, ein vertrauter Geruch, den Kate nicht recht zuordnen konnte. Der harte Steinboden war kalt, wie Kate sogar durch ihre Stiefelsohlen fühlte. Nachdem sich ihre Augen auf die Finsternis eingestellt hatten, konnte sie ein schwaches Licht weit oben am anderen Ende der Scheune sehen, grün und träge blinkend, wie das Leuchten eines Standby-Lämpchens am Computer.

Kate suchte auf der anderen Seite der Tür nach einem Schalter, hatte aber auch hier keinen Erfolg. Also machte sie vorsichtig einen Schritt vorwärts in Richtung des grünen Lichts. Da berührte etwas ihr Gesicht, das vor ihr von der Decke baumeln musste. Mit einem kurzen Aufschrei sprang sie zurück und wehrte es mit einer Hand ab. Jetzt erst begriff sie, dass es die Zugschnur einer Lampe sein musste. Sie tastete in der Luft herum und bekam das Plastikende der Schnur zu fassen. Inzwischen war sie vollends überzeugt, in eine dämliche Falle getappt zu sein. Über zwanzig Jahre waren vergangen, und immer noch besaß Serena die Macht, sie zum Narren zu halten, sie lächerlich zu machen. Kate zog an der Schnur und wappnete sich auf das, was Serena sich ausgedacht haben mochte: ein paar der bösesten Mädchen aus der Schule, die sich »Überraschung!« kreischend auf sie stürzten, Kate zum Spaß knufften und mit ihren verächtlichen Worten in Stücke rissen.

Das Neonlicht flackerte zunächst nur wild, dann plötzlich war es taghell. Die Scheune war leer, nichts als eine große mit Steinplatten geflieste Fläche, auf der ein einzelnes, gemütlich aussehendes Sofa stand. Eine Holztreppe führte zu einem Halbboden hinauf, der als Büro hergerichtet war. Kate kam sich albern vor, weil sie sich gefürchtet hatte. Sie sah hinauf zu der Galerie, zum Computer mit dem blinkenden Licht, und in dem Augenblick blieb ihr fast das Herz stehen.

Oben, wo offenbar Serenas Büro war, inmitten von Büromöbeln und Regalen voller Stoffballen, sah Kate eine Puppe, eine lebensgroße Serena-Puppe, die seltsam schief von einem der Dachbalken herunterhing. Sie war wie Serena angezogen, trug einen blauen, gerafften Rock ähnlich dem, den sie bei der Trauerfeier angehabt hatte. Und sie sah genau aus wie Serena: die gleiche Größe, dieselben Speckpolster an den Knöcheln und dieselben runden Hüften. Kate stieg die Treppe hinauf zum Boden. Sie bemerkte, dass der Schreibtischstuhl umgekippt dalag. Sie nahm das blumige Parfum wahr, nach dem Serena bei Hatties Trauerfeier gerochen hatte. Und dann sah sie das Gesicht der Puppe. Es war blau, die Augen waren vorgequollen, und die Zunge hing lila geschwollen aus dem Mund. O Gott, das war Serena! Serena hing da, und sie war tot. Mausetot.

Kate würgte und hielt sich eine Hand vor den Mund. Sie war wie versteinert und versuchte zu begreifen, was sie sah. Dann hörte sie ein Geräusch von unten, das Knarren der Tür, gefolgt von einem Schrei. Kate fuhr herum. Ein Mädchen stand unten am Eingang der Scheune, ein kräftiges Mädchen in einer Lady-Jane-Grey-Uniform. Es war kreidebleich und starrte auf die Tote. »Mummy!«, schrie das Mädchen. »Was haben Sie mit meiner Mummy gemacht? Was haben Sie ihr getan?«

Zwölf

Sie hieß Josie Harcourt, und sie war dreizehn Jahre alt. Sie liebte Lady Jane Grey, Ponys und das *High School Musical*. Obwohl sie groß für ihr Alter war, wirkte sie sehr viel jünger, sobald sie zu reden begann. Josie saß an einem alten, zerkratzten Holztisch in der geräumigen Bauernküche und stocherte in einer großen Portion selbstgemachter Lasagne, die Kate im Tiefkühlfach gefunden und in der Mikrowelle aufgewärmt hatte. Trotz des dicken Pullovers, den Kate von einer der Stuhllehnen genommen und ihr gegeben hatte, war Josie bleich und schlotterte vor Kälte. Kate fiel einfach nichts Besseres ein, also sorgte sie dafür, dass dem Mädchen wenigstens warm war und es zu essen bekam, während Kate ihm lauter belanglose Fragen stellte. Als könnten Worte – beliebige Worte, normales, nichtiges Geplauder – das Entsetzliche zähmen und plötzlich alles wieder normal werden lassen. Im Grunde hatte Kate keine Ahnung, was sie sonst mit einem Mädchen anstellen sollte, das gerade aus der Schule gekommen war und zu Hause von der Leiche seiner Mutter begrüßt wurde, die vom Dachbalken baumelte.

Kurz nachdem Kate sie gerufen hatte, war die Polizei, gefolgt von einem Krankenwagen, gekommen. Sie hatten gelbes Absperrband um die Scheune gespannt, und Kate hatte ihre Aussage bei einem jungen Uniformierten gemacht, dem Flaum auf der Oberlippe spross. Eine sehr schlichte, sachliche Aussage. Auf seine knappen, unsensiblen Fragen hin hatte sie ihm erklärt, dass Serena sie angerufen und um ein Gespräch gebeten habe. Kate sagte dem Polizisten, dass Serena aufgewühlt geklungen habe, sie aber nicht wisse, weshalb. Und sie hatte ihm erzählt, dass eine Freundin von Serena vor kurzem Selbstmord begangen hatte. Sicher hätte Kate ihm noch sehr viel mehr erzählen können, doch die Fragen, die man ihr stellte, erlaubten keine ausführlicheren Antworten oder gar Spekulationen.

Nun saß sie mit Josie in der Küche und wartete, dass deren Vater, Serenas Mann, von der Arbeit kam. Die Polizei wollte mit Josie sprechen, durfte es aber erst, wenn der Vater anwesend war. Anscheinend hielten sie Kate für eine enge Freundin von Serena (was Kate auch nicht offen geleugnet hatte), denn sie baten sie, *in loco parentis* bei Josie zu bleiben. Als Serenas Mann endlich da war, nahm die Polizei ihn mit in ein anderes Zimmer, um ihn zu befragen, sodass Kate sich verpflichtet fühlte, vorerst noch bei Josie auszuharren.

Außerdem wartete sie auf Neil. Warum sie ihn angerufen hatte, wusste sie selbst nicht genau. Es war eine vollkommen selbstverständliche Reaktion gewesen: Trotz allem war er immer noch der Mensch, der ihr am nächsten stand. Und vielleicht wurde er ja aus dem Ganzen schlau. Gleich nach der Polizei hatte sie ihn angerufen, und er sagte: »Ach, du Scheiße! Was ist denn mit dir und deinen Freundinnen los, dass die sich auf einmal reihenweise umbringen?« Kate hätte beinahe gelacht.

»Bleib, wo du bist«, hatte er sie angewiesen. »Ich komme mit der Bahn hin. Nach dieser Geschichte lasse ich dich nicht allein nach Hause fahren.«

Neil zeigte bisweilen Anfälle von nordenglischem Machoverhalten, und Kate wusste aus Erfahrung, dass es am einfachsten war, wenn sie ihm in solchen Momenten seinen Willen ließ.

Der Aga-Herd in Serenas Küche strahlte wohlige Wärme ab. Kate stand mit dem Rücken vor dem Herd, weil sie nun auch vor Kälte bibberte. Die Küche wirkte auf stilvolle Weise anheimelnd und bewohnt. Töpfe und Kochutensilien hingen von einer hohen Reling, die Kühlschranktür zierten bunte Magnete und Fotos, und neben dem Herd befand sich eine Pinnwand mit Ausschnitten, Quittungen und den Speisekarten verschiedener Lieferservices. Während Josie ihre Lasagne aufaß, betrachtete Kate gedankenverloren eine der Karten. Ihr fiel auf, dass sie von dem Bistro war, das sie auf dem Weg hierher passiert hatte; sie bot frisch bereitetes Bioessen an. Kochbücher waren auf der Arbeitsplatte nahe dem Herd aufgestapelt. Die üblichen Verdächtigen: Jamie, Delia und Nigella. Kate nahm das oberste Buch in die Hand und wollte darin blättern, um sich die Zeit zu vertreiben, aber dabei zog sie etwas anderes mit. Hinter den Büchern steckte ein Bündel Papiere, Ausschnitte aus Zeitungen und Zeitschriften, die von einer großen Papierklammer zusammengehalten wurden. Kate sah sie sich genauer an. Alle hatten irgendetwas mit Diäten zu tun. Es waren Rezensionen von Diätbüchern, Artikel, die fünfzehn Pfund Gewichtsreduktion bis zum Sommer versprachen, und Anleitungen für Turnübungen, die angeblich eine straffere Figur machten. Serena musste sämtliche verfügbaren Zeitschriften und Zeitungen gekauft haben, in denen etwas zum Thema Abnehmen stand, als habe sie gehofft, eines Tages zufällig über den Heiligen Gral des Schlankwerdens zu stolpern. Die arme dumme Kuh!, dachte Kate. Sie wäre nie darauf gekommen, dass Serena so von ihrem Gewicht besessen war. Gut, Serena war leicht vollschlank, aber nicht fett. Es war beinahe rührend zu sehen, dass sogar Serena eine Schwachstelle gehabt hatte.

»Daddy war sauer auf Mummy.«

Josies Worte waren bloß ein Murmeln nach einer kurzen Gesprächspause. Zuvor hatte sie von dem Pony erzählt, das sie sich zum Geburtstag wünschte, aber Kate hatte ihr nur mit halbem Ohr zugehört, während sie in den Diätartikeln blätterte, bis sie bemerkte, dass Josie verstummt war. Jetzt sprach sie ganz leise, als wollte sie Kate ein Geheimnis anvertrauen.

»Daddy und Mummy hatten am letzten Wochenende einen Riesenkrach.«

Kate sah das Kind prüfend an. Josie hatte ihre Unterlippe vorgeschoben und malte mit dem Finger Muster auf ihren inzwischen leeren Teller. Sogleich wurde Kate unbehaglich zumute. Sie hatte sich Mühe gegeben, Serenas Selbstmord nicht anzusprechen, so zu tun, als wäre er nicht geschehen. Aber offenbar beschäftigte Josie nichts anderes, und sie suchte nach einem Grund, weshalb ihre Mutter sich das Leben genommen hatte. Kate hätte ihr gern die Frage gestellt: Wovor hatte deine Mutter Angst? Aber es wäre falsch, ja geradezu moralisch verwerflich, das zu fragen. Also setzte Kate sich Josie gegenüber an den Tisch und überlegte, was sie tun könnte. Auf einmal sah das Mädchen unglaublich jung aus, zumal Josie das noch ungeformte Gesicht eines sehr viel kleineren Kinds hatte. Ihre Unterlippe bebte, und Kate bemerkte, dass ihr Tränen in den Augen schwammen. Am liebsten hätte Kate sie in die Arme genommen und ihr gesagt, dass alles wieder gut würde, aber das würde es natürlich nicht. Niemals. Josie hatte gerade eben die Leiche ihrer Mutter gesehen, aufgeknüpft in einer Schlinge.

Kate griff nach Josies Hand. »Ist okay«, sagte sie sanft. »Ist schon okay.«

»Sie haben wegen meiner Schule gestritten. Daddy wollte nicht, dass ich weiter auf die Lady Jane gehe. Er hat gesagt, das ist ›eine Scheißschule‹. Mummy war richtig wütend. Sie haben sich angeschrien. Sie wussten nicht, dass ich sie hören konnte. Sie dachten, ich wäre mit Jemima draußen, mit meiner Freundin. Ich glaube, Daddy hat Mummy eine Ohrfeige gegeben.«

Die Tür, die von der Küche in den übrigen Teil des Hauses führte, flog plötzlich nach innen auf, als hätte jemand sie mit Wucht aufgeboxt, statt den Knauf zu benutzen. Ein massiger Mann von etwa fünfzig Jahren füllte den Türrahmen fast vollständig aus. Kate erkannte ihn von den Zeitschriftenfotos wieder: Serenas Ehemann George. Er trug eine Hose, die zu einem Nadelstreifenanzug gehörte. Der Bauch hing über den Bund; sein blaues Hemd war leicht verrutscht. Sein Krawattenknoten hatte sich gelockert und hing schief herunter; der Hemdkragen stand offen. Auf dem Foto hatte er mit seinem roten Gesicht gesund und kräftig gewirkt, ganz der Gutsherr aus dem Bilderbuch. Nun hingegen zeichneten sich die geplatzten dunklen Äderchen unter der blassen Haut auf Nase und Wangen deutlicher ab, und er sah nicht mehr ländlich feist, sondern marmoriert aus – wie jemand, der kurz vor einem Herzanfall steht.

Einen Moment lang stand George ein wenig benommen in der Tür. Kate bemerkte, dass Josie sich nicht rührte. Bei seinem Erscheinen hatte sie ihm einen raschen, verstohlenen Seitenblick zugeworfen, dann aber gleich wieder weggesehen. Unterdessen starrte George Kate mit offenem Mund an, wollte dann aber anscheinend doch nicht aussprechen, was ihm auf der Zunge lag. Er ging zu Josie hinüber und legte ihr eine Pranke auf die Schulter. Kate schien es, als sei das Mädchen zusammengezuckt und leicht zur Seite ausgewichen, aber noch ehe sie entschieden hatte, ob das nicht bloß Einbildung war, lag Josie in Georges Armen und weinte bitterlich, während er ihr tröstend übers Haar strich. Dieses Bild zeigte so viel Trauer, Zuneigung und Gefühl, dass Kate dachte, sie müsse sich das Zusammenzucken wohl doch eingebildet haben.

»Sie müssen diejenige sein, die meine Frau gefunden hat«, wandte er sich schließlich an Kate und klang fast, als wolle er sich entschuldigen. »Ich bin George.«

»Kate«, stellte sie sich vor und schüttelte die Hand, die George ihr hinstreckte, als begegneten sie sich bei einer Gesellschaft.

»Ich danke Ihnen vielmals, dass Sie sich um meine kleine Prinzessin gekümmert haben.«

»Ist schon okay. Es war ...« Sie verstummte, weil sie nicht wusste, was sie sagen sollte. Beinahe wäre ihr »Es war mir ein Vergnügen« über die Lippen gekommen, was ziemlich unpassend geklungen hätte. Also flüchtete Kate sich in eine hilflose Geste, denn ihr fiel beim besten Willen nicht ein, wie sie den Satz beenden könnte. Für Situationen wie diese hatte bisher niemand ein Benimmbuch geschrieben.

Georges Blick wanderte zu dem Bündel von Zeitschriften- und Zeitungsausschnitten auf der Arbeitsplatte. Er nahm es in die Hand und blätterte es durch. »Ich fasse nicht, dass sie die aufbewahrt hat«, murmelte er mit belegter Stimme. »Wieder und wieder habe ich ihr gesagt, dass sie wunderschön ist, so wie sie ist.« Er lehnte sich an den Herd, und bei seiner nächsten Bemerkung vernahm Kate einen deutlichen Unterton von Trauer und Wut. »Der ist schuld. Der- oder diejenige trägt die Verantwortung.«

»Was meinen Sie?«

»Die Person, die ihr das hier geschickt hat.« Er schleuderte das Bündel auf den Fußboden. »Fast täglich kamen diese Ausschnitte mit der Post. Jemand hat sie absichtlich gequält und dafür gesorgt, dass sie unglücklich und unzufrieden mit sich wurde. Und wer das auch war, er hat sie auf dem Gewissen. Er oder sie hat meine Frau umgebracht.« Traurig schüttelte er den Kopf. »Und wissen Sie was? Sie hat einen ihrer eigenen Vorhänge genommen. Dummes Ding. Sie hätte wissen müssen, dass draußen in der Scheune ein richtig gutes Seil liegt.«

Dreizehn

»Das ist kein Zufall.« Neil sah Kate über den Pub-Tisch hinweg an. Nach der endlosen Fahrt von London Bridge, bei der der Zug in jedem Dorf und jeder Kleinstadt anhielt, war er müde und mürrisch. Von einigen Orten, in denen der Zug hielt, hatte er noch nie zuvor gehört, und er argwöhnte, dass es sie wahrscheinlich gar nicht gab. Seiner Meinung nach dachten die Eisenbahnleute sich die Namen bloß aus, ließen den Zug im Kreis fahren und hielten wechselnde Ortsschilder hoch, um die Pendler zu ärgern und deren Heimfahrt noch länger hinauszuziehen. »Das ist kein Zufall«, wiederholte er, als wollte er Kate ermahnen, ihm ja nicht zu widersprechen. »Also versuch gar nicht erst, mir das weiszumachen. Hier geht irgendwas Komisches vor, und es hat mit den Dingen zu tun, die du mir nicht erzählst. Du rast hier runter, fährst kilometerweit über Land, um noch eine von den bisher nie erwähnten ›Freundinnen‹ zu besuchen, und ehe ich mich's versehe, rufst du an und erzählst mir, dass sie sich ebenfalls umgebracht hat. Was zum Teufel ist hier los?«

»Schhh!«, zischte Kate ihn warnend an, legte einen Finger auf die Lippen und deutete um sich, um ihn daran zu erinnern, dass sie in einem Dorf-Pub saßen, einem netten Lokal mit gutem hausgebrautem Bier und ambitioniertem Speisenangebot. Obgleich es nicht voll war, saßen doch einige wohlsituiert aussehende Paare hier, die Art Paare, die zueinander passende Fleece-Pullis von teuren Outdoor-Ausrüstern trugen. Folglich hatte Kate allen Grund, ihn zu ermahnen. Er war recht laut geworden, sodass andere sich zu ihnen umdrehten. Nun sah er wieder Kate an. Bei Gott, sie sah völlig fertig aus! Sie trug noch ihre Büroklamotten, und die dunkelgrüne Bluse machte sie noch blasser. Ihr Make-up war unter den Augen verschmiert, und ihr Haar hatte sich teils aus dem Pferdeschwanz gelöst. Die Strähnen hatte sie sich achtlos hinter die Ohren gestrichen.

»Okay, also, bist du bereit zuzuhören?«, fragte sie in einem Ton, wie sie ihn auch einem Kleinkind gegenüber anschlagen würde.

Neil nickte. Sie hatte ihn gerügt, und das bereitete ihm merkwürdigerweise ein gutes Gefühl.

»Serena wurde von jemandem gequält, genau wie Hattie. Sie bekam anonym Sachen per Post geschickt.«

»Was für Sachen?«

»Das ist im Moment unwichtig. Es waren – nein, du findest das doch bloß idiotisch. Es hatte mit ihrem Gewicht zu tun.« Neil hatte den Eindruck, als wollte Kate ihre Freundin irgendwie beschützen. »Egal, jedenfalls hatte sie Angst. Schreckliche Angst. Sie war genauso verängstigt wie Hattie.«

»Kate, du musst mir alles erzählen. Warum, wer, wo. Worum zum Teufel geht's hier eigentlich?«

»Ich wünschte, ich könnte dir das sagen.«

Kates Stimme war ruhig und ausdruckslos, fast ein Flüstern. Und Neil wusste, was diese Stimme zu bedeuten hatte. Sie war ein Warnsignal und deutete an, dass sie kurz vor dem Weinen stand. O Mist, er war zu schroff gewesen, zu barsch und ungeduldig! Er hatte sich von seiner Verärgerung leiten lassen, während Kate wahrscheinlich Unterstützung und Mitgefühl erwartete, kein Verhör. Neil legte seine Hand auf ihre und drückte sie. Gerade als er etwas Sanftes und Mitfühlendes sagen wollte, kam die Kellnerin mit seinem Teller Bratwurst und Kartoffelbrei mit Zwiebelsauce, und der Moment war vorbei.

Kate wandte den Blick ab, zuerst zur Bar, dann durch den Raum. Anscheinend wollte sie vermeiden, das Essen zu sehen, das unheilvoll zwischen ihnen auf dem Tisch stand: die Sauce glänzend, die Würste fleischig prall in engen Häuten. Halb verhungert nahm Neil seine Gabel auf, legte sie dann aber wieder hin. Nein, sie mussten reden. Sofort. »Es tut mir leid«, sagte er. »Ich wollte dich nicht aufregen. Mir war nicht klar, wie nahe dir der Tod dieser Serena geht.«

Kate lachte kurz, fast spöttisch, auf, kaum mehr als ein Ausatmen. »Nein, er geht mir nicht nahe, wirklich nicht. Eigentlich ist es weniger Serenas Tod, der mich bedrückt, sondern eher ihre Tochter. Stell dir vor, du wärst dreizehn Jahre alt und siehst deine Mutter tot vom Dachbalken hängen! Das arme Mädchen. Ich wusste einfach nicht, was ich tun oder sagen sollte.« Immer noch klang Kate ruhig und hatte sich unter Kontrolle. Sie rieb sich mit den Händen übers Gesicht und straffte die Schultern – eine entschlossene Geste, die Neil gut kannte. »Nein, Serenas Tod trifft mich nicht besonders. Ich war nicht mit ihr befreundet. Sie war vor allem Hatties Freundin.«

Neil beobachtete Kate aufmerksam und spürte deutlich, dass einiges ungesagt blieb. Er schaute sich wieder im Pub um. Nach und nach waren Einheimische gekommen, die sich aber in eine kleine Nische, außer Hörweite, gesetzt hatten. Zumindest hoffte Neil, dass keiner von ihnen ihre Unterhaltung mithörte. Er wollte mehr erfahren, doch essen wollte er auch, also nahm er erneut die Gabel in die Hand, bevor er sie abermals hinlegte. Er hatte noch mehr Fragen. Zunächst rückte er sein Glas auf dem Bierdeckel in die Mitte und überlegte, wie er möglichst schonend vorgehen konnte. *Immer der Reihe nach,* sagte er sich. Ein guter Journalist führte die Leute Schritt für Schritt durch ihre Geschichte. Man durfte nicht ungeduldig sein, nicht zu eilig nach vorn preschen. »Und warum bist du hier rausgefahren, um sie zu besuchen?«

»Ich hatte sie auf Hatties Trauerfeier getroffen. Besser gesagt, sie sprach mich dort an. Sie wusste, dass ich dabei war, als Hattie starb, und sie wollte mit mir darüber reden.«

»Und deshalb quälst du dich im Feierabendverkehr über die M 25?«

»Ich habe doch nicht die M 25 genommen!«

Das war typisch Kate: Sie blockierte eine unangenehme Frage, indem sie halb scherzhaft auf Nebensächliches ablenkte. Diese Taktik war gleichermaßen liebenswert wie enervierend. Sehnsüchtig blickte Neil auf seine Würstchen mit Kartoffelbrei.

Kate entging das offenbar nicht, denn sie seufzte. »Ach bitte, Neil, jetzt iss endlich! Du hast Hunger, also iss. Hör auf, mir Fragen zu stellen, und ich erzähle dir, was passiert ist.«

Kate hasste es, wenn Neil auf Journalistenmodus schaltete, vor allem, wenn seine Fragen an sie gerichtet waren. Sie war zu erschöpft und aufgewühlt von den Geschehnissen, um ihm zu antworten, selbst wenn sie ihm hätte einen Gefallen tun wollen. Zuerst musste sie das Durcheinander in ihrem Kopf ordnen, indem sie die Ereignisse des Abends und der letzten Tage nacheinander durchging und nach einer Verbindung suchte, die einen Sinn ergab. Vielleicht tat sie das sogar am besten laut.

»Auf Hatties Trauerfeier wirkte Serena verängstigt. Irgendwas im Zusammenhang mit Hatties Tod wollte sie mir unbedingt sagen oder mich fragen. Wie haben geredet, und ich glaube, sie war drauf und dran, mir etwas zu erzählen, aber dann wurden wir unterbrochen.« Kate versuchte, sich genau an das zu erinnern, was Serena gesagt hatte, konnte es nur leider nicht. Hatte sie nicht richtig hingehört? War da ein Hinweis gewesen? Sie wusste lediglich, dass Serena sich vollkommen anders verhalten hatte als das Mädchen, das sie zu Schulzeiten gekannt hatte, was Kate merkwürdig fand. »Und dann rief sie mich im Sender an. Heute Mittag. Ich war gerade draußen zum Mittagessen, und offenbar hat sie währenddessen gleich mehrmals angerufen, wollte aber keine Nachricht hinterlassen, außer dass ich sie zurückrufen sollte. Das habe ich gemacht. Und da klang sie noch viel verängstigter als gestern.«

»Was hat sie denn gesagt?« Neil hatte den Mund voll mit Wurst.

Kate bedeutete ihm mit einem strengen Blick, er solle sie nicht unterbrechen. Dabei war seine Frage durchaus hilfreich. Sie half Kate, sich zu konzentrieren. »Sie wollte wissen, ob Hattie vor ihrem Tod irgendwas gesagt hat, und wenn ja, was. Und sie hat gesagt, dass sie mich so schnell wie möglich sehen muss.«

»Woraufhin du neugierig wurdest«, folgerte Neil, der nun leiser sprach.

»Ja, das wurde ich.« Kate fragte sich, ob sie ihm noch mehr erzählen sollte, beispielsweise wie sehr sie sich wunderte, dass ausgerechnet Serena solche Angst gehabt hatte. Doch dann hätte sie die ganze komplizierte Geschichte ihrer Schulzeit aufrollen müssen, und dazu war Kate im Moment nicht bereit. »Ich dachte, dass ich von ihr erfahren könnte, was Hattie gemeint hat.«

»Wir haben etwas Furchtbares getan.«

»Genau. Ich dachte, Serena wüsste vielleicht, was Hattie mit dem ›Furchtbaren‹ gemeint hat.«

»Du hattest gehofft, ›wir‹ in dem Satz wären Hattie und Serena, nicht Hattie und du.«

Neils dunkelbraune Augen waren so voller Wärme und Zuneigung, dass Kate schon wieder losheulen wollte. Er war kurz davor, ihre verworrenen Gefühle zu verstehen, aber eben nur kurz davor.

»Ja«, sagte sie. »Ich hatte gehofft, dass Serena mir etwas erzählt, was mich entlastet, aus dem ›Wir‹ entlässt. Dass sie mir ein großes Geheimnis verrät, sozusagen, mir sagt, was Hattie und sie getan haben. Dann hätte ich gewusst, wieso Hattie sich das Leben genommen hat, und wäre aus dem Schneider. Ich wollte von ihr hören, dass Hatties Tod nichts mit mir zu tun hatte. Dass es nicht an irgendwas lag, was Hattie und ich gemacht haben. Dass ich nicht für Hatties Tod verantwortlich bin.«

»Selbstverständlich bist du das nicht.« Neil schob seinen Teller weg. Binnen Minuten hatte er fast sämtliche Würstchen mit Kartoffelbrei vernichtet. »Die beiden haben sich umgebracht, weil jemand ein böses Spiel mit ihren Schwächen trieb. So viel wissen wir doch inzwischen, oder?«

Kate atmete tief durch und mühte sich, das Durcheinander in ihrem Kopf zu ordnen. Sie sah auf Neils Teller, überlegte, das letzte Stückchen Wurst aufzupicken, das er übrig gelassen hatte, entschied sich jedoch dagegen. »Aber warum hat jemand ihnen so zugesetzt? War es, weil derjenige herausgefunden hat, dass sie etwas Furchtbares getan haben?«

»Oder weil jemandem einfach danach war, ihnen ein bisschen die Hölle heißzumachen.«

»Artikel über Schlankheitskuren«, sagte sie. »Die wurden Serena geschickt.« Gleichzeitig kam ihr ein Gedanke. »Serena war in einer Zeitschrift. Es gab einen Artikel in einem Wohnmagazin, mit Foto, und auf dem sah sie ziemlich mollig aus.

Ich erinnere mich, dass ich selbst dachte, sie sieht da ganz schön dick aus.«

Schlagartig wurde Neils Interesse wieder lebhafter. Er spitzte die Lippen, als wollte er einen Pfiff ausstoßen, was er glücklicherweise unterließ. Stattdessen beugte er sich über den Tisch zu Kate. Ja, sie konnte sich sehr gut vorstellen, wie es war, von Neil befragt zu werden: Man hatte keine Chance, ein Geheimnis zu wahren. Er kitzelte alles aus einem raus, auf die eine oder andere Art. »Genau wie bei Hattie«, meinte Neil. »Beide waren in Zeitschriften, bei beiden wurden ihre Schwachstellen enthüllt. Und in dem Moment erkennt diese Person ihre Chance und greift an. Haben sie in den Artikeln eure alte Schule erwähnt?«

»Warum?«

»Das könnte ein guter Grund für jemanden sein, die Frauen zu hassen. Weil sie auf der Lady Jane Grey waren. Das ist zumindest etwas, was sie gemeinsam hatten.«

Kate spürte einen eisigen Klumpen im Bauch, als sie an den Geschenkkorb dachte, den man ihr zugeschickt hatte. Nein, das war bloß ein Zufall. Es hatte nichts mit all dem hier zu tun. Wieso sollte es auch? Hattie und Serena waren von jemandem gequält worden, der wusste, was das »Furchtbare« war, das sie getan hatten; jemandem, der versuchte, sie auf seine Weise dafür zu bestrafen. Weshalb sollte irgendwer Kate bestrafen wollen? Das Furchtbare, was immer es sein mochte, stand in keinerlei Zusammenhang mit ihr. »Die Mobber werden gemobbt«, dachte sie und bemerkte zu spät, dass sie ihren Gedanken laut ausgesprochen hatte.

»Das ist ja ein Ding!«, sagte Neil. »Diese Frauen waren Schultyrannen? Du denkst, die anonymen Sendungen könnte jemand geschickt haben, der sich für ihre Gemeinheiten rächen will? Wow, das ist echt der Hammer! Davon musst du mir unbedingt mehr erzählen. Und wir sollten mit der Polizei reden, ob sie in die Richtung ermitteln. Wir müssen so viel wie möglich rausfinden. Da steckt vielleicht eine große Story hinter: Zwei angesehene, erfolgreiche Frauen, beide ehemalige Schülerinnen der Lady Jane Grey, die ihre Mitschülerinnen gemobbt haben, werden von jemandem in den Selbstmord getrieben, der ihnen bis heute gram ist. Das ist ...« Er verstummte mitten im Satz und sah Kate fragend an. »Was ist?«

Den ganzen Abend hatte sie ihre Tränen zurückgehalten, aber jetzt brannten sie in ihren Augen, und sie war nicht sicher, wie lange sie noch durchhalten konnte. Sie könnte Neil alles über ihre Schulzeit erzählen. Sie könnte ihm anvertrauen, was Serena mit ihr gemacht hatte. Oder sie tat alles achselzuckend ab. Außerdem war sie sicher, dass es einen anderen Grund für ihre Tränen geben musste. »Neil, um Himmels willen, komm wieder auf den Teppich! Das ist kein Spaß; hier gibt es Opfer, und zwar nicht bloß Hattie und Serena. Ich saß gerade eben mit einer Dreizehnjährigen zusammen, deren Mutter sich umgebracht hat. Josie, das arme Mädchen. Wie soll sie damit fertigwerden?«

Vierzehn

Josie wollte Kate nicht mehr aus dem Kopf gehen. Sie wunderte sich, wie sehr ihr die Sache zu Herzen ging, denn gewöhnlich konnte Kate ihre Gefühle sehr gut kontrollieren und ließ so schnell nichts an sich herankommen. Aber dieser tollpatschige trauernde Teenager ging ihr mehr unter die Haut, als sie es jemals für denkbar gehalten hätte. Vielleicht lag es daran, dass Josie Kate an ihr eigenes früheres Ich erinnerte, ein wenig zumindest: der Kontrast zwischen zu entschlossener Klugheit, Offenheit und den resigniert eingezogenen Schultern. Josie erinnerte Kate daran, wie sie selbst früher gewesen war, bevor sie beschloss, nichts mehr auf die anderen zu geben und ihr Leben selbst zu bestimmen.

Gestern Abend auf dem Heimweg hatte Neil mehr über die Gemeinheiten ihrer ehemaligen Mitschülerinnen hören wollen. Und er hatte ihr jene Frage gestellt, die Kate eigentlich meiden wollte: »Haben sie *dich* tyrannisiert?«

Sie war froh, dass er die Frage im Wagen und nicht im Pub stellte, denn so konnte sie das Gesicht abwenden und sich ungerührt geben. »Herrgott, Neil, was denkst du denn?«, hatte sie in einem Tonfall erwidert, von dem sie hoffte, dass er gereizt und sachlich genug klang, um Neil annehmen zu lassen, er hätte eine selten blöde Frage gestellt.

Und es schien zu funktionieren. »Verzeih, ich vergaß! Du bist hart im Nehmen. Dir tut keiner weh. Niemand setzt Kate Callan zu.«

Trotzdem hatte etwas in seiner Stimme mitgeschwungen,

was ihr nicht gefiel. Und dann, vor dem Haus in Tufnell Park, wurde die Situation unangenehm, weil Neil ihr anbot, bei ihr zu bleiben, was sie ablehnte. Zugleich war ihnen beiden bewusst geworden, dass der Wagen hierher gehörte und Neil folglich mit der U-Bahn zu der Wohnung unten in Euston fahren musste, in der er zurzeit unterkam. Als Kate ihn zum Abschied auf die Wange küsste, hatte sie sich gefragt, ob sie sich ihm gegenüber wie ein Schwein verhielt.

Diese ganze Geschichte – Hattie, Serena, Josie – wirkte sich auf Kates Arbeit aus, ebenso wie ihre Eheprobleme. Sie wusste, dass sie alles andere als in Topform war. Während der Sendung war sie geistesabwesend, konzentrierte sich nicht richtig auf das, was sie oder die Hörer sagten. Sie war nicht bei der Sache, reizbar, müde und ein bisschen verwirrt.

Falls ihr noch ein Hinweis gefehlt haben sollte, dass die heutige Sendung schlecht gewesen war, folgte der auf dem Fuße. Gleich nach dem Ende der Sendung wartete ihr Chef Richard vor dem Studio auf sie. »Kann ich dich kurz sprechen?«, fragte er und ging zu seinem Büro vor, ohne ihre Antwort abzuwarten. Er nahm es für selbstverständlich, dass Kate ihm folgte. Sie ahnte sofort, dass die Lage ernst war, denn normalerweise hätte er im Studio mit ihr geredet oder in ihrem Büro, vor allen anderen.

Richard blieb stehen, als Kate in sein Büro trat, und schloss die Tür hinter ihr. Oh, dachte sie. Geschlossene Tür. Das ist superernst. Er bat sie, sich zu setzen, nahm hinter seinem Schreibtisch Platz, stützte sich auf die Ellbogen und zog dann eine Mappe zu sich, während er fragte: »Ist alles okay?«

Kate hasste das! Schlimmer konnte ein Vorgesetzter ein Gespräch gar nicht anfangen, schon gar nicht eines hinter verschlossenen Türen, bei dem er, wie Richard jetzt, hinter seinem Schreibtisch saß. Damit steckte Kate in der Zwickmühle. Irgendwas stimmte nicht. Offenbar hatte sie etwas falsch gemacht, einen Fehler, der eine dünne braune Aktenmappe erforderlich machte, die bedrohlich zwischen ihr und Richard auf dem Schreibtisch lag. Und nun bekam sie die Chance, sich zu entschuldigen, Schadensbegrenzung zu üben. Kate hatte keine Ahnung, was in der Akte stehen mochte, nur dass es wahrscheinlich eine schlimmere Verfehlung war als die bescheidene Sendung heute Vormittag.

Was sollte sie sagen? Sie war eine Frau, von der man erwartete, dass sie sich stets im Griff hatte, die niemals zuließ, dass ihr Privatleben ihren Job beeinträchtigte, die mit allem klarkam und nicht von ihren Gefühlen beherrscht wurde. Natürlich hätte sie ihrem Boss einfach die Wahrheit sagen können: dass sie gestern, zum zweiten Mal binnen zwei Wochen, Zeugin geworden war, als sich eine Bekannte das Leben nahm; dass sie einen Großteil des gestrigen Abends damit verbracht hatte, einen trauernden Teenager zu trösten; dass ihre Ehe schwierig war und sie von dem Mann getrennt lebte, mit dem sie seit sechzehn Jahren verheiratet war. Aber da sie nicht wusste, was sie sich hatte zuschulden kommen lassen, konnte sie auch nicht ahnen, welche Antwort die beste war. Zudem würde Richard möglicherweise übertrieben mitfühlend reagieren und ihr Urlaub geben, was wiederum in ihrer Akte vermerkt würde, und in der derzeit prekären Finanzlage des Senders war kein Job sicher. Ganz zu schweigen davon, dass die Aufzählung der jüngsten Ereignisse schon für Kate selbst unglaubwürdig klang, geschweige denn, für jemand anderen.

Richard betrachtete sie mit seinem geübten einfühlsamen Managerblick, während er an der braunen Mappe herumfingerte. Er fragte: »Kannst du einigermaßen schlafen? Du siehst nämlich fertig aus.«

»Na ja, es geht so«, antwortete Kate vorsichtig.

»Immer noch diese Geschichte?« Richard sah sie verwundert an. Sein Erstaunen kam Kate gefühllos vor. Zugegeben, er wusste nichts von Serena, aber wie lange glaubte er denn, dass es dauerte, bis man über ein Ereignis hinweg war, wie sie es erlebt hatte? Immerhin hatte sie dabeigestanden, als sich eine alte Freundin vor die U-Bahn warf. Zwei Wochen waren doch wohl legitim, eher noch ein bisschen kurz. Kate jedenfalls erschien es vollkommen normal, dass sie noch trauerte und unter Schock stand. Wieder zuckte sie mit den Schultern. »Was ist los, Richard? Was habe ich gemacht?«, fragte sie lächelnd, um die Stimmung zu entkrampfen.

»Es geht eher um etwas, was du nicht gemacht hast.«

»Und was?« Kate hatte keinen Schimmer, was er meinte. Und dann plötzlich fiel es ihr ein. »Mist! Sophie.«

Richard öffnete die braune Pappmappe, und Kate erkannte, dass es sich bei dem Inhalt um irgendeine Auswertung handelte – eine Tabelle mit Daten und Zeiten.

»Das Sophie-Interview hatte ich völlig vergessen«, sagte sie und ohrfeigte sich im Geiste.

Sophie – ohne Nachnamen – war ein aufgehender Stern am britischen Pophimmel. Jedenfalls wurde sie von ihrem Management als solcher beworben. Überdies war sie die Tochter eines der Hauptgesellschafter des Senders, was Richard vermutlich die größten Sorgen bereitete. Kate hätte am Vortag bis abends bleiben sollen, um Sophie zu interviewen. Gewöhnlich machte sie gar keine Interviews mit Showbiz-Leuten, aber Richard hatte sie gebeten, dieses eine ausnahmsweise zu übernehmen, weil sie es, in seinen Worten, »nicht versauen« würde. Und nun hatte sie es doch versaut.

»Wie zum Teufel konntest du das vergessen?« Er klang reichlich genervt. »Mensch, ich musste schließlich Chris nehmen! Und der hat es im Turbotempo gemacht, weil er die Nachrichten vorbereiten musste. Nur war sonst ja keiner da, also wurde das Ganze ein Riesenfiasko. Chris hat sich redlich bemüht, aber Ahnung von Interviews hat der nicht ... schon gar nicht mit Popstars ... Wie dem auch sei, der Vorstand verlangt einen vollständigen Bericht, denn Sophies Vater ist auf hundertachtzig, und ich fürchte, ich muss dich offiziell abmahnen, weil du einfach verschwunden bist. Falls du mir irgendeine Erklärung geben kannst, solltest du es jetzt tun.«

»Richard, ich hab's vermasselt. Eine ... Freundin hatte mich angerufen. Sie war auch mit Hattie, ähm, mit Harriet Fox befreundet. Sie war total aufgelöst, verzweifelt und wollte unbedingt, dass ich sofort zu ihr komme. Deshalb bin ich Hals über Kopf weg. An das Interview mit Sophie habe ich ehrlich nicht mehr gedacht. Klar, ich hätte in meinen Kalender sehen sollen. Ich hätte dir sagen müssen, wohin ich fahre. Ich hätte das Interview nicht vergessen dürfen. Ich hätte ... Okay, was auch immer, ich hab's versaut.«

Noch während sie sprach, war ihr klar, dass sie nicht hinter ihrer Entschuldigung stand. In Wahrheit wünschte sie, sie wäre noch viel früher verschwunden, wäre nicht zum Mittagessen draußen gewesen, sondern an ihrem Schreibtisch, als Serenas erster Anruf kam. Sie bereute, dass sie nicht schon viel früher den Sender verlassen hatte und zu Serena gefahren war – noch rechtzeitig, um sie zu retten.

Sosehr sie sich bemühte, Reue vorzutäuschen, wusste sie doch, dass sie wenig überzeugend war. Jedenfalls sah Richard nicht überzeugt aus. Vielmehr wirkte er verwundert und enttäuscht. Eine Weile sah er Kate schweigend an, zuckte dann mit den Schultern und blickte auf die Papiere vor sich. Schließlich räusperte er sich und erklärte Kate, dass ihm nichts anderes übrig bleibe, als ihr eine Verwarnung zu erteilen. Kate merkte, dass ihm unwohl dabei war, aber ihm waren die Hände gebunden. Einer der Hauptgesellschafter war empört; der Vorstand forderte Konsequenzen. Richard hielt den Kopf gesenkt, um sie nicht ansehen zu müssen, zog ein weiteres Blatt aus der Mappe und begann, den Text laut vorzulesen. Kate vermutete, dass die Personalabteilung ihm den Text vorgegeben hatte, der penibel erklärte, dass die mündliche Verwarnung ein erster disziplinarischer Schritt hin zu dem sei, was bei Fortsetzung des abgemahnten Fehlverhaltens zur Kündigung führe.

Natürlich wusste Kate, dass eine mündliche Verwarnung nichts war, rein gar nichts bedeutete. Zugleich aber bedeutete sie einen Makel in ihrer ansonsten unbefleckten Personalakte. Sie war die Vorstufe zur schriftlichen Abmahnung, der erste kleine Schritt auf dem Weg zur Entlassung. Sollten der Vorstandsvorsitzende, die Gesellschafter und der Geschäftsführer irgendwann in Zukunft entscheiden, dass Kate zu viel verdiente und durch eine vollautomatisierte Sendung mit vorgefertigten Anmoderationen ersetzt werden müsse, würde ihnen diese mündliche Verwarnung immerhin schon ein wenig Munition liefern, um sie ohne Abfindung aus dem Job zu kicken. Das hatte sie bei anderen schon miterlebt. Kate machte Richard keinen Vorwurf. Eigentlich war er ein anständiger Kerl ... meistens. Vielleicht sollte sie ihm lieber alles sagen, ihm von Serena erzählen und von ihrer Ehe, die gerade den Bach runterging. Aber dann dächte er womöglich, sie versuche, die Verwarnung zu umgehen, und das wollte sie nicht. Sie warf sich ja selbst Unachtsamkeit vor, weil sie in diesem ganzen Desaster steckte. Und wenn sie sich noch verwundbarer zeigen würde, als sie ohnehin war, brächte sie das erst recht auf den Weg zur Kündigung.

Richards Bitte entsprechend, unterschrieb Kate das Formular und bestätigte damit, dass sie die Verwarnung akzeptierte. Was hätte sie auch anderes tun können? Verärgert und ein wenig verletzt stand sie auf und wollte hinausgehen. Nun blickte Richard erstmals wieder zu ihr auf, sah sie richtig an und fragte: »Wie geht es denn deiner Freundin?«

»Sie hat sich umgebracht.«

»Nein, nicht Harriet Fox. Ich meine die Freundin, bei der du gestern warst.«

»Ja, die meine ich auch. Ich habe sie gefunden. Sie hat sich erhängt.« Kate war bewusst, dass ihre Stimme hart und kalt klang, aber das kümmerte sie nicht.

»Verflucht, Kate, wieso hast du denn nichts gesagt? Entschuldige! Du hättest es mir sagen müssen. Wie fühlst du dich? Du musst ja vollkommen am Boden sein. Was zum Teufel ist denn eigentlich los?«

»Wenn ich das wüsste!« Mehr sagte Kate nicht, weil sie fürchtete, dass sie sonst gleich wieder in Tränen ausbrechen würde.

Als sie wieder an ihrem Schreibtisch saß, vergrub Kate das Gesicht in den Händen. Am liebsten hätte sie geschrien, jemanden geschlagen oder getreten. Sie steckte mitten in irgendeiner Sache, die sie nicht begriff.

Sie schaltete ihren Computer an und öffnete Outlook, um ihre E-Mails abzurufen. Ihr Postfach war voller ungelesener Nachrichten. Kein Wunder, das war es nach der Sendung häufig. Ungewöhnlich allerdings war der Absender der E-Mails. Der größte Teil schien von einem Internetforum zu kommen. Wie es aussah, war Kate irgendwann heute Morgen in einem Forum registriert worden, einem Internetforum für Eltern.

Und jedes Mal, wenn jemand etwas an das Forum schickte, wurde Kate offenbar sofort benachrichtigt. Sie klickte die erste E-Mail an, las sie und löschte sie verärgert.

Das hat nichts zu bedeuten, sagte sie sich, während sie alle einhundertdreiundsiebzig Nachrichten aus dem Forum löschte, ohne noch eine zu öffnen. Es war nichts als ein weiteres Ärgernis an einem bereits schwierigen Tag. Wahrscheinlich hing es mit dem Geschenkkorb von gestern zusammen. Dieselbe PR-Agentur, die ihr den Korb geschickt hatte, musste sie auch bei diesem Forum eingetragen haben. Ihre E-Mail-Adresse war öffentlich, für jedermann zugänglich. Wer wollte, konnte sie also mühelos in einem Forum wie dem hier registrieren. Es war eine Werbeaktion, sonst nichts. Und Kate gab sich redliche Mühe, auch die Tatsache zu ignorieren, dass das Thema mit den meisten Zuschriften offenbar die Frage war, wie Ärzte und Krankenhäuser Frauen mit mehrfachen Fehlgeburten behandelten.

Die Luft war so kalt, dass Kates Hals und Brust schmerzten. Vielleicht schmerzten sie auch, weil sie so angestrengt lief. Eigentlich lief sie im Winter nicht draußen, sondern lieber auf dem Laufband in ihrem Fitnessraum, wo es warm, hell und sicher war. Aber heute Abend musste sie raus. Sie brauchte Luft. Sie brauchte das Gefühl der Kälte auf ihrem Gesicht und in ihrer Lunge. Sie musste das Geräusch ihrer Füße auf dem Pflaster von Nordlondon hören.

Beim Laufen versuchte sie, einen klaren Kopf zu bekommen und den verpassten Interviewtermin zu vergessen, der ein dummer, unter den gegebenen Umständen jedoch verständlicher Fehler war. Ärgerlich, unprofessionell und blöd. Aber jetzt konnte sie ohnehin nichts mehr tun, um die Situation zu retten. Also sollte sie die Geschichte vergessen. Und die mündliche Abmahnung? Kate ärgerte sich, weil das einzige Interview, das sie je vergessen hatte, ausgerechnet das eine sein musste, das dem Vorstand so wichtig war. Auch das war ärgerlich, unprofessionell und blöd. Dennoch war es nun einmal passiert. Natürlich hätte sie Richard früher von Serena erzählen können, doch das hätte ausgesehen, als wolle sie sich mit dem Suizid rausreden. In Zukunft musste Kate sich einfach bemühen, jedweden Fehler zu vermeiden.

Sie lief durch eine Seitenstraße und wich einem Hundehalter aus, der den Haufen seines Hundes vom Gehweg aufhob. Kate nickte ihm zu. Sie kannte den Mann. Er wohnte in ihrer Straße. Aber sie lief zu schnell, um zu sprechen. Sie erreichte gerade den Punkt, an dem der Schmerz zu einem Hochgefühl wurde, und diesen Moment wollte sie nicht versäumen.

Die Vorfälle bei der Arbeit – das versäumte Interview, der dämliche Geschenkkorb, die E-Mails aus dem Internetforum: Sie sagte sich, dass ihr all das mehr zusetzte als es sollte, weil sie wegen Hattie und Serena aus dem Gleichgewicht war. *Konzentrier dich auf die beiden!*, befahl sie sich. *Du musst rausfinden, was vor sich geht.*

Kate bog um die Ecke in ihre Straße ein. Das Haus war nur noch hundert Meter entfernt, aber sie wollte noch nicht aufhören zu laufen. Sie musste weiter rennen, schneller, ein bisschen länger auf der Welle des Hochgefühls treiben, ein paar Minuten länger das Pflaster treten. Bis sie klarer denken konnte. Deshalb beschleunigte sie ihr Tempo und lief am Haus vorbei. Bei jedem Schritt trafen ihre Füße mit einem befriedigenden *Tapp* auf. Sie war deutlich schneller, sprintete eine Weile, und ein Ausbruch purer Energie trieb ihren Adrenalinspiegel nach oben. Leichtfüßig, wie sie sich fühlte, war ihr, als könne sie jedem davonlaufen, als könne sie jedermanns

Probleme lösen, als wäre überhaupt alles bestens. Und dann verlangsamte sie die Schritte, ging in ein schnelleres Joggingtempo über, während ihre Gedanken wieder zu kreisen begannen. *Wir haben etwas Furchtbares getan.* Serena hatte wissen wollen, was Hattie vor ihrem Sturz sagte. Sie hatte Angst gehabt. Glaubte sie, Hattie habe irgendein Geständnis abgelegt? Was hatten die beiden getan?

Ein gefrierender Nebel hatte eingesetzt, der die Luft trübe machte wie einen Schleier, der sich um Kate zusammenzog. Mysteriösen Schatten gleich tauchten Leute aus dem Nebel auf, und Kate hatte plötzlich das Gefühl, die Orientierung zu verlieren. Der kalte Nebel erinnerte sie an Cambridge, an jenes ungewöhnliche Wochenende, als sie endlich von den anderen Mädchen akzeptiert wurde, wenn auch nur für die wenigen Tage, die das Seminar mit Hattie, Serena und Susan gedauert hatte. Kate erinnerte sich noch, dass es sehr kalt war, eisig und neblig, die Art von Kälte, die einem in die Glieder kroch. Und Kate wusste noch, dass sie keinesfalls dort hatte studieren wollen. Cambridge war ihr zu kalt, zu abgeschieden, zu verborgen.

Hattie und Serena. Was war mit ihnen geschehen? Was hatten sie getan? Warum wurden sie gejagt? Wieso jetzt? Diese Fragen kehrten in rhythmischer Wiederholung zurück, ohne dass sie zu einem Schluss gelangte. Zu gern hätte Kate gewusst, wie sie diese Geschichte auflösen könnte, wie sie ergründen könnte, was passiert war und warum. Und bis dahin blieb ihr nichts anderes übrig, als weiter zu laufen.

Fünfzehn

Neil versuchte, seinen Kater mit einer heißen Dusche zu lindern. Bei der Ankunft in seiner Wohnung auf Zeit am gestrigen Abend war er verwirrt und bedient. Er machte alles, was Kate wollte – eilte herbei, wenn sie ihn anrief, war bereit, über den Selbstmord ihrer Freundin – nein, ihrer Freundinnen – zu recherchieren, und noch immer ließ sie ihn nicht nach Hause. Also hatte er sich abends ein Bier aufgemacht, dann noch eines und danach eine Flasche Scotch. Und jetzt hatte er schädelsprengende Kopfschmerzen, die er dringend loswerden musste. Nur leider war das Wasser in der Dusche nicht heiß genug, und der Wasserstrahl war eher ein Rinnsal, sodass es überhaupt nichts brachte. Neil vermisste sein hochmodernes Bad. Ihm fehlte sein Arbeitszimmer. Und ihm fehlte seine Frau.

Es war ein scheußlicher Morgen, kalt und neblig. Neil musste an der Worcestershire-Story arbeiten, an dem Fall mit dem kleinen Kind, das verschwunden und wohlbehalten wieder aufgetaucht war. Das hieß allerdings, dass er durch den Nebel den ganzen Weg bis zum Produktionsbüro südlich vom Fluss fahren musste oder zu seinem Haus, um dort im Arbeitszimmer zu arbeiten. Letzteres kam wohl kaum in Frage, denn er bezweifelte, dass Kate ihn momentan mit offenen Armen empfing.

Neil goss sich einen Instantkaffee in der winzigen Küche auf und blickte für eine Weile aus dem Fenster. Der gestrige Abend wollte ihm einfach nicht aus dem Kopf gehen. Die

Mobber werden gemobbt, hatte Kate gesagt. Lady Jane Grey. Die verfluchte Schule war der gemeinsame Nenner, auf den alles hinauslief. Hier musste Neil ansetzen und mehr in Erfahrung bringen.

Neils eigene Schule war ein zweckmäßiger Oberschulbau aus den 1960ern gewesen, mit großen Fenstern und geräumigen Klassenzimmern. Als Neil schon auf der Schule war, wurde sie zur Gesamtschule umfunktioniert, bewahrte sich allerdings ihren guten Ruf. Es war eine große Schule, die man aufs freie Feld am Rande eines hübschen Vorortes gebaut hatte. Von den großen Sportplätzen aus sah man auf die Moore und die alten Grubensiedlungen weiter hinten am Horizont. Die Räumlichkeiten waren ein bisschen vernachlässigt und teils stark renovierungsbedürftig, aber zumindest hell, luftig und offen. Neils Mitschüler waren ungestüm, nicht jedoch rüpelhaft, geschweige denn tyrannisch; und die Lehrer waren streng, aber fair. Ja, Neil war dort sehr glücklich gewesen.

Der Website der Lady Jane Grey nach zu urteilen, war Kates Schule das genaue Gegenteil gewesen. Es fing schon mit dem Gebäude an, das sich – halb Herrenhaus aus der Tudor-Zeit, halb viktorianische Scheußlichkeit – auf einem ehemals recht umfangreichen Grundstück erstreckte.

Heute war die Schule von Sozialwohnungsbauten und Siedlungen aus den Fünfzigerjahren umgeben, und der nördlichste Teil Londons, an der Grenze nach Hertfordshire und direkt an der M 25, galt nicht gerade als vornehme Gegend. Dennoch schickten Hunderte betuchter Eltern aus ganz London und der gesamten Umgebung ihre Chloes und Claras Tag für Tag auf eine endlose Bahn- und Bustour, nur damit sie diese Schule besuchten.

Die Website war voll mit repräsentativen Bildern von hochgewachsenen, wohlhabend aussehenden weißen Mädchen (nur hier und da, um der Integration Genüge zu tun, ein farbiges oder asiatisches Gesicht): Töchter aus gutem Hause in weißen Laborkitteln mit Reagenzgläsern in der Hand; reiche Töchter, die Musikinstrumente, Lacrosse und Tennis spielten. Die Klassenzimmer waren sonnendurchflutet und wirkten trotz des Alters der Schule modern. Alles strahlte Privilegiertheit aus, und Neil beschloss, hinzufahren und sich die Schule persönlich anzusehen.

Das Hauptgebäude, die viktorianische Scheußlichkeit, war aus Steinen gemauert, deren Farbe an getrocknetes Blut erinnerte, und ragte über den Häusern der unmittelbaren Nachbarschaft empor. Groß und verwinkelt, wie es war, wirkte das Gebäude wie die Karikatur einer Schule: riesig und bedrohlich mit Steinstufen, die zu einer schweren, schwarz gestrichenen Holztür führten. Neil schauderte unwillkürlich, als er davorstand.

Drinnen schien alles noch verwinkelter. Überall dunkle Nischen, und selbst die neuen Kunst- und Töpferateliers, die modernen Labors und Turnhallen, für die großzügige Spender gewiss Millionen hingeblättert hatten, wirkten irgendwie hineingequetscht. Neil hatte das Gefühl, dass die Proportionen schlicht nicht stimmten, und das auf eine höchst befremdliche Weise. Es hätte ihn jedenfalls nicht erstaunt, wenn sich sämtliche Räumlichkeiten bei seinem nächsten Besuch komplett verändern würden, wie unter dem Einfluss einer geheimnisvollen Raum-Zeit-Maschine. Und wahrscheinlich würden ihm die Lehrer dann noch beteuern, alles sei so wie immer. Ehrlich gesagt bereitete ihm diese Schule eine Gänsehaut.

Kate erging es genauso, dessen war er sich ziemlich sicher.

Ihre Körpersprache, ihre ganze Haltung war wie ausgewechselt. Sie schien gleichsam in sich zusammenzuschrumpfen, zog den Kopf zwischen die Schultern und verspannte sich sichtlich. Derweil sagte sie so gut wie nichts, und dabei hatte Neil eigentlich erwartet, dass sie ihn herumführen und ihm erklären würde, was sich wo befand, was sich verändert hatte und was nicht, woran sie sich gern erinnerte und woran nicht. Stattdessen schritt sie zaghaft neben ihm her, als könne der Boden unter ihr jeden Augenblick nachgeben. Sie sah entsetzlich verängstigt aus.

Mist! Ihm war nicht klar gewesen, dass die Schule ihr solches Unbehagen bereitete. Natürlich hatte er geahnt, dass sie hier nicht glücklich gewesen war, so wenig wie sie von ihrer Schulzeit erzählte. Genau genommen hatte sie nie über ihre Schule geredet, was Neil stets sehr merkwürdig fand. Allerdings war ihm nicht bewusst gewesen, dass dieser Ort ihr tatsächlich Angst machte.

Sie hatte ihn nur höchst ungern begleitet. Heute war »Tag der offenen Tür«, ein Samstagmorgen, an dem die Schule ihre Pforten für Eltern öffnete, die überlegten, ihre Töchter hier anzumelden. Als Neil vorgeschlagen hatte hinzufahren, hatte er zunächst angenommen, Kate widerstrebte bloß, dass sie sich als Eltern ausgeben sollten. Zugegeben, ein unsensibler Vorschlag, und entsprechend war Kate sehr still geworden. »Warum willst du da hin?«, hatte sie ihn schließlich kühl gefragt.

Manchmal wünschte Neil sich, dass Kate lieber wütend würde, als ihn mit Kälte zu strafen, denn mit Wut konnte er sehr viel besser umgehen. »Weil es mich interessiert. In letzter Zeit habe ich so viel über die Schule gelesen, dass ich sie in natura sehen will. Ich möchte ein Gefühl dafür bekommen, wie es dort war, wie sich die Schule wohl auf deine Freundinnen ausgewirkt hat. Du bist doch diejenige, die mich gebeten hat, zu recherchieren.«

»Serena war nicht meine Freundin.« Wieder hatte sie kühl und verschlossen gesprochen.

»Hör zu, es tut mir leid, wenn dir das so zusetzt. Ich bedaure, dass ich es überhaupt vorschlagen habe. Ich weiß, wie schwierig das für dich ist. Du willst denen nicht vorgaukeln, dass du eine Tochter hast, schon klar. Verzeih mir, Schatz. Ist schon okay. Mach dir keine Gedanken, es ist nicht wichtig. Wir müssen nicht hingehen.«

Einige Sekunden lang hatte sie gar nichts gesagt, und dann: »Doch, müssen wir.« Und dann hatte sie endlich wütend geklungen. »Selbstverständlich müssen wir hin. Dich beschäftigt etwas, was du unbedingt rausfinden willst, und du wirst keine Ruhe geben, ehe du nicht dort warst, also fahren wir hin. Bringen wir es hinter uns. Wir fahren morgen zur Lady Jane Grey und befriedigen deine Neugier.«

Und nun waren sie beide hier, und Neil konnte schon an Kates Schulterhaltung erkennen, dass sie auf dieser Schule nicht bloß unglücklich gewesen war. Sie hatte hier gelitten.

Kate erinnerte sich an die Schatten, die Verstecke, die Nischen, die verwinkelten Treppenabsätze, auf denen plötzlich ein Gesicht aus der Dunkelheit auftauchen konnte. Sie erinnerte sich an die endlos langen Umwege, die sie zwischen den Stunden zurücklegte, um den schlimmsten Mädchen aus dem Wege zu gehen, und daran, wie peinlich es war, wenn sie Kate doch auflauerten und sie sich vor Angst und Verzweiflung beinahe in die Hosen machte. »Sieh einer an, du hier?«, sagten sie dann. »Kommst du öfter hier vorbei? Das ist aber ein ziemlich großer Umweg zum Chemielabor!«

Sie entsann sich, wie die Mädchen ihres Jahrgangs in Zweier- und Dreiergruppen auf dem Schulhof ausgeschwärmt waren, sodass sie in den Pausen gar keine Chance hatte, ihnen zu entkommen. Sie standen in den Ecken, zeigten kichernd auf sie und machten ihr die Tage zur Hölle, wo sie nur konnten. Heute, als Erwachsene, war ihr klar, dass ihre Angst teilweise überzogen gewesen war, dass nicht jedes Mädchen ihres Jahrgangs ausschließlich von dem Gedanken angetrieben wurde, sie zu peinigen; trotzdem war es ihr damals so vorgekommen. Kate erinnerte sich noch sehr genau daran, wie sie gelähmt vor Angst in Umkleideräumen oder Toiletten ausharrte, wie sehr sie bemüht gewesen war, möglichst die gesamte Pause dort zuzubringen. Doch fast immer kam ein anderes Mädchen hereingerannt und fand sie, und dann liefen sie eine Lehrerin holen, die Kate hinaus »an die frische Luft« scheuchte. Bei Gott, sie hatte diese Schule gehasst – und sie hasste sie heute noch!

Doch Neil wusste das natürlich nicht. Woher auch? Sie hatte ihm nie von ihrer Zeit an der Lady Jane Grey erzählt. Sie hatte ihre Schulzeit vollkommen ausgespart, diesen riesigen, hässlichen Fleck in ihrer Vergangenheit. Schon der Gedanke an die Schule reichte, dass sie vor Wut und Elend errötete. Und jetzt war sie wieder hier. Es war ihr als einfachste Lösung erschienen, um Neils unzählige Fragen zu beantworten. Seine Neugier war geweckt, und das verstand Kate. Genau wie sie wollte er wissen, was mit Hattie und Serena passiert war. Neil war eben durch und durch Journalist, von dem Wunsch angetrieben, Geschehnissen Farbe zu verleihen und ein Gefühl für deren Hintergrund zu bekommen. Deshalb wollte er mehr Fakten über die Schule wissen, und so hatte Kate eingewilligt, ihn zu begleiten. Bislang war es ihr einigermaßen gelungen, Haltung zu bewahren. Niemand würde je erraten, welche

Ängste sie an dieser Schule ausgestanden hatte – und welche Angst sie ihr immer noch einjagte.

»Sind Sie nicht das Chandler-Mädchen?«

Die Frau, die Kate auf dem Korridor ansprach, war älter und entsprach so auffallend dem Klischee der altjüngferlichen Schulmeisterin, dass Neil grinsen musste. Die tüdelige alte Schachtel verwechselte Kate offenbar mit jemand anderem. Nun ja, während ihrer Zeit an der Lady Jane hatte sie wahrscheinlich Tausende von Mädchen kommen und gehen sehen. Neil rechnete eigentlich damit, dass Kate die Lehrerin gereizt abwimmeln würde mit dem Hinweis: »Nein, mein Name war früher Kathryn Small.« Doch zu seiner Verwunderung verkrampfte sie die Schultern noch mehr, blickte zu Boden und sagte: »Ja, das bin ich. Das Chandler-Mädchen.«

»Dachte ich mir's doch. Und sieh sich einer an, was aus Ihnen geworden ist! Lady Jane kann sehr stolz darauf sein, was Sie aus sich gemacht haben.«

Neil wartete, bis die alte Jungfer außer Hörweite war, bevor er fragte: »War dein Mädchenname nicht eigentlich Small?«

Unwillkürlich kam ihm der Gedanke, ob es einen Teil in Kates Familiengeschichte gab, von dem er nichts wusste. Vielleicht hatte es mit ihrem verschollenen Vater zu tun, und sie hatte tatsächlich eine Zeit lang mit Nachnamen Chandler geheißen. Noch etwas, was sie ihm nie erzählt hatte. Sie kamen zu einem Klassenraum in dem Teil der Schule, der zum alten viktorianischen Kern gehören musste, wenn Neil sich nicht täuschte. Kate stieß die Tür auf und ging hinein, ehe sie antwortete: »Ja, war er.«

»Aber dann hast du nie Chandler geheißen. Wolltest du die

arme alte Frau bloß nicht vor den Kopf stoßen und hast ihr deshalb zugestimmt?«

»Nein, nein«, erwiderte Kate, verzog den Mund und fuhr mit einem seltsamen Unterton fort: »So hat man mich hier genannt. Das Chandler-Mädchen. So hieß ich sieben Jahre lang; die schlimmsten sieben Jahre meines Lebens.«

Sie hockte sich auf ein Schülerpult am Fenster, stellte die Füße auf den Stuhl und sah hinaus. Ihre Miene war wie versteinert. »Wie meinst du das?«, fragte Neil so sanft wie möglich. »Warum wurdest du das Chandler-Mädchen genannt?«

Als sie sich wieder zu ihm wandte, war ihr Gesicht gerötet, ihre Augen blitzten vor Wut, und sie hatte die Hände zu Fäusten geballt. »Erzähl es mir«, sagte Neil. »Ich möchte alles darüber wissen.«

Kate seufzte, und Neil bemerkte, wie ihre Schultern nach vorn sackten. Dann schluckte sie, rieb sich mit den Händen übers Gesicht und sah wieder aus dem Fenster, während sie zu erzählen begann. »Da war diese Frau namens Angela Chandler, eine ehemalige Schülerin der Lady Jane Grey. In ihrem Testament bedachte sie die Schule mit einer sehr großzügigen Summe. Das Geld sollte einem Mädchen den Schulbesuch finanzieren. Ironischerweise hatte sie ihre Schulzeit so sehr genossen, dass sie diese Chance auch anderen geben wollte. Sie legte schriftlich fest, dass das Stipendium an ein – ich zitiere – ›Mädchen gehen soll, dessen gesellschaftliche Position einen Besuch der Lady Jane Grey sonst unmöglich macht‹.«

»Ach du Schande.«

Kate sah ihn an. »Ja, genau. Das bedeutete, die Schule musste ein Mädchen aus der Arbeiterschicht finden, dem sie das Stipendium geben konnte. Also gingen sie auf die Suche in örtlichen Grundschulen mit einem besonders hohen Anteil an sozial bedürftigen Kindern. Die Schulen sollten ihnen ihre leistungsstärksten Schülerinnen nennen. Dann folgten eine Prüfung, ein Vorstellungsgespräch und danach eine lange, zermürbende Wartezeit, und letztlich bekam ich den Platz angeboten. Seien wir ehrlich, ich war bestens geeignet: Sozialwohnung, alleinerziehende Mutter, gleichzeitig einigermaßen wortgewandt und vorzeigbar, fleißig und ziemlich klug. Kurzum: das perfekte Chandler-Mädchen.«

»Und wie hast du dich dabei gefühlt?« Noch nie hatte Neil seine Frau so zynisch und verbittert erlebt. Nein, das stimmte nicht ganz. Er hatte sie durchaus schon einmal so gesehen, ein einziges Mal, nach ihrer dritten Fehlgeburt. Da hatte ihre Stimme genauso geklungen.

»Wie ich mich gefühlt habe?«, wiederholte Kate seine Frage, wobei ein ironisches Lächeln ihre Lippen umspielte.

Eine typische Journalistenfrage, schon klar; dennoch bereute Neil nicht, sie gestellt zu haben. »Ja, das würde ich gern wissen. Sei ehrlich, wie hast du dich gefühlt, als du hierherkamst?«

Abermals wandte Kate den Kopf ab und starrte aus dem Fenster. Neil hatte den Eindruck, sie würde in ihre Vergangenheit blicken. »Ganz ehrlich? Ich war begeistert. Ich wollte so dringend auf die Lady Jane, dass ich es beinahe schmecken konnte. Wir wohnten damals nur wenige Kilometer entfernt, also hatte ich die Mädchen von der Lady Jane oft im Bus oder in der Bahn gesehen, mit ihren Lacrosse-Schlägern und ihren Strohhüten, und auf mich wirkten sie unglaublich toll und aufregend wie aus einem Enid-Blyton-Buch. Ich stellte mir vor, dass sie eine elegante, strenge, aber faire Direktorin hatten, eine Mademoiselle, die von allen geneckt wurde, und natürlich Mitternachtspartys. Ich wusste zwar, dass es kein Internat ist, aber trotzdem ... Ich dachte, ich würde in eine vollkommen neue Welt eintreten. Und ich glaubte, dass sie mich mit offenen Armen empfangen würden.«

»Was sie nicht taten.«

»Nein, das taten sie nicht.«

Neil entging nicht, dass ihre Stimme zu kippen drohte. »Erzähl weiter.«

»Ich hatte den falschen Rock«, sagte sie achselzuckend.

»Wie meinst du das?«

Kate schaute sich um, als würde sie sich erstmals ihrer Umgebung bewusst. Sie waren in einem Klassenzimmer im Altbau des Schulgebäudes. Drei hohe Fenster gingen zur schmalen Straße, in der lauter viktorianische Häuser standen. An einer Wand am Ende des Raumes hing eine altmodische Tafel, die vermutlich aus Traditionsbewusstsein oder Nostalgie bleiben sollte, während der Rest modernisiert worden war. Die Bestuhlung war dieselbe wie in Uni-Hörsälen. Die Tische hatten eigens Fächer für einen Laptop und waren auf ein Whiteboard an der Wand gegenüber der Tafel ausgerichtet. Alles war blitzsauber und hochmodern. Neil hätte nichts dagegengehabt, in solch einem Klassenzimmer unterrichtet zu werden. »Nicht hier«, sagte Kate. »Komm mit.«

Kate führte Neil einen Korridor entlang über knarrende Holzdielen, die Treppe hinauf zu einem Zwischengeschoss und um die Ecke zu einer weiteren, noch engeren Wendeltreppe. Auf halber Höhe war eine Tür, die Kate öffnete. »Auf der Lady Jane war es üblich, die Türen unverschlossen zu halten. Man sagte uns bloß, dass es Räume gibt, in die uns der Eintritt nicht gestattet war, und erwartete, dass wir uns daran hielten. Verschlossene Türen entsprachen nicht ›dem Schulethos‹, wie es hieß.« Wie verbittert sie klang!

Während sie weiter die Treppe hinaufgingen, gaben schmale Fenster den Blick auf rote Ziegelmauern, verschachtelte Schornsteine und Dachschindeln frei. Oben an der Treppe öffnete Kate wieder eine Tür, und Neil folgte ihr in einen kleinen, weiß gestrichenen, modernen Raum.

Sechzehn

Natürlich war alles anders. Die ganze Schule hatte sich verändert, wirkte sauber, technisch aufgerüstet, klinisch rein geradezu. Dennoch schauderte Kate, als sie sich in dem Zimmer mit den weiß gestrichenen Wänden und dem frisch versiegelten Holzboden umsah; offenbar ein Musikraum: In einer Ecke stand ein Klavier und drum herum überall Notenständer. Alles sah frisch und einladend aus. Sogar ein neues Gaubenfenster war eingebaut worden, von dem man auf die roten Ziegelschornsteine und das viktorianische Schindeldach der Schule blickte. Trotzdem überkam Kate ein kaltes, klammes Gefühl.

Einst war dieses Zimmer einer ihrer Zufluchtsorte gewesen. Damals diente es noch als Kostümkammer der Theatergruppe, ein kleiner Raum voller Garderobenständer mit Kleidern. Unzählige Wämser und Kniebundhosen hingen hier, für den unvermeidlichen Shakespeare, der einmal jährlich gegeben wurde. Gigantische Pappmaché-Köpfe für eine Dramatisierung von *Alice im Wunderland.* Stiefel, Schuhe, Kleider und Mäntel, die allesamt den Geruch pubertierender Mädchen trugen, weil sie zwischen den Aufführungen nur dürftig oder gar nicht gereinigt wurden, ehe sie wieder für ein Jahr in der Dachkammer verschwanden.

Kate erinnerte sich sehr gut an den Geruch und wusste bis heute noch, wie sich die Kleider angefühlt hatten, hinter denen sie sich verkroch. Sie hatte nicht vergessen, wie sie in einer Ecke hinter einem üppigen goldgrünen Kleid mit Reifrock aus seidig knisterndem Taft gekauert hatte. Sie hatte den Stoff zwischen den Fingern gerieben wie eine Schmusedecke. Manchmal hatte sie hier die ganze erste Pause oder sogar die Mittagspause mit einem Buch ausgeharrt, nur sie und das knisternde Taftkleid, das sie vor der Welt schützte.

Sie hatte vorgehabt, Neil das Kleid zu zeigen, damit er den festen Stoff berühren und verstehen konnte, was er ihr bedeutet hatte. Aber stattdessen standen sie in einem hübschen, ordentlichen, gut beleuchteten Musikraum, und Neil wartete auf Antworten. Doch es gab noch einen Platz, den sie ihm zeigen konnte. Sie hatte ihn entdeckt, als sie älter, wagemutiger und verzweifelter wurde.

Die Tür, die von dem kleinen Musikzimmer abging, war neu, eine schwere Feuerschutztür, die jedoch immer noch zum selben Platz führte: geradewegs hinaus aufs Schuldach. Und hier war noch die Stelle, an der man aufrecht stehen konnte, ein kleiner Absatz zwischen zwei Schornsteinen. Von oben konnte man drei Stockwerke tief auf den Schulhof herunterblicken und sich unbesiegbar fühlen. Kate war sich immer ziemlich sicher gewesen, dass sie von unten niemand sehen konnte, denn der Absatz war teils hinter Schornsteinaufsätzen verborgen, und wer würde sie schon auf dem Dach suchen? Hier war Kates geheimer Platz gewesen, wo sie sich unentdeckt vor allen verbergen konnte.

Und nun stand sie hier, hielt sich im schneidend kalten Dezemberwind am Schornstein fest und versuchte, Neil die Geschichte mit dem Rock zu erklären, während er sich neben ihr halb in die Hocke kauerte.

»Ich hatte den falschen Rock. Vom allerersten Tag an war ich anders, fehl am Platze und verwundbar. Der Chandler-Nachlass zahlte zwar meine Schulgebühren, übernahm aber nicht die Kosten für die Schuluniform. Es gab einen offiziellen Ausstatter für Schulbekleidung, ein vornehmes Geschäft, in das alle gehen sollten, um sich fürs Schuljahr einzukleiden. Aber meiner Mutter war das zu teuer. ›Wir brauchen einen dunkelblauen Rock‹, sagte sie, ›und den kriegen wir auch beim Co-op.‹ Er sah auch fast genauso aus wie der Rock von der offiziellen Schuluniform. Nur hatte er vier Stoffbahnen anstelle von sechs, sodass der Saum an der falschen Stelle saß.« Sie lachte, obgleich es alles andere als witzig gewesen war.

»Und deshalb haben sie dich geärgert?«

»Geärgert?« Das Wort erschien ihr gänzlich unangemessen. »Das war der Anfang, Neil. Es war das Zeichen, dass etwas anders war. Natürlich hätte ich nach Hause gehen und es meiner Mutter erzählen können, hätte sie anflehen können, mir den richtigen Rock zu kaufen, vielleicht im Secondhandladen für Schulbekleidung. Aber dann hätte sie gewusst, dass etwas nicht stimmte, und sie war so aufgeregt, so stolz, dass ich den Platz an der Lady Jane bekommen hatte. Ich wollte ihr nicht die Illusionen rauben. Und es war auch nicht bloß der Rock. Ich redete anders, falsch. Ich sagte Klo statt Toilette, Couch statt Sofa. Und ich hatte Anspruch auf freies Schulessen, als einziges Mädchen in meinem Jahrgang. Die Leiterin der Schulkantine setzte mich an einen Extratisch, hinten in der Ecke, zusammen mit den beiden anderen Mädchen, die ebenfalls das Essen umsonst bekamen. Folglich dauerte es nicht lange, bis jemand herausfand, dass ich das Chandler-Mädchen war, das Mädchen, das ein besonderes Stipendium hatte. Danach gab es kein Entrinnen mehr.«

»Was haben sie dir angetan? War es schlimm?«

Kate schüttelte sich. »Ja, es war schlimm.« Eine Weile stand sie da und überlegte, wie sie Neil erklären sollte, wie es gewesen war und was die subtilen Quälereien aus ihr gemacht hatten. »Ich stand hier draußen auf dem Dach und habe mir gewünscht herunterzustürzen.«

Kate stand inzwischen an der Dachkante. Neil wollte nach ihr greifen, sie in die Arme nehmen, aber er traute sich nicht, hastige Bewegungen zu machen. Sie sah so zerbrechlich und verwundbar aus. Ihr leuchtend grüner Mantel stand offen und flatterte im scharfen Wind. Einzelne Haarsträhnen hatten sich aus ihrem Zopf gelöst und peitschten ihr ins Gesicht. In ihr blasses, trauriges Gesicht. Neil hatte plötzlich das Gefühl, seine eigene Frau gar nicht mehr zu kennen. Er liebte sie, mochte sie von Herzen, bewunderte, respektierte und begehrte sie, aber er kannte sie nicht.

»Schatz, komm her, bitte!«, flehte er sie an, von der Kante zurückzutreten. »Bitte, komm zurück! Du machst mir Angst.«

»Verstehst du? Ich wollte fallen. Ich stand hier, genau hier, und beobachtete die anderen unten auf dem Schulhof. Und dabei habe ich gebetet, dass eine Windböe kommt, die mich vom Dach bläst, dass sich ein Stein lockert oder irgendwas passiert, damit ich das Gleichgewicht verliere. Ich wäre nicht gesprungen. Dazu fehlte mir der Mut, oder ich war nicht feige genug, was auch immer. Aber ich dachte, wenn ich nur lange genug hier stehe, falle ich am Ende. Und dann würden alle, alle Schüler und Lehrer, mich sehen. Sie würden zusehen, wie ich herunterstürzte. Und dann würden sie vielleicht begreifen, wie grausam sie zu mir gewesen sind.«

»Schatz«, sagte er wieder. Für ihn war nicht einmal ansatzweise nachvollziehbar, wie ein Kind so unglücklich, so unsagbar einsam sein konnte. Gleichzeitig hatte er das Gefühl, er würde die junge Kate durch eine Art Zeittunnel sehen und könne rein gar nichts mehr tun, um ihr zu helfen, denn die tiefen Verletzungen waren ihr längst zugefügt worden. »Komm her, bitte. Ich möchte dich in die Arme nehmen.« Wie lächerlich unzureichend seine Worte klangen!

Siebzehn

Kate wäre damals gar nicht imstande gewesen, ihre Qualen zu beschreiben. Manche der weniger greifbaren, psychischen Aspekte hätte sie nicht einmal beweisen können. Sogar heute noch fiel es ihr schwer, sich mitzuteilen, selbst Neil gegenüber.

Sie saßen am frühen Abend in einem düsteren kleinen indischen Restaurant und teilten sich einen Korb voller Poppadum, dem typischen Fladenbrot, und Pickles. Die Teigfladen zu brechen und Chutney, Pickles sowie Zwiebeln draufzulöffeln hatte etwas Tröstliches, beinahe Religiöses, handelte es sich doch um ein vertrautes Ritual, das sie schon häufig gemeinsam mit Neil vollzogen hatte. Ihre Hände zitterten so gut wie gar nicht mehr, und sie fühlte sich beinahe wieder normal. Oben auf dem Schuldach hingegen hatten sie jene altbekannte Ohnmacht und Hilflosigkeit wieder eingeholt, die sie während der Jahre an der Schule erdrückt hatten.

Und nun, als sie versuchte, Einzelheiten zu schildern, die Streiche und die Quälereien zu ordnen, war es ihr praktisch unmöglich.

»Ich glaube, in den ersten paar Tagen habe ich es gar nicht richtig bemerkt. Da war ja eigentlich jede von uns neu an der Schule. Na ja – nicht alle waren gleich neu. Etwa zwei Drittel der Mädchen kamen von der Lady-Jane-Grundschule in derselben Straße. Sie kannten sich untereinander schon, hatten ihre festen Rollen, waren mit den unausgesprochenen Regeln vertraut, mit der Hierarchie.«

Kate war an dem ersten Morgen in den Klassenraum gegangen und unsicher an der Tür stehen geblieben. Etwa die Hälfte der Mädchen war schon da. Einige saßen an ihren Plätzen, während die anderen – die Neuen, die nicht auf der Grundschule gewesen waren, wie Kate später erfuhr – vorn in einer Gruppe zusammenstanden. Die Lehrerin hatte versucht, die Plätze zu verteilen, wobei sie bemüht war, die neuen Mädchen jeweils mit welchen aus der längst eingeschworenen Gruppe zusammenzubringen. Aber das Mädchen, neben das sie Kate hatte setzen wollen, lehnte kurzerhand ab. Kate hatte in ihrem Co-op-Rock und dem viel zu großen Blazer dagestanden. (»Da wächst du noch rein«, hatte ihre Mutter gesagt. »Bei dem Preis will ich dir nicht gleich einen neuen kaufen müssen, wenn du einen Schub machst.«) Das Mädchen hatte sie von oben bis unten gemustert, dann die Lehrerin angeschaut und gesagt: »Aber, Miss, ich habe Susan schon versprochen, dass ich neben ihr sitze.«

Dieses Mädchen war Serena Lacey gewesen. Und sie hatte ihren Willen durchgesetzt, wie sie es in ihrer gesamten Schulzeit immer wieder schaffte. Kate wurde neben ein anderes neues Mädchen gesetzt, das makellos gekleidet war und wunderschöne Fingernägel hatte. Kate war sicher, dass sie blassrosa Nagellack trug. Sie hieß Charlotte – »Charlie« genannt. Nachdem sie sich vorgestellt hatten, fragte Charlie, was Kates »Leute« machten. Kate verstand die Frage nicht. Ihre Leute? Sie hatte gar keine Leute. Was sollte sie sagen? Charlie wurde genauer. »Deine Familie«, erklärte sie und schüttelte abfällig ihr langes honigblondes Haar nach hinten.

»Meine Mum arbeitet in einem Büro, in der Personalabteilung.« Kate hatte keine Ahnung, was die Personalabteilung tat, aber sie wusste, dass ihre Mutter sehr stolz war, als sie kürzlich vom Empfang in die Abteilung befördert worden war. »Ich arbeite später auch mal in einem Büro.«

»In einem Büro«, wiederholte Charlie mit einem komischen Tonfall, den Kate nicht verstand. »Und was ist mit deinem Vater?«

»Ich habe keinen.«

Kates Antworten lieferten die Grundlage für ein Schulhoflied zum Mitklatschen, das während der nächsten paar Jahre in unregelmäßigen Abständen erklang und umgeändert und erweitert wurde, je nachdem, welche neueste Waffe die Mädchen gegen Kate entdeckt hatten. Das Lied wurde zu einem festen Bestandteil von Kates Schulzeit. »Kaffryn Small« hieß es. Ein paar der Verse fielen ihr wieder ein, und sie sagte sie Neil auf.

Kaffryn Small, Kaffryn Small,
ja, das ist mein Name.
Mein Rock, der kommt vom Co-op
und passt mir nicht, ich Arme.
Meine Mum, die tippt für wenig Geld,
mein Dad ist irgendwo,
und packe ich mein Turnzeug aus,
dann stinkt es wie im Zoo.

»Das stimmte alles«, sagte sie, als Neil sie verwundert ansah. »Jede Zeile.«

»Hat dein Turnzeug wirklich gestunken?« Er lächelte, doch Kate entging nicht, welche Anstrengung es ihn kostete. Er wollte einen Scherz daraus machen, damit sie sich besser fühlte, und vielleicht hatte er recht. Sie sollte über diese blöden Geschichten lachen, denn sie konnten ihr ja nichts mehr anhaben. Doch sie waren ihr bis heute nicht egal.

»Ja, mein Turnzeug hat gestunken. Einmal. Na ja, ein paar Wochen lang in dem einen Schuljahr. Aber das war nicht meine Schuld. Es war eine von den vielen blöden Gemeinheiten, die sie sich für mich ausdachten. Sie versteckten meinen Gymnastikanzug nach dem Sportunterricht, sodass ich ihn nicht mit nach Hause nehmen konnte, wo meine Mum ihn sonst immer wusch. Und sie wussten, dass ich nur den einen Anzug hatte, also nicht einfach einen sauberen zur nächsten Stunde mitbringen konnte. Im Umkleideraum, wenn ich mich kurz umdrehte oder mir die Bluse über den Kopf zog, schnappten sie sich den Anzug und versteckten ihn. Und unmittelbar vor der nächsten Sportstunde tauchte er auf mysteriöse Weise wieder in meinem Turnbeutel auf. Das ging über Wochen. Die Sportlehrerin sprach mich sogar auf meinen Körpergeruch an.« Kate spürte, wie sie rot wurde. Was für eine schreckliche, unsagbar peinliche Erinnerung!

»Warum hast du der Lehrerin nicht erzählt, was los war?«

»Mein Gott, Neil, wie kannst du das fragen? Du bist schließlich auch mal zur Schule gegangen. Und solche Sachen passieren an jeder Schule. Es gibt nichts Schlimmeres, als eine Petze zu sein.«

»Und zu Hause? Wusste deine Mum, was los war? Hat sie gewusst, wie unglücklich du in der Schule warst?«

»Nein, das konnte ich ihr nicht erzählen. Was hätte sie schon tun sollen? Außerdem habe ich es einfach nicht über mich gebracht. Sie war so stolz, dass ihre Tochter auf die Lady Jane Grey ging.«

Kate beobachtete Neils Hände, als er sein Naan-Brot zerpflückte und in sein Lammcurry tunkte. Starke, ruhige, fähige Hände. Hände, die anpacken konnten. Sie erinnerte sich noch, wie sie ihn ihrer Mutter vorgestellt hatte, kurz nachdem sie sich verlobt hatten. Hinterher hatte ihre Mutter zu ihr gesagt: »Ist er nicht ein bisschen zu gewöhnlich? Bei all deiner Bildung hätte ich gedacht, du suchst dir jemand Vornehmeres.«

Kate hätte Neil unmöglich erklären können, dass die Beziehung zwischen ihrer Mutter und ihr von Missgunst und Neid geprägt gewesen war. Neil hatte ihr einmal erzählt, dass er und seine Brüder täglich seiner Mum berichteten, wie es ihnen in der Schule ergangen war. So etwas konnte Kate sich gar nicht vorstellen. Ihre Mutter hätte vielleicht Interesse und Freude geheuchelt, aber die unterschwellige Eifersucht wäre immer da gewesen. Nicht dass es ihnen schlecht gegangen war. Sie wohnten in einer hübschen Dreizimmerwohnung in einem niedrigen Mehrfamilienhaus, Sozialwohnung zwar, aber mit viel Grün drum herum. Ihre Mutter arbeitete viel und hatte einen guten, anständigen Job. Sie ernährte Kate gut, kleidete sie warm und hielt sie an, »ordentlich zu reden«, auf dass sie »es einmal besser hat«. Was die materielle Seite anging, konnte Kate sich nicht über ihr Zuhause beklagen. Nur hatte es ihr keinerlei menschliche Wärme geboten.

Ihre Mutter hatte sie nicht gewollt, ganz einfach. Sie hatte sich mit Ende zwanzig dummerweise schwängern lassen (»dummerweise schwängern lassen« waren die Worte, die sie stets dafür verwandte), als sie mit ihrem verheirateten, deutlich älteren Chef schlief. Und Kate war das Resultat dieses peinlichen Fehltritts. Gleichsam um die Mutter-Tochter-Beziehung zu verharmlosen und nicht fortwährend an ihren Fehler erinnert zu werden, bestand sie darauf, von ihrer Tochter mit »Shirley« angesprochen zu werden. Shirley war eine durchaus akzeptable Mutter gewesen, die sich ihrer Pflichten bewusst war. Sie war eine gewitzte, scharfzüngige Frau, die gut für ihre Tochter sorgte und geradezu verzweifelt stolz auf deren Erfolge war. Aber Kate begriff sehr früh, dass jedwede Klage von ihrer Mutter schroff beiseitegefegt wurde. Shirley war niemand, der sich beklagte. Sie »machte eben weiter« und rühmte sich ihrer Fähigkeit, »das Beste aus einem schlechten Job« zu machen. Kate hatte instinktiv geahnt, wie Shirley reagieren würde, sollte sie auch nur ein Wort von dem erwähnen, was man ihr in der Schule antat. »Hör auf zu jammern!«, hätte sie gesagt. »Denk lieber dran, was für ein Glück du hast!«

Neil wusste nicht, wie er mit dem, was Kate ihm erzählt hatte, umgehen sollte. Sie auf dem Dach zu sehen, so blass, verletzlich und jung, hatte ihm Angst gemacht. Jetzt jedoch stürzte sie sich auf ihr Curry, als hätte sie seit Tagen nichts Richtiges gegessen. Er mochte es, sie so essen zu sehen. Normalerweise aß Kate nämlich nie genug, wie Neil fand. Er vermutete, dass sie früher mal unter einer Essstörung gelitten hatte, was auch ihr geradezu fanatisches Fitnessprogramm erklären würde. Anscheinend trat oft beides gemeinsam auf: unterschiedliche Formen der Körperkontrolle, wenn man so wollte. Das wusste Neil von einer Doku, die er vor einiger Zeit gedreht hatte. Typisch dafür wäre überdies, dass Kate sich hin und wieder gehen ließ und sich wie jetzt geradezu auf eine Mahlzeit stürzte. Häufig handelte es sich dann um indisches oder italienisches Essen – unkompliziert und herzhaft –, das sie tatsächlich zu genießen schien. Und diese seltenen Momente beobachtete er gern. Heute kam ihm der Gedanke, dass sie vielleicht nicht zufällig mit solchem Appetit aß, nachdem sie sich einiges von der Seele geredet hatte.

Aber warum hatte sie ihm diese Dinge nicht schon längst erzählt? Einen Grund glaubte er zu kennen. Seit er sie kannte, war Kate immer schon verschlossen und auf ihre Selbstbeherrschung bedacht. Sie hasste es, schwach zu erscheinen, musste sich fortwährend beweisen. Und nun verstand er auch, warum sie so selten Schwäche zeigte: Ihre Verwundbarkeit hatte sie überhaupt erst zum Opfer der Schulmobber gemacht. »Kate«, sagte er und strich sacht mit dem Finger über die Innenseite ihres Unterarms. Weder fuhr sie zusammen, noch zog sie ihren Arm weg. »Ich wünschte, du hättest mir vorher davon erzählt.«

Sie zuckte bloß mit den Schultern.

»Erinnerst du dich, wie du gesagt hast, du wüsstest gar nicht mehr, warum wir noch verheiratet sind?«

Sie nickte.

»Ich denke, ein Grund zu heiraten, liegt doch darin, dass man sich dem anderen gegenüber öffnet. Darum geht es in einer Ehe: dass man dem Menschen, der einen liebt, auch die unschönen Dinge anvertraut, weil sie zu zweit leichter zu ertragen sind.«

Kates Miene ermunterte ihn weiterzureden. »Ich würde mir wünschen, dass du mir mehr vertraust, offener zu mir bist. Ich möchte gern alles über dich wissen.«

Während er sie aufmerksam beobachtete, spielte Kate mit einem Stück Poppadum auf der Tischdecke. Siebzehn Jahre waren sie verheiratet, und in Momenten wie diesem fragte er sich immer wieder aufs Neue, wie er zu einer so wunderschönen, verschlossenen und oftmals angespannten Frau gekommen war und was sie veranlasst hatte, sich in ihn zu verlieben.

»Neil, man kann nicht einfach lernen, anderen zu vertrauen«, entgegnete Kate, ohne zu ihm aufzusehen. »Für dich mag das gehen. Du bist in einer liebevollen Umgebung aufgewachsen, hattest Freunde, und alles war leicht für dich. Du hattest nie Grund, den Leuten um dich herum zu misstrauen, die sich dir als Freunde zeigten. Ich wette, mit dir haben sie nie die Freundschaftsbombe gespielt.«

»Freundschaftsbombe?« Neil hatte keine Ahnung, was sie meinte. Es gelang ihm, für eine Sekunde Kates Blick zu halten, und da erkannte er den tiefen Schmerz in ihren Augen.

»Ja. Ich weiß nicht mal, ob es diesen Ausdruck wirklich gibt oder das Spiel überhaupt einen Namen hat. Vielleicht existiert es gar nicht, nur in der bösartigen Phantasie der Mädchen, mit denen ich zur Schule gegangen bin. Jedenfalls dürfte es so ziemlich das Grausamste sein, was sie jemals mit mir gemacht haben.«

»Erzähl.« Neil nahm Kates Hand und hielt sie fest.

Das Schlimmste bei all den Streichen und Gemeinheiten war, dass sie ausnahmslos geplant schienen. Es kam ihr beinahe so vor, als träfen sich die anderen Mädchen des Jahrgangs regelmäßig irgendwo, um zu besprechen, was sie ihr als Nächstes antun könnten. Vielleicht war das tatsächlich so. Es war durchaus möglich, dass sie sich auf dem Schulhof beratschlagten, während Kate sich oben auf dem Dach versteckte. Natürlich konnte sie es nicht mit Sicherheit sagen, aber sie mussten die Sache geplant haben.

Freundschaftsbombe. Sie bestand darin, dass eines der Mädchen vorgab, Kates Freundin zu sein. Eine von ihnen freundete sich mit ihr an, setzte sich etwa eine Woche lang in der Klasse neben sie und ließ dann plötzlich die Bombe hochgehen, indem sie so tat, als wären sie nie befreundet gewesen. Das lief dann so ab, dass Kate morgens in die Klasse kam, sich neben ihre »neue Freundin« setzen wollte, die sie mit einem wütenden Blick bedachte und zischte: »Was fällt dir ein?« In den ersten paar Jahren an der Schule war es Kate zwei oder drei Mal passiert. Sie war eben immer wieder darauf hereingefallen.

Neil hörte gebannt zu, während sie ihm schilderte, wie furchtbar es gewesen war.

»Am schlimmsten war es, als Serena höchstpersönlich, die ungekrönte Königin der Klasse, vorgab, meine Freundin zu sein. Ich konnte mein Glück gar nicht fassen. Sie entschuldigte sich bei mir, weil sie alle so gemein gewesen waren, und eine Zeit lang hörte der Spuk auf. Plötzlich durfte ich im Unterricht neben Serena sitzen, mit ihr und ihren Freundinnen zusammen die Pause verbringen, und ich fühlte mich wunderbar. Selbstverständlich war ich anfangs ein bisschen misstrauisch, aber es ging eine ganze Woche lang, die nächste und sogar die übernächste, bis ich mir ziemlich sicher war, dass die Freundschaft echt sein musste. Du meine Güte, immerhin war es Serena! Plötzlich war ich die Busenfreundin des beliebtesten Mädchens in unserem Jahrgang.

In der dritten Woche lud sie mich ein, am Wochenende zu ihr zum Tee zu kommen. O Gott, ich war unsagbar nervös und aufgeregt. Stundenlang habe ich vor dem Spiegel gestanden, bis ich mich entscheiden konnte, was ich anziehen sollte. Ich muss ungefähr dreizehn gewesen sein. Meine Mum sagte, ich solle etwas zum Tee mitbringen, also hielt ich unterwegs bei einem Laden an – ich bin mit dem Rad hingefahren – und kaufte eine Packung Penguin-Kekse. Die gab es immer bei uns zu Hause, wenn Besuch zum Tee kam. Ich hielt die Kekse in der Hand, als ich an die Tür des riesigen Hauses klopfte, in dem Serena wohnte. Eine sehr elegante Frau machte mir auf, sah erst die Kekse, dann mich an und sagte dann, es täte ihr leid, aber Serena sei übers Wochenende bei Freunden.«

Kate wurde noch heute rot vor Zorn. »Also radelte ich wieder nach Hause und aß die ganze Packung Kekse allein. Und als ich am Montag in die Schule kam, war Serena nicht nur nicht mehr meine beste Freundin, sondern gemeiner als jemals zuvor. Alle in der Klasse müssen gewusst haben, was passiert war, denn wochenlang konnte ich mich nirgendwohin bewegen, ohne dass irgendwer hinter mir hersang: ›P-p-p-pick up a Penguin‹, den Werbesong der Keksfirma.«

Neil drückte wieder Kates Hand und verkniff sich ein Lachen, das für Kate wie ein Schlag ins Gesicht gewesen wäre. Die einzige andere Reaktion, die ihm einfiel, war Wut. Er war mehr als geschockt über das, was er gehört hatte. Von Serena wusste er bisher lediglich, dass sie sich umgebracht hatte, weil jemand sie wegen ihres Gewichts verhöhnt hatte. Nach Kates Erzählung kam ihm das nun noch seltsamer vor. Wer weiß, vielleicht war Serena voller Reue ob ihres schrecklichen Gebarens als Kind. Es war natürlich nicht ausgeschlossen, dass sie sich als Erwachsene in einen netteren Menschen verwandelt hatte. Oder aber sie gehörte zu den Leuten, die austeilen, aber nicht einstecken konnten. Wie auch immer, sie hatte ihre gerechte Strafe bekommen. »Liebling, ich weiß überhaupt nicht, was ich sagen soll.«

»Was gibt es da schon zu sagen?«, erwiderte Kate in ihrer typischen abweisenden Art. »Irgendwann, in ferner Zukunft, kann ich sicher auf all das zurückblicken und lachen. Im Moment jedoch empfinde ich bloß Scham und Selbsthass, wenn ich an dieses Erlebnis zurückdenke. Ich war blöd, viel zu naiv und vertrauensselig. Schließlich war mir doch das alles schon mal passiert. Nicht ganz so ausgefeilt zwar, keine Einladung zum Tee, aber die Freundschaftsbombe kannte ich, die vorgetäuschte Freundlichkeit. Ich hätte gleich misstrauisch werden müssen. Tja, ich war eben zu erpicht darauf, eine Freundin zu finden und gemocht zu werden.«

Sie grinste, wenn auch kalt und freudlos. »Weißt du, als

Hattie dann freundlich zu mir war, verhielt ich mich anfangs total abweisend. Das war Jahre später, vier oder fünf Jahre, in der Oberstufe. Sie kam neu in die Klasse, deshalb wusste sie nichts von dem, was vorher gewesen war, und trotzdem war ich misstrauisch. Wir waren bei einem dreitägigen Wochenend-›Schnupperseminar‹ in Cambridge und teilten uns ein Zimmer. Sie war total liebenswert, so witzig, unternehmungslustig und interessant, auch ein bisschen abgedreht. Auf jeden Fall schleppte sie mich überallhin mit und wollte mich dabeihaben. Doch ich war ständig in Habachtstellung, weil ich die ganze Zeit dachte, es könnte wieder eine fiese Freundschaftsbombe sein. Und das Absurdeste daran war, dass Serena und Susan, die auch auf dem Seminar waren, sich währenddessen mit einem Mädchen von einer anderen Schule, einer Gesamtschule, anfreundeten und mit ihr die Freundschaftsbombe durchzogen. Das arme Ding!«

Neil bemerkte, wie sie eine Träne wegblinzelte. »Hattie mochte mich wirklich, weißt du. Ich habe ihr nie ganz vertraut, aber möglicherweise war sie meine einzige richtige Freundin.«

»Dann hat Hattie nicht zu den Tyrannen gehört?« Neil dachte an die jüngsten Ereignisse – die Briefe, die kleinen Schnapsflaschen – und überlegte, wer dahinterstecken könnte und welches Motiv derjenige hatte.

»Das würde ich nicht direkt sagen. Sie war schon fest in den Kreis der beliebten Mädchen eingebunden, und es gab auch in der Oberstufe noch ein paar Vorfälle. Sagen wir mal so: Sie hat sich zwar nicht völlig rausgehalten, war aber auch nicht aktiv beteiligt.«

Neil sah, wie dieser schmerzliche Ausdruck über Kates Gesicht huschte. »Arme Hattie! Was für eine schreckliche Art, sich umzubringen! Das ist furcht…« Sie verstummte mitten im Wort, und Neil sah ihr an, dass ihr plötzlich ein Gedanke kam. »Vielleicht hat sie ja das gemeint! Vielleicht hat sie mit dem ›Furchtbaren‹ gemeint, dass sie mit den Gemeinheiten gegen mich zu tun hatte, ein bisschen nur. Vielleicht hat sie versucht, sich bei mir zu entschuldigen. Verdammt! Vielleicht hat sie sich deshalb umgebracht? Sie hat mich gesehen und sich daran erinnert, was sie alle getan haben?«

Als Neil sie nach Hause fuhr, war Kate vollkommen geschafft. Die Offenheit hatte sie restlos erschöpft, und nun wollte sie sich nur noch unter der Bettdecke zusammenrollen und schlafen. Beim Einbiegen in ihre Straße sagte Neil: »Tja, es ist jedenfalls unschwer zu erkennen, weshalb jemand es auf einen Haufen von Lady-Jane-Grey-Mädchen abgesehen hat.«

Diese Bemerkung riss Kate aus ihrem Dämmerzustand. »Wie meinst du das?«

»Na ja, du bist doch bestimmt nicht die einzige Schülerin, die von den anderen so getriezt wurde. Wenn wir noch eine finden, die gemobbt wurde, haben wir unsere Täterin. Du hattest recht mit dem, was du gesagt hast: Die Mobber werden gemobbt. Darum geht es doch wohl bei der ganzen Geschichte, oder? Ums Mobbing. Irgendjemand sucht bei den Frauen, die ihn früher tyrannisiert haben, nach Schwächen und schlachtet sie richtig aus. Die Täter werden zu Opfern.«

»Ja, könnte sein. Nur dass ich damit zur Hauptverdächtigen werde. Niemand sonst wurde in dem Jahrgang so gepeinigt wie ich.« Sie lachte frostig. »Obwohl ich es mir direkt vorstellen könnte. Ich könnte mir durchaus vorstellen, solche Sachen mit ihnen zu machen.«

Kate merkte, wie Neil sich verkrampfte und die Stirn runzelte. Sie wusste genau, was er dachte. »Und um gleich die

Frage zu beantworten, die dir wohl durch den Kopf geht: Nein, ich war es nicht.«

Neil schwieg, doch Kate zweifelte nicht daran, dass ihm der Verdacht gekommen war. Vermutlich war jetzt der richtige Zeitpunkt, ihm von dem Geschenkkorb und den merkwürdigen E-Mails zu erzählen, die sie bekommen hatte. Sie musste ihm sagen, dass seine Theorie Blödsinn war, da auch sie Ziel der anonymen Attacken war. Sie wurde auf die gleiche Weise terrorisiert wie Hattie und Serena. »Auch ich werde gejagt.«

»Wie meinst du das?«

»Irgendjemand hat mir komische Sachen in den Sender geschickt.«

»Inwiefern komisch?«

»E-Mails, Gratisproben. Eigentlich nichts Außergewöhnliches. Ich hätte gar nicht groß darüber nachgedacht, wenn nicht all die anderen Sachen passiert wären.«

»Was für Gratisproben?«

Sie wollte es ihm nicht erzählen. Vor allem wollte sie nicht, dass er wieder emotional wurde. Neil sollte kein Mitleid mit ihr haben. Und erst recht wollte sie nicht das Thema Kinder erneut aufs Tapet bringen. Ja, das war der eigentliche Grund, weshalb sie ihm gar nichts darüber sagen wollte, wie ihr jetzt klar wurde. Na ja, einer der Gründe jedenfalls. Doch es ließ sich nicht länger umgehen.

»Es waren Babysachen. Ich habe einen Geschenkkorb bekommen mit einer Karte, auf der stand: ›Herzlichen Glückwunsch, Sie sind Mutter!‹ Irgendwas in der Art. Den genauen Wortlaut weiß ich nicht mehr. Wahrscheinlich stelle ich mich bloß blöd an und es hatte gar nichts zu bedeuten. Ich weiß nicht mal, wieso ich es dir überhaupt erzähle.« Indem sie einfach weiterredete, gab sie Neil gar nicht erst die Chance, übertrieben mitfühlend zu reagieren. »Nein, im Ernst, Neil, die

Sache hat gar nichts zu sagen. Vergiss einfach, dass ich es dir erzählt habe!«

Die ganze Geschichte klang auch wirklich lächerlich, beinahe paranoid: ein Geschenkkorb mit Gratisproben und ein paar E-Mails aus einem Internetforum. Sie war sich ja selbst nicht sicher, ob es nicht bloß ein dummer Zufall war. Und Neil hörte zu, nickte bloß, und sie konnte ihm ansehen, dass er sie ebenfalls für etwas paranoid hielt.

»Möchtest du, dass ich über Nacht hierbleibe?«, fragte er leise, so leise, als fürchte er sich vor der Antwort.

Kate dachte daran, wie nett er in dem Restaurant gewesen war, wie gut er ihr zugehört hatte. Und ihr ging durch den Kopf, was er über die Ehe gesagt hatte. Außerdem dachte sie an das stille Haus, in dem ihr niemand irgendwelche Fragen stellte. »Nein, danke, lieber nicht. Ich brauche ein bisschen Zeit, über alles nachzudenken. Ich muss mir darüber klar werden, warum das alles passiert.«

Später in der Badewanne fiel ihr etwas Wichtiges wieder ein. Sie erinnerte sich an die Zeitschriftenartikel, die Hattie und Serena zugeschickt bekommen hatten: die Geschichte von Hatties Alkoholproblem und der Artikel über Serenas Heimtextilienversand. Kate und Neil hatten beide vermutet, dass erst diese Artikel den Übeltäter auf die Idee gebracht hatten, die beiden Frauen mit seiner Post zu tyrannisieren. Doch Kate hatte ihre Kinderlosigkeit niemals gegenüber einer Zeitschrift oder Zeitung erwähnt. Diese Person konnte also unmöglich solche Informationen über sie entdeckt haben. Und das konnte eigentlich nur heißen, dass sie kein Opfer war. Ihr wurde keineswegs nachgestellt. Das Ganze hatte nichts mit ihr zu tun.

Achtzehn

Neil erkannte die große, schlanke Frau mit dem schulterlangen dunklen Haar gleich wieder, die ihn in Lincoln's Inn Fields grüßte. Er hatte sie bei Hatties Trauerfeier gesehen. Irgendwann war sie nach draußen gekommen, um eine Zigarette zu rauchen, hatte aber für sich gestanden, etwas abseits von den anderen. Sie hatte schnell geraucht, tief inhalierend, fast gierig. Keine Gesellschaftsraucherin, niemand, der beim Rauchen gesehen werden wollte. Jetzt stand sie in einer raschen, entschlossenen Bewegung von der Bank auf, auf der sie gesessen hatte, warf den Kopf in den Nacken und strich sich das schwarze Haar aus dem Gesicht, bevor sie ihm die Hand hinstreckte. »Entschuldigen Sie, dass ich Sie hier nach draußen bestellt habe«, sagte sie. »Ich weiß, dass es kalt ist, aber ich wollte nicht, dass man sich in meiner Firma fragt, wieso ich mit einem Journalisten rede. Und natürlich kennt man Ihr Gesicht.«

Susan Sullivan war nicht schwer zu finden gewesen. Da sie Anwältin war, waren ihr Name wie auch ihr Werdegang öffentlich einzusehen, sodass Neil sie online binnen zehn Minuten gefunden hatte. Überrascht hatte ihn indes, dass sie sich bereitgefunden hatte, ihn noch am selben Tag zu treffen. Seine Erklärung, er recherchiere für *Nach den Schlagzeilen* an einem Beitrag über Hattie Fox, hatte sie auch sofort geschluckt. Als Neil sie jetzt betrachtete, kam er zu dem Schluss, dass er besser gar nicht lange um den heißen Brei herum reden sollte. Er setzte sich neben sie auf die Bank. Am besten kam er gleich zur

Sache, denn sie wirkte wie eine Frau, die ihn sowieso durchschauen würde.

»Eigentlich suche ich nach einer Verbindung zwischen den Selbstmorden von Harriet Fox und Serena Lacey.«

»Aha«, sagte Susan. Sonst nichts. Nicht die kleinste Bewegung verriet, was sie fühlte oder ob sie von seiner Erklärung überrascht war.

»Ich habe herausgefunden, dass beide ... nun ja ... bedrängt wurden. Ja, das dürfte wohl die richtige Bezeichnung sein. Sie bekamen anonyme Briefe und Päckchen. Und sie waren beide im selben Jahrgang auf der Lady Jane Grey wie Sie meines Wissens auch. Soweit ich weiß, standen Sie den beiden recht nahe, oder?«

Ein kaum merkliches Nicken.

»Deshalb frage ich mich, ob Sie ebenfalls belästigt werden und merkwürdige Briefe oder Pakete erhalten. Irgendetwas Unerklärliches oder Boshaftes?« Während er die Frage stellte, wurde ihm bewusst, dass diese einen außergewöhnlichen Eingriff in ihre Privatsphäre darstellte. Normalerweise hätte er sich im Gespräch langsam zu dem Punkt vorgearbeitet, an dem sein Gegenüber alle Vorsicht fallen ließ, und dann erst so eine Frage gestellt. Doch diesmal kam sie verfrüht und wirkte dreist und indiskret.

»Das hat doch nichts mit Ihrer Fernsehsendung zu tun, oder?«, entgegnete Susan mit einem scharfen Unterton, und Neil bemerkte ihre klaren Blick.

Ehrlichkeit schien ihm die beste Taktik zu sein. »Nein, ich interessiere mich persönlich für diesen Fall. Meine Frau ist mit Ihnen zur Schule gegangen – und mit Harriet und Serena.«

»Ach ja?« Ihre Ausdruckslosigkeit war geradezu unheimlich. Neil konnte nicht erkennen, ob sie interessiert, fasziniert oder zu Tode gelangweilt war.

»Kate Small. Kathryn.«

Erstmals zeigte sich der Anflug eines Stirnrunzelns. Offensichtlich hatte sie Mühe, sich zu erinnern, also musste Neil wohl oder übel den Namen benutzen, den Kate so sehr hasste. »Sie war das Chandler-Mädchen.«

»Ach ja! Ich habe sie bei Harriets Trauerfeier gesehen. Sie ist eine richtig hübsche Frau geworden. Leider hatten wir keine Gelegenheit, uns zu unterhalten.«

Es entstand eine Pause, und Neil überlegte bereits, was er als Nächstes fragen könnte, als Susan ihm zuvorkam. »Und wird sie ebenfalls *›bedrängt‹*?«

War da eine Andeutung von Unglauben oder Verachtung in der Art, wie sie »bedrängt« gesagt hatte? Neil war sich nicht sicher. Und wie er antworten sollte, wusste er erst recht nicht. Hand aufs Herz: Er hatte keine Ahnung, ob die Dinge, die Kate bei der Arbeit erlebt hatte – der Geschenkkorb für die junge Mutter, ihre wirre Geschichte über einige E-Mails und das Internetforum –, schon eine Verfolgung darstellten oder schlicht dumme Zufälle waren, in die Kate aufgrund ihres gegenwärtigen emotionalen Ausnahmezustands mehr hineingelesen hatte. Also beantwortete er Susans Frage mit einem Achselzucken.

Sie zuckte gleichfalls mit den Achseln und zündete sich eine Zigarette an. »Es macht Ihnen hoffentlich nichts aus.« Sie bot ihm keine Zigarette an. Sie saßen in der feuchten Dezemberkälte in Lincoln's Inn Fields, und Susan rauchte ihre Zigarette mit der Intensität, die Neil schon bei der Trauerfeier aufgefallen war. Unterdessen musterte er ihr Profil und bemerkte ihr hartes Kinn, das hier und da ein wenig zu erschlaffen begann. In den Augenwinkeln hatte sie Krähenfüße, und einzelne graue Haare schimmerten inmitten der schwarzen. Es ist das Profil einer Frau, die frei von Eitelkeit ist, dachte er, einer Frau, die sich ihrer selbst vollkommen sicher ist.

Susan hatte ihre Zigarette schnell aufgeraucht, schnippte den Stummel auf die Erde und trat ihn mit der Spitze ihres glänzenden schwarzen Lederstiefels aus. »Ich weiß nicht, was Ihre Frau Ihnen über mich erzählt hat«, sagte sie, und zum ersten Mal hatte Neil das Gefühl, mit einem menschlichen Wesen zu sprechen. »Und ich will es auch gar nicht wissen. Belassen wir es dabei, dass die Schulzeit sehr lange her ist und wir uns alle verändert haben.«

Anscheinend war Susan noch verschlossener als Kate, was Neil bisher für unmöglich gehalten hätte. Er fragte sich, ob diese Eigenschaft an der Lady Jane Grey besonders gefördert wurde.

»Was das ›Bedrängen‹ angeht«, fuhr sie fort. »Diese anonymen Briefe, die Belästigungen und dergleichen, ja, man könnte wohl sagen, dass ich dem ebenfalls ausgesetzt bin. Letztes Jahr war ich mit einem sehr wichtigen Fall betraut, und hinterher erklärte ich mich bereit, einem juristischen Fachmagazin ein Interview zu geben. Ich dachte mir, dass ein bisschen Publicity dieser Art nicht schaden könne. Ich brauche wohl nicht zu erwähnen, dass in dem Artikel stand, wo ich zur Schule ging. Außerdem schrieben sie, dass ich unverheiratet bin. In den Wochen nach Erscheinen des Artikels kam es zu einigen seltsamen Ereignissen. Zunächst wurde ich ohne mein Wissen bei mindestens dreiundzwanzig verschiedenen Internet-Partnervermittlungsforen registriert, darunter eines, das sich auf Männer spezialisiert hat, die eine …« Sie hielt kurz inne und runzelte wieder die Stirn. »… die eine Domina suchen, ja, das dürfte wohl der passende Ausdruck sein. Wer immer dahintersteckt, hielt es wahrscheinlich für einen tollen Scherz. Offenbar hatte er – oder sie – den Artikel gelesen und die Tatsache überinterpretiert, dass ich nach der Beschreibung Stiefel mit Metallabsätzen trug.«

Unwillkürlich wanderte Neils Blick zu den polierten Stiefeln, mit denen Susan ihre Zigarette ausgetreten hatte. Dann blickte er ihr ins Gesicht und fragte: »Haben Sie eine Ahnung, wer dahinterstecken könnte?«

Sie schüttelte den Kopf. »Jemand, der neidisch ist, denke ich. Jemand, der nicht gern von erfolgreichen Frauen liest. Meine E-Mail-Adresse ist leicht ausfindig zu machen. Die ganze Geschichte war ein ärgerlicher Unfug, sonst nichts.«

»Für Hattie und Serena muss es mehr als ein ärgerlicher Unfug gewesen sein. Bei ihnen hat jemand auf eine Schwäche abgezielt, unter der sie litten. Ja, man könnte sagen, sie wurden von den anonymen Belästigungen in den Tod getrieben.«

»Dann müssen Hattie und Serena ausgesprochen schwach gewesen sein.«

Die Worte fielen wie Steine in die kalte Luft. Neil war sprachlos, was Susan offenbar nicht entging. »Tut mir leid. Das klingt unverzeihlich barsch, was nicht meine Absicht war. Auf der Lady Jane Grey hat man uns unter anderem beigebracht, Charakterstärke und Belastbarkeit zu beweisen. Man hat uns gelehrt, dass andere uns um unseren Verstand und unsere guten Zukunftsaussichten beneiden würden und wir daher lernen müssten, ein starkes Selbstbewusstsein zu entwickeln. Ich jedenfalls habe mir von ein paar Kleinigkeiten wie diesen lästigen E-Mails nicht den Tag verderben lassen.«

Neil überlief es eiskalt, und er glaubte nicht, dass es allein dem Umstand geschuldet war, dass er an einem kalten Dezembertag im Park saß. Er wollte weg von dieser Frau, bevor sie ihm alles Leben aussaugte. Eine Frage hatte er allerdings noch. »Haben Sie einen Verdacht, wer dahinterstecken könnte?«

»Denken Sie, es könnte jemand mit einer Verbindung zur Lady Jane Grey sein? Jemand, der etwas gegen die Schule oder gegen erfolgreiche ehemalige Schülerinnen hat?« Susan verengte die Augen und sah ihn an, als wolle sie seine Gedanken lesen.

»Denken *Sie* das denn?«, konterte er.

Und sie lächelte. »Sie verdächtigen Ihre Frau, nicht wahr?«

Susan zündete sich gelassen noch eine Zigarette an und betrachtete Neil mit einem eindeutig schadenfrohen Glitzern in den Augen. »Deshalb wollen Sie mir nicht verraten, ob Ihre Frau ein Opfer dieser … dieser bösartigen Person ist. Ich möchte wetten, sie hat Ihnen von unserer Schulzeit erzählt. Und jetzt fragen Sie sich, ob sie für das alles verantwortlich ist.«

Neil fiel keine Erwiderung ein.

Er hatte Kate nichts von seinem Treffen mit Susan Sullivan erzählt. Es war schon schwierig genug gewesen, ihr überhaupt den Namen zu entlocken. Nach dem Besuch ihrer alten Schule und Kates Enthüllungen über die Schikane durch die anderen Schülerinnen hatte Neil Blut geleckt. Er wollte mehr wissen. Vor allem wollte er in Erfahrung bringen, ob noch andere von den Mädchen, die Kate das Leben zur Hölle gemacht hatten, zum Ziel ähnlicher Boshaftigkeiten geworden waren. Susan hatte unterstellt, er verdächtige Kate, doch damit hatte sie Unrecht. Trotzdem hatte sie einen empfindlichen Nerv getroffen. Er verdächtigte jemanden *wie* Kate. Neil war sich sicher, dass Kate nicht das einzige Mädchen gewesen war, das von den übrigen gemobbt wurde, auch wenn Kate bestritt, dass es noch andere gegeben hatte. Vielleicht wusste sie auch gar nichts davon; vielleicht hatte sie es gar nicht bemerkt. Schließlich hatte sie sich vor lauter Angst die meiste Zeit über versteckt, hatte sich bemüht, einen großen Bogen um alle anderen zu machen, sich in Schränken und auf

Dächern verkrochen (und ihm wurde eiskalt, wenn er an seine Frau auf der Kante des Daches dachte). Aber es musste noch ein anderes Mädchen gegeben haben, das von diesen verzogenen Ziegen zum Opfer auserkoren wurde, eines, das jetzt entschieden hatte, die Sache selbst in die Hand zu nehmen. Ein dickes oder langsames Mädchen möglicherweise oder eines mit rotem Haar; ein Mädchen, das zu früh oder zu spät einen Busen bekam. Solche beiläufigen, alltäglichen Hänseleien hatte auch er in seiner Schule erlebt: jemand, der nicht in allem der Norm entsprach, wurde gedankenlos verspottet; ein Spott, der das Leben des Betroffenen prägen konnte, auch wenn er vordergründig betrachtet nicht schlimm zu sein schien. Neil meinte nicht solche ausdauernden Feldzüge, wie sie gegen Kate geführt wurden, aber etwas, irgendetwas, was ausreichte, um jemanden sehr verbittert zu machen.

Doch warum gerade jetzt? Was war der Auslöser gewesen? Die simple Tatsache, dass jede dieser Frauen auf die eine oder andere Weise öffentliche Aufmerksamkeit erlangt hatte? Dass sie in Zeitschriften, in Zeitungen oder im Fernsehen zu sehen waren, offenkundig erfolgreich, wie Susan gesagt hatte? Das allein könnte schon ausreichen, um den Neid zu wecken, der seit Jahren in einer ehemaligen Lady-Jane-Grey-Schülerin schlummerte. Oder vielleicht hatte es in ihrem Leben eine unglückliche Veränderung gegeben: irgendeinen Schicksalsschlag, Arbeitslosigkeit oder eine gescheiterte Ehe. Und daraufhin hatte sie angefangen, nach Schuldigen zu suchen, und die ehemaligen Mitschülerinnen, die sie gepeinigt hatten, waren als ideale Sündenböcke erschienen.

Neil fand einen Coffee-Shop, wo er sich einen großen »Americano« und ein Chicken-Pesto-Panino bestellte. Er setzte sich an einen Tisch weit hinten, wärmte sich die Hände an seinem Becher und dachte nach, während er auf sein Sandwich wartete. Die anderen Tische waren gut besetzt: Geschäftsleute und Anwälte, die Mittagspause machten, Leute mit Tüten voller Weihnachtseinkäufe aus den Läden in Covent Garden. Kate hatte Weihnachten immer mit geradezu kindlicher Freude geliebt. Sie machte sogar gern Weihnachtseinkäufe. In diesem Jahr hatte sie das Thema Weihnachten bisher nicht einmal erwähnt. Keiner von ihnen wagte anzusprechen, ob sie Weihnachten zusammen verbringen würden oder nicht.

Verfluchter Mist!, dachte er und knallte seinen Kaffeebecher so fest auf den Tisch, dass die Frau am Nebentisch sich zu ihm umdrehte. Er hasste diesen Zustand. Er wollte wieder bei Kate sein, und er wollte, dass alles wieder normal wurde. Kate wirkte so unglücklich. Und er war gewillt, alles zu tun, um sie wieder glücklich zu machen.

Diese ganze verdammte Geschichte hatte eigentlich nicht das Geringste mit ihm zu tun. Selbst Kate war nur am Rande von ihr berührt. Vielleicht wäre Hattie gar nicht vor die U-Bahn gesprungen, hätte sie Kate nicht in ebenjenem Moment auf dem Bahnsteig gesehen, sodass sie an das erinnert wurde, was sie in der Schule getan hatte. Und Serena hätte Kate gar nicht erst angerufen, hätte sie nicht vermutet, dass Kate über Hattie Bescheid wusste. Alles war ein einziges Durcheinander, wirr und unverständlich. Und es hatte eigentlich gar nichts mit Neil zu tun.

Es war nicht seine Aufgabe, den Fall zu lösen. Das durfte er nicht vergessen. Er beschäftigte sich nur damit, weil Rosemary Fox ihn darum gebeten hatte. Ja, sie hatte ihn nach der Trauerfeier quasi in die Ecke gedrängt, und sie war eine niedliche, schrullige alte Dame. Er musste zu ihr gehen und ihr erzählen, was er herausgefunden hatte – was bisher nicht viel war. Natürlich faszinierte ihn der Fall. Wer wäre nicht neugierig geworden? Neil hätte gern eine Liste aller Mädchen aus Kates Jahrgang an der Lady Jane Grey, sodass er sie einzeln überprüfen könnte. Aber das war nicht seine Aufgabe. Er war Journalist und hatte bereits einen Job, er musste seine Sendung machen. Um den ganzen Mist hier, um die Briefe und die Selbstmorde, sollte sich die Polizei kümmern.

Doch das war natürlich auch problematisch, denn war die Person, die hinter den anonymen Briefen und Päckchen steckte, wirklich schuld an den Selbstmorden? Keine der Frauen – Hattie, Serena, Susan – war bereit gewesen, die Belästigungen anzuzeigen. Was sollte die Polizei da unternehmen? Neil wusste, dass er eigentlich nur inoffiziell einem seiner Polizeikontakte von der Sache erzählen konnte und sich dann besser raushielt. Kate würde sich schon wieder erholen. Sie würde drüber wegkommen. Schließlich hatte sie sich alles von der Seele geredet, all die schrecklichen Dinge, die ihr in der Schule widerfahren waren. Es war schwer, mit zwei schrecklichen Todesfällen zurechtzukommen, doch Kate war hart im Nehmen.

Jetzt, nachdem sie sich geöffnet und ihm von ihrer Kindheit erzählt hatte, konnten sie vielleicht wieder richtig miteinander sprechen. Vielleicht bekämen sie ihre Ehe wieder auf die Reihe. Okay, das mit den Kindern hatte nicht geklappt, aber damit konnte er leben. Dann blieben sie eben zu zweit, und alles wäre bestens. Über Weihnachten könnten sie verreisen, irgendwohin, wo es warm und exotisch war, weit weg, wo sie entspannen konnten. Dann war alles wieder gut.

Neunzehn

Ich muss dich sprechen«, sagte Richard, trat ins Studio und schloss leise die Tür hinter sich.

Kate spürte, wie ihre Schultern resigniert nach vorn sackten. »Nicht schon wieder!«, sagte sie, unfähig, ihre Gereiztheit zu verbergen. Sie ärgerte sich über sich selbst und ihn, und sie war beschämt und wütend wegen der Geschichte mit dem vergessenen Interview. Zugleich versuchte sie sich einzureden, dass der Rüffel, die mündliche Abmahnung, nichts war, vollkommen unwichtig gemessen an der Tatsache, dass man zwei Menschen, die sie gekannt hatte, in den Tod getrieben hatte. Aber jetzt stand Richard im Studio und hatte einen seltsamen Gesichtsausdruck – halb selbstgefällig, halb neugierig.

Sie seufzte. »Was ist es diesmal?«

Richard blickte sich um, als könnte sie jemand belauschen, obwohl die Studiotüren schalldicht waren und Kate ihr Mikrophon ausgeschaltet hatte, und sagte: »Die Polizei ist hier und will mit dir reden.«

Kate wurde eiskalt, und nun endete die Werbepause. Das vom Computer gesteuerte Playout-System wechselte zu einem Jingle, dann zu einem Song: die Pogues und Kirsty MacColl mit »Fairytale of New York«, zum millionsten Mal in dieser Woche, wie ihr schien. Richard wartete immer noch auf ihre Antwort und verharrte an der Tür.

»Weißt du, worum es geht?«, fragte sie und strengte sich an, so normal wie möglich zu klingen.

»Sie haben gesagt, dass sie dich sprechen wollen. Könnte es

nicht mit einem dieser Todesfälle zu tun haben, bei denen du neuerdings immer als Zeugin fungierst?«

»Ach, zieh Leine, Richard!« Kate konnte seinen Ton nicht leiden. Und dann, als ihr aufging, dass es keine so glorreiche Idee war, ihren Chef zu beschimpfen, lenkte sie ein: »Sag denen, ich bin in ...«, sie sah auf die Studiouhr, »... siebenunddreißig Minuten draußen, wenn die Sendung vorbei ist.«

»Ich glaube, die wollen dich jetzt sprechen, Kate. Sie sitzen im Konferenzraum und gucken ziemlich ernst aus der Wäsche.«

»Aber ...« Kate wusste nicht, was sie sagen sollte. Sie hatte noch nie vorzeitig eine Sendung verlassen.

»Ist schon okay. Sean kann eine gute halbe Stunde früher anfangen. Du musst mit den Cops reden.«

Konferenzraum war eine hochtrabende Bezeichnung für den langen schmalen, mit einem Tisch und ein paar Stühlen möblierten Raum, der vor allem als Abstellkammer für Kartons diente, deren Inhalt noch nicht wegsortiert worden war. An den Wänden hingen die wenigen Preise, die der Sender gewonnen hatte, sowie gerahmte Fotos von Warm FMs früheren Werbekampagnen. Kate bahnte sich einen Weg zwischen Kartons mit Büromaterial und Autoaufklebern hindurch zu den beiden Männern in Anzügen, die hinten am Tisch saßen. An der Wand über ihren Köpfen hing ein Bild von Kate, scheinbar nackt, in einer Badewanne voller Schokoriegel. In Wahrheit hatte Kate einen Badeanzug getragen, und die Schokolade war nur die oberste Schicht gewesen. Darunter war die Wanne mit Polystyrolkugeln gefüllt gewesen. Die Bildunterschrift lautete: »Kate Callan auf Warm FM – schmeckt nach mehr.« Kate erinnerte sich, wie sie lang und breit über den Text diskutiert hatten und darüber, ob sie einen Gedankenstrich oder einen Doppelpunkt vor »schmeckt nach mehr« setzen sollten. In diesem Moment hoffte sie, die beiden Polizisten würden sich nicht umdrehen und das Bild sehen.

»Keine Sorge«, sagte der ältere der beiden Detectives, als Kate sich ein wenig unsicher setzte. »Wir beißen nicht.«

Detective Inspector Reynolds war ein kräftig aussehender Mann mit einem netten Lächeln und einem schlecht geschnittenen grauen Anzug. Er war ungefähr in Kates Alter, wirkte erstaunlich schüchtern und schien sich mit Blickkontakten schwerzutun. Kate fragte sich, ob seine Schüchternheit echt war oder er sie aus irgendwelchen psychologischen Gründen vortäuschte. Er hatte dunkles Haar und blasse Haut mit einem Bartschatten am Kinn, der seinem Gesicht ein schmutziges, ungepflegtes Aussehen verlieh. Der andere Polizist war ein junger Mann mit strengen Zügen und stachlig gegeltem Haar, der eher wie ein Immobilienmakler aussah. Er hatte einen polnisch klingenden Namen, den Kate nicht richtig mitbekam, was sie ärgerte. Wäre Kate in der Rolle des Interviewers gewesen, hätte sie die beiden zu Beginn der Aufzeichnung gebeten, sich noch einmal vorzustellen, »für die Hörer«, aber in Wirklichkeit für sie als Gedächtnisstütze, damit sie die Namen auf Band hatte.

Reynolds hatte offensichtlich das Sagen. Er fing an, Kates Namen, Adresse und Geburtsdatum abzufragen, Daten, die sie der Polizei in jüngster Zeit bereits zweimal gegeben hatte. Derweil hockte sie auf dem Rand ihres Stuhls und wollte endlich wissen, worum es ging, wagte jedoch nicht, direkt zu fragen. Sie wollte die Polizei nicht unbedingt darauf stoßen, dass sie inzwischen in mehr als einen Fall verwickelt war, sollten sie hier sein, um sie nur zu einem der Selbstmorde zu befragen. War es überhaupt gut, dass sie hier saß und mit der Polizei redete? Sie dachte an die Krimis, die sie im Fernsehen gesehen hatte, und fragte sich, ob sie einen Anwalt brauchte. Hätte sie sich doch bloß die Zeit genommen, Neil anzurufen, bevor sie in den Konferenzraum ging! Er wusste bei solchen Sachen Bescheid.

»Kein Grund zur Besorgnis, Mrs. Callan«, sagte DI Reynolds, als könnte er ihre Gedanken lesen. Wahrscheinlich war er einfach gut darin, Körpersprache zu deuten. »Wir überprüfen lediglich ein paar Ungereimtheiten im Zusammenhang mit dem Tod von Mrs. Serena Harcourt und wollten noch einmal Ihre Aussage durchgehen.«

Ungereimtheiten. Kate kannte den Polizeijargon. Jahrelang hatte sie als Journalistin mit der Polizei zu tun gehabt und wusste, wie vorsichtig sie sich ausdrückten. Ungereimtheiten hieß, dass Dinge nicht so waren, wie sie schienen; dass etwas an Serenas Tod seltsam war, das Erhängen nicht so stattgefunden hatte, wie es auf den ersten Blick aussah. Plötzlich war Kate in Alarmbereitschaft. Sie bekam eine Gänsehaut und merkte, wie ihr Herz schneller schlug, so laut, dass sie schon glaubte, die Polizisten müssten es hören. *Ungereimtheiten.* Hieß das Mord?

DI Reynolds ging mit ihr die zeitlichen Abläufe des Nachmittags durch: wann sie mit Serena telefoniert hatte, wann sie den Sender verließ, wie lange die Fahrt dauerte. Und während sie so ruhig wie irgend möglich antwortete, überschlugen sich Kates Gedanken. Es war kein Selbstmord, dachte sie. Serena ist ermordet worden. Sie ermitteln in einem »verdächtigen Todesfall«, um den Polizeijargon zu benutzen. Deshalb muss die Polizei die genauen Zeiten wissen. Kate versuchte sich zu konzentrieren. Mein Gott, sie wurde zu einem Mord befragt! Ihr fiel ein, dass selbst Neil sie einen Moment lang verdächtigt hatte. Hatte die Polizei sie ebenfalls in Verdacht? Wusste sie, in welcher Beziehung sie zu Serena gestanden hatte?

Wann sie den Sender verlassen hatte, war nachprüfbar: Ihr Mitarbeiterausweis war zugleich eine Schlüsselkarte, deren Code jedes Mal aufgezeichnet wurde, wenn sie durch eine Tür ging. Sie war sehr schnell zu Serena gefahren, hatte aber die M 25 gemieden. Daher könnte die Fahrt länger gedauert haben als normalerweise über die Autobahn. Speicherte ihr Navigationsgerät solche Daten? Konnte sie beweisen, dass sie die Fahrt gemacht und wie lange diese gedauert hatte? Denn während sie die Fragen der Polizisten beantwortete, fiel Kate immer wieder die scherzhafte Bemerkung ein, die sie Neil gegenüber gemacht hatte: dass sie die Hauptverdächtige sei.

Der Immobilienmakler-Polizist schrieb ihre Antworten in sein kleines Notizbuch. Auch DI Reynolds hatte ein Notizbuch bei sich, schrieb jedoch nichts auf. Stattdessen spielte er mit einem Kugelschreiber, einem Warm-FM-Kugelschreiber, den wohl jemand auf dem Tisch liegen gelassen hatte. Er hörte sich Kates Antworten an und klickte den Kuli dabei auf und zu. Kate fiel auf, dass er Wurstfinger mit angekauten Nägeln hatte. Sie konnte kaum hinsehen. In ihrer gesamten Schulzeit hatte Kate Nägel gekaut, so schlimm, dass sie bluteten und ihre Fingerkuppen schmerzten, wenn sie Knöpfe oder Tasten drücken musste. Sie hatte es sich in dem Sommer nach ihrem Schulabschluss abgewöhnt – mittels purer Selbstbeherrschung. Vielleicht hatte sie aber auch einfach aufhören können, weil sie den Albtraum hinter sich hatte.

»Also, Mrs. Callan«, sagte Reynolds in einem Tonfall, der nahelegte, dass sie sich nun einem anderen, schwierigeren Thema zuwandten. »Mir ist immer noch nicht ganz klar, was Sie bei Mrs. Harcourt zu Hause wollten, als sie die Leiche fanden. Soweit ich es bisher verstanden habe, waren Sie keine enge Freundin von ihr und vorher noch nie bei ihr.«

Achtung!, ermahnte Kate sich. Beantworte die Fragen, aber

beantworte nichts, was sie dich nicht fragen. »Sie hatte mich gebeten, zu ihr zu kommen, weil sie mit mir reden wollte. Eine gemeinsame Freundin aus unserer Schulzeit hat sich ein paar Wochen vorher das Leben genommen, und Serena nahm das sehr mit. Ich vermute, sie wollte mit jemandem reden, der sie gekannt hat.«

Reynolds blickte auf sein Notizbuch. »Sprechen wir von Harriet Fox?«

»Ja.« Kate wurde zunehmend unbehaglich zumute.

»Sie waren auch vor Ort, als Miss Fox sich das Leben nahm.«

Wieder gab sie die kürzestmögliche Antwort: »Ja.«

DI Reynolds sah sie merkwürdig an, sagte aber nichts. Dann räusperte er sich, und zu Kates ungemeiner Erleichterung wechselte er das Thema. »Können wir über Mr. Harcourt reden?«

»Okay«, sagte sie zögernd. Was in aller Welt sollte sie über einen Mann sagen, dem sie erst ein einziges Mal begegnet war – und das nur für wenige Minuten?

»Haben Sie ihn an dem Tag gesehen?«

»Kurz. Als er von der Arbeit kam.«

»Sind Sie ihm vorher schon mal begegnet?«

»Nein, noch nie.«

»Wie würden Sie nach Ihrer kurzen Begegnung seinen Gemütszustand an dem Tag beschreiben?«

»Am Boden zerstört.«

»Wirklich?«

Und dieses »Wirklich« verriet ihr alles. Sie glaubten, dass George Serena umgebracht hatte. Deshalb überprüften sie die Zeitabläufe so gründlich. *Er* war ihr Verdächtiger. Kate fiel ein, was Josie über den Streit ihrer Eltern gesagt hatte. Und sie erinnerte sich, wie Josie zusammengezuckt war, als George sie in die Arme nehmen wollte.

»Ihnen ist gerade etwas eingefallen, habe ich recht?«, fragte DI Reynolds. Für einen Mann, der solche Schwierigkeiten hatte, Blickkontakt zu anderen zu halten, war er erstaunlich aufmerksam.

»Er wirkte wütend auf mich, das ist alles. Er kam in die Küche und schien wütend, mich zu sehen. Na ja, er kannte mich ja gar nicht, und er war am Boden wegen seiner Frau. Da begrüßt wohl niemand eine Fremde mit offenen Armen, oder?«

Sie stellten noch einige weitere unmissverständliche Fragen, gingen nochmals durch, was Kate bereits gesagt hatte, ließen sich alle Zeitangaben abermals bestätigen, und dann standen die beiden auf, um zu gehen. Als er sich umdrehte, um seinen Stuhl an den Tisch zu schieben, entdeckte der junge Polizist mit dem polnischen Namen das Poster von Kate und unterdrückte ein Grinsen. DI Reynolds folgte kurz dem Blick seines Kollegen und sah dann wieder weg, ohne eine Miene zu verziehen. Er schaute Kate an. »Es muss sehr belastend für Sie sein, zwei alte Freundinnen unter solch tragischen Umständen sterben zu sehen.«

Kate sah ihn einfach nur schweigend an und überlegte, was genau er damit meinte. Es klang wie eine Andeutung, eine Art Provokation, eine unausgesprochene Unterstellung. Und dann blickte er Kate wieder an und bemerkte wohl, dass sie verwirrt, geradezu erschrocken war, denn er schenkte ihr ein sehr echt wirkendes Lächeln. »Oh, tut mir leid, das hat sich wohl wie einer dieser Polizistentricks angehört. Ich wollte wirklich nichts andeuten. Was ich sagte, habe ich genauso gemeint, nämlich dass es ganz furchtbar für Sie gewesen sein muss.«

»Ja, ja, das war es. Danke.«

Als sie den Raum verlassen hatten, stellte Kate fest, dass sie zitterte. Sie setzte sich wieder an den Tisch und atmete tief ein und aus. Gleichzeitig suchte sie in ihrer Tasche nach ihrem Handy. Sobald sie es gefunden hatte, wählte sie Neils Nummer. Sie musste mit ihm reden und ihn fragen, was er von dem Besuch der Polizei hielt und wie er ihre Fragen deutete, denn ihr eigener Verstand arbeitete leider nicht richtig. Aber Neils Handy war abgestellt, sodass sie direkt auf seiner Mailbox landete. Und während sie da hockte und mit dem Stift spielte, den DI Reynolds bei der Befragung in der Hand gehabt hatte, arbeiteten sich ihre Gedanken an einem weiteren Rätsel ab.

Es muss sehr belastend für Sie sein, zwei alte Freundinnen unter solch tragischen Umständen sterben zu sehen. Zwei Menschen waren gestorben, nachdem sie seltsame, boshafte Sachen zugeschickt bekamen. Zwei Frauen hatten anscheinend Selbstmord begangen, und in beiden Fällen wirkte der Suizid wie eine überzogene Reaktion. Ja, das fasste es in etwa zusammen. Und jetzt vermutete – wusste? – die Polizei, dass eine der beiden ermordet worden war, worauf sich für Kate unweigerlich die Frage stellte, ob nicht *beide* umgebracht wurden.

Sie dachte daran, wie alles angefangen hatte: Hattie, die an der Tottenham Court Road in die U-Bahn gestürzt kam. Sie war verängstigt, regelrecht in Panik. Sie schien vor jemandem wegzulaufen, wollte ihr Handy benutzen, um jemanden anzurufen. Kate hatte es als typisch für Hattie, die allzeit dramatisch Veranlagte, abgetan. Hattie war eben wieder mal betrunken und paranoid. Aber – und hier schlug sie einen Bogen zurück zu ihrem Gespräch mit Neil auf der Trauerfeier – angenommen, jemand hatte Hattie wirklich verfolgt? Angenommen, sie hatte allen Grund gehabt, verängstigt zu sein, und das nicht nur wegen der kleinen Schnapsflaschen, die sie täglich zugeschickt bekam, sondern weil sie tatsächlich verfolgt wurde, weil jemand sie umbringen wollte?

Kate erinnerte sich an das blanke Entsetzen in Hatties Gesicht, als sie ihr an der Station Camden hintergelaufen war. Hatte Hattie tatsächlich gedacht, sie, Kate, wäre der Stalker, die Person, die sie bedrängte? Hatte sie das gemeint, als sie sagte: »Wir haben etwas Furchtbares getan«? Hatte sie ihre Schuld eingestehen wollen, bevor sie sich umbrachte, weil sie sich der Person gegenüber wähnte, die ihre Nemesis war?

Oder – und bei diesem Gedanken wurde Kate aufs Neue eiskalt – war auch Hattie ermordet worden? Auf dem Bahnsteig hatte reger Betrieb geherrscht. Gegen Ende des Berufsverkehrs war der Bahnsteig voller Menschen gewesen, die schubsten und drängelten, um einen Platz an den Stellen zu ergattern, an denen sich die Wagentüren öffnen würden, und so ihre Aussichten auf einen Sitzplatz zu maximieren. Alle hatten geschoben, sodass Kate für einen Moment Hattie inmitten des Gedränges aus dem Blick verlor, und gleich darauf hatte sie gesehen, wie Hattie rückwärts vor den Zug kippte.

Zuallererst hatte Kate den Eindruck gehabt, dass Hattie schlicht nach hinten fiel. Kate kniff die Augen zusammen und beschwor das Bild herauf. Ja, sie hatte wirklich geglaubt, Hattie würde rückwärts fallen, wie sie es in der Theatergruppe an der Schule geübt hatten, bei einer dieser gruppendynamischen Übungen. Sie hatte nicht gedacht, dass Hattie sprang. Falls sie gesprungen wäre, wäre sie doch vorwärts gesprungen, mit dem Gesicht zum Zug, absichtlich und entschlossen.

Nein, Hattie war nicht gesprungen. Und das bedeutete, sie könnte gestoßen worden sein. Sie konnte durchaus gestoßen worden sein. Kate stand auf und versuchte, sich in Gedanken auf den Bahnsteig zurückzuversetzen. Sie versuchte, sich zu erinnern, was sie gespürt und wen sie gesehen hatte. Dazu kniff sie die Augen noch fester zusammen. Sie hatte die sich bewegenden Menschen gespürt, Wintermäntel, Schals wahrgenommen, die sie streiften, Taschen und Aktenkoffer, die gegen ihre Beine schlugen. Es war ein einziges Gewusel, ein heilloses Durcheinander, und die ganze Zeit hatte Kate in dem Gewühl nach Hattie gesucht. Könnte jemand in der Menge gewesen sein, der Hattie umbringen wollte? War die Person, die für die anonymen Sendungen verantwortlich war, auf jenem Bahnsteig gewesen? Hätte jemand Hattie ermorden können? Könnte jemand sie tatsächlich vor den Zug geschubst haben, vor den Augen der anderen U-Bahn-Fahrgäste?

Und hatte Serena deshalb solche Angst gehabt, als sie Kate anrief und sie anflehte, ihr zu erzählen, was passiert war und was Hattie gesagt hatte?

Kate schaute sich um, betrachtete die vier Wände des Konferenzraums und das blöde Foto, das sie nackt in einer Badewanne voller Schokoriegel zeigte. Sie musste hier raus. Sie hielt es nicht mehr aus, nicht jetzt, nicht in ihrer gegenwärtigen Verfassung. Diese Person – wer immer sie sein mochte – wusste, wo sie arbeitete. Zudem wusste sie exakt, wie sie Kate manipulieren konnte, wie sie Kate traurig oder ängstlich machen konnte. Ihr Blick fiel auf eine der Urkunden an der gegenüberliegenden Wand. O Gott, ihre Sendungen, die für einen Preis nominiert worden waren! Diese Person hatte sie gehört!

Kate hatte vor ein paar Jahren eine Feature-Reihe über Kinderlosigkeit aufgenommen und dabei mit Paaren und Frauen gesprochen, die über ihre Erfahrungen mit Adoption, künstlicher Befruchtung und Leihmüttern erzählten. Seinerzeit war Kate alles andere als erpicht darauf gewesen, die Sendungen zu machen, aber Neil hatte es ihr vorgeschlagen. Er dachte, es würde ihr helfen, ihre Fehlgeburten zu verarbeiten.

Und sie hatte die Zähne zusammengebissen und sich an die Arbeit gemacht. Sie war entschlossen gewesen, sich selbst, ihrem Mann und ihren Vorgesetzten zu beweisen, dass sie immer noch eine verflucht gute Journalistin war.

Jene Reihe war für einen Preis nominiert worden. Es hatte eine feierliche Preisverleihung im Bankettsaal eines der großen Hotels an der Park Lane gegeben, ein langer Abend mit reichlich Essen, Trinken und Warten, bis ihre Sparte angekündigt wurde. Und als es so weit war, hatte sie den dritten Preis hinter zwei BBC-Produktionen bekommen. Typisch. Immerhin, kein Grund, die Nase zu rümpfen. Man hatte ihr eine hübsche Urkunde verliehen, und ihre Feature-Reihe wurde auf der Website der Stiftung archiviert, die den Preis ausschrieb. Jeder, der ein Beispiel für ihre journalistische Arbeit online hören wollte, würde ziemlich schnell diese Reihe finden. Wer ihren Namen googelte, stieß auch auf die Sendungen.

Kate hatte ihre eigenen Erlebnisse in der Sendung mit keinem Wort erwähnt. Sie hatte nicht gesagt, dass sie selbst kinderlos war und warum. Dennoch war es vielleicht ihrem Tonfall oder ihrer Wortwahl zu entnehmen gewesen. Vielleicht konnte jemand, der bei ihr nach einem wunden Punkt suchte, nach irgendetwas, um sie zu quälen, an ihrer Stimme oder an der Art, wie sie die Leute befragte, hören, dass sie selbst betroffen war.

Zwanzig

Es gab eine bestimmte Gemütsverfassung, von der Kate geglaubt hatte, sie wäre ausschließlich Träumen vorbehalten – eine Form von Trance, in der man zugleich hyperaufmerksam und doch irgendwie benommen war, jedes Detail um sich herum wahrnahm, sich aber unfähig fühlte, etwas zu ändern, zu beeinflussen oder zu kontrollieren. Sie war in der U-Bahn-Station, zog ihre Oyster-Card durch den Prüfschlitz und glitt die Rolltreppe hinunter. Die neuen Werbebildschirme an der Wand links von ihr vervollständigten die traumähnliche Atmosphäre durch ihr Blinken, als sie an ihnen vorbeifuhr. Sie war auf dem Nachhauseweg, und sie hatte Angst. Dagegen konnte sie nichts tun, sie hatte keinerlei Kontrolle über ihre Gefühle.

Kurz nachdem die Polizisten sie befragt hatten, verließ Kate den Sender. Ihr war klar, dass es wahrscheinlich falsch war, einfach nach Hause zu fahren. Angesichts des neuen Vermerks in ihrer Personalakte sollte man sie besser arbeiten sehen, und das möglichst viel und lange. Doch sie ertrug es nicht länger, an ihrem Schreibtisch zu sitzen. Sie hatte sich dabei ertappt, wie sie nervös an ihren Fingernägeln zupfte, zu verängstigt war, um ans Telefon zu gehen, als es klingelte, und nicht einmal in ihre E-Mails sehen konnte. Kate hatte sich eine Liste mit Dingen gemacht, die sie noch im Sender erledigen wollte – ein Interview nachbereiten, ein Hörerpreisrätsel planen –, und hatte sich eingeredet, sie würde beides noch vor ihrer morgigen Sendung fertig haben. Als sie Richard Bescheid sagte, dass sie nach Hause ging, schien er nicht im Mindesten verwundert oder besorgt. Und dann hatte sie sich ihren leuchtend grünen Mantel angezogen und war kühn aus dem Sender marschiert, so kühn jedenfalls, wie es ihre Verfassung erlaubte.

Das bisschen Kühnheit hielt nicht lange vor. Nach wenigen Schritten schon rief sie Neil auf seinem Handy an. Sie sprach eine Nachricht auf seine Mailbox, dass er so bald wie möglich zu ihr nach Hause kommen solle. Ihr war klar, dass sie halb von Sinnen vor Angst klang. Im Moment, jetzt gerade, war die Angst stark und wurde stärker. Sie erreichte den Bahnsteig und stellte fest, dass sie wieder da war, diese intensive, verstörende Furcht, die sie auch am Tag nach Hatties Tod empfunden hatte.

Kate musste den Kontakt zur Wand halten, indem sie mit den Fingern über die Kacheln strich. Sie brauchte das Gefühl, in Sicherheit zu sein, so weit weg von der Bahnsteigkante, wie es ging. Und so weit weg wie möglich von anderen Menschen. Also stellte sie sich ans äußerste Ende des Bahnsteigs, wo niemand sonst stand. Sie wollte keine Berührung, keinen Schubser oder Stoß riskieren. Im Geiste sah sie Hatties zerfetzten Leib vor sich. Jedes Mal, wenn sie blinzelte, kehrte das Bild zurück: das Blut, die Blutflecken vor ihren Augen, die verdrehten Gliedmaßen. Alles flackerte in Kates Sichtfeld wie eine der elektronischen Werbetafeln.

Kate lehnte sich an die gekachelte Wand und fürchtete, ohnmächtig zu werden. Ihr war gleichzeitig heiß und kalt, und ihr fiel das Atmen schwer. War das Angst oder eine Panikattacke? Sie wollte hier raus. Am liebsten wäre sie über den Bahnsteig zurück und die Rolltreppe hinaufgerannt, raus auf die Straße, um frische Luft zu atmen, sich ein Taxi ranzuwinken und damit nach Hause zu fahren. Sie musste hier raus!

Beruhige dich, sagte sie sich und versuchte, ihre Atmung zu kontrollieren. Sie blickte sich um, mühte sich, die Situation wieder in den Griff zu bekommen. Es war noch früh am Nachmittag und entsprechend wenig los. Kate musterte die anderen Fahrgäste. Wer war es? Wer stellte eine Gefahr für sie dar? Konnte ihr jemand hier hinunter gefolgt sein? Hatte ihr jemand vor dem Sender aufgelauert?

Sie würde die Person erkennen, wenn sie sie sah. Es wäre jemand, den sie kannte oder gekannt hatte. Eine Frau, mit der sie zur Schule gegangen war, die in ihrem Alter war. Dessen war Kate sich sicher. Sie sah weiter nach vorn auf dem Bahnsteig, zu den Frauen, die dort standen und die ungefähr gleichaltrig waren, und fragte sich, ob sie eine von ihnen wiedererkennen würde. Da war eine elegant gekleidete Brünette, ruhig und selbstsicher, mit einem teuren Haarschnitt. Eine Rothaarige, unkonventionell mit klobigen braunen Lederstiefeln und einem Fransenrock. Und eine ungepflegte, erschöpfte Frau mit schmierigem blondem Haar und drei kleinen Kindern im Schlepptau. Keine von ihnen schien Kate zu beachten. Sie bemerkten sie anscheinend gar nicht. Und keine von ihnen erinnerte Kate an irgendjemanden, den sie mal gekannt hatte.

Andererseits hatte sie so vieles aus ihrer Schulzeit verdrängt. Seit Jahren dachte sie nicht mehr daran zurück. Andere Leute, Freunde von ihr, Kollegen, sie alle plapperten aufgeregt von Klassentreffen und Facebook und Friends Reunited, wo sie Kontakt zu Menschen aufnahmen, die sie aus der Schule kannten. Kate hatte es allein bei der Vorstellung geschaudert, und bisweilen kam es ihr wie eine seltsame anthropologische Eigenart vor. Sie fragte sich manchmal, ob sie demselben Stamm angehörte wie alle anderen.

Im Laufe der Jahre hatte Kate bewusst die meisten Gesichter der Mädchen verdrängt, mit denen sie zur Schule gegangen war. Vielleicht hatte sie viele ohnehin nie richtig wahrgenommen. Nur einige wenige waren ihr für immer im Gedächtnis geblieben: Hattie natürlich, Susan und Serena. Aber jetzt, nachdem sie wieder in der Lady Jane Grey gewesen war, tauchten weitere Gesichter und mit ihnen Erinnerungen auf. Sie erinnerte sich an ein blondes Mädchen mit hüftlangen Zöpfen, das bei den County-Meisterschaften im Tennis gespielt hatte, eine der Rädelsführerinnen beim Diebstahl des Turnanzugs. Dann war da noch ein sehr großes Mädchen, das meist die männliche Hauptrolle bei den Schultheateraufführungen spielte und bis zur Oberstufe einen auffallend krummen Rücken hatte, weil es sich stets kleiner machte. Dabei hatten die übrigen Mädchen es bis dahin sowieso größtenteils eingeholt. Merkwürdig, woran Kate sich noch erinnern konnte. Und da war noch eine Clare gewesen – oder Ruth oder Anne, wie immer sie hieß – jedenfalls ein schlichter, gewöhnlicher Name, passend zu dem gewöhnlichen Mädchen, das als Streberin galt. Eigentlich war sie sehr klug gewesen und hatte ebenfalls zu den Außenseitern gehört, wenn auch nicht ganz so verachtet wie Kate. Sie stammte aus einem neureichen Elternhaus, wenn Kate sich recht entsann. Komisch, dass ihr diese Dinge nun wieder einfielen. Im ersten Jahr hatte es einen oder zwei Momente gegeben, in denen sie einander zaghaft zulächelten, in denen sie beide geglaubt hatten, sie könnten vielleicht Freundinnen werden. War dieses Mädchen ebenfalls gemobbt worden? Kate war sich nicht sicher. Aber Clare oder Ruth oder Anne (oder hieß sie Jane?) war gerissener und gescheiter geworden; sie hatte begriffen, woher der Wind wehte. Und dann hatte sie sich ebenfalls in eine von Kates Peinigerinnen verwandelt, nicht zur schlimmsten zwar, doch sie hatte mitgemischt und ihre eigene Haut gerettet, indem sie zum Feind überlief.

Zu viele Gedanken. Mehr als Kate verkraften oder in ihrem Kopf ordnen konnte. Wie ferngesteuert stieg sie in die U-Bahn, setzte sich auf einen freien Platz, beide Füße fest auf dem Boden, blickte sich um und bemühte sich, die Fassung zu wahren. Ihr fiel die U-Bahn-Fahrt an dem Abend ein, als Hattie sich umbrachte. Dem Abend, als Hattie ermordet wurde. Sie dachte an die Kate, die mit ihren funkelnagelneuen Lederhandschuhen in jener Bahn gesessen hatte, genüsslich den Duft eingeatmet und an nichts anderes gedacht hatte als an ein warmes Schaumbad und ein Glas Rotwein. Sie wollte wieder *diese* Kate sein!

Als Neil nach Hause kam, war Kate auf dem Laufband. Er hatte ihre Nachricht auf der Mailbox gehört und war sofort hergefahren. Eigentlich hatte er erwartet, seine Frau in Tränen aufgelöst vorzufinden. Aber nein, sie strampelte auf dem dämlichen Laufband! Sie hatten so viele gute Vorsätze gehabt, als sie vor ein paar Jahren den kleinen Raum im Untergeschoss zum Mini-Fitnessraum ausbauten. Sie wollten gemeinsam trainieren, einer auf dem Laufband, der andere auf dem Rudergerät oder an den Gewichten. Das wollten sie jeden Abend nach der Arbeit tun, weil sie dabei zusammen sein und über ihren Tag reden konnten. Kate hatte Neil geschworen, dass es ihm Spaß machen würde, wenn er sich erst einmal daran gewöhnt hatte. »Es ist harte Arbeit«, hatte sie gesagt, »aber es gibt dir einen echten Kick, und du wirst dich tausendmal besser fühlen, wenn du deinen Körper im Griff hast.«

Doch es war anders gekommen. Neil fehlte die Geduld. Er hatte es ein- oder zweimal die Woche probiert, zwei oder drei Monate lang. Doch die Leidenschaft hatte ihn nie gepackt; die Begeisterung, die Kate aus dem Training zu schöpfen schien, blieb ihm fremd. Was für ein Aufstand das war! Er kam von der Arbeit nach Hause, zog sich Shorts und ein T-Shirt an, trainierte (und Kate nötigte ihm mindestens eine halbe Stunde ab), und dann musste er duschen und sich wieder neu anziehen. All das war ihm entschieden zu viel Action, wenn er nach der Arbeit nichts weiter wollte, als eine Flasche Bier aufmachen und sich vor den Fernseher fläzen.

Und so stellte sich ein anderer Ablauf ein: Kate trainierte, während Neil nach Hause kam, unten eine Weile mit ihr plauderte, bevor er nach oben ging und für beide das Abendessen kochte. Ihm hatte es noch nie etwas ausgemacht, das Kochen zu übernehmen. Vielmehr empfand er es als erstaunlich wohltuend, nach einem Arbeitstag Gemüse zu schnippeln. Aber das unausgesprochene Scheitern ihrer Pläne vom gemeinsamen Workout hatte zur Folge, dass ihnen eine weitere gemeinsame halbe Stunde zu zweit fehlte. Und das dürfte ein weiterer kleiner Keil gewesen sein, der sie am Ende auseinandertrieb.

Kate rannte schnell, schweißtreibend schnell. Neil sah sie gern schwitzen, denn es zeigte ihre Leidenschaft. Aber ihm missfiel, dass sie ihr Tempo nicht drosselte, als er in den Raum kam. Nicht dass sie es jemals tat. Heute allerdings hatte er es erwartet. Er war voller Sorge reingerannt gekommen, und sie tat, als wäre nichts. Also baute er sich vor dem Laufband auf und hoffte, dass sie verlangsamte und sah, dass er ernsthaft mit ihr reden musste. Er erschrak, als er der digitalen Anzeige entnahm, dass sie sehr viel länger gerannt war als ihre üblichen dreißig Minuten. Laut Display war sie seit einer Stunde und dreiundzwanzig Minuten auf dem Band. Eine Stunde und dreiundzwanzig Minuten diszipliniertes, selbstgetriebenes Strampeln. Neil sah sie an. Ihre Augen waren auf einen Punkt fixiert, sie hatte ihre iPod-Hörer eingestöpselt, und er glaubte nicht, dass sie seine Gegenwart überhaupt wahrnahm.

»Schatz«, sagte er sanft, und dann lauter: »Kate, bist du okay?«

Keine Antwort. Er musste sie auf sich aufmerksam machen und sie dazu bringen, dass sie mit dem Rennen aufhörte. Deshalb berührte er ihren Arm. Kate schrak zusammen. Und kaum war sie wieder im Hier und Jetzt, wirkte sie verängstigt, panisch geradezu. Sie fasste sich schnell wieder, beugte sich zur Schalttafel des Laufbands, verlangsamte das Band und achtete darauf, nicht zu stolpern.

»Was zum Teufel soll das?«, sagte sie und rupfte sich die Kopfhörer raus. Sie sah ihn gleichermaßen ängstlich wie wütend an. »Was machst du denn? Du hast mir Angst eingejagt, mich fast zu Tode erschreckt. Ich dachte, du bist der Mörder!«

Nun war sie ruhiger. Neil hatte Pizza bestellt, und Kate saß eingerollt in der Sofaecke, wo sie eine Peperoni-Pizza mit extra viel Chili verschlang wie eine Ausgehungerte. Vorher hatte sie sich richtig in Rage geredet, und das wunderte Neil nicht, wenn er bedachte, was sie in den letzten Wochen durchgemacht hatte. Sie hatte wirres Zeug von einer Mörderin gefaselt, die frei herumlief und es auf Lady-Jane-Grey-Mädchen abgesehen hatte und sie als Nächstes ins Visier nehmen würde. Sie versuchte ihm zu erklären, dass es hier nicht mehr allein um Mobbing per Post ginge, und dabei hatte sie Panik bekommen und hyperventiliert, bis Neil drauf und dran gewesen war, sie zu ohrfeigen.

»Schatz«, hatte er gesagt, beide Hände auf ihren Schultern. »Hör mir zu. Niemand versucht, dich umzubringen. Wir klären das auf, okay?«

Und schließlich hatte Kate genickt. »Okay«, hauchte sie.

Jetzt also futterte sie unten Pizza, und Neil war, nachdem er sich vergewissert hatte, dass sie anständig aß, nach oben in sein heiß geliebtes und schmerzlich vermisstes Arbeitszimmer gegangen. Dort telefonierte er mit einem seiner Informanten bei der Polizei und versuchte mehr über Serena Harcourt und die Ermittlungen in ihrem Todesfall herauszufinden. Die Autopsie war abgeschlossen, was zu jenen Untersuchungen geführt hatte, die einen Besuch der Polizei bei Kate beinhalteten. Die Untersuchung hatte »Ungereimtheiten« ergeben – wieder das Wort, das Kate dauernd benutzte. Die fraglichen Ungereimtheiten bestanden darin, dass Serena anscheinend mit dem Vorhangstoff erdrosselt worden war, bevor sie erhängt wurde. »Mit anderen Worten: Wir reden hier von Mord«, sagte Neils Bekannter, ein gestandener Detective bei der Polizei in Surrey. »Einem schönen, saftigen Mord. Der klassische Krimi.« Neil hörte, wie er die eingezogenen Lippen mit einem Knall vorschnellen ließ. Offenbar hatte der Mann seine Freude an dem Fall.

»Habt ihr einen Verdächtigen?«

»Wieso? Weißt du irgendwas, was wir wissen sollten?«, fragte der Cop streng.

Neil kannte Dave Steele seit Jahren. Sie respektierten einander, aber der Informationsaustausch beruhte naturgemäß auf Gegenseitigkeit und fand in Andeutungen statt.

»Könnte sein.«

»Raus damit.«

»Du zuerst.«

»Ach, nichts wirklich Dramatisches, leider. Wir nehmen den Ehemann unter die Lupe. Wie immer. Wir glauben, dass er ein Verhältnis hatte. Es gab Zoff, Streitereien, das Übliche. Wir haben ihn zu einem Fernsehaufruf heute Abend überredet und sehen mal, was dabei rumkommt. Ich glaube, es kommt in den Zehn-Uhr-Nachrichten. Du weißt schon, sie war ziemlich erfolgreich bei Internet-Versandgeschäften, also ist das schon eine ziemlich große Nummer. Also, was weißt du?«

Neil erzählte ihm, was er über die Zeitungsausschnitte wusste, die man Serena zugeschickt hatte, über ihre Verbindung zu Hattie, und dass er mit Sicherheit wusste, dass noch eine andere frühere Schülerin der Lady Jane Grey ähnliche Sachen zugesandt bekam, er aber nicht sagen dürfte, wer. Noch während er erzählte, wurde ihm klar, wie unwahrscheinlich und trivial das klang, kaum mehr als ein dummes Ärgernis. Und dennoch ging es um Leben und Tod, zumindest für Hattie. Nicht zu vergessen, dass eine Frau nun wohl doch ermordet worden war.

Neil kannte die Taktik der Polizei bei Fernsehaufrufen aus dem Effeff. Solche Bitten um Mitarbeit waren eine beliebte Methode, um Verdächtige aus dem unmittelbaren familiären Umfeld der Opfer rauszusieben. Man setzte sie hinter ein Mikro und bat sie, vor der Kamera zu trauern. Man brachte sie dazu, über das Verbrechen zu reden und um Zeugen zu betteln. Und dann wartete man ab, ob sie sich selbst verrieten, lieblos aussahen oder klangen. Ob ihre Trauer aufgesetzt wirkte oder sie zu viele Details über den Tatort preisgaben – mehr als sie wissen konnten. Ein Fernsehaufruf bot unzählige Möglichkeiten, den Täter zu entlarven, und Neil konnte es kaum erwarten, George Harcourt zu erleben, wie er nichtsahnend auf Herz und Nieren geprüft wurde.

Kate schien sich ein wenig erholt zu haben. Sie wirkte munterer und bewies sogar wieder einen Anflug des Galgenhumors, den sie als Journalistin immer hatte. »Armer Kerl«, sagte sie. »Guck ihn dir an. Er hat keine Ahnung, dass er ein Verdächtiger ist.«

»Er hält sich aber ganz gut. Da kommt einem zugute, wenn man auf einer teuren Schule gelernt hat, Haltung zu bewahren.«

»Mein Gott, Neil! Ich hoffe wirklich, dass er es war.« Sie drückte sich ein Kissen vor den Bauch, so fest, dass ihre Fingerknöchel weiß vortraten.

»Klar war er das. Es ist doch immer der Ehemann. Er hat eine Affäre, will seine kleine Bettmaus heiraten, aber Serena steht ihm dabei im Weg. Und passenderweise jault sie dauernd rum, weil ihr jemand anonym Diättipps schickt, worüber sie allmählich richtig irre wird. Bingo! Seine Frau gilt als depressiv, und das ist ein genialer Zeitpunkt, ihren Selbstmord zu inszenieren. Natürlich war es George. Es ist immer der Ehemann.«

Neil blieb über Nacht, und sie schliefen miteinander, zum ersten Mal seit der Trennung, zum ersten Mal, seit alles passiert war. Kate klammerte sich an Neil wie eine Ertrinkende. Er wollte sie überall berühren, streicheln, sich mit allen Hügeln und Vertiefungen ihres Körpers aufs Neue vertraut machen. Aber sie hielt ihn zu fest, zu dicht an sich gepresst. Also blieb ihm nichts anderes übrig, als sie ebenso festzuhalten, während sie einem verschwitzten Höhepunkt entgegeneilten, schnell, wild und begierig.

Hinterher rollte er sich zusammen und kehrte ihr den Rücken zu. Kate lag wach und überlegte. George Harcourt. Das Wenige, was sie von ihm gesehen oder über ihn gehört hatte, sagte ihr, dass er ein Choleriker war: ein altmodischer, aufbrausender Mann. Ja, vielleicht hatte er Serena wirklich umgebracht. Kate hoffte es inständig, denn das würde bedeuten, dass keine Mörderin frei herumlief. Und eigentlich klang es auch ganz plausibel. Bis auf die Tatsache, dass etwas an ihr nagte, eine Bemerkung, die George gemacht hatte: *Sie hat einen ihrer eigenen Vorhänge genommen. Dummes Ding! Sie hätte wissen müssen, dass draußen in der Scheune ein richtig gutes Seil liegt.* Ihr war es komisch vorgekommen, dass er ausgerechnet in solch einem Moment eine derart nüchterne Bemerkung machte. Seine sachlichen Worte hatten sie gestört. Doch nun kamen sie ihr wieder in den Sinn, und sie grübelte darüber nach. Ein Mann, der soeben den Selbstmord seiner Frau inszeniert hatte, würde wohl kaum Aufmerksamkeit auf die Methode lenken. Oder doch?

Einundzwanzig

»Fröhliche Weihnachten Ihnen und Ihren Kindern!« Ein harmloses Gekritzel auf der harmlosen Weihnachtskarte eines harmlosen Hörers, die sie am Vorweihnachtsabend geöffnet hatte. Sonst nichts, sagte Kate sich. Kein Grund, mehr hineinzulesen. Heute fühlte sie sich glücklich, und nichts konnte ihre gute Laune torpedieren.

Kate hatte ihre Sendung beendet, allen Hörern fröhliche Weihnachten gewünscht, sich von den Kollegen verabschiedet, die noch im Büro waren, und die Einladung zum mittäglichen Umtrunk im Pub abgelehnt. Sie wusste, dass der Pubbesuch den ganzen Nachmittag andauern würde und für gewöhnlich damit endete, dass der Vertriebschef im angetrunkenen Zustand seine alljährlichen Annäherungsversuche startete. Auf dem Weg nach draußen nahm Kate das Wichtelgeschenk mit, das unter dem Tannenbaum in der Eingangshalle gelegen hatte und ihren Namen trug.

»Das ist echt groß«, hatte die Empfangssekretärin gesagt. Mel. Rach. Kate sollte ihren Namen inzwischen wirklich kennen, aber es wäre unhöflich gewesen, sie jetzt danach zu fragen, denn immerhin arbeitete sie schon seit etwa drei Monaten hier.

»Ja, ist es«, bestätigte Kate und schüttelte den großen quadratischen Geschenkkarton. Das Preislimit für Wichtelgeschenke war auf zehn Pfund festgesetzt, und in den letzten zwei Jahren hatte Kate Geschenksets aus dem Body Shop bekommen, die Art Geschenke, die man einer Tante, Schwägerin oder irgendeiner Frau mitbrachte, die man nicht sonderlich gut kannte. Sie hatte sich die Frage gestellt, wie wenig ihre Kollegen eigentlich über sie wussten und ob es tatsächlich so schwierig war, sie besser kennenzulernen. Kate vermutete, dass das diesjährige Geschenk ins Muster passte, nur eben aufwendiger verpackt war. Wahrscheinlich handelte es sich um ein winziges Geschenk, das in etliche Schachteln verpackt war, die man erst einmal auseinandernehmen musste. Dafür war es allerdings verblüffend schwer. Vielleicht war es eine Weinflasche, die ihr jemand schenkte, dem nicht bewusst war, wie wenig sie trank.

»Willst du es nicht aufmachen?«

»Jetzt?«

»Ja, unbedingt! Seit das Geschenk aufgetaucht ist, sitze ich hier und frage mich, was da wohl drin sein mag.« Die Empfangssekretärin klang kindlich aufgeregt.

»Das darf ich nicht«, sagte Kate. »Eine alte Regel in der Familie meines Mannes: Kein Geschenk wird geöffnet, bevor die Königin nicht ihre Weihnachtsansprache gehalten hat.«

Kate konnte es kaum erwarten. Während Neil den Wagen die M1 Richtung Norden lenkte, auf der sich der Weihnachtsverkehr drängte, schlang sie ungeduldig die Arme um den Oberkörper. Sie war aufgeregt und zappelig – doch in freudiger Erwartung. Die letzte Nacht mit Neil war eine Überraschung, aber, wenn sie es recht bedachte, sehr schön gewesen. Neil hatte sie umfangen, sie geschützt und sanft zum Orgasmus gebracht. Auch das gemeinsame Frühstück war schön gewesen. Und jetzt waren sie unterwegs zu Neils Eltern, um mit ihnen Weihnachten zu feiern, wie sie es immer taten. Kate war wild entschlossen, ihr kurzes Glück zu genießen, Drei freie

Tage, drei Tage, an denen keine unerwarteten, unerfreulichen Postsendungen kommen konnten. Und dann war da ja auch noch die Sache mit George.

Kate wusste, dass es furchtbar war, sich über die Aussicht zu freuen, dass womöglich George Serena umgebracht hatte, doch es machte sie froh. George hat Serena umgebracht, sagte sie sich immerfort, egal welche Zweifel sich in ihr Denken einschlichen. George hat Serena ermordet. Das hatte sie sich die ganze letzte Nacht einzureden versucht. Wenn George Serena umgebracht hatte, war das ganze eine runde Geschichte. Dann hatte der Mord nichts mit ihr zu tun, und es gab keine scharfen Kanten, an denen sie sich verletzen konnte.

Sie wollte mit Neil verheiratet bleiben. Sie liebte ihn, aber sie hatte ihn immer für selbstverständlich genommen. Nun hatten sie die Chance auf einen Neuanfang. Ihr war, als würde sie aus einem Albtraum erwachen. In ihren Gedanken waren die Auseinandersetzungen mit Neil und ihre Trennung eng verwoben mit dem, was Hattie und Serena geschehen war. Doch alles würde wieder gut werden; sie waren auf dem richtigen Weg. Sie würden ein paar Tage bei Neils Familie verbringen, viel essen, alberne Spiele spielen, und alles wäre wieder gut.

Kate musterte Neils Profil. Er starrte stur geradeaus und konzentrierte sich auf die Straße oder tat zumindest so. Er hatte eine CD eingelegt – Elbow, eine Scheibe, die sie beide mochten. Und er hatte die Musik lauter als sonst gedreht, sodass sie sich unmöglich unterhalten konnten. Kate glaubte, dass er es absichtlich gemacht hatte. Er war immer noch angespannt, was sie ihm nicht verübeln konnte nach allem, was sie ihm zugemutet hatte. Sie hatte ihn aus dem Haus geworfen und ihn dann wie selbstverständlich um Hilfe gebeten, als sie ihn brauchte. Er dachte, dass sie hysterisch wäre; sie fand ihn bevormundend und glaubte, er verharmlose ihre berechtigten Ängste. Kurz und gut: Es gab noch eine Menge zu klären, doch keiner von ihnen fühlte sich in der Stimmung, das Thema im Augenblick überhaupt anzurühren.

Aber von nun an würde alles anders werden. Sie hatte Neil nach Hause zurückkehren lassen, und sie hatten geredet, wenigstens ein bisschen. Die Polizei würde Beweise dafür finden, dass George Serena ermordet hatte, und alles wäre wieder in Ordnung. Kate hatte das Gefühl, dass es ein Neuanfang war. Sie konnte es kaum erwarten, zum Weihnachtsfest zu ihren Schwiegereltern zu kommen. Sie war immer schon gern dort. Hier hatte sie das Gefühl, in einer richtigen Familie zu sein. Überall spürte man Liebe. Sie und Neil könnten im Schoß der Familie alles andere vergessen.

Die Kühltürme neben der M1 bei Sheffield erzeugten immer ein Hochgefühl bei Kate. Hier im Norden schien der Himmel sich weiter zu wölben. Als sie Neil kennenlernte, hatte sie so viele Vorurteile gegenüber dem Norden und Yorkshire. Sie hatte sich vorgestellt, dass seine Familie in einer düsteren, engen Reihenhaussiedlung am Rande einer stillgelegten Kohlengrube wohnte. Tatsächlich bewohnten seine Eltern ein lichtdurchflutetes Haus aus den frühen Siebzigern mit großen Fenstern am westlichen Rand von Barnsley. Die M1 sorgte für ein ständiges Hintergrundsummen, aber von Neils Kinderzimmer aus, das inzwischen zum rüschengeschmückten Gästezimmer umgestaltet war, sah man auf die Moore, Täler, Dörfer und Felder sowie den imposanten Sendeturm von Emley Moor: überall Weite und frische Luft.

Kate ist glücklich, dachte Neil. Sie plauderte mit seiner Mum in der Küche, bewunderte die neuen Schränke und die

Arbeitsplatte, auf die Neils Mum so stolz war. »MDF-Platte«, hatte sie gesagt, »aber das sieht keiner, nicht wahr? Sieht doch richtig teuer aus, oder?«

Und Kate hatte mit Überraschung und Zustimmung an genau den richtigen Stellen aufgewartet. Sie strich mit dem Finger über die Flächen aus Granitimitat und stieß überrascht »Oh« und »Ah« aus, als sie ihr den kürzlich erweiterten Hauswirtschaftsraum vorführten, für den sie den seitlichen Bereich bis zur Trennmauer zwischen ihrem und dem Nachbargrundstück überbaut hatten.

Neil bekam das alles mit und liebte Kate dafür. Schon immer hatte ihn erstaunt, wie gut Kate sich mit seinen Eltern verstand. Natürlich liebte er seine Eltern, das taten Kinder nun einmal. Doch nicht nur das, er hatte seine Eltern auch wirklich gern und hielt sie für sympathische Menschen; eine Tatsache, die keineswegs selbstverständlich war. Die beiden waren gute, anständige Leute: bodenständig, unprätentiös, verlässlich und fleißig. Kate wirkte wie ein ganz anderer Mensch, wenn sie mit ihnen zusammen war, viel entspannter, liebevoll und offen. Ihm gefiel es ausgesprochen gut, dass seine kluge, für gewöhnlich etwas distanzierte Frau in diesem Moment mit einem Becher Tee in der Küche stand und sich angeregt darüber unterhielt, wer wohl das Weihnachts-Special des Tanzwettbewerbs *Strictly Come Dancing* im Fernsehen gewinnen würde.

Zum ersten Mal seit Wochen, vielleicht sogar seit Monaten, sah Kate glücklich aus. Allerdings war auch nicht zu übersehen, dass sie reichlich mitgenommen wirkte. Ihr ohnehin schon blasses Gesicht war noch blasser, und die Schatten unter ihren Augen waren noch dunkler geworden.

Außerdem hatte sie abgenommen, und dabei konnte sie es sich gar nicht leisten, Gewicht zu verlieren. Keine Frage, Neil mochte sie schlank, aber zur Zeit schlackerte ihr die Hose um die Hüften. Wieso war ihm das vorher nicht aufgefallen? Prompt überkam ihn das dringende Verlangen, sie zu beschützen, vor allem Schrecklichen in Sicherheit zu bringen. Er stand vom Küchentisch auf, wo er halbherzig in der Lokalzeitung geblättert hatte, legte die Arme um Kate und zog sie nahe an sich. Seine Mutter zwinkerte ihm zufrieden zu, wohingegen Kate verwundert schien. »Was ist?«, fragte sie.

»Nichts«, antwortete er unsicher. »Ich wollte dir nur sagen, wie sehr ich dich liebe.«

»Jetzt werde nicht kitschig«, sagte sie, entwand sich ihm jedoch nicht.

»Weißt du was? Ich bleibe heute Abend hier. Ich habe keine Lust, mit den Jungs ins Pub zu gehen. Lieber möchte ich hier bei euch bleiben, und wir können alle zusammen fernsehen.« Es war schon Tradition, dass Neil am Abend vor Weihnachten ins Pub ging, um sich mit seinem Bruder Andy, der in der Nähe wohnte, und ein paar alten Schulfreunden zu treffen. Bei diesen Zusammenkünften wurde reichlich Bier getrunken. Wer wagte, etwas Alkoholfreies zu bestellen, wurde humorvollderbe als »alte Schwuchtel«, bezeichnet, und anschließend gingen alle zum Vindaloo-Essen beim hiesigen Inder. Neil freute sich mit jedem Jahr weniger auf den Abend, doch hier im Norden waren diese Treffen ein regelrechtes Männlichkeitsritual, mit dem man nicht ohne weiteres brach. Das rituelle Zechen, Sich-gegenseitig-als-schwul-Beschimpfen sowie das Wettrülpsen und -furzen kamen einer Wiedererweckung jener primitiven Seite in Neil gleich, die er nie vollständig abgelegt hatte. Dennoch fand er die Aussicht ungleich verlockender, neben Kate auf dem gemütlichen Sofa seiner Eltern zu sitzen, sinnfreies Fernsehen zu glotzen und nebenbei harmlos zu plaudern – meilenweit weg von all dem Mist, der in London passiert war.

Davon wollte Kate indes nichts hören. »So ein Blödsinn! Du magst doch deinen Männerabend, den darfst du nicht verpassen! Das gehört schließlich zu Weihnachten dazu! Die Welt würde aus den Fugen geraten, wenn du heute Abend nicht gehst. Außerdem willst du dir bestimmt nicht mit uns den Tanzwettbewerb anschauen. Dann wirst du bloß knatschig und mürrisch, und das verdirbt uns alles.«

Da hatte er es: Kate war diejenige, die am verbissensten auf den Traditionen beharrte; sie war diejenige, die Weihnachten immer bei seinen Eltern verbringen wollte, die nicht duldete, dass sich etwas änderte. Gott bewahre, dass irgendwer auf die Idee kam, die Geschenke vor dem Weihnachtsdinner und der Ansprache der Königin zu öffnen!

Am Weihnachtsmorgen wachte Kate früh auf und kuschelte sich an Neil, der schnarchend auf dem Rücken lag. Sie strich mit der Hand durch das Haar auf seiner Brust und schmiegte ihre Wange an seine Schulter. Sie hätte ihn gern geweckt und den Tag mit ihm zusammen begonnen, aber er grunzte bloß, drehte sich weg von ihr und schlief weiter.

Es war erst acht, doch in der Küche war Val schon mit den Vorbereitungen fürs Essen beschäftigt, während sie laut die Weihnachtslieder aus dem Radio mitsang. Kate begrüßte sie mit einem Wangenkuss und wünschte ihr frohe Weihnachten. Wie nicht anders erwartet, drückte Val ihr sofort ein Messer in die Hand und bat sie, sich um den Rosenkohl zu kümmern. Es war wohlig warm in der Küche, denn im Ofen schmorte längst der Truthahn, damit er um eins auch fertig war: Truthahnessen, Ansprache der Königin, Geschenke. Das war der verlässliche Ablauf in diesem Haus.

»Geht es dir gut, Katie, Liebes?«

Kate schnitt ein Kreuz in das letzte Rosenkohlröschen und warf es ins Sieb. »Ja, natürlich. Mir geht's bestens.«

»So siehst du nicht aus. Du wirkst müde, und du hast abgenommen.«

Kate merkte, wie sich ihre Schultern verkrampften.

Nun kam Val zu ihr und umarmte sie. »Du weißt, dass ich dir das nur sage, weil ich dich gern habe und weil es keiner sonst tut, nicht wahr?«

Kate nickte.

»Du kannst mir ruhig sagen, ich soll die Klappe halten, wenn du nicht darüber reden willst, Katie, aber ist es wieder passiert?«

Kate wusste, dass Val von einer weiteren Fehlgeburt sprach. Einen Moment überlegte sie, zu bejahen, denn damit wäre ihr Zustand viel leichter zu erklären. Damit könnten alle besser umgehen. Aber sie schüttelte den Kopf. »Nein. Ich hatte einfach ein paar harte Wochen bei der Arbeit, sonst nichts. Vor Weihnachten wird es immer wieder hektisch.«

Val sah sie an, als glaubte sie ihr kein Wort. »Na ja, Neil war in letzter Zeit ein bisschen komisch am Telefon. Irgendwie ausweichend. Stimmt bei euch beiden noch alles?«

Seltsamerweise hatte es Kate noch nie etwas ausgemacht, wenn Val ihr solche Fragen stellte. Bei anderen wäre sie schlagartig auf Distanz gegangen, aber bei Val? Nicht dass sie ihr alles erzählen würde, doch die Fragen störten sie nicht. Val fragte, weil sie ehrlich an Kates Wohlergehen interessiert war. Sie stellte die typischen Fragen einer Mutter; allerdings wäre Kates eigene Mutter nicht im Traum auf solche Fragen gekommen.

»Uns geht es gut, ehrlich. Wir sind bloß ein wenig gestresst. Du weißt ja, wie das ist.« Kate blieb vage.

Val sah nicht überzeugt aus. Nun jedoch wurde es unruhig.

Die Türglocke bimmelte laut, und von draußen hörte man gedämpfte »Fröhliche Weihnachten!«-Rufe. Val wischte sich die Hände an der Schürze ab und ging zur Haustür, während Kate in der Küche blieb und dort den Sturm abwartete.

»Tante Kate!« Neils siebenjähriger Neffe Jake kam ihr geradewegs in die Arme gelaufen. Sein großer Bruder Ash war weniger stürmisch. Er stand mit der typischen Reserviertheit eines Neunjährigen da. Dennoch sah Kate ihm an, dass er sich freute, sie zu sehen. Sie wuschelte Jake durchs Haar, küsste Ash auf die Wange und hätte beinahe gelacht, als er zusammenzuckte. »Na, was hat der Weihnachtsmann euch gebracht?«, fragte sie.

Eine Stunde später hatte auch Neil sich endlich nach unten gequält. Er litt unter seinem alljährlichen Weihnachtskater. Kate lag auf dem Teppich im Wohnzimmer und spielte Playstation mit den Jungen. Vor lauter Aufregung wurden die Stimmen der beiden ganz schrill, während sie Kate anfeuerten, mehr Punkte zu machen. Jake hockte im Schneidersitz neben ihr, den Krauskopf über seinen Controller gebeugt, und war mit offenem Mund vollkommen auf das Spiel konzentriert. Kate konnte seinen Kleine-Jungen-Atem riechen, der nach der heißen Schokolade vom Weihnachtsfrühstück duftete. Ash lag auf der anderen Seite neben Kate, so dicht, dass sie seine samtige Wange an ihrem Unterarm fühlte. Sie legte den Arm um ihn, drückte ihn und brachte ihn so aus seinem Spiel. »Tante Kate!«, stöhnte er vorwurfsvoll. »Jetzt bin ich deinetwegen raus!«

Neil saß eingeklemmt zwischen seinem Vater und seinem Bruder Andy auf dem Sofa, Andys Frau Bev hockte auf der Seitenlehne. Kate hatte sich in einen der beiden bequemen Sessel gegenüber gesetzt, seine Mutter in den anderen. Jake hockte auf Kates Armlehne, Ash vor seinem Vater auf dem Boden. Kate trug noch ihren rosa Papierhut aus dem Knallbonbon vom Mittagessen, und er hing ihr halb über das eine Auge. Sie hatte ein neues Kleid an, das sie sich vor ungefähr einem Monat gekauft hatte, vor den schrecklichen Ereignissen. Es war in leuchtenden Rot-, Gold- und Grüntönen gehalten, leicht folkloristisch im Stil, mit einem tiefen V-Ausschnitt und unter der Brust gerafft. Die Farben standen ihr und ließen ihre Augen leuchten, aber der Ausschnitt verdeutlichte, wie stark sie abgenommen hatte.

Überall auf dem Fußboden lag Geschenkpapier verstreut, denn sie steckten mitten im Auspacken. Den ganzen Nachmittag wurde aufgeregt gequietscht, obwohl fast alle erwachsen waren. Kate bestand darauf, dass jeweils nur einer auf einmal ein Geschenk auswickeln durfte, während die anderen zuschauten. Nach dem Sherry und dem deutschen Rheinwein, den Neils Eltern zum Truthahn ausschenkten, hatten sie einen kleinen Schwips. Bei Neil stellte sich nach dem reichlichen Essen und Trinken und seinem ohnehin schon vorhandenen Kater ein dumpfer Kopfschmerz ein. Und die Auseinandersetzung mit seinem Vater – Streit wäre zu viel gesagt – über das Thema Immigration (wie immer) verstärkte das Schädelbrummen noch. Dennoch hatte Neil das Gefühl, wenn er einfach hier sitzen bleiben, sich für den Rest des Tages nicht rühren und Kate beim Geschenkeauspacken zusehen könnte, wäre alles gut. Auf dem Boden vor ihm lag ein Haufen Geschenke, die er bekommen hatte. Es waren die üblichen Sachen: Socken, DVDs und ein Geschenkpaket mit ausgefallenen Biersorten. Dasselbe, was er jedes Jahr bekam. Alles war bestens, dieses Jahr, dieses Weihnachtsfest. Hier waren sie sicher, Kate und er. Ihnen konnte nichts geschehen, solange sie ihre Papierhüte trugen.

Seine Mutter war an der Reihe, ein Geschenk zu öffnen, und sie las laut vor, was auf dem Anhänger stand. Das Geschenk war offenbar von Kate und Neil, auch wenn Neil keine Ahnung hatte, was in dem Paket war. Kate erledigte immer die Weihnachtseinkäufe und das Einpacken und hortete die Geschenke ab November in Schränken und Schubladen. Seine Mutter riss das Papier auf und nahm einen Schal heraus. Samt, dachte Neil. Hübsche Farben. Seine Mutter hielt ihn sich ans Gesicht, und er sah wunderschön aus. Kate wurde rot vor Freude.

Und nun war Kate an der Reihe. Neils Vater verteilte die Geschenke, die unter dem Baum lagen, und inzwischen waren nur noch wenige übrig. Er reichte Kate einen großen Karton. »Oooh, was ist das denn?«, rief seine Mutter.

»Lass das arme Mädchen doch erst mal auspacken, Val!«, sagte sein Vater.

»Das ist bloß mein Wichtelgeschenk von der Arbeit«, sagte Kate, schob sich das Haar aus dem Gesicht und riss dabei versehentlich ihren Papierhut ein. »Es darf nicht mehr als zehn Pfund kosten. Also werden es irgendwelche Duftproben sein, in zig Lagen von Geschenkpapier verpackt.«

Neil sah ihr beim Auspacken zu. Er war angenehm benebelt, fühlte sich ganz warm und benommen. Das Geschenkpapier knüllte Kate mühelos weg, denn es war dieses billige, besonders dünne Zeug. Darunter kam ein schlichter Pappkarton zum Vorschein. Wieder strich sie sich das Haar zurück und sagte: »Seht ihr, ich hab's doch gesagt. Da sind garantiert kleine Flaschen mit Schaumbad drin.«

Kate riss das Klebeband vom Karton, öffnete ihn und tauchte mit beiden Händen hinein. Styroporkugeln stoben in alle Richtungen. Neil hob eine Hand voll auf und bewarf Kate damit, die sofort mit einer neuen Ladung konterte. Dann zog sie ein Päckchen aus dem Karton, das in Luftpolsterfolie eingeschlagen war. Es schien schwer zu sein, ein bisschen unförmig. Neil sah, wie Kate die Stirn kräuselte, und während sie die wattierte Folie entfernte, veränderte sich ihre Miene gleichsam in Zeitlupe. Jake linste in das Päckchen und sagte: »Das ist echt schräg, Tante Kate.«

Kates Stirnrunzeln wich erst Verwirrung, dann Schmerz. Sie wurde erst kreidebleich, bevor sich hektische rote Flecken auf ihren Wangenknochen bildeten. Sie sah zu Neil hinüber und gab einen wimmernden Laut von sich.

Unsinnigerweise hatte Kate sich richtig auf ihr Wichtelgeschenk gefreut. Das Paket war schwerer gewesen, als sie es von einem billigen Geschenk erwartete, und der Inhalt hatte interessant geklappert. Als sie jedoch das Geschenkpapier entfernte und den Karton zu öffnen begann, hatten ihre Hände gezittert, denn unweigerlich fiel ihr der Geschenkkorb wieder ein. Gott sei Dank waren da die Styroporkugeln. Und Gott sei Dank hatte Neil eine Hand voll aufgehoben und sie damit beworfen. Der alberne Scherz tat Kate gut und half ihr, ihre zitternden Hände zu verbergen. Auch die Luftpolsterfolie freute sie, so widersinnig es erscheinen mochte. Kate empfand immer eine kindische Freude, wenn sie die kleinen Plastikblasen zerdrücken konnte. Unterdessen überlegte sie, von wem das Geschenk sein könnte. Wer würde etwas so aufwendig einpacken? Anna vielleicht, die es ähnlich spannend machen wollte wie bei den Werbegeschenken, die sie im Sender bekamen? Und das billige, geschmacklose Geschenkpapier war womöglich ein ironischer Scherz, um die Identität des Schenkenden zu tarnen.

Das Geschenk selbst war in noch mehr Luftpolsterfolie gehüllt und von seltsamer Form und Größe. Es schien aus drei Einzelteilen zu bestehen, jedes von ihnen etwas kleiner als ein Schuhkarton. Kate wickelte vorsichtig die Polsterfolie ab und enthüllte hölzerne Kästen – drei billige, schlecht gemachte Holzkästen. Für Schmuck oder Kleinkram? Das Holz war rau und splittrig, simples Sperrholz eigentlich. Und die Kästen hatten eine merkwürdige Form. Beinahe erinnerten sie an Särge. Drei kleine Särge, ja, so sahen sie aus. Kate öffnete den Deckel eines der Kästen. Darin lag eine Babypuppe, die entsetzlich echt aussah. Fassungslos öffnete Kate die anderen beiden Kästen. Drei kleine Särge mit drei kleinen Babypuppen darin, die Kate mit ihren gläsernen Augen anstarrten.

Kate blickte wie versteinert auf die Puppen. So schmerzlich es für sie war, sie anzusehen, konnte sie ihren Blick nicht von ihnen abwenden. Ja, es tat ihr körperlich weh. Sie fühlte einen stechenden Schmerz unter ihrer linken Brust, in ihrem Herzen. Und sie bemerkte, dass sie nicht atmen konnte. Hatte sie einen Herzanfall? Alle anderen lächelten ihr zu und warteten darauf, dass sie ihnen endlich das Geschenk zeigte. Und sie hockte da mit drei toten Babys auf dem Schoß, die einzig ihr Neffe Jake sehen konnte. Sie wollte es Neil sagen, damit er zu ihr kam und ihr half. Er sollte diese Dinger wegnehmen und sie vernichten. Aber sie war vollkommen außerstande, einen Laut über die Lippen zu bringen.

»Geht es wieder, Liebes?« Ihre Schwiegermutter Val klopfte leise an die Badezimmertür. Kate war schon eine ganze Weile hier drinnen; wie lange, wusste sie nicht. Sie saß auf dem Wannenrand, den Kopf über die Toilettenschüssel gebeugt, und hatte ihr gesamtes Weihnachtsessen erbrochen. Sie hatte gekotzt und gekotzt, bis sie ganz leer war, ihr Hals wund wurde und nur noch dünne gelbe Flüssigkeit rauskam. Und trotzdem hatte sie das Gefühl, immer weiter würgen zu müssen.

»Katie, Süße, antworte mir doch. Ist alles in Ordnung mit dir?« Wieder Val. Kate setzte sich auf und sah sich um. Ja, sie war noch im Bad bei Neils Eltern, saß noch auf dem Rand der champagnerfarbenen Eckbadewanne und blickte gegen die Wand, in deren bronzenen Hochglanz-Fliesen sich ihr Gesicht verzerrt und bräunlich spiegelte, fleckig und mattiert zu den Kachelrändern hin, an denen die Glasur stumpf geworden war. »Als Nächstes ist das Bad fällig«, hatte Val gesagt, als sie ihr die neue Küche vorführte. War das erst gestern gewesen, dieser herrlich normale Tag?

Die Wanne fühlte sich kühl unter Kates Oberschenkeln an, angenehm kühl. Ihr Hals war rau wie Schmirgelpapier, und der stechende Schmerz war von ihrem Herzen in den Bauch hinabgewandert. Abermals fragte sie sich, wie lange sie schon hier drinnen war – und ob sie eventuell für immer hier bleiben durfte.

Die Luftpolsterfolie. Ihre Finger kribbelten bei der Erinnerung daran, wie sich die Luftbläschen angefühlt hatten, als Kate die Folie abwickelte, wie wellig glatt die Unterseite gewesen war, die keine Bläschen hatte. Die Luftpolsterfolie war um diese furchtbaren Sachen gewickelt gewesen – diese Särge, die Babypuppen, die zu ihr aufsahen und sie verhöhnten für das, was sie nicht besaß. Kate strich mit den Händen über den weichen Jerseystoff ihres Kleids, um das Gefühl loszuwerden, das noch in ihren Fingerspitzen zu sein schien. Es funktionierte nicht. Sie wusste, was sie zu tun hatte.

Die ganze Zeit hatte Neil auf der obersten Stufe vor der Badezimmertür gesessen. Vergebens hatte er sich bemüht, Kate rauszulocken. Nun hoffte er, dass seine Mutter mehr Erfolg hätte, was jedoch nicht der Fall war. Er hörte, wie die Dusche aufgedreht wurde. Ah, gut, dachte er. Immerhin etwas. Wenigstens ist das Würgen vorbei. Er kannte Kate sehr gut und wusste, dass eine Dusche die nächste Phase einleitete. Sie würde das Wasser so heiß einstellen, wie sie es nur ertragen konnte, und sich dann waschen, wieder und wieder einseifen und schrubben, bis ihre Haut fast wund war. Das hatte sie früher schon gemacht, nach ihren Fehlgeburten. Wenn es ihr half …

Ihn brachte es um, vor der verschlossenen Tür zu hocken und mit anzuhören, wie elend es seiner Frau ging. Hilflos zuzuhören, wie sie sich quälte, zu wissen, wie hektisch und unbarmherzig sie ihre Haut rot schrubbte. Ihm war klar, dass seine Frau sich geradezu zwanghaft reinwaschen wollte, und ihre Pein verursachte ihm Übelkeit. Gleichzeitig kam er sich schrecklich nutzlos vor. Er hatte vorhin versucht, ihr zu helfen, als er den Inhalt des Pakets endlich gesehen hatte. Sofort war er aufgesprungen und wollte Kate halten, doch sie hatte sich ihm entwunden, eine Hand auf ihren Mund gepresst. Dann war sie nach oben gerannt, bevor er sie aufhalten oder irgendetwas sagen konnte, hatte sich im Bad eingeschlossen und sich übergeben.

Das war vor einer halben Stunde gewesen. Wahrscheinlich blieb sie noch mindestens eine weitere halbe Stunde dort drin. Hier auf der Treppe zu sitzen änderte also nichts. »Mum, lass sie!«, sagte er. »Lass sie duschen. Danach geht es ihr besser.«

Unten waren die Jungen und Bev an der Playstation. Andy stand neben dem Sessel, hatte einen der makabren kleinen Särge in der Hand und betrachtete ihn. Als Neil ins Zimmer kam, legte Andy den Kasten rasch wieder hin. Er wirkte verlegen. »Tut mir leid, Alter. Mann, wie kann jemand so was bloß machen?«

Neil schüttelte den Kopf. Plötzlich überfielen ihn erdrückende Müdigkeit, Erschöpfung und Schwere. Ihm war, als könnte er sich nicht mehr rühren. Also ließ er sich aufs Sofa sinken und hob den kleinen Kasten auf, den sein Bruder abgelegt hatte. Eine schäbige Arbeit, bloß zusammengeklebtes Sperrholz, und doch war er auf seine eigene Weise sehr detailgetreu gemacht. Erst jetzt bemerkte Neil, dass sich die Glasaugen der Puppen nicht bewegten. Die Lider waren festgeklebt worden, damit die Augen offen blieben, wenn man die Puppen hinlegte.

»Hör mal, Neil, wir müssen los«, sagte Andy und trat verlegen von einem Fuß auf den anderen. »Ich habe Bev versprochen, dass wir zu ihrer Familie zum Abendessen fahren, und das kann ich schlecht abblasen.«

»Nein, nein, schon gut. Geht ihr nur. Und grüß sie von mir.«

»Sag Kate von mir auf Wiedersehen«, erwiderte Andy und ergänzte linkisch, »und sag ihr, dass mir das alles leidtut.«

Neil saß noch auf der Couch, als seine Mutter nach unten kam. »Sie ist jetzt aus dem Bad gekommen. Die Arme sieht völlig fertig aus, aber sie wird schon wieder. Kate ist stark, die schafft das. Aber du solltest nach oben gehen und sie trösten.«

Stumm nickte Neil zu seiner Mutter empor und dachte an Andy, der zu seinen Schwiegereltern unterwegs war. Neil hatte eine der Babypuppen in der Hand. Er konnte sich weder bewegen noch sprechen. Tränen brannten ihm in den Augen, und er schluckte. Auf einmal war seine Mutter neben ihm, und er sank in ihre Arme, lehnte den Kopf an ihre Schulter und weinte. Er weinte sonst nie, doch jetzt konnte er nichts dagegen tun.

Neil hatte sich Kinder gewünscht, eine Familie mit Kate. Er hatte sich vorgestellt, wie die Kinder durch ihr schönes Haus rannten, hatte sich ausgemalt, dass sie künftig Weihnachten in ihrem Haus feiern würden, seine Eltern für ein paar Tage kämen, und Kate und er ihnen voller Stolz ihre perfekte, wunderbare Familie vorführten. Um Kates willen war er die ganze Zeit stark geblieben, trotz der drei Fehlgeburten, weil Männern eingeredet wurde, dass sie stark sein mussten, und niemand sie je fragte, wie es ihnen ging. Und jetzt hatte Kate sich nicht mal von ihm in den Arm nehmen lassen. Sie war oben, abgetaucht in ihren ganz persönlichen Kummer, ihre eigene komplizierte Trauer. Eigentlich hätten sie diesen Kummer miteinander teilen müssen, doch Neil war sich nicht sicher, ob sie ihn mit ihm teilen wollte.

Sein Vater, der sich für eine Weile diskret in den Schuppen zurückgezogen hatte, kam ins Wohnzimmer zurück. Räuspernd machte er sich bemerkbar, und sogleich wischte Neil sich die Tränen aus dem Gesicht. Sein Vater begann aufzuräumen, sammelte den Karton und das Papier auf, in das Kates schreckliches Geschenk eingewickelt gewesen war. Er packte auch die kleinen Holzsärge und die schrecklichen Puppen in den Karton und sagte entschlossen: »Morgen früh wird der Kram verbrannt.«

»Nein, nicht, Dad. Ich muss die Sachen der Polizei zeigen.«

»Du willst der Polizei davon erzählen?«, fragte seine Mutter schockiert. Seine Eltern hielten grundsätzlich nichts davon, die Polizei einzuschalten, egal worum es ging. »Denkst du nicht, ihr solltet die Geschichte lieber ignorieren? Das Ganze ist bloß ein geschmackloser Streich, wahrscheinlich von einer neidischen Arbeitskollegin oder einem Arbeitskollegen. Wundern würd's mich jedenfalls nicht.«

»Nein, es ist leider mehr als das«, entgegnete Neil. »Es ist zu kompliziert, um es euch zu erklären, aber ich brauche die Sachen. Ich muss diese scheußlichen Puppen und die gesamte Verpackung aufbewahren. Sie sind Teil von ... von einer ganz furchtbaren, boshaften Geschichte. Irgendjemand will meine Frau quälen. Und ich werde alles tun, um das zu beenden.«

Zweiundzwanzig

Wenn man eine frühe Fehlgeburt hat, ist es schwierig, mit der eigenen Trauer umzugehen. Kate war sich nicht mal sicher, ob sie überhaupt davon reden konnte, dass sie ein Baby verloren hatten, wenn es sich doch eigentlich um einen winzigen Zellhaufen handelte, der das Potenzial barg, zu einem Kind zu werden. Zeitweise hatte sie versucht, sich zu sagen, dass es kein Baby gewesen sei. Bei jeder Fehlgeburt redete sie sich ein, sie hätte kein Baby verloren, sondern lediglich die Aussicht auf eines. Aber der Versuch, ihre Trauer zu leugnen, hatte alles nur noch schlimmer gemacht. Sie war sich unfähig und wertlos vorgekommen, eine Frau, der man nicht zutrauen konnte, ein Baby auszutragen. Die Ärzte erklärten ihr immerfort, eine frühe Fehlgeburt sei ein Hinweis darauf, dass mit dem Fötus etwas nicht stimme; was, ließe sich unmöglich sagen, doch irgendetwas mache ihn »nicht lebensfähig«. Mit ihr sei alles in Ordnung, beteuerten sie wieder und wieder. Nichts spräche dagegen, es weiter zu versuchen. Und doch konnte sie sich des Gefühls nicht erwehren, dass derjenige, der das Universum lenkte, entschieden hatte, dass sie eine grottenschlechte Mutter wäre. Und nach dem dritten Mal ertrug sie nicht einmal mehr den Gedanken, es weiter zu probieren.

Schon wieder neuer Mist, der mir passiert!, hatte sie zu der Zeit gedacht. Als Teenager war sie so stark gewesen, musste es auch sein. Sie war jeden Tag in die Schule gegangen, hatte fleißig gelernt und sich bemüht, nicht aufzufallen. Sie hatte sich auch bemüht, sich nichts aus den Dingen zu machen, die auf sie einprasselten, und hartnäckig an der Überzeugung festgehalten, dass sie ein guter, ein netter Mensch sei und durchaus würdig, auf diese Schule zu gehen. Und sie hatte sich ihre Kraft bewahrt. Sie hatte es hinter sich gebracht, und alles, was sie danach wollte, war ein zufriedenes Leben – genau wie andere Menschen.

Sie hatte Neil kennengelernt, sie verliebten sich und heirateten früher als viele andere in ihrem Alter. Teils taten sie es, weil Kate keinen Grund sah, das Glück nicht zu ergreifen, solange sie konnte. Sie wollte ein normales Leben, ein Familienleben mit Kindern und einem hübschen Haus. Und dann hatte ihr Körper angefangen ihr einzureden, dass sie nichts wert sei und sich nicht zur Mutter eigne. Auch das hatte sie durchgestanden. Doch nun wurde dieser ganze Mist erneut über sie ausgekippt. Das war nicht fair! Jemand wollte sie für etwas bestrafen, was sie nicht getan hatte. Die Quälereien an der Schule und die Fehlgeburten wurden wieder ans Licht gezerrt, und Kate war es gründlich satt. Sie war erschöpft. Sie wollte einfach nur ihre Ruhe haben.

Stattdessen saß Neil auf der Bettkante und streichelte ihr das Haar. Gewiss wartete er darauf, dass sie weinte, dabei hatte sie das Weinen bereits hinter sich. Und er stellte ihr Fragen. Wer wusste von den Fehlgeburten? Wer könnte das gemacht haben? Und das Schlimmste war, dass er wissen wollte, wie sie sich *fühlte*! Natürlich fragte er danach; das wollte er ja immer wissen. Aber Kate wusste selbst nicht, wie sie sich fühlte, wie »erdrückt« vielleicht. Neil wollte, dass sie ihm ihr Herz ausschüttete, und unten warteten Val und Ron und hofften ebenfalls, dass sie sich bei ihnen ausweinen würde. Alle wollten sie mit ihrer Liebe überschütten, doch Kate glaubte nicht, dass sie im Moment damit umgehen konnte, weder mit überbordenden Liebesbekundungen noch mit Umarmungen oder Tränen. Sie brauchte einen klaren Kopf und vor allem Sachlichkeit.

»Ich kann hier nicht bleiben«, sagte sie und sprang unvermittelt aus dem Bett. Neil sah sie erschrocken an. »Ich kann nicht.«

Ihr gesamter Körper schien zu jucken. Das Gästezimmer kam ihr klein und eng vor, zumal die Vorhänge zugezogen waren und Kate anstelle der sich endlos erstreckenden Felder nur die geblümten Rüschenvorhänge sah. Das Zimmer erschien ihr winzig und vollgestopft, obgleich sie es früher stets als so luftig empfunden hatte. Kate zog ihren kleinen Koffer aus dem Schrank und warf ihn aufs Bett. Sie war nervös, als hätte sie zu viel Kaffee getrunken. Ohne darüber nachzudenken, riss sie Schubladen auf, zerrte Kleidung heraus und warf sie in den offenen Koffer. Sie war nicht ganz sicher, was sie tat, sie wusste bloß, dass sie hier wegmusste.

»Hey«, sagte Neil. »Ist schon okay. Wir können morgen früh nach Hause fahren, wenn du willst. Mum und Dad werden es verstehen.«

Panisch schüttelte Kate den Kopf. Sie hatte keine Ahnung, wohin sie wollte, doch auf keinen Fall nach Hause. Sie hatte Angst, dorthin zurückzukehren. Sie hatte Angst, wieder zur Arbeit zu gehen. Sie wusste bloß, dass sie so schnell wie möglich abreisen musste – weg von Neil und seinen ewigen Fragen; weg von allen anderen.

Neil gab nicht auf. »Wir können auch verreisen, wenn du willst, uns mal eine Pause gönnen, irgendwo ein Hotelzimmer nehmen. In Devon oder Cornwall vielleicht. Oder wir buchen einen Last-Minute-Flug in den Süden, nach Nordafrika – Ägypten oder Tunesien. Wo immer du hinwillst, Schatz.«

Neil redete wirr drauflos, weil er nicht wusste, was er sagen sollte. Das war Kate klar. Ja, ausnahmsweise wusste Neil einmal nicht, was er tun oder sagen sollte. Sie setzte sich aufs Bett und löste ihren Pferdeschwanz. Dann spielte sie mit dem Zopfgummi, spannte und dehnte es, als spiele sie das Fadenspiel, ehe sie sich das Haar wieder nach hinten strich, das Gummi doppelt nahm und ihren Pferdeschwanz halb hindurchzog, um das Gummi dann ein drittes Mal zu verdrehen, damit es stramm genug war. Dabei spürte sie, dass Neil sie beobachtete. Aber sie wollte ihn nicht ansehen, denn sie fürchtete, dass er weinen könnte. Und Neil weinen zu sehen wäre einfach zu viel für sie.

Also richtete sie den Blick lieber auf die Vorhänge, die lächerlich kitschigen Vorhänge. Sie dachte daran, wie Serenas Leiche in der Scheune gehangen hatte, aufgeknüpft in einen Streifen Vorhangstoff. Und sie dachte an die toten Babys in ihren Kästen, die zu ihr aufschauten. Serenas Augen hatten sie ebenso leer angestarrt. Kate sah die Tote in der Scheune vor sich, wie sie drapiert war. Es war geradezu inszeniert gewesen: Die Vorhänge hatten Serenas Geschäft symbolisiert, ihren Erfolg. Jemand hatte Serena sogar noch im Tode verhöhnt. Und dieser Jemand hatte auch Kate damit eine Botschaft gesandt. Das stand für sie plötzlich zweifelsfrei fest. Sie hatte die Tote finden sollen. Serena war in die Scheune gehängt worden, damit Kate sie dort entdeckte. Jemand versuchte ihr etwas zu sagen. Eine Warnung?

»George hat Serena nicht umgebracht, nicht wahr?« Ihre Stimme hörte sich komisch an, als gehöre sie nicht zu ihr.

Neil stutzte. »Was? George?« Für einen Moment sah er aus, als wolle er sie fragen, wer George war, und dann fiel es ihm anscheinend ein. »Nein. Nein, ich glaube nicht, dass er es war.«

»Er hätte die Vorhänge nicht benutzt. Er hat Serena geliebt, selbst wenn er wütend auf sie war. Niemals hätte er sie so verhöhnt. Und er hätte sie nicht so da hängen lassen, so hässlich, wie sie aussah. Noch dazu, wo Josie sie finden musste. Sie ist dort ausgestellt worden, Neil. Irgendwer wollte an ihr ein Exempel statuieren, und er wollte, dass ich sie entdecke.«

Endlich hatte er sie so weit, dass sie seine Fragen beantwortete – zumindest einige davon. Neil gab sich alle Mühe, ruhig und sachlich zu bleiben. Einer musste es ja sein. Nicht dass es ihm leichtgefallen wäre. Lieber hätte er ebenfalls seinen Gefühlen nachgegeben und mit Kate gemeinsam getrauert. Doch einer von ihnen musste die Ruhe und die Vernunft bewahren.

»Schatz, du weißt, dass ich dich ein paar Dinge fragen *muss.* Jemand tut dir Schreckliches an, und wir glauben, dass er auch Serena ermordet hat. Deshalb müssen wir rausfinden, wer das ist. Nur so können wir diesen Irrsinn stoppen.«

»Ich will es gar nicht wissen. Ich will einfach nur weg.«

»Liebling ...«

»Irgendwer will mich für etwas bestrafen. Ich will gar nicht wissen, warum oder wer!«

»Natürlich willst du das wissen. Wir müssen mit der Polizei reden, damit sie Ermittlungen aufnimmt.«

»Wie soll sie denn das? Wir haben doch überhaupt nichts Greifbares, verdammt!«

Schließlich konnte er sie dazu bringen, sich auf die eine wichtige Frage zu konzentrieren: Wer hatte von ihren Fehlgeburten gewusst? Das musste er wissen, wenn er ergründen wollte, von wem das Paket kam, wer Kate all das antat. Die Antwort war kurz: Anna und Richard aus dem Sender, Neils Eltern und sein Bruder. Sie waren die Einzigen, denen Kate davon erzählt hatte, die Einzigen in ihrem Leben, denen sie hinreichend vertraute, um ihnen solche Dinge zu sagen. Diese Tatsache machte ihn ganz traurig: Niemand hatte einen so kleinen Freundeskreis wie Kate.

Neil fuhr Kate früh am nächsten Morgen, am Boxing Day, nach London. Innerlich fühlte er sich vollkommen tot. Sie wollte nach Hause, und sie wollte allein sein; also würde er in die winzige Mietwohnung weiterziehen. Wenigstens bedauerte Kate es anscheinend wirklich. »Es tut mir leid, Neil. Ich weiß, dass du bei mir sein möchtest, aber ich kann das nicht. Ich kann einfach nicht.«

Graue Wolken hingen tief am Himmel, nirgends eine Spur von Licht, und die Straßen waren wie ausgestorben. Beinahe hätte man glauben können, sie wären allein auf der Welt. Während der Fahrt sprachen sie so gut wie nicht. Kate schien sich vollständig abgeschottet zu haben. Die Arme vor dem Oberkörper verschränkt, starrte sie stur aus dem Fenster, das Gesicht von ihm abgewandt. Neil hatte das Radio eingeschaltet, Five Live, und versuchte, sich mit den Vorschauen auf die heutigen Fußballspiele abzulenken.

Leider war es ihm nicht gelungen, Kate doch noch zu überreden, ihm zu erlauben, bei ihr im Haus zu bleiben und weiter an der Offenheit und Nähe zu arbeiten, die in ihre Ehe eingekehrt waren. Wer weiß, vielleicht würde er tatsächlich alles nur schlimmer machen. Bei ihren Gesprächen waren sie an einen Punkt gelangt, wo er Kate aufgefordert hatte, sie solle »aufstehen und kämpfen«, und das war wohl mit Abstand das Schwachsinnigste, was er ihr an den Kopf werfen konnte. »Ich stehe seit Jahren immer wieder auf und kämpfe«, hatte sie zornig erwidert. »Und im Moment will ich nichts anderes als mich zusammenrollen und allein sein.«

Auf dem Weg nach Hause hielten sie an einer Raststätte. Dort herrschte deutlich mehr Betrieb als auf der Autobahn. Lauter Feiertagsreisende: erschöpft wirkende Familien; Kinder, die mit ihren neuen Spielsachen beschäftigt waren. Rentner in beigefarbenen Regenmänteln, die auf dem Wege nach Heathrow oder Gatwick waren, von wo aus sie in den sonnigen Süden fliegen wollten, um für zwei Wochen einen Billigurlaub an der Costa del Sol zu verbringen, mit Bingo und zwei Tage alten *Daily Mails*. Ein altes Ehepaar brachte Neil fast zum Heulen. Der Mann kümmerte sich rührend um seine Frau, und obgleich die beiden seit Jahrzehnten verheiratet sein mussten, war ihm deutlich anzusehen, dass er sie bis heute liebte. Neil fragte sich, ob Kate und er ihre Ehe jemals wieder ins Lot bringen würden. Tief im Innern fürchtete er, dass sie die Ereignisse, diesen Rachefeldzug, den jemand gegen Kate führte, nicht überleben könnte.

Als sie schließlich in Tufnell Park ankamen, sprachen sie höflich miteinander, allerdings nur oberflächlich, alles Wichtige wurde ausgeklammert. Es war, als hätte Kate beschlossen, dass es nichts mehr zu sagen gäbe – jedenfalls nicht Neil gegenüber. Er blieb im Wagen und beobachtete, wie Kate die Stufen zur Haustür hinaufging, eine schmale Gestalt in einem grotesk leuchtend grünen Mantel. Währenddessen redete er sich ein, dass es so am besten war. Kate brauchte Abstand, um mit allem fertigzuwerden; und in der Zwischenzeit konnte Neil weiter in dieser ganzen erbärmlichen Geschichte ermitteln, mit seinen Polizeikontakten reden und versuchen, mehr herauszubekommen, ohne sich sorgen zu müssen, wo Kate war. Dennoch schien es ihm, als würde ihr Weggehen ewig dauern. Er blies ihr einen Luftkuss hinterher, während sie die Tür aufschloss, aber sie drehte sich nicht um. Sie drehte sich nicht einmal her, um ihm einen letzten Kuss zuzuhauchen.

Ein tiefer Schmerz regte sich in Neils Bauch, und Tränen schossen ihm in die Augen.

So schnell er konnte, fuhr er los. Er fuhr raus aus London, denn er wollte nicht in die Wohnung. Ziellos bewegte er sich nach Norden. Er kam an der Lady Jane Grey vorbei, und für einen Moment verspürte er das dringende Bedürfnis, einen Brandanschlag auf die Schule zu verüben – für alles, was sie Kate angetan hatte. Am Ende verfuhr er sich auf den laubbedeckten Straßen des ländlichen Hertfordshire. Er entdeckte eine Haltebucht und parkte. Der Himmel war immer noch bleiern dunkel, keine Andeutung von Helligkeit. So saß Neil am Morgen des zweiten Weihnachtsfeiertags in seinem Wagen und flennte sich die Seele aus dem Leib.

Er war wütend und traurig und hatte große Angst. Wütend war er, weil Kate so verdammt verschlossen war und ein Geheimnis aus ihrer Kindheit und Jugend machte. Nicht dass er alles von ihr hätte wissen wollen. Schließlich behielt wohl jeder einen Teil seiner Jugend für sich oder fand es zumindest unnötig, nahestehenden Menschen davon zu erzählen. Neil hatte Kate auch nicht viel über seine Zeit in der City erzählt, nach seinem Studium in Oxford, bevor er die Ausbildung zum Journalisten begann. Er hatte weder groß über die sexuellen noch über die anderen, wenig rühmlichen Aktivitäten geredet. Sie hatten zum Job dazugehört: das heftige Trinken, der Koks, die hektischen, anonymen One-Night-Stands. Sie waren nun mal Bestandteile jenes schweißtreibend frenetischen Lifestyles der Achtziger. Als er Kate kennenlernte, hatte das längst hinter ihm gelegen, ebenso wie offenbar auch ihre Partytage mit Hattie. Und beides spielte keine Rolle mehr. Deshalb verzichteten sie beide darauf, einander bewusst zu belügen oder in die Irre zu führen. Es gab keinen Grund, ins Detail zu gehen. Der andere musste keine Einzelheiten wissen, ebenso wenig, wie man ihm haarklein schildern musste, was man früher angezogen hatte.

Was Neil jedoch wütend machte, war Kates Heimlichtuerei im Bezug auf ihre Schulzeit. Er konnte seine Frau so viel besser verstehen, seit er mehr über sie erfahren hatte: ihre distanzierte Zurückhaltung, die Tatsache, dass sie keine engen Freundinnen besaß. Vielleicht begriff er jetzt sogar besser, weshalb sie eingewilligt hatte, ihn so jung zu heiraten. Sie hatte nach Liebe, Zuneigung und Freundschaft gehungert. Dass ihr Zuhause ihr kaum Wärme geboten hatte, wusste er bereits. Aber erst jetzt wurde ihm klar, dass ihre Schulzeit sogar noch schlimmer gewesen war.

Wütend war er vor allem auf die Person, die Kate die Puppen geschickt hatte. Doch seltsamerweise richtete sich sein Zorn immer wieder auch auf Kate. Schließlich gehörte der Kummer nicht ihr allein; die Tragödie war nicht bloß *ihre* Tragödie! Bei jeder Fehlgeburt hatten sie gemeinsam getrauert, jedes Mal, wenn sich die zarte, magische Verheißung eines Babys in einer Blutlache auflöste. Trotzdem hatte sie ihn gestern und heute nicht an sich herangelassen. Glaubte sie denn, dass es ganz allein ihre Tragödie war? Dass sie die Einzige war, die dem entsetzlichen, heimtückischen Geschenk fassungslos gegenüberstand? Er hätte sie am liebsten angeschrien und mit ihr gestritten, damit sie begriff, dass es ihn ebenfalls schmerzte. Doch sie ließ es nicht zu. Sie sperrte ihn aus, und das war das Schlimmste überhaupt.

Die Leute dachten, Männer würden bei Fehlgeburten nicht trauern. Sie schienen anzunehmen, dass ihnen Aborte nichts ausmachten und sie mit einem schlichten Achselzucken darüber hinwegkamen. Dabei verkannten sie, wie sehr er sich ein

Kind wünschte – nicht bloß ein Kind, sondern *dieses* Kind, dieses eine, das im wunderschönen Bauch seiner Frau entstand, das sie beide ins Leben gerufen hatten. Er wollte *dieses* Kind, sein Kind. Und nun quälte ein verfluchter Schulhoftyrann seine Frau. Und Neil und seine Ehe waren ins Kreuzfeuer geraten.

In langsamem Tempo fuhr er nach London zurück, in seine Wohnung auf Zeit. Er schloss auf und trug die Plastiktüte mit Lebensmitteln hinein, die er im rund um die Uhr geöffneten Laden an der Ecke gekauft hatte. Er stellte die Tüte in die winzige Küche und machte sich einen Kaffee. Den trank er am Fenster und starrte hinaus auf die Dächer von Bloomsbury. Kate wird schon wieder, sagte er sich. Sie braucht bloß Zeit. Und ich ebenfalls. Ich brauche Zeit zum Nachforschen. Als Erstes muss ich mit Anna und Richard in Kates Radiosender sprechen und herausfinden, wie und wann das Geschenk gekommen ist. Dann muss ich mit der Polizei reden und sie überzeugen, dass mein und Kates vager Verdacht bezüglich Serenas Mord durchaus ernst genommen werden sollte.

Er hatte einiges zu klären.

Dreiundzwanzig

Sagenhaft schlecht gemacht«, sagte David Steele, während er mit dem Finger an der Kante eines der kleinen Sperrholzsärge entlangstrich. »Schlampig zusammengezimmert, aber trotzdem grausam wirkungsvoll. Ich kann mir vorstellen, wie das für euch beide gewesen sein muss. Tja, leider muss ich dir sagen, solange deine Frau nicht selbst Anzeige erstattet, können wir rein gar nix machen.«

Dave Steele saß auf einem der billigen IKEA-Sofas in Neils Ausweichquartier. Es war der Tag nach dem zweiten Weihnachtsfeiertag, und Dave hatte sich zu einem höchst inoffiziellen Besuch überreden lassen. Neil war ihm dankbar, dass er gekommen war, ebenso wie er Dave dankbar war, dass er genügend Takt besaß, ihn nicht zu fragen, warum er in dieser Wohnung und nicht in seinem Haus wohnte. Dave war nicht direkt in die Ermittlungen zu Serena Harcourts Mord involviert, aber dicht genug dran, um zu wissen, was vor sich ging. Und er war einer der wenigen Polizisten, denen Neil blind vertraute.

Schon immer hatte Neil sich gut auf das komplizierte Geben und Nehmen zwischen Polizei und Journalisten verstanden. Dave Steele gehörte zu der von Neil favorisierten Sorte von Polizisten, denen klar war, dass sie Journalisten ebenso sehr brauchten, wie die Journalisten die Polizei brauchten. Neil war Dave erstmals vor fünf Jahren begegnet, als Dave eine komplizierte Ermittlung in einer Serie von Banküberfällen leitete, die sich über den gesamten Südosten erstreckten. Anfangs waren sie beide sehr vorsichtig miteinander umgegangen, hatten aber im Laufe der Zeit nicht bloß Vertrauen zueinander gewonnen, sondern auch eine Freundschaft aufgebaut. Sie waren ungefähr im selben Alter und stammten aus ähnlichen Verhältnissen: Dave kam ursprünglich aus Leeds und hatte einen Jura-Abschluss von einer angesehenen Uni. Er war intelligent, aufgeschlossen und relativ kultiviert – hatte also denselben »Background«, wie man derzeit so gern sagte, und beide fühlten sich auf eine Weise verbunden, die manch gegensätzliche Anforderungen ihrer Jobs überleben konnte.

Neil machte ihnen beiden Instantkaffee und setzte sich zu dem Polizisten an den Tisch. Er stellte ihm seinen Becher direkt vor die Nase. »Kate wird keine Anzeige erstatten, da bin ich mir ziemlich sicher«, sagte er. »Sie will nichts mehr von der Sache wissen. Aber ich glaube, dass sie in Gefahr ist. Ich denke, dass da draußen ein Mörder rumläuft, und dieser Kasten hier führt uns zu ihm oder ihr. Die Person, die diese Särge geschickt hat, ist vermutlich identisch mit Serena Harcourts Mörder. Und sie hat auch Harriet Fox umgebracht. Bitte hör mir genau zu, egal wie verdreht und zusammenhanglos es für dich klingen mag, und sag mir hinterher, ob das Ganze für dich einen Sinn ergibt.«

Neil erzählte Dave alles, was er wusste, angefangen bei Hatties Tod und ihren letzen Worten. Er erwähnte den Zeitschriftenartikel über ihre Alkoholsucht und die kleinen Flaschen, die sie mit der Post bekommen hatte. Er erzählte, dass Serena ebenfalls in einer Zeitschrift beschrieben wurde, und von den Briefen und Fotos, die sie hinterher erhalten hatte. Er erzählte Dave, dass sowohl Kate als auch er bezweifelten, dass George seine Frau umgebracht hatte. Und er erwähnte Susan zwar nicht namentlich, doch er berichtete, was ihr widerfahren war, nachdem sie in einem Fachblatt porträtiert worden war. Und dann berichtete er über die Vorkommnisse, die Kate erlebt hatte.

»Vier Frauen, die alle drangsaliert werden, nachdem sie in Zeitungsartikeln oder Zeitschriften aufgetaucht sind. Alle haben eines gemeinsam: Sie waren im selben Jahrgang auf der Lady Jane Grey. Drei von ihnen waren bekannt dafür, dass sie ihre Mitschülerinnen tyrannisiert haben. Und jetzt startet jemand eine Art Rachefeldzug, und zwei der Frauen sind schon tot. Deine psychologische Argumentation, weshalb George Harcourt seine Frau so nicht umgebracht haben kann, ist wohl interessant«, sagte Dave und schob seinen Kaffeebecher langsam über den Tisch, als zeichne er eine Route ein, »aber leider ist sie total schwachsinnig. Bei allem Respekt, George kommt dem perfekten Tatverdächtigen so nahe, wie es irgend geht. Seine Frau muss von jemandem ermordet worden sein, den sie kannte. Niemanden sonst hätte sie in die Scheune gelassen, in der sie arbeitete. George war oft wütend auf sie, das wissen wir von seiner Tochter – die sich übrigens wacker hält. Zurzeit ist sie in der Familie einer Schulfreundin untergebracht. Also, Serena wusste, dass George eine Affäre hatte. Und ihre Freundinnen haben ausgesagt, dass sie vorhatte, ihn deshalb noch vor Weihnachten zur Rede zu stellen. Wir wissen, dass er an dem besagten Tag am frühen Nachmittag sein Büro verlassen hat. Er ist ein reizbarer Mensch, der schnell explodiert. Vielleicht wollte er sie nicht umbringen, aber alles deutet darauf hin, dass er es getan hat.«

»Und warum habt ihr ihn dann noch nicht verhaftet?«

Lächelnd schob Dave seinen Kaffeebecher wieder an den ursprünglichen Standort zurück. »Weil er ein Alibi hat. Er hat das Büro vorzeitig verlassen, wie er uns sagte, weil er nach Tunbridge Wells gefahren ist, um seiner alten Mutter beim Schmücken ihres Weihnachtsbaums zu helfen. Ich muss wohl nicht erwähnen, dass sie sein Alibi sehr energisch bestätigt.«

»Dann kann die Polizei also gar nichts tun?«

»Soweit wir wissen, hat keine der vier Frauen polizeilich gemeldet, dass sie Post von diesem ... Stalker bekommen hat. Vielleicht gibt es ja noch ein Opfer, und wenn wir Glück haben, zeigt die Betroffene die Sache an.« Dave sah zu Neil auf. »Du sagst, dass diese Frauen zu Schulzeiten richtige Tyrannen waren. Wie du erzählst, haben sie deiner Frau übel zugesetzt. Dir ist doch sicher selbst schon mal der Gedanke gekommen, dass deine Frau damit eine der Hauptverdächtigen ist. Erzähl mir nicht, dass du dich nicht selbst schon längst gefragt hast, ob sie sich dieses ... Geschenk ... vielleicht selbst geschickt hat.«

Dave hatte recht. Dieser Gedanke war Neil durch den Kopf gegangen, und er hatte sich dafür gehasst. Er hatte darüber nachgedacht, als er am zweiten Weihnachtsfeiertag zu seiner Wohnung zurückgefahren war, hatte den Verdacht aber sofort wieder verworfen. Zugegeben, anfangs hatte er gezweifelt, als Kate ihm die Geschichten von dem Geschenkkorb und dem Elternforum erzählte. Nicht dass er ihr nicht geglaubt hätte; er hatte sich lediglich gefragt, ob sie vielleicht übertrieb oder schlicht paranoid reagierte. Doch die toten Babys in den Särgen – das würde seine Frau weder sich selbst noch ihm antun, auf keinen Fall. Und deshalb musste er herausfinden, wer dahintersteckte.

Neil hatte Richard Taylor auf Anhieb unsympathisch gefunden, als er ihn vor zwei oder drei Jahren bei einer Weihnachtsfeier von Warm FM kennenlernte. Vielleicht lag es an der stacheligen Gelfrisur, die an einen gescheiterten Popstar der frühen Neunziger erinnerte, an dem einzelnen Ohrring oder an der Tatsache, dass er sich wie ein typischer Radio-DJ gab, den man in eine Managerrolle gezwängt hatte. Es konnte allerdings auch an der bevormundenden, schnöseligen Art gelegen haben, die er Kate gegenüber bei der Party an den Tag gelegt hatte. Sie hatte kurz nach ihrem Wechsel in die Vormittagsmoderation stattgefunden. »Da ist sie ja«, hatte Richard gesagt, als Neil und Kate auf der Weihnachtsfeier ankamen. »Unser aller Superstar vom Vormittag!«

Jetzt saß Neil in Richards Büro, wo er warten musste, während der stachelhaarige Idiot vorgab, wichtige Telefonate zu führen. Schließlich legte Richard den Hörer auf, drehte sich zu seinem Computer, blickte stirnrunzelnd auf den Monitor und tippte etwas ein. Erst nachdem er Neil vorgeführt hatte, was für ein unglaublich gefragter Manager er war, ließ er sich dazu herab, mit ihm zu sprechen. Neil versuchte, sich seinen Ärger und seine Abneigung nicht anmerken zu lassen, denn dieses Gespräch könnte nützlich sein. Vielleicht konnte Richard ihm einen Tipp geben, wer das scheußliche Paket geschickt hatte.

»Gleich vorweg: Ihre Frau ist gefeuert, klar? Nicht aufzukreuzen ist bei uns ein Grund für fristlose Kündigung. Dass Sie mich angerufen haben, ändert rein gar nichts, und Ihr Anruf kam sowieso zu spät. Außerdem hätte Kate sich bei mir melden müssen. Sie fehlt schon zwei Tage. Ich habe versucht, sie anzurufen, aber sie geht nicht an ihr Handy und hat nicht ein einziges Mal versucht, mich zu erreichen. Damit verstößt sie gegen sämtliche Regeln. Bedaure, da kann ich keine Ausnahme machen.«

Neil hasste den kleinen Mistkerl noch mehr. Natürlich gab er sich die Schuld und konnte selbst kaum fassen, dass er vergessen hatte, rechtzeitig beim Sender anzurufen und Kate zu entschuldigen. Dass sie momentan andere Sorgen hatte, war ihm durchaus bewusst gewesen. Er hätte Richard gern klargemacht, dass es Kate schlecht ging, dass ihr jemand einen boshaften Streich gespielt hatte und sie für eine Weile weg von allem musste. Aber er konnte die Geschichte unmöglich erzählen, ohne dass es gleich geklungen hätte, als habe Kate einen Nervenzusammenbruch – und selbst das würde Richard wohl nicht bewegen, die Kündigung zurückzunehmen. Deshalb beschloss Neil, sich später darum zu kümmern. Er konnte mit einem Anwalt für Arbeitsrecht reden, den er kannte, und sich erkundigen, welche Möglichkeiten sie hatten. Solange Kate jedoch nicht zu erreichen war, sollte er das Thema auf Eis legen. Richard war nicht der Einzige, der nichts von ihr gehört hatte. Auch Neil musste sich mit dem Anrufbeantworter und dem Senden von SMS zufriedengeben und hoffen, dass Kate sie las und es ihr gutging. Im Moment aber durfte er sich davon nicht ablenken lassen. Er musste bei dem bleiben, weshalb er hier war.

»Der Grund meines Besuchs ist, dass ich Ihnen ein paar Fragen stellen muss. Sie wissen, dass Kate mehrere Fehlgeburten hatte.«

Richard wirkte erschrocken. »Drei, ja, das wusste ich. Sie hat es mir erzählt, was sie auch musste, um ihre vielen Fehltage zu erklären. Sie wollte den Grund nicht ins Krankenformular eintragen, in das Formblatt, das Mitarbeiter ausfüllen müssen, wenn sie wegen Krankheit gefehlt haben. Wir hatten eine interne Prüfung wegen unentschuldigten Fehlens, deshalb musste ich sie fragen, warum sie dreimal innerhalb von zwei Jahren wegen Grippe gefehlt hatte. Und da erzählte sie mir, was wirklich mit ihr gewesen war.«

»Haben Sie mit irgendjemandem darüber geredet?«

»Nein!«, entgegnete Richard beleidigt. »Ich hatte ihr versprochen, dass ich es für mich behalte, und ich halte meine Versprechen. Wieso fragen Sie mich das? Was ist passiert? Hatte sie wieder eine Fehlgeburt? Ist sie deshalb nicht zur Arbeit gekommen? Falls ja, müssen Sie mir das sagen. Dann würde ich mir das mit der Kündigung noch mal überlegen.«

Neil bemerkte, dass Richard unbehaglich auf seinem Stuhl hin und her rutschte. Auch wenn Kate schwor, dass Richard ein anständiger Kerl war, blieb er für Neil der klassische mittlere Manager, ein schwacher, verschlagener Knecht der Chefetage – auch wenn er gewisse menschliche Züge zeigte. Trotzdem blieb Neil so sachlich wie möglich. »Kate hat ein besonders boshaftes Wichtelgeschenk zu Weihnachten bekommen, das auf ihre Fehlgeburten anspielt. Ich muss wissen, wer ihren Namen gezogen hat oder wer Zugang zu dem Weihnachtsbaum in der Rezeption hatte.« Laut ausgesprochen klang sein Vorhaben reichlich blöd, fand Neil.

Wie sich herausstellte, war Kates offizieller Weihnachtswichtel ein nicht besonders heller Knabe namens Chris gewesen, der bei Warm FM als Journalist fungierte. Den berühmten Fernsehreporter Neil Callan zu treffen schien bei ihm Ehrfurcht zu erzeugen, denn er zitterte sichtbar, als Richard ihn in sein Büro rief.

»Ich war total nervös, als ich Kates Namen aus dem Hut zog. Mochte sie ihr Geschenk nicht?«

Die Frage war so absurd, dass Neil fast gelacht hätte. Offenbar hatte jemand die Geschenke vertauscht, was dieser junge Bursche natürlich nicht wissen konnte. »Was haben Sie ihr denn gekauft?«

»Na ja, ich hatte meine Mum um Rat gefragt, weil sie ungefähr im selben Alter ist, und sie meinte, ich soll was bei Body

Shop kaufen. Da habe ich eins von diesen Geschenkpaketen genommen ... Wissen Sie, die mit den kleinen Flaschen, Schaumbad und so. O Gott«, stöhnte er, als er Neils strenge Miene sah. »Stimmte damit was nicht?«

Beim Sender erfuhr Neil nichts, was ihm weiterhalf. Kates Freundin Anna war in Tränen aufgelöst, als er mit ihr redete. »Ich fasse nicht, dass Richard sie rausgeschmissen hat«, schluchzte sie. »Sie war eine von den wenigen guten Leuten hier. Die sind doch bekloppt, ausgerechnet sie rauszuwerfen!«

Über das Geschenk wusste sie allerdings nichts. Und sie beteuerte, dass sie mit niemandem über Kates Fehlgeburten gesprochen hatte. »Schließlich hatte sie mir das im Vertrauen erzählt. So was tratsch ich doch nicht rum! Ach, du Schreck«, sagte sie dann, als fiele ihr gerade etwas ein. »Arme Kate! Deshalb war sie wegen der Werbegeschenke so aufgelöst, wegen dem ganzen Babykram, meine ich. Daran hatte ich überhaupt nicht mehr gedacht. Gott, wie unsensibel, so was Leuten zu schicken, wenn man nicht genau weiß, ob sie Kinder haben.«

Die Empfangssekretärin war auch keine Hilfe. »Die Leute legen ihre Geschenke unter den Baum. Ich weiß nicht, wer da wann was hinpackt. Schließlich beobachte ich die ja nicht den ganzen Tag, oder?«

»Wie sieht es mit Besuchern aus? Ist die Eingangstür offen oder verschlossen? Müssen Sie jeden per Knopfdruck reinlassen?«

»Tja, ja, theoretisch schon. Aber oft lassen wir sie auch einfach offen. Ich meine, ich bin ja hier, also kann keiner einfach reinmarschieren, ohne mir zu sagen, zu wem er will. Es sei denn, ich bin gerade auf dem Klo oder so. Und warum sollte ein Besucher ein Wichtelgeschenk für Kate bringen? Das ergibt doch gar keinen Sinn.«

Neil fühlte sich elend, weil er nichts von Kate hörte. In der scheußlichen kleinen Wohnung schien jede Bewegung ein Echo zu erzeugen, und beim Telefonklingeln zuckte Neil zusammen. Er saß mit einem Curry vom indischen Imbiss auf dem IKEA-Sofa und schaltete sich durch die Fernsehkanäle auf der Suche nach Ablenkung von der Sorge um seine Frau. Tagsüber war es okay gewesen, denn dann war er beschäftigt; er ermittelte, stellte Fragen und sammelte Fakten. Aber jetzt fühlte er sich einsamer denn je. Er versuchte es noch mal auf Kates Handy. Immer noch keine Antwort. Also schrieb er ihr eine SMS, nur eine kurze Nachricht, um ihr zu sagen, dass er sie liebe. Verdammt, seine Frau fehlte ihm. Sie fehlte ihm so sehr!

Anna weinte, als sie anrief. Es war spät, schon gegen Mitternacht. Neil räumte gerade die Reste seines Currys weg und überlegte, ins Bett zu gehen. Beim Klingeln rannte er zu seinem Handy und hoffte, dass es Kate war – wie immer, wenn es zu einer ungewöhnlichen Zeit läutete. Doch die Nummer auf dem Display kannte er nicht.

»Ich habe über Ihre Fragen heute noch mal nachgedacht«, sagte Anna. »Darüber, ob ich jemals irgendwem etwas von Kates Fehlgeburten erzählt habe. Und ich glaube nun, ich habe mal so eine Andeutung gemacht. Ich wollte es eigentlich gar nicht, ehrlich nicht, und es war bestimmt ein Fehler. Das tut mir so unendlich leid.«

Neil bemühte sich, ruhig und verständnisvoll zu bleiben. Er konnte sie schlecht fragen: »Wem denn?«, also verlegte er sich auf: »Erzählen Sie mir davon!«

»Ich war im Pub um die Ecke. Das ist schon ein paar Wochen her. Jedenfalls war da dieser Mann, ein älterer Herr, und er hat mich angesprochen. ›Arbeiten Sie nicht bei Warm FM?‹, hat er gefragt. Wir kamen ins Plaudern, und er erzählte mir, dass seine Tochter bei Warm FM arbeitet und dass sie Katherine heißt. Na ja, ich glaube, ich war ein bisschen angeheitert, denn als wir so redeten, schien er tatsächlich eine Menge über Kate zu wissen. Er fand es traurig, dass sie keine Kinder hat. Und ich glaube, da habe ich was von den Fehlgeburten gesagt. Ich meine, er wusste es irgendwie sowieso schon. Auf jeden Fall dachte ich das, aber er kann genauso gut wild spekuliert haben, damit ich mehr verrate. Ich habe mir vielleicht gedacht, dass es okay ist, weil er doch Kates Dad ist. Und am nächsten Tag wollte ich es ihr gleich erzählen. Sie wissen schon, so in der Richtung: ›Übrigens, ich habe deinen Dad gestern Abend getroffen.‹ Doch dann ist mir eingefallen, dass sie gar keinen Dad hat, dass er tot ist oder sie ihn zumindest gar nicht kennt oder so. Und mir war das Ganze so schrecklich peinlich, dass ich gar nichts gesagt habe und die Geschichte einfach vergessen wollte. Ich redete mir ein, dass er die Kathy aus dem Vertrieb gemeint hat und, na ja, dass ich im Grunde ja nichts Schlimmes gesagt hatte.«

Ein Mann? Anna wollte von ihm beruhigt werden, wofür Neil jedoch die Geduld fehlte. Er musste mehr wissen. »Dieser Mann, wie hat er ausgesehen?«

»Ach, das weiß ich nicht mehr. Ziemlich durchschnittlich. Er war älter, wie gesagt, ist ja auch klar, aber eigentlich sah er völlig normal aus.«

Vierundzwanzig

Wir haben etwas Furchtbares getan. WIR haben etwas Furchtbares getan.

In Kates Hinterkopf war eine vage Erinnerung, an die sie einfach nicht herankam. Am liebsten wollte sie es auch gar nicht, aber sie musste trotzdem versuchen, sich zu erinnern. Die einzige Möglichkeit, diesen Albtraum zu beenden, war die, herauszufinden, wofür sie bestraft wurde. Sie hatte sich einreden wollen, dass die Belästigungen und Hatties und Serenas Tod nichts mit ihr zu tun hatten. Doch das stimmte nicht. So viel wusste sie inzwischen. Ihr war klar, dass sie genauso bestraft wurde wie Hattie, Serena und sogar Susan. Hatties Worte tauchten wieder und wieder auf, genau wie die Erinnerungen, die sich ihr immer wieder entzogen. Kate bekam sie nicht zu packen, und erst recht konnte sie nicht aufhören, an sie zu denken. Sie hatte das Gefühl, langsam wahnsinnig zu werden. Sie konnte nicht schlafen. Sie war allein im Haus, weil sie allein sein musste, um ungestört nachdenken zu können – ohne Neils unablässige Fragen und sein ewiges Nachhaken. Nur war auch alles lauter und wirrer, solange sie allein war. Bilder liefen in ihrem Kopf ab, und Erinnerungsfetzen tauchten auf, die zu flüchtig waren, um sie genauer zu bestimmen. Kate wusste lediglich, dass es etwas Schreckliches war und mit Hattie und ihr zusammenhing. Wahrscheinlich war sie drauf und dran, den Verstand zu verlieren.

Seit ungefähr zwei Tagen war sie nun zu Hause, so schien es Kate jedenfalls. Die meiste Zeit hatte sie im Pyjama verbracht, zusammengerollt auf dem Sofa, sich von alten Filmen zu blöden Quiz-Shows durchgezappt und zwischendurch Frühstücksflocken oder Toast gegessen. Natürlich hätte sie bei der Arbeit auftauchen oder wenigstens anrufen und sich krankmelden sollen. Dann hätte sie allerdings mit jemandem sprechen müssen, und das brachte sie nicht über sich.

Neil schickte ihr hartnäckig SMS-Botschaften. Alle paar Stunden erklang der Piepton, der eine neue Nachricht ankündigte, in der er ihr schrieb, dass er sie liebe und an sie denke. Wie Botschaften aus einer anderen Welt. Kate fühlte sich noch nicht einmal erstickt von seiner Aufmerksamkeit, wie sie es sonst bisweilen tat. Alles schien viel zu weit weg. Sie müsste sich bei Neil melden und ihm sagen, dass es ihr gutging. Aber es ging ihr nicht gut. Es ging ihr alles andere als gut. Sie wurde allmählich verrückt, dessen war sie sich sicher.

Die verschwommenen Bilder kehrten zurück. Sie trug eines von Hatties Fünfzigerjahrekleidern. Beinahe meinte sie das Taftknistern zu hören. Oder war das der Taftrock aus der Kostümkammer der Schule? Ihre Erinnerungen verliefen ineinander. Nein, sie trug den Taft am Körper. Sie spürte das Kratzen des steifen Nylon-Petticoats hinten an ihren Beinen. Ihre Füße steckten in etwas zu großen Schuhen. Sie krümmte die Zehen, um die Schuhe zu halten, bis sie vor Anstrengung fast einen Krampf bekam. Sie stand an eine Wand gelehnt, in einem dunklen Zimmer, hielt einen Drink in der Hand, an dem sie nur nippte. *Wir haben etwas Furchtbares getan.*

Warte. Warte! Da war etwas. Die Schuhe; die zu großen Schuhe. Kate zog ihren Bademantel fester um sich und stand vom Sofa auf. Nachdem sie zu lange auf ihren angewinkelten Beinen gehockt hatte, kribbelten sie unangenehm.

Im Obergeschoss, im Schlafzimmer, fand sie, wonach sie gesucht hatte. Unten in ihrem Kleiderschrank waren Hatties Schuhe: Die Sandalen aus perlmuttfarbenem Satin, die Rosemary Fox ihr gegeben hatte. Die Sandalen, die sie früher getragen hatte, wenn sie mit Hattie unterwegs war. Kate stützte sich an der Frisierkommode ab und schob die Füße in die Sandalen. Dann krempelte sie ihre Pyjamahose hoch und betrachtete sich in dem bodenlangen Spiegel. Sie sah entsetzlich aus: bleich mit Flecken um den Mund und am Kinn, das Haar ungewaschen und ungekämmt, dunkle Ringe unter den Augen. Aber ihre Beine waren spitze. Sie hatte Waden wie ein Star aus einem alten amerikanischen Film. Das hatte Hattie ihr auch immer wieder gesagt. Ach, es war einfach wunderbar gewesen, wie diese Sandalen ihre Beine verwandelt hatten!

Natürlich waren sie zu groß, wenn auch kleiner als die meisten anderen Schuhe von Hattie. Nur deshalb hatte Kate sie überhaupt anziehen können. Sie hatten ihr fast gepasst. Zwölf Zentimeter hohe Holzabsätze, Seidenbänder über den Zehen und an den Knöcheln. »Fick-mich-Schuhe«, hatte Hattie sie genannt. Kate machte einen Schritt auf den Spiegel zu und hätte sich beinahe den Knöchel verdreht. Sie war aus der Übung, was das Gehen auf hohen Absätzen betraf.

Als sie wieder aus den Sandalen schlüpfte, spürte sie den weichen Teppich unter ihren nackten Füßen. Sie hob die Schuhe mit der rechten Hand auf, hakte die Finger in die Knöchelbänder und ließ sie herunterbaumeln. Und in dem Moment, in dem die Riemen sich an ihren Fingern rieben, traf die Erinnerung sie mit voller Wucht.

Ein dunkles, verrauchtes Zimmer. Sie lehnte an der Wand, paffte eine geschnorrte Zigarette, um etwas zu tun zu haben und mit jemandem ins Gespräch zu kommen, indem sie um Feuer bat. Nachdem sie die Zigarette auf einem schmutzigen Teller ausgedrückt hatte, zog sie die Sandalen aus, hielt sie an den Riemen und schwang sie leicht in der Hand.

Sie stand am Rand, abseits, und beobachtete die Party. Das machte sie dauernd; immer war sie eine Zuschauerin. Sie hatte keine Ahnung, wo Hattie hin war. Kate wusste ja nicht einmal, wo sie selbst sich befand, wenn sie es genau bedachte. In einer Bar? Nein, sie war in irgendeiner Wohnung. Chrom, Glas, Rot und Schwarz. Das Licht war weit runtergedimmt. Aus den Stereoboxen war Sade zu hören – »Your Love is King«. Kate schaute der Party zu, die sich vor ihr abspielte. Immer beobachtend. Wie viele solcher Abende hatte sie erlebt! Doch an diesem Abend war etwas anders. Etwas war mit dieser Erinnerung, etwas Furchtbares, an das sie sich nicht erinnern wollte.

Mit Hattie hatte es zahlreiche Abende wie diesen gegeben. Kate war nicht sicher, warum ihr dieser eine im Gedächtnis geblieben war, was an der Party, der Wohnung, dem Abend besonders gewesen war. Fast jedes Wochenende in jenem Sommer – dem Sommer nach ihrem Schulabschluss – hatte sie mit Hattie irgendeine Party besucht. Und fast alle hatten gut angefangen und schlecht geendet.

Bis heute konnte Kate nicht genau sagen, warum sie sich von Hattie überallhin mitschleppen ließ. Oder doch? Sie sollte sich wohl einfach eingestehen, dass sie sich von dem Gefühl hatte verführen lassen, sie werde gebraucht. Eine Freundin zu haben war einfach aufregend gewesen. Und Kate hätte einiges für das warme Wohlgefühl getan, das sie jedes Mal zu Beginn solcher Abende überkam. Angefangen hatten sie stets damit, dass sie sich umzogen, beziehungsweise Kate von Hattie wie eine Puppe angekleidet wurde. Knöpfe, Schnallen, Haken und Ösen – die raffinierten Verschlüsse der alten Kleider.

»Du bist so schön«, pflegte Hattie zu sagen. »So tolle Haut, so wunderschön leuchtende Augen.«

Hattie schminkte sie auch. Kate konnte sich noch genau erinnern, wie es sich angefühlt hatte, in geborgten Schuhen, mit einem Spritzer des teuren Parfums. Niemals L'Heure Bleue, denn das war Hatties Duft. Kate bekam einen anderen, ausgefallen und altmodisch, einen Duft, der nach Sex und alten Spielfilmen roch.

Und dann ab ins Taxi! Kate war nie mit dem Taxi gefahren, bevor sie Hattie kennenlernte. Kate beneidete – bestaunte – Hattie, weil die immer wusste, wie viel Trinkgeld man gab. Und unterwegs im Taxi erzählte Hattie von ihrer Woche: was sie gelesen, wen sie getroffen, wer sich hoffnungslos in sie verliebt hatte. Dann musste Kate ihr haarklein berichten, was sie gemacht hatte: von ihrem Sommerjob in der Fabrik, ihrem Samstagsjob in dem Laden. In jenem Sommer hatte Kate viel gearbeitet. Und Hattie hörte sich alles an, als wäre es das Interessanteste, was ihr je zu Ohren gekommen war.

Und immer gingen die Abende auf die gleiche Weise aus, immer: Kate lehnte an einer Wand oder hockte zusammengekrümmt in einem Sessel und beobachtete die anderen. Sie war die Zuschauerin. Manchmal wehrte sie grabschende Hände ab, manchmal nicht, aber immer beobachtete sie. Sie beobachtete, was Hattie machte, mit wem sie flirtete oder kokste, und wusste, dass ihre Freundin sie längst vergessen hatte. Den ganzen Abend über hielt Kate sich an zwei oder drei Drinks fest, weil sie nüchtern bleiben musste, um Hattie später heil nach Hause zu bringen. Und dann die Herausforderung: draußen auf der Straße in unbequemen Schuhen oder barfuß, auf der Jagd nach einem Taxi, das sie mitnahm.

Doch warum erinnerte sie sich an diesen einen Abend? Was war damals passiert? »Your Love is King« lief. Irgendwo auf der anderen Seite des Zimmers lachte ein Mädchen. Ah, jetzt wusste Kate wieder, wo Hattie hingegangen war. Susan und Serena waren auf der Party aufgetaucht. Vielleicht waren sie verabredet gewesen. Vielleicht war Kate bloß hier, um Hattie nachher heimzubringen. Die drei Freundinnen hatten sich euphorisch begrüßt, und wieder einmal war Kate am Rande stehengelassen worden.

In dem dunklen, verrauchten Zimmer lachte ein Mädchen. Nein, sie lachte nicht, oder? Sie weinte. Sie schrie. Ein Mädchen schrie. Da war ein Mann, und sie versuchte, ihn wegzustoßen, und Hattie, Serena und Susan lachten. Schauten zu und lachten. Alle schauten zu, und ein Mädchen weinte und schrie; und dann stürzten sie alle raus auf die Straße, und Serena sagte: »O Gott, war das nicht furchtbar von uns? Wir hätten etwas tun sollen.«

Und dann hatte der Abend wie üblich mit der Taxifahrt geendet. Susan und Serena mussten gegangen sein. Kate musste Hattie ins Taxi hieven und in Hatties Tasche nach Geld suchen. Sie schaute auf das Taxameter, nagte an ihrer Unterlippe und überlegte, wie viel Trinkgeld sie geben müsse. Und sie wünschte sich inständig, der Zähler würde bei einer runden Zahl stehen bleiben, damit sie leichter zehn Prozent Aufschlag ausrechnen konnte. Als wäre das die wichtigste Sache der Welt.

Anschließend hatte sie Hattie zu Bett gebracht, sich vorsichtig das Taftkleid und die Seidensandalen ausgezogen und ihre Jeans und ihr T-Shirt wieder an. Leise war sie aus dem Haus geschlichen, weil sie Hatties Eltern nicht wecken wollte. Auf ihrem Rad fuhr sie gegen drei, vier, fünf Uhr morgens quer durch Nordlondon. Kaltes, leeres Morgenlicht erhellte die stillen, schmutzigen Straßen. Ein Fuchs lief vor ihr über die Fahrbahn.

Und dann stand sie unter der Dusche, in dem makellos sauberen Bad der Sozialwohnung, die sie mit ihrer Mum bewohnte, in dem supergeputzten Badezimmer mit der zartrosa Badgarnitur aus den Siebzigern, deren Farbe an künstliche Gliedmaßen erinnerte. Unter dem heißen Duschstrahl schrubbte sie sich das Make-up, den Zigarettengeruch und den Schmutz von den Fußsohlen ab – und den Hass, den sie gegen sich selbst empfand.

Es war etwas geschehen. Etwas Furchtbares war geschehen. Ein Mädchen war angegriffen, vielleicht sogar vergewaltigt worden, und sie waren dabei gewesen, hatten zugesehen, hatten gelacht. Sollten sie dafür bestraft werden?

Silvester. Kate hatte immer schon gefunden, dass es der schlimmste, deprimierendste Abend des Jahres war. Der ganze Druck, zurück- und vorauszublicken und allem einen Sinn zu verleihen, Dinge in Zusammenhänge zu rücken, zu ordnen und zu berichtigen! Sie hatte ein Bad genommen, was sie meistens tat, wenn ihr nichts Besseres einfiel. Und sie hatte nach ihrem Handy gesehen, nach der üblichen SMS von Neil. Sie war in der Küche herumgewandert, hatte eine Weile vorm offenen Kühlschrank gestanden und überlegt, was sie essen solle. Und während sie dort stand, war ihr etwas klar geworden: Sie fühlte sich besser. Zum ersten Mal seit einer Woche fühlte sie sich fast normal.

Womöglich lag es daran, dass sie endlich die Erinnerung zu packen bekommen hatte. Oder sie war es schlicht leid, sich merkwürdig zu fühlen. Wieder einmal entschied sie sich für Frühstücksflocken. Sie ging mit der gefüllten Schale ins Wohnzimmer, wo sie den Fernseher einschaltete. Es lief Jools Hollands *Hootenanny*. Neil liebte diese Musikshow, und sicher sah er sie jetzt in der kleinen Wohnung, die nur ein paar Kilometer entfernt war. Warum in aller Welt wollte sie von ihm getrennt sein? Sie vermisste Neil. Sie vermisste es, ihn in den Armen zu halten.

Neil schaute sich Jools Holland an, als sein Handy klingelte. Er war ein bisschen angetrunken und weinerlich. Trotzdem war er blitzschnell beim Telefon. Kates Nummer. Bitte, lass sie dran sein! »Hallo, Schatz«, sagte er.

»Neil, ich liebe dich. Lass uns das neue Jahr nicht getrennt anfangen!«

»Ich liebe dich auch.«

»Ich weiß. Es tut mir leid, dass ich weggelaufen bin.«

Und dann konnte Kate beinahe hören, wie Neil wieder auf Reporter umschaltete. Wie typisch für ihn: stets auf der Hut, ständig bei der Arbeit. »Schatz, fällt dir vielleicht ein *Mann* ein, der einen Grund hätte, die Lady-Jane-Mädchen zu verfolgen? Ein alter Mann, vielleicht der Vater von irgendjemandem?«

Ihr wurde kalt. Sie dachte an das Mädchen, das geschrien hatte. Wie hatten ihre Eltern wohl aufgenommen, was mit ihr geschehen war?

Vierundzwanzig

Hattie stürzte, wieder und wieder, fiel durch die stinkende Luft des U-Bahn-Tunnels. Der Tunnel war gigantisch groß, und Hattie fiel eine Ewigkeit lang, so langsam, dass Kate genügend Zeit hätte, sie zu fangen, könnte sie nur die Arme ausstrecken und sie packen. Aber sie konnte nicht, weil ein Mann – ein ältlicher Mann, ein alter Mann in Rot, ein alter Mann, der sich in den Weihnachtsmann verwandelte – neben Kate stand und ihr einen Sack mit Geschenken reichte. »Sie erinnern sich nicht an mich, stimmt's?«, fragte er. Und dann wurde Kate klar, dass der rote Anzug, den er trug, rot von Blut war. Zum dritten Mal in dieser Nacht wachte sie schweißgebadet auf.

»Schhh!«, machte Neil automatisch, denn eigentlich schlief er noch. Kate griff nach dem Wecker. Es war erst fünf Uhr neunzehn, also blieben ihr noch zwei Stunden, um ein wenig Schlaf zu bekommen. Sie drehte sich um, warf sich ein paarmal hin und her und gab es schließlich auf. Barfuß tapste sie ins Bad nebenan und spritzte sich kaltes Wasser ins Gesicht. Dabei sagte sie sich, dass heute alles gutgehen würde. Sie brauchte nichts weiter zu tun, als bei der Zeugenbefragung zu erzählen, was sie gesehen hatte.

Während sie bei einem starken Kaffee in der Küche saß, erinnerte sie sich daran, was Neil ihr gesagt hatte: Bleib bei den Tatsachen, bei dem, was du an dem Abend wusstest. Verkompliziere die Dinge nicht. Ihre Aufgabe war die einer Zeugin, mehr nicht, das wusste sie. Sie war eine Zeugin der Geschehnisse an jenem Abend, als Hattie vor die U-Bahn gesprungen, gefallen oder gestoßen worden war. »Lass andere Leute von den übrigen Beweisen erzählen!«, hatte Neil gesagt. »Von den Briefen, dem Alkohol, den man ihr mit der Post geschickt hat. Das sollen andere erzählen. Dich wird man nicht danach fragen, und du solltest nicht über irgendwas reden, was du an dem Tag nicht wusstest und nicht gesehen hast. Fang nicht an zu spekulieren! Dazu ist eine solche Befragung nicht geeignet.«

Spekulieren. Das war es, was Neil und sie nach wie vor taten. Sie hatte ihm ihre Erinnerung an jene Party geschildert, und er hatte die Stirn gerunzelt. »Möglich wär's«, sagte er. »Wenn man bedenkt, dass eine deiner Freundinnen tatsächlich das Wort ›furchtbar‹ benutzt hat. Aber es kommt mir nicht überzeugend vor. Ich werde den Gedanken nicht los, dass es etwas mit Mobbing zu tun hat. Finde die Schwächen von jemandem und schlachte sie aus, bis der andere zusammenbricht. Das ist die klassische Methode von Schultyrannen.«

Er musste ihr Gesicht gesehen haben, denn er fügte gleich hinzu: »Natürlich belastet dich das. Und ich will es auch gar nicht abtun. Das muss eine scheußliche Erinnerung sein. Aber sie hängt nicht unbedingt mit allem anderen zusammen. Für mich passt sie nicht zu dem, was vor sich geht. Wie sollte ein älterer Mann, selbst wenn er der Vater des Mädchens von damals ist, eure Namen in Erfahrung bringen? Nein, es hat bestimmt mit deiner alten Schule zu tun. Wie sonst sollte jemand wissen, wer ihr seid?«

Es war frustrierend. Neil und sie kamen der Wahrheit kein Stück näher. Es war ein Mann, ein älterer Mann. Manchmal huschte ein Gesicht durch Kates Träume, das sie jedoch nie richtig sehen konnte. Und Kate ärgerte sich über sich selbst. Sie hatte sich so sehr angestrengt, ihre Schulzeit zu vergessen, dass sie sich jetzt, wo es darauf ankam, gar nicht mehr erinnern konnte.

Sie hatte damit gerechnet, dass der Stalker noch mehr schicken würde. Darauf waren Neil und sie vorbereitet, ja, sie warteten beinahe darauf. Richard hatte einen großen Umschlag voller Post an ihre Privatadresse weitergeleitet, den Kate ungeduldig öffnete. Sie hatte sich Latexhandschuhe übergezogen, um mögliche Fingerabdrücke nicht zu verwischen. Dazu hatte Neil ihr geraten. Aber der Umschlag enthielt nichts Merkwürdiges, nichts über Geburten, Babys oder Fehlgeburten; bloß ein paar verspätete Weihnachtsgrüße von Hörern und eine CD von einer Plattenfirma. Sonst nichts. Es war befremdlich ruhig. Unheimlich ruhig. Nach dem Schock des Weihnachtsgeschenks hatte Kate sich beinahe gewünscht, es möge etwas anderes, Großes geschehen – eine dramatische Konfrontation, eine Todesdrohung, irgendetwas, was sie eindeutig mit Serenas Tod in Verbindung bringen konnte. Neils Polizistenfreund Dave Steele war hier gewesen, um mit ihr zu reden. Sie hatten am Küchentisch gesessen. Doch als Kate zu beschreiben versuchte, was sie bisher erlebt hatte, wurde alles schwammig – alles, bis auf die Puppen.

Kate überlegte, ob sie sich vor der Befragung fürchtete. Nein, das glaubte sie eigentlich nicht. Jedenfalls fürchtete sie sich nicht mehr davor, als sie sich zurzeit vor allem anderen ängstigte. Ihre Hände zitterten zwar, aber das schien gegenwärtig ein Dauerzustand zu sein. Folglich würde sie nicht sagen, dass sie Angst hatte. Sie reagierte lediglich übertrieben angespannt auf jedwedes Geschehen: auf das Telefonklingeln, das Läuten an der Tür, die Briefe in der Post. Ein Mann, hatte Neil gesagt, ein alter Mann, ungefähr so alt, dass er ihr Vater sein könnte. Kate hatte sich das Hirn zermartert – ohne Erfolg. Sie war vorsichtig. An der Haustür legte sie stets die Kette vor, ließ niemanden ins Haus, den sie nicht kannte. Sie kam zurecht. Beinahe jedenfalls.

Kate war froh, dass sie gefeuert worden war, denn mit der Arbeit wäre sie ganz gewiss nicht zurande gekommen. Das Einzige, was sie momentan halbwegs geregelt bekam, war, morgens aufzustehen, die Post durchzusehen und danach Fernsehen zu gucken, bis Neil zu Hause war. Das musste vorerst reichen. Es würde reichen, bis sie diese Geschichte aufgeklärt hatten.

Kate hielt sich wacker. Sie machte ihre Sache richtig gut. Neil saß oben auf der Publikumsgalerie und beobachtete seine Frau ihre Aussage in der Untersuchung zum Todesfall Harriet Fox zu Protokoll gab. Sie hatte das dunkellila Wickelkleid an, das sie bei Hatties Trauerfeier getragen hatte, und sah wunderschön und ernst aus. Auf die Fragen antwortete sie mit einer klaren, kühlen, ruhigen Stimme, die kaum zitterte. Er konnte sehen, dass sie den Tisch vor sich so fest umklammerte, dass ihre Fingerknöchel weiß waren. Aber das würde niemandem sonst auffallen. Alle glaubten, hier säße eine kompetente, sensible Frau, die ihre Aussage zu einem entsetzlichen Vorfall machte, bei dem sie Zeugin geworden war.

Jetzt führte der Vorsitzende Richter sie durch den entscheidenden Moment, den Moment, in dem Hattie vor die U-Bahn stürzte. »Wie nahe standen Sie bei Miss Fox?«

»Nahe, vielleicht einen guten halben Meter entfernt. Sie hatte zwischendurch ihre Hände auf meiner Schulter.«

»Können Sie das genauer erklären?«

»Sie stand vor mir und packte meine Schultern mit beiden Händen. So.« Kate machte es vor, indem sie die Arme ausstreckte.

»Und hat sie etwas zu Ihnen gesagt?«

»Ja.«

Die gute Kate, dachte Neil. Sie beschränkte sich darauf, die Fragen zu beantworten, mehr nicht. Sie war sehr beherrscht und vorsichtig, und sie beschrieb ausschließlich das, was wirklich passiert war.

»Und *was* hat sie zu Ihnen gesagt?«

»Sie sagte: ›Wir haben etwas Furchtbares getan.‹«

In Neils Nähe sog jemand hörbar die Luft ein. Er blickte sich um, konnte aber nicht erkennen, wer es gewesen war. Auf der Galerie saßen eine Menge Leute: Fans von Hatties Fernsehserie vielleicht oder einfach Menschen, die neugierig waren, weil der Todesfall einer Halbprominenten untersucht wurde.

Unten im Gerichtssaal beantwortete Kate weiter Fragen.

»Beschreiben Sie uns mit Ihren eigenen Worten, was Sie danach beobachtet haben!«

Neil sah, dass Kate für einen Moment die Augen schloss. Sie versetzte sich auf den Bahnsteig zurück, das wusste er. Und er wusste auch, wie schwierig es für sie war. Aber ihre Stimme war ruhig, als sie wieder sprach. »Ich sah Hattie dicht vor mir, und dann verlor ich sie kurzzeitig aus dem Blick. Die U-Bahn kam, und auf dem Bahnsteig war es sehr voll, sodass die Leute drängelten und schubsten. Und dann sah ich Hattie wieder. Ich sah ihren Kopf, er überragte die Menge. Da begriff ich, dass sie rückwärts fiel. Und dann prallte sie gegen die U-Bahn.«

Wieder hielt jemand die Luft an, und diesmal drehte Neil sich rascher nach dem Geräusch um. Er sah einen Mann, der sich vorbeugte, das Kinn auf die Hand stützte und höchst interessiert nach vorn schaute. Neil hatte beinahe den Eindruck, als genösse der Mann das alles. Er war älter, um die sechzig, fünfundsechzig vielleicht, hatte schütteres graues Haar, eine Brille und trug ein Tweedjackett über einem beigefarbenen Hemd. Ein durchschnittlicher, unauffälliger Mann. Ein sehr durchschnittlicher Mann, der eigentlich völlig normal aussah. Neil fielen Annas Worte wieder ein, als sie den Mann beschrieb, der sie über Kate ausgefragt hatte. Und schlagartig packte ihn Aufregung. Er drehte sich zu Kate, die den Mann direkt ansah, mit weit aufgerissenen Augen.

Dann blickte sie zu Neil herüber, und er bemerkte, dass sie kaum merklich nickte.

Dieses Mal konnte sie sich an ihn erinnern. Auf Hatties Trauerfeier hatte er sie angetippt und gefragt: »Kennen Sie mich noch?« Er hatte sich bemerkbar gemacht, aber sie hatte es nicht begriffen. Erst heute. Sie konnte ihn deutlich dort oben auf der Galerie sehen, während er sie aufmerksam beobachtete, und jetzt erkannte sie ihn wieder. Jemand, der mit der Lady Jane Grey zu tun hatte. Jemand, der gemobbt worden war.

Mr. Atkins war ein komischer kleiner Mann gewesen. Das waren genau die Worte, mit denen Charlie ihn beschrieben hatte: Charlie, das Mädchen, neben dem Kate früher gesessen hatte, mit den makellos manikürten, blassrosa Fingernägeln. »Ach, was für ein komischer kleiner Mann«, hatte sie gesagt und dabei wie eine Mutter geklungen.

Er war tatsächlich komisch, komisch im Sinne von seltsam. Sie hatten schon früher männliche Lehrkräfte an der Lady Jane gehabt. Und es gab bereits zwei Lehrer, als Mr. Atkins kam, der Geschichte unterrichten sollte. Aber die anderen beiden waren relativ jung und cool, beliebte und gute Lehrer. Ronald Atkins war vollkommen anders.

Er war ein kleines bisschen zu merkwürdig an einem Ort, an dem merkwürdig zu sein nicht toleriert wurde. Er war etwas zu klein, etwas zu tweedlastig gekleidet, etwas zu enthusiastisch in seinem Unterrichtsstil – übergenau, pedantisch. Außerdem hatte er ein paar seltsame Ticks und einen leichten Sprachfehler. Redete er zu schnell, pfiff es durch die Lücke zwischen seinen Schneidezähnen. Der arme Mann hatte von Anfang an keine Chance gehabt.

»Ich hab gehört, dass er superklug sein soll«, sagte ein Mädchen, dessen Vater irgendein Professor war. »Angeblich ist er ein weltbekannter Fachmann für die Französische Revolution oder so.«

»Und ich habe gehört, dass er bei seiner letzten Stelle auf einer Jungenschule einen Nervenzusammenbruch hatte und dass er hergekommen ist, weil er glaubt, Mädchen zu unterrichten wäre leichter.« Das war Serena.

»Ich hab gehört, dass er noch bei seiner Mutter wohnt«, sagte eine von Serenas Ergebenen.

»Ich hingegen habe gehört, dass die Polizei ihn für einen stadtbekannten Exhibitionisten hält.« Das war Susan, grausam wie eh und je.

Alle lachten. Auch Kate hatte vielleicht gelacht. Wahrscheinlich sogar. Manchmal hatte sie mitgelacht, wenn der Spott jemand anderem galt, wenn mal nicht sie das Ziel des grausamen Humors war.

Zunächst wurde Mr. Atkins mit Kleinigkeiten gequält, die kaum auffielen. Kate jedenfalls hatte anfangs nichts mitbekommen. Was nicht weiter verwunderlich war, hatte sie doch nichts mit der Planung zu tun gehabt. Es waren nichtige Dinge: Zum Beispiel wurden mitten in der Stunde Fragen gestellt, die überhaupt nicht zum behandelten Thema passten. Serena etwa stellte eine sehr höfliche, süßlich vorgebrachte, detaillierte Frage zu Garibaldi, als Mr. Atkins mit ihnen über Rasputin sprach. Dann steigerte sich das Triezen. Einige Mädchen beherrschten es bald meisterhaft, durch die Zähne zu pfeifen, wenn sie mit Mr. Atkins sprachen. Und die Streiche wurden zunehmend komplizierter, ausgefeilter. Mädchen wechselten lautlos die Plätze, während er etwas an die Tafel schrieb. Alle in der Klasse zogen sich zu einem verabredeten Zeitpunkt gleichzeitig die Strickjacken aus. Eine Woche lang meldeten sich sämtliche Mädchen gleichzeitig, sobald Mr. Atkins eine Frage stellte. Und die Antwort, die er erhielt, egal welches Mädchen er aufrief, lautete stets: »War es Asquith?«

Und Kate hatte bei allem mitgemacht.

Nachdem ihre Befragung vorbei war, rannte Kate so schnell sie konnte in die Eingangshalle. Sie stürmte auf Neil zu. »Er ist es«, sagte sie. »Er heißt Mr. Atkins, und er war Lehrer an der Lady Jane.«

Neil nickte stumm, während er sich suchend in der Menge umschaute. Offenbar hatte er Mr. Atkins entdeckt, denn er sagte: »Ruf Dave Steele an! Ich gehe Atkins nach.«

Kate setzte sich auf eine Bank vor dem Gerichtsgebäude, das Handy am Ohr. Die Zentrale stellte sie zu Neils freundlichem Polizisten durch, und sie wartete. Wieder einmal zitterte sie am ganzen Leib, und daran war nicht allein die Kälte schuld. Kate grauste vor den Erinnerungen, die nun über sie hereinbrachen.

Sie hatte mitgemacht, hatte gemeinsam mit den anderen Mr. Atkins terrorisiert. Kate hatte mitgemacht, weil ausnahmsweise mal nicht sie gequält wurde. Und sie hatte es genossen. Ja, sie hatte es richtig spaßig gefunden, und sie hatte sich zugehörig gefühlt. Für kurze Zeit war sie in die Clique aufgenommen worden, wurde eine von ihnen.

Mr. Atkins hatte nicht lange durchgehalten. Er war nur ein Jahr an der Lady Jane Grey geblieben. Bis zum Schuljahresende hatte er durchgehalten, so viel wusste Kate noch. Bis dahin war er allerdings zu einem stammelnden Nervenbündel geworden. Und im September, als das neue Schuljahr anfing, war er verschwunden und wurde nie wieder erwähnt. Kate hatte ihn vollkommen vergessen, was erstaunlich war, denn immerhin war er ein wichtiger Bestandteil ihrer Schulzeit gewesen. Aber sie hätte ihn nie für einen Mörder gehalten.

Fünfundzwanzig

Es war Rushhour und die U-Bahn nach Norden zum Bersten voll. Neil hätte sich um ein Haar nicht mehr in den Waggon drängen können, in den Mr. Atkins gestiegen war. Der Lehrer trug einen beigefarbenen Regenmantel, und er stand in dem Raum zwischen den Sitzreihen, wo er sich mit einer Hand an der Stange oben festhielt. Die U-Bahn wurde beständig voller, aber Atkins rührte sich nicht von der Stelle. Neil fragte sich, wie weit er fahren würde. An der Haltestelle Kings Cross leerte sich der Wagen merklich, bevor sich die nächste Menschenmasse hineinzwängte. Atkins hielt sich immer noch oben an der Stange fest, und Neil glaubte nicht, dass Atkins ihn bemerkte.

Die U-Bahn fuhr kreischend in Finsbury Park ein, und plötzlich schienen sich alle im Wagen in Bewegung zu setzen. Eine Frau mit vier oder fünf großen Einkaufstaschen zwängte sich durch den Gang zwischen den Sitzreihen, um auszusteigen, und Atkins wich ihr seitlich aus. Neil entspannte sich. Offenbar stieg er hier nicht aus. Nein, falsch geraten. Der kleine Mann ließ zwei weitere Fahrgäste passieren, ehe er sich selbst in Bewegung setzte, energisch und zielstrebig. Er kam auf das Ende des Waggons zu, wo Neil stand, und Neil wandte sich schnell seitlich ab, um zu vermeiden, dass Atkins ihn von der Befragung – oder gar aus dem Fernsehen – wiedererkannte. Aber dieser schien ihn gar nicht wahrzunehmen. Der Lehrer drängte sich an ihm vorbei, stieg aus, und Neil folgte ihm.

Die Menschen schoben sich in einer zusammenhängenden

Masse die gewundene Treppe hinauf zur Hauptebene. Neil blieb hinten, von wo er hier und da Atkins' beigefarbenen Mantel auftauchen sah. Alle liefen mit dem typisch schnellen Schritt, wie er in U-Bahn-Stationen mit Fernverkehrsanbindung oft zu beobachten ist. Jeder will einen Zug erwischen, dachte Neil. Wie weit muss ich wohl noch fahren? Und was soll ich tun, wenn ich da angekommen bin, wo der Lehrer hinwill? Bisher hatte er nur vorgehabt, ihm zu folgen, um herauszufinden, wo er wohnte. Dann würde er Kate anrufen und ihr die Adresse durchgeben. Er hoffte, dass sie Dave Steele oder einen von den Polizisten erreicht hatte, die in dem Fall der anonymen Sendungen ermittelten. Und hoffentlich hatte Kate sie überzeugen können, dass dieser Mann derjenige war, der hinter allem steckte.

Oben an der Treppe verschwand die Menge in dem Gang, der zu den Gleisen der Nahverkehrszüge führte. Plötzlich konnte Neil Mr. Atkins sehr deutlich sehen. Er stand für sich und blickte zur Anzeige der Abfahrtszeiten empor. Neil hielt Abstand, während er versuchte zu erkennen, nach welchem Zug der Lehrer suchte. Und er betete, dass der Mann nicht über die Oyster-Card-Zone hinauswollte, denn es wäre sehr ärgerlich, Atkins zu verlieren, weil er, Neil, sich ein Zugticket kaufen müsste.

Dann bewegte sich Atkins auf einmal und steuerte mit energischen Schritten auf ein Gleis am Ende des Bahnhofs zu. Neil sah, wie er die Treppe hinaufging, und folgte ihm in sicherem Abstand. Auf dem Bahnsteig hatte er gerade noch genug Zeit zu sehen, dass der nächste Zug nach Norden zur Lady Jane Grey fuhr. Mit diesem Nahverkehrszug fuhren viele Schülerinnen jeden Morgen. Hatte das etwas zu bedeuten?

In der Bahn blieb Atkins wieder stehen, diesmal nahe den Türen. Neil stellte sich vor die Türen am anderen Ende des

Waggons, nahm eine Gratiszeitung auf, die jemand auf dem Sitz liegen gelassen hatte, und hielt sie aufgeschlagen vor sich. Über den oberen Rand hinweg beobachtete er Atkins.

Neil hatte richtig geraten. Atkins stieg an der nichtssagenden Vororthaltestelle aus, die nahe der Lady Jane Grey lag. Neil folgte ihm, achtete jedoch darauf, Distanz zu wahren: die Treppe hinunter, aus dem Bahnhof. Sie befanden sich außerhalb der Oyster-Zone, aber glücklicherweise waren die Schranken offen, und Neil atmete erleichtert auf. Leise und so unauffällig wie möglich heftete er sich an die Fersen des Manns, der mit kleinen, schnellen Schritten unter der Bahnbrücke hindurchlief und auf die Hauptstraße einbog. Rechter Hand zweigten mehrere Seitenstraßen mit gepflegten Doppelhäusern aus den Fünfzigerjahren ab, wohingegen es auf der Einkaufsmeile von Kebabläden und Internetcafés wimmelte. Mr. Atkins überquerte die Straße an einer Fußgängerampel. Neil wartete kurz und lief hinterher, als das Licht zu blinken begann. Große Wohnblocks mit städtischen Sozialwohnungen ragten in der Dunkelheit auf. Atkins steuerte auf einen der Blocks zu, und während Neil ihn aus einer dunklen Nische beobachtete, trat er durch eine Glastür und drückte den Knopf für den Fahrstuhl.

Neil stand im Eingang und sah auf die Anzeige. Der Aufzug hielt im sechsten Stock. Nun musste Neil sich entscheiden. Er rief Kate auf dem Handy an. Besetzt. Nachdem er einen Moment überlegt hatte, stieg er die Treppe hinauf. Der Mann war ein Mörder. Er hatte Serena Harcourt umgebracht und vielleicht auch Harriet Fox. Aber er war mindestens sechzig und hatte keinen Grund, Neil zu misstrauen. Außerdem blieb Neil eigentlich gar nichts anderes übrig: Er musste raufgehen und nachsehen, in welche Wohnung Atkins gegangen war. Dann könnte er Kate anrufen, und entweder er oder Kate riefen Dave Steele an. Anschließend würde Dave seine Kollegen bei der Londoner Polizei informieren, und einer von ihnen käme, um mit Mr. Atkins zu reden. Vorausgesetzt natürlich, dass Neil Glück hatte und die Polizei ihre wilde Geschichte tatsächlich ernstnahm.

Neil rannte schwer atmend die Treppe nach oben, wählte noch mal Kates Nummer und landete direkt auf ihrer Mailbox. Er hinterließ eine Nachricht – den Namen des Wohnblocks, das Stockwerk. Dann lief er weiter. Vierter Stock, fünfter Stock. Neils Plan war, an ein paar Türen zu klopfen, sich zu erkundigen, wo Atkins wohnte, und abzuwarten. Er würde sich auf die Treppe setzen oder sonst wohin und auf die Polizei warten. Doch als er atemlos um die Ecke des Flurs im sechsten Stock bog, stand Atkins wartend in einer offenen Wohnungstür. »Mr. Callan, nicht wahr?« Seine Stimme klang sehr klar, geradezu affektiert. »Ich möchte Ihnen sagen, dass ich Ihre Sendung sehr schätze. Kommen Sie mich besuchen? Wie nett! Treten Sie doch bitte ein!«

Sechsundzwanzig

Neil hatte ein seltsames Déjà-vu-Gefühl, als er Mr. Atkins' Wohnung betrat. Städtische Sozialwohnungen waren alle gleich geschnitten: die Küche links, daneben das Bad, dann ein Schlafzimmer, und sicher lag am Ende des Flurs ein großer Wohnraum. In solchen Wohnungen hatte Neil schon unzählige Interviews gemacht – wie viele, konnte er beim besten Willen nicht mehr sagen. In Wohnungen wie dieser hatte er Triumphe und Tragödien gehört; von Kindern, die in sportlichen Wettkämpfen oder Fernsehtalentshows gewonnen hatten; von Müttern, die die Graffiti und sinnlose Gewalt in ihrer Siedlung leid waren und beschlossen hatten, selbst für Sauberkeit zu sorgen; und eine besonders herzzerreißende Geschichte von einer Mutter, deren zweijähriger Sohn es irgendwie geschafft hatte, den gesicherten Fensterriegel zu öffnen und sich aus dem neunten Stock eines Blocks wie diesem in den Tod zu stürzen. Unzählige Tassen Tee hatte er in Küchen wie dieser hier links vom Flur getrunken. Und einen Moment lang glaubte er verrückterweise, Atkins würde ihm genau das anbieten: eine schöne Tasse Tee.

Stattdessen zog Atkins den Regenmantel aus und hängte ihn auf einen Garderobenhaken. Dann stand er in seinem Tweedjackett da, die Hände an den Hüften. »Willkommen in meiner bescheidenen Herberge«, sagte er mit einem merkwürdigen Lächeln. »Sie entspricht zwar nicht dem, was ich mir einst als meine Wohnstatt ausgemalt habe, aber sie muss genügen. Überdies möchte ich erwähnen, dass sie recht komfortabel ist.«

Während er sprach, fiel Neil auf, dass ihm Luft durch eine Lücke zwischen den Schneidezähnen pfiff. Neil nahm jedes Geräusch besonders deutlich wahr: das Ticken der Uhr im Flur, das Gurgeln des Boilers, als die Zentralheizung ansprang. Er stand da, sah diesen unscheinbaren kleinen Mann an und fragte sich, was er tun solle, in welcher Gefahr er womöglich schwebe. Es war Atkins, der das Schweigen brach.

»Nun denn«, sagte er und rieb die Hände wie Uriah Heep. »Sie werden meine Wand sehen wollen.« Und Neil, dessen Reporterneugier geweckt war, folgte ihm den engen Flur entlang ins Wohnzimmer.

Große Glasflügeltüren führten hinaus auf einen Balkon. Draußen glitzerte das nördliche London in seiner Feierabendpracht. Die hell erleuchteten Fenster im gegenüberliegenden Wohnblock blendeten fast, und während die Stadt draußen in ihrer gewohnten Alltagshektik gefangen war, schien drinnen die Zeit deutlich verlangsamt.

»Hinter Ihnen«, sagte Atkins. Beim Klang seiner Stimme zuckte Neil zusammen. Er drehte sich um und holte unwillkürlich tief Luft. Die breite Wohnzimmerwand war komplett mit Zeitungsartikeln beklebt, Ausschnitten aus Zeitungen und Magazinen. Stolz stand Atkins davor. In seinem Tweedjackett sah er wie der Inbegriff eines Lehrers aus, der sich vor seiner Tafel aufgebaut hat. Neil trat näher. Als Erstes fielen ihm die Gesichter auf den Ausschnitten auf: Frauengesichter, mal lächelnd, mal streng, aber beinahe ausnahmslos alle sehr selbstbewusst. Bilder von Frauen in eleganten Kostümen und Frauen in Abendkleidern; Frauen mit Violinen und Frauen mit Büchern; Frauen, die auf Pferden saßen, und Frauen an Schreibtischen. Neil musste an die Website der Lady Jane Grey denken. Hier waren all die reichen Töchter versammelt, inzwischen erwachsen. Frauen, Dutzende von Frauen. Die Artikel erstreckten sich über die gesamte Wand. Einige der Ausschnitte wirkten ganz neu, andere vergilbt und zerknittert.

»Lauter Schülerinnen der Lady Jane Grey«, erklärte Atkins stolz. »Jede Einzelne von ihnen.«

Neil bemerkte, dass in jedem Artikel mit gelbem Textmarker die Worte »Lady Jane Grey« hervorgehoben waren. In jedem Beitrag, jedem Interview, jedem Porträt hatte der jeweilige Journalist an irgendeiner Stelle erwähnt, auf welcher Schule die Frau gewesen war, über die er schrieb. Und damit hatte er ihr Schicksal besiegelt.

Neil trat noch näher heran, um die Artikel lesen zu können. Er fühlte sich von dem kleinen Mann in seinem Tweedjackett merkwürdigerweise bloß angewidert, nicht jedoch bedroht. Er sah Porträts von einer olympischen Reiterin, einer Schriftstellerin und einer jungen Ministerin. Da war Susan Sullivan, stark und streng in ihren glänzenden Lederstiefeln; Serena Harcourt, mollig und zufrieden mit ihrer Tochter und ihrem rotgesichtigen Ehemann; Hattie Fox auf dem Titelbild einer Zeitschrift – »Meine Schnapshölle« war die Schlagzeile. Aber es war kein Bild von Kate da, bloß ein kurzer Ausschnitt aus einer der Londoner Gratiszeitungen, in dem erwähnt wurde, dass sie eine Zeugin im Todesfall von Hattie war. Neil streckte die Hand aus und berührte den Ausschnitt.

»Sie ist verschlossen, Ihre Frau, nicht wahr? Ich hätte nie erfahren, dass sie eine Schülerin der Lady Jane war, wenn ich nicht alles gelesen hätte, was ich über Hattie Fox fand.«

Neil musterte wieder die anderen Ausschnitte an der Wand. »Wie viele?«

Ein Lächeln trat in Mr. Atkins' Gesicht. »Wie viele ehemalige Schülerinnen der Lady Jane an meiner Wand hängen? Ich habe irgendwann aufgehört, sie zu zählen. Annähernd einhundert, würde ich schätzen.«

Neil fröstelte. »Wie lange geht das schon?«

»Ach, seit Jahren. Aber in jüngster Zeit, mit dem Internet, wird es erheblich einfacher. Ich habe einen News-Alert, der mich jedes Mal informiert, wenn die Lady Jane Grey irgendwo erwähnt wird. Eine wunderbare Sache, das Internet. Aber ich vermute, das wissen Sie als Journalist.«

»Wie machen Sie es?« Erst als er die Frage aussprach, wurde Neil klar, was er tat. Er stellte Atkins eine sachliche Frage, als interviewe er ihn zu seinem Hobby. Und genauso empfand Neil es auch. Er wusste gar nicht mehr, wie oft er traurige, unscheinbare kleine Männer zu ihren Obsessionen befragt hatte: Modelleisenbahn-Begeisterte, Leute, die Züge zählten oder Streichholzmodelle von großen Bauwerken fertigten. Sie alle wollten über ihre Leidenschaft reden. Manchmal hatten sie ihn über Stunden zugeschwallt, während er an Langeweile einging. Auch Atkins vibrierte förmlich vor Enthusiasmus. Neil entschied sich, seinem Instinkt zu vertrauen. Am besten ging er die ganze Situation wie ein Interview an, denn genau das war es, was Atkins wollte: Er wollte über alles reden. Neil hatte seinen Mini-Digitalrekorder in der Manteltasche. Er tastete nach dem Aufnahmeknopf, bereit, das Risiko einzugehen. Immerhin war er jetzt hier, in der Wohnung eines Wahnsinnigen. In noch größere Gefahr konnte er wohl kaum geraten. Also zog er den Digitalrekorder aus der Tasche und stellte ihn auf den Couchtisch. Dann setzte er sich auf das Sofa und klopfte auf das Polster neben sich. »Das ist faszinierend«, sagte er. »Kommen Sie, erzählen Sie mir mehr darüber, wie Sie es anstellen.«

Seine Strategie ging auf, denn Atkins setzte sich neben ihn und begann zu erzählen. »Sie wären überrascht, wie leicht das zu bewerkstelligen ist. Ich weiß nicht, wie wir es am besten nennen. Wären wir noch in der Schule, würde man wohl von Klassenterror sprechen.« Er lächelte, als wäre er mächtig stolz auf sich. »Ich habe von den Besten gelernt, müssen Sie wissen. Mich lehrten die Mädchen der Lady Jane höchstpersönlich. Der Trick, müssen Sie wissen, besteht darin, die Schwächen zu erkennen.«

»Und wie machen Sie das?« Neil war erstaunt, wie ruhig er blieb.

»Nun ja, manchmal ist es einfach, manchmal dauert es etwas länger. Harriet Fox zum Beispiel war fast *zu* einfach, muss ich leider sagen. Serena Harcourt hingegen war recht interessant. Bei ihr war es ein wenig schwieriger. Mir fiel auf, dass sie ein *winziges* bisschen übergewichtig war. Und ich dachte mir, dass sie in diesem Punkt vielleicht etwas empfindlich ist, zumal ich mich entsann, dass sie früher etwas schlanker war. Also vermutete ich, dass sie wegen ihres Gewichts verunsichert ist, wie es so viele Frauen heutzutage sind. Und wie es schien, hatte ich richtig geraten. Das alles erfordert eine Menge Recherche, aber ich war stets gut im Forschen. Ich bin Historiker, müssen Sie wissen. Ihre Frau übrigens erwies sich als ziemlich schwierig. Bei ihr musste ich veritable Grundlagenforschung betreiben. Ich musste undercover gehen, wenn Sie so wollen.« Er lächelte, sodass sich seine Zahnlücke zeigte.

Neil beobachtete das Gesicht des Mannes. Es war so vollkommen harmlos, so britisch freundlich. Und sein Tonfall war sanft, aber professionell. Man hätte glauben können, dass er über ein kleines Problem mit der Gleisbeschaffung für seine Modelleisenbahn sprach. Neil dachte an Serena und an das, was Kate erleben musste, als sie deren Leiche fand. Das machte ihn wütend. Am liebsten hätte er dem Mann in sein englisches Spießergesicht geschlagen. Die Nähe dieses vollkommen durchschnittlichen Mannes, dessen besessener Verstand sich ins Böse verkehrt hatte, verursachte ihm eine Gänsehaut.

»Und wie viele haben Sie umgebracht?« Die Frage platzte aus ihm heraus. Neil hatte sie gar nicht stellen wollen, und er hätte schwören können, dass Atkins beleidigt aussah.

»Ach, nicht viele«, sagte er. »Nur vier oder fünf, glaube ich. Aber das waren die Schwachen. Harriet Fox natürlich. Und Serena Lacey. Ein paar andere, deren Namen ich vergessen habe.«

Es trat eine längere Pause ein. Neil sah Atkins an. Auf einmal hatte sich die Atmosphäre im Zimmer verändert. Neil musterte den älteren Mann. Dieser Mann hatte Hattie von einem Bahnsteig gestoßen. Er hatte Serena kaltblütig erdrosselt. Er hatte Kate gequält, bis sie beinahe den Verstand verlor. Und eben hatte er alles auf Band gestanden. War er ein Soziopath? Neil fühlte in seiner Tasche nach dem Telefon, um sich zu vergewissern, dass es noch da war. Er suchte nach der Taste für Wahlwiederholung. Ein simples Drücken könnte ihm Kate ans Telefon holen, und sie würde wissen, wo er war.

»Warum?«, stellte er die große, noch offene Frage. »Warum haben Sie es getan? Welche Befriedigung können Sie daraus gewinnen?«

»Ich zeig's Ihnen«, sagte Atkins, erhob sich, stieß die Glastüren auf und trat auf den Balkon.

Neil schnappte sich rasch und diskret das Aufnahmegerät und folgte Atkins auf den Balkon. Der kleine Mann stand an der Brüstung und beugte sich hinüber. Er zeigte auf etwas irgendwo in der Dunkelheit. »Das ist sie«, sagte er. »Dort. Können Sie sie sehen?«

Ungern begab Neil sich näher an die Brüstung. Automatisch krallte er die Finger in die Betonwand, denn plötzlich bekam er Angst. Er war auf einem Balkon im sechsten Stock mit einem soziopathischen Mörder. Was zur Hölle dachte er sich bloß dabei?

»Dort«, sagte Atkins. »Sie ist nur ein paar hundert Meter entfernt. Bei Tageslicht kann man sie ganz deutlich sehen, die ganzen Schornsteine und Schindeln, den blutroten Stein. Ich hasse den Bau.«

Neil begriff, dass er auf die Lady Jane Grey zeigte.

»Ich hasse den Bau«, wiederholte Atkins. »Ich war ein guter Lehrer, bevor ich dorthin kam. Das weiß ich. Und dann tat die Lady Jane Grey alles, um mich zu zerstören. Diese Mädchen. Diese Mädchen, die so von sich eingenommen waren, die ihr Haar nach hinten warfen wie Pferde. Sie halten sich für stark. Sie glauben, sie können jeden anderen in Grund und Boden treten. Sie denken, sie regieren die Welt. Tja, ich habe von ihnen gelernt. Jetzt weiß ich, wie ich ihnen wehtun kann. Jetzt weiß ich, wie ich sie umbringe. Jetzt haben sie Angst vor mir.«

Neil stand mit dem Rücken zur Wand, so weit weg vom Balkonrand, wie er konnte. Er konnte den eigenen Herzschlag hören. Sicher hatte Kate inzwischen Dave erreicht. Würde er ihr glauben? Würde er sie ernstnehmen? Würde er eine Streife schicken?

»Nehmen Sie nur mal sich«, sagte Atkins. »Sie sind einer von denen geworden, was? Die haben Sie vereinnahmt. Sie und Ihre Frau mit Ihren schicken Jobs und Ihrem schicken Haus. Sie mischen sich in alles ein. Sie glauben, Sie könnten alles klären. Sie denken, Sie kennen mein Spiel.« Er kam näher zu Neil, und auf einmal, vollkommen unerwartet, packte er Neils Gürtel mit solcher Kraft, dass Neil vornüber an die Balkonbrüstung kippte.

»Jetzt haben Sie Angst«, raunte Atkins. »Sollten Sie auch. Manchmal unterschätze ich meine eigene Kraft. Manchmal will ich, dass Leute tot sind, und dann sterben sie. Sie haben gehört, was Ihre Frau bei der Befragung gesagt hat. Sie haben gehört, was Harriet Fox' letzte Worte waren: ›Wir haben etwas Furchtbares getan.‹ Die wissen alle ganz genau, dass sie schuldig sind. Die wissen ganz genau, was sie mir angetan haben. Es war höchste Zeit, dass eine von ihnen gestanden hat.«

Neil umklammerte das Metallgestänge oben an der Brüstung. Er wagte nicht, nach unten zu sehen, denn er hatte inzwischen eine Riesenangst. Und er sagte nichts. Er bemerkte, dass er den Atem anhielt. Nur wenige hundert Meter gegenüber war ein weiteres Hochhaus, genauso erleuchtet wie dieses, voller Menschen, die keine Ahnung hatten, was hier drüben vor sich ging.

Die Stille wurde vom Heulen einer Polizeisirene unterbrochen, dann erklang noch eine. Neil wagte es endlich, über die Brüstung zu blicken. Gott sei Dank! Gott sei Dank! Er konnte sehen, wie die Wagen direkt vor dem Haus hielten. Atkins blickte ebenfalls hinunter, und Neil sah, wie der triumphierende Gesichtsausdruck des Lehrers plötzlich ängstlich wurde. Beide standen da, hielten sich am Balkongeländer fest und beobachteten einander. Mein Gott, das war echt hochriskanter Journalismus! Und es war schon fast komisch.

Während er Atkins ansah, fielen die Schultern des alten Mannes herab. Und plötzlich wurde er wieder zu dem unscheinbaren kleinen Mann mit dem obsessiven Hobby, der Neil in seine Wohnung gebeten hatte. Atkins räusperte sich. »Ah, na schön, das war höchst interessant. Ja, fürwahr, sehr interessant«, murmelte er, und dann ging er zurück in die Wohnung. Neil war maßlos erleichtert.

Atkins stand am Couchtisch, auf dem sich Zeitschriften und Zeitungen neben einer Schere, Klebeband und Heftzwecken stapelten. Die Werkzeuge für sein Hobby. »Ich danke Ihnen, dass Sie gekommen sind«, sagte er ruhig, als Neil zu ihm ins

Zimmer trat. »Es hat gutgetan, mit jemandem über meine Arbeit zu reden. Ich würde gern fortfahren, aber ich denke, ich habe mein Anliegen hinlänglich klargemacht. Den springenden Punkt sozusagen. Ha! Das ist ziemlich lustig, nicht wahr?«

Und bevor Neil irgendetwas tun konnte, griff Atkins nach der Schere. »Meinen *springenden* Punkt, verstehen Sie?«, sagte er, während er die Schere aufklappte und ehrfürchtig mit dem Finger die Klingen entlangfuhr. Und dann, sehr schnell, viel schneller als Neil es einem Mann seines Alters zugetraut hätte, rammte er sich die Klingen in den Hals. Blut spritzte überall hin, eine Fontäne aus Blut, die auf die Frauengesichter an der Wand niederging.

Siebenundzwanzig

Kate musste zugeben, dass es für Neil die Geschichte seines Lebens war: das Geständnis eines Mörders auf Band. Sie verstand, warum er so begeistert war und ganz in seiner Arbeit aufging. Die Sendung über den kleinen vermissten Jungen hatte er sehr schnell fertig geschnitten und redigiert. Jetzt arbeitete er an einem Special über die Lady Jane Grey und den Fall von Mr. Atkins. Es wurde sogar von einer Kinofassung geredet.

Neil ging es glänzend. Es war ihm gelungen, die gegenwärtige Schulleiterin zu überzeugen, dass es nur im Interesse der Schule sei, mit ihm zu reden. Und nun ließ er seinen Charme bei der Frau spielen, die zu Mr. Atkins' Zeiten Schulleiterin war. Zudem hoffte er, Susan Sullivan zu einem Interview vor laufender Kamera überreden zu können.

Vielen der Frauen an Atkins' Wand spürte er nach; einige von ihnen waren bereit, mit Neil zu reden, die meisten anderen nicht. Vor allem forschte er nach den »vier oder fünf« Frauen, die Atkins nach eigener Aussage noch getötet hatte. In diesem Zusammenhang hoffte er, die Polizei zur Wiederaufnahme der Ermittlungen im Todesfall einer früheren Lady-Jane-Schülerin zu bewegen, die in ihrer Garage an Autoabgasen erstickt war, nachdem sie zahlreiche Ausschnitte aus Fachzeitschriften zugeschickt bekommen hatte, denen zufolge ihr blauäugiger Ehemann unmöglich der biologische Vater ihres braunäugigen Kindes sein konnte.

Mit all dem war Neil beschäftigt, und Kate wusste, dass er

ganz in seinem Element war. Eigentlich hätte sie froh sein sollen – oder zumindest zufrieden und beruhigt. Das war sie jedoch nicht. Sie fühlte sich erbärmlich.

Jeden Morgen beim Aufwachen empfand sie einen tiefen Widerwillen. Es war, als hinge die sprichwörtliche dunkle Wolke direkt über ihr. Ihr ganzer Körper war steif und verspannt, ihr Schädel brummte, und sie brachte sich gerade mal dazu, aus dem Bett zu kriechen und mit Neil zu frühstücken – im Bademantel. Währenddessen fragte sie sich, wie sie an diesem Punkt gelandet war, als hätte sie sich in ihre Ehe zurücktreiben lassen, ohne auch nur ein einziges ihrer Probleme anzugehen. Kate kam sich wie eingesperrt in diesem Leben vor, in diesem Haus und dieser Alltagsroutine, aus der es kein Entrinnen gab.

Natürlich war ihr klar, dass ihre Antriebslosigkeit teils daran lag, dass sie ihre Arbeit verloren hatte. Seit sie erwachsen war, hatte sie immer gearbeitet, lange und zu absurden Zeiten, und plötzlich saß sie hier und hatte nichts zu tun. Eigentlich sollte sie das Beste daraus machen, ihre Freiheit genießen und sich Dingen widmen, zu denen sie früher nie gekommen war. Sie könnte den Roman schreiben, von dem sie schon so oft geredet hatte, sich Spanisch oder Stricken beibringen oder Kurse in Lebensberatung, Psychologie oder Bauchtanz belegen. Sie sollte ihre Zukunft beim Schopf packen und etwas mit ihr anfangen. Aber stattdessen gammelte sie im Bademantel herum und schaute sich im Fernsehen an, wie Leute alten Krempel verkauften, den sie auf ihrem Dachboden gefunden hatten.

Neil hatte gesagt, dass sie wahrscheinlich depressiv sei und dass es eine richtige Krankheit sei. Seiner Ansicht nach zeigte sie alle typischen Symptome (wieso wusste er eigentlich immer alles?). Und das sei nach den letzten paar Wochen nicht verwunderlich, wie er sagte, und deshalb solle sie einen Arzt aufsuchen.

Doch das wollte Kate nicht. Sie glaubte fest daran, dass sie ihr Stimmungstief wegtrainieren könne. Ihr ganzes Leben lang hatte sie das geschafft: Wann immer sie niedergeschlagen war, hatte sie die Laufschuhe angezogen und sich ein natürliches Hochgefühl erlaufen. Wieso diesmal nicht? Zweifellos stimmte etwas nicht mit ihr, wenn sie nicht einmal in ihren kleinen Fitnessraum gehen und sich ihre Probleme wegtrainieren mochte.

Und das Schlimmste war, dass Kate genau wusste, was mit ihr los war. Ja, natürlich war sie fertig mit den Nerven, natürlich war sie deprimiert, nur handelte es sich nicht um eine Krankheit. Sie litt nicht unter Depressionen, sondern unter Schuldgefühlen. Sie war schuldig. Sie war so schuldig, wie man es nur sein konnte. Und je mehr Neil von der Lady-Jane-Geschichte sprach, desto schuldiger fühlte sie sich. Ihr bisheriges Laufen und Trainieren war nichts als eine Flucht vor der Wahrheit. Und dann ihr ganzes Gerede darüber, dass sie in der Schule ein Opfer gewesen sei. Klar, sie war terrorisiert worden. Aber sie hatte auch terrorisiert. Sie hatte Mr. Atkins genauso gequält wie die anderen. Sie hatte mitgemacht, war Teil des Problems gewesen. Und vielleicht traf sie größere Schuld als alle anderen. Denn wer, wenn nicht sie, hätte es besser wissen müssen? Sie wusste doch zu gut, wie furchtbar es war, terrorisiert, gequält und provoziert zu werden. Es hatte ihr jeden einzelnen Tag ihrer Schulzeit zur Hölle gemacht. Und dennoch war sie dabei gewesen. Sie hatte mitgemacht und geholfen, jemand anderem das Leben zu verleiden. Und das wiederum hatte letztlich zu Hatties und Serenas Tod geführt. Wie Hattie gesagt hatte: *Wir haben etwas Furchtbares getan.* Hattie hatte sich erinnert und sich schuldig gefühlt. Warum war Kate das nicht gelungen?

Sie hätte es besser wissen und mit gutem Beispiel vorangehen müssen. Vor dieser Schuld konnte sie nicht weglaufen. Die konnte sie sich nicht einmal abschrubben.

Neil war in seinem Produktionsbüro im Süden der Stadt, um an dem Film über die Lady Jane zu arbeiten. Er müsse noch irgendwas schneiden, wie er ihr vorhin erzählt hatte. Er wollte eine Bildercollage zusammenstellen, die das aufgezeichnete Geständnis von Mr. Atkins untermalen solle. Es war ein kalter, ungemütlicher Tag; einer dieser grauen Tage, wie sie im Januar und Februar vorkommen, wenn der Himmel gar nicht richtig zu erwachen scheint. Die Sonne strengte sich gar nicht erst an, durch die dichte Wolkendecke zu brechen. Nirgends war eine Spur von Helligkeit oder Wärme zu entdecken, bloß feuchte, drückende Kälte und Halbdunkel.

Es war schon nach halb elf, und Kate saß immer noch in ihrem dicken, warmen Bademantel bei ihrem dritten Becher Kaffee. Sie hatte sich von einer Sendung einlullen lassen, in der es um Leute ging, die ersteigerte Häuser renovierten. Im Grunde vegetierte sie nur noch vor sich hin. Sie trank zu viel Kaffee, wurde rappelig davon und sah sich Mist im Fernsehen an. Ihr war schlicht zum Heulen zumute.

Gleichzeitig nagte ein unklarer Gedanke an ihr, der etwas mit Hatties Tod und Mr. Atkins zu tun hatte, den sie jedoch nicht recht benennen konnte.

Beim Telefonklingeln zuckte sie zusammen. Es war Neil. »Hallo, Schatz, was machst du gerade?«

Sofort hatte sie den Verdacht, dass er sie überprüfte. Kate hatte ihm gesagt, dass sie heute ihren Lebenslauf aufarbeiten und ein paar frühere Kontakte aus der Radiobranche anrufen wollte. Sie musste sich irgendeine Arbeit suchen. »Ach, na ja, dies und das«, antwortete sie so munter wie möglich, auch wenn sie Neil natürlich nichts vormachen konnte. Wahrscheinlich wusste er genau, was sie tat: herumhängen und sich deprimierenden Gedanken hingeben. Sie verachtete sich selbst für ihre Schwäche, doch dadurch wurde es nur umso schwieriger, aus dem Tief herauszufinden. Ein Teufelskreis.

»Falls du gerade nicht beschäftigt bist, könntest du vielleicht mal in die Abstellkammer sehen? Ich glaube, da steht ein Karton mit alten Schulsachen von dir. Kannst du bitte nachschauen, ob da irgendwas drin ist, was ich für die Bildmontage benutzen kann? Ich meine Schulzeitungen, Klassenfotos und Urkunden, irgendwas in der Richtung. Schulbücher, Sachen aus dem Kunstunterricht ... Eigentlich alles.«

Hattie war nie in Mr. Atkins' Klasse gewesen. Das war es, was die ganze Zeit an Kate genagt hatte. Es fiel ihr in dem Moment ein, in dem sie sich auf den Holzboden in der Abstellkammer hockte und den Karton mit ihren alten Schulsachen hervorzog. Hattie war erst in der Oberstufe an die Lady Jane Grey gekommen. Sie war nie eine Schülerin von Mr. Atkins gewesen. Nicht dass es ihn gekümmert hätte. Nach allem, was Neil erzählt hatte, war Atkins egal gewesen, wen er quälte. Er war willkürlich vorgegangen. Sofern er eine ehemalige Schülerin der Lady Jane ausfindig machte, nahm er sie ins Visier, ob er sie unterrichtet hatte oder nicht. Er ging quasi nach dem Gießkannenprinzip vor, das war Kate bewusst. Der entscheidende Punkt aber war: *Wir haben etwas Furchtbares getan.* Hier lag Kates bisheriger Denkfehler. Nachdem sie von Mr. Atkins' Taten erfahren hatte, nahm Kate irrtümlich an, dass Hattie ihn gemeint hätte – dass Hattie irgendwie herausgefunden hatte, wer sie quälte und warum. Doch das konnte gar nicht sein, denn Hattie hatte Mr. Atkins ja nicht gekannt. Hattie hatte nichts mit den Quälereien zu tun gehabt, die Mr. Atkins erlebt hatte. Die einzige Person, an deren Mobbing Hattie sich jemals beteiligt hatte, war Kate. Aber warum war Hattie dann so verzweifelt gewesen? Wofür sollte sie ihrer Meinung nach bestraft werden? Was war das Furchtbare, das sie getan hatte? Hatte sie vielleicht bloß versucht, sich bei Kate zu entschuldigen? Dachte sie, Kate sei diejenige, die sie verfolgte? Wieder einmal bewegten sich Kates Gedanken im Kreis. Hör auf damit!, befahl sie sich. Es spielt keine Rolle mehr. Konzentriere dich lieber darauf, etwas zu finden, was Neil gebrauchen kann!

Kate erinnerte sich an das Foto, das Mrs. Fox ihr gegeben hatte, das Kate mit Hattie, Susan und Serena auf dem Wochenendschnupperseminar in Cambridge zeigte. Am Rand war auf einer Seite etwas abgerissen worden, und nun fragte Kate sich, ob sie irgendwo im Karton noch einen vollständigen Abzug besaß. Seit Jahren hatte sie ihre Sachen nicht mehr angesehen – höchstens einmal nach ihrer Hochzeit. Damals waren sie in dieses Haus gezogen und hatten alle Kartons durchgesehen und überlegt, was wohin geräumt werden sollte. Da hatte Neil den Karton aufgemacht und eines von Kates Zeugnissen herausgenommen. Die Bemerkung oben hatte er laut vorgelesen: »Kathryn sollte mehr Bemühen zeigen, sich in das Schulleben zu integrieren.« Er hatte gelacht. »Du weißt ja, was das heißt, nicht? Entweder warst du verschlossen, oder du hast gestunken.«

Und sie hatte ein Lachen vorgetäuscht, während sie sich fragte, ob sie je den Mut aufbrächte, Neil von ihrer Schulzeit zu erzählen.

Kate wusste nicht mal, wozu sie die Sachen aufbewahrt hatte. Vielleicht lag es daran, dass ihre Mutter die Wohnung entrümpelt und einige von Kates Kunstwerken und Büchern mit selbst geschriebenen Gedichten aus Teenagertagen weggeworfen hatte. Einzig die Sachen in dem Karton hatten die Wegwerfaktion überlebt; die letzten Beweise, dass sie einmal jung gewesen war.

Hier war das Foto von ihr aus dem Jahr, als sie auf die Lady Jane kam. Ihre erste Woche in der Schule. Sie war elf Jahre alt und stolz auf ihre neue Schuluniform. An ihrem Lächeln erkannte Kate, dass sie noch voller Hoffnung war, als das Bild aufgenommen wurde. Sie erinnerte sich sogar, wie sie vor einer bemalten Leinwand gestanden und für den Fotografen gelächelt hatte. Sie war ganz aufgeregt gewesen, weil sie die Lady-Jane-Uniform trug, und hatte noch gedacht, dass sie bald Freundinnen an der Schule finden würde. Es brach Kate das Herz, das kleine Mädchen mit dem stramm nach hinten gekämmten, geflochtenen Haar zu sehen, dessen Augen zu groß für das Gesicht waren. Und da waren ihre Schulhefte, gefüllt in ihrer beängstigend kleinen, sauberen, engen Handschrift. Sie erinnerte sich bis heute daran, dass es stets ihr Ehrgeiz gewesen war, so viele Worte wie irgend möglich in eine Zeile zu quetschen und alle Buchstaben genau gleich groß zu machen. Entsprechend hatte es Stunden gedauert, bis sie einen Aufsatz fertig geschrieben hatte und wirklich zufrieden war. Ein Psychologe hätte damals bloß in eines ihrer Schulhefte sehen müssen und anhand ihrer zwanghaft sauberen Schrift begriffen, was los war.

Weiter unten im Karton lagen ihre Hefte aus der Oberstufe. Inzwischen war die Schrift lockerer und größer geworden. Lächelnd zog Kate die Schleifen und Bögen nach. In der Zeit war sie offenbar ein wenig glücklicher gewesen. Sie fand auch den Ordner mit jenen Essays, die sie als Vorbereitung auf den allgemeinen Teil der Oxbridge-Aufnahmeprüfungen verfasst hatte, das typische Philosophieren einer Oberstufenschülerin. Und Kate hatte die Vorbereitungsklasse Spaß gemacht. An einem Tag hatte sie sogar neben Hattie gesessen.

Und dann entdeckte sie, was sie suchte, ganz unten im Karton, halb verdeckt von einer der Laschen – das Foto aus Cambridge.

Hattie stand rechts, auffallend grell wie immer, und lächelte strahlend. Sie trug eine weiße Rüschenbluse und einen breiten Schal mit Paisley-Muster um die Schultern. Den einen Arm hatte sie um Kate gelegt, die steif, aber ebenfalls lächelnd in die Kamera sah. Kate hatte eine Jeans und ein schlichtes dunkelblaues T-Shirt an. Susan in ihrer dunkelgrünen Bluse überragte alle deutlich; und schließlich Serena, im rosaroten Pulli über einer weißen Bluse, Arm in Arm mit Susan. Neben ihnen – dieser Teil fehlte bei Hatties Bild – war ein Mädchen von einer anderen Schule, einer Gesamtschule in Südlondon, das sich ihnen aus unerfindlichen Gründen während des Wochenendseminars angeschlossen hatte. Ein unscheinbares Mädchen mit Brille und Pferdeschwanz, das ein rotes Sweatshirt mit einem Aufdruck der Cambridge University trug. Kate erinnerte sich nur vage an es. Helen. Hazel. Heather. Aber sie wusste noch, wie stolz das Mädchen auf sein geschmackloses Sweatshirt gewesen war. Es hatte Kate leidgetan, weil es sich so lächerlich machte.

Kate saß an die Wand der Abstellkammer gelehnt und betrachtete das Foto auf ihrem Schoß. Das Bild nahm sie völlig gefangen, auch wenn sie nicht recht sagen konnte, warum. Es war nichts weiter als ein eingefrorener Moment, fünf Mädchen auf der Schwelle zum Erwachsensein, die weit weg von zu Hause so taten, als seien sie schon Studentinnen. Man konnte jede Menge gegensätzliche Botschaften und unterschwellige Hinweise aus dem Foto herauslesen. Die übertriebene Umarmung Hatties könnte eine Wiedergutmachung für die Zeit sein, die sie nicht mit Kate verbracht hatte. Die seltsam symbiotische Beziehung zwischen Susan und Serena mit ihren ständig wechselnden Machtpositionen. Und das Mädchen ganz außen in dem lächerlichen Sweatshirt – ja, Kate war beinahe sicher, dass es Heather hieß. Jede von ihnen war erfüllt von einer ganz bestimmten Hoffnung. Und nun waren zwei der Mädchen auf dem Bild tot, ermordet vor ihrem vierzigsten Geburtstag.

Nein. Irrtum! *Drei* der Mädchen auf dem Foto waren inzwischen tot. Jetzt kam alles wieder zurück. Heather. Ja, so hatte sie geheißen, ganz sicher. Sie war das Mädchen, das in Cambridge gestorben war, an dem Schnupperwochenende, bei dem tragischen Unfall, von dem ihnen die Direktorin erzählt hatte. Heather war das Mädchen, das sich betrunken hatte, irgendwie in den Fluss gestürzt und ertrunken war.

Achtundzwanzig

Die Kälte an jenem Januartag in Cambridge hatte etwas Unwirkliches, Gespenstisches. In dem Moment, in dem Kate aus dem Zug stieg, kroch ihr der gefrierende Nebel in die Glieder. Sie meinte förmlich zu spüren, wie er mit seinen Fingern nach ihr griff, die Lücken in ihrer Kleidung fand, durch die er ihr bis ins Mark drang. Nur fünfundvierzig Minuten Fahrt von Kings Cross an einem ohnehin kalten, ungemütlichen Tag, und schon war sie in einer Stadt, die sichtbar in eisige Feuchtigkeit gehüllt war.

Eine der Lehrerinnen hatte schon in den Oxbridge-Vorbereitungskursen über das Klima in Cambridge gescherzt. Sie selbst war in Oxford gewesen und ermunterte ihre Schülerinnen alle, sich ebenfalls an den dortigen Colleges zu bewerben. »Geht bloß nicht nach Cambridge«, hatte sie gesagt. »Da ist es viel zu kalt und zu platt. Der Winter dort ist sibirisch, und nur Gog und Magog trennen euch vom Ural.«

Kate hatte gelacht, weil alle anderen Mädchen in der Klasse lachten, und sie wollte nicht die Einzige sein, die es nicht tat. Aber in Wahrheit hatte sie keine Ahnung gehabt, was die Lehrerin meinte. Jahre später war sie in einem Artikel über Gog und Magog gestolpert, die beiden niedrigen Hügel außerhalb von Cambridge. Beim Lesen war ihr der Satz wieder eingefallen, und endlich verstand sie ihn. Bei ihrer Ankunft zu dem Schnupperwochenende in Cambridge jedoch war ihr nur klar gewesen, dass sie eine solche Kälte noch nie erlebt hatte.

Es war damals ungefähr dieselbe Jahreszeit gewesen wie jetzt, sogar ungefähr dieselbe Tageszeit, mitten am Nachmittag, und die Sonne ging bereits unter. Sie schlug den Weg ein, den sie damals genommen hatte, zum Seminar für Oberstufenschüler. Ihr Plan war der, zu dem College zurückzukehren, in dem sie gewohnt hatten. Vielleicht würde ihr dann wieder einfallen, was mit Heather geschehen war. Sie hatte so eine Ahnung, dass Heathers Tod das »Furchtbare« sein könnte, das Hattie verfolgt hatte.

Vor dem Bahnhof stieg Kate in ein Taxi. An jenem Tag hatten sie sich auch ein Taxi genommen, alle vier Lady-Jane-Mädchen, als sie zum Seminar eintrafen. Serena war vorausgegangen, geradewegs auf die Taxischlange zu, als wäre ein Taxi die einzig denkbare Form der Fortbewegung. Die anderen drei folgten ihr, wobei Kate verstohlen die Straßenkarte von Cambridge wieder einsteckte, die sie sich in der Bibliothek kopiert hatte. Darauf hatte sie penibel den Weg markiert, den sie gehen mussten. Die ganze Taxifahrt über sorgte sie sich, wie viel es wohl kosten würde, wie sie sich die Summe teilen sollten und wie viel Trinkgeld sie geben müsste.

Hier war das College, in dem sie gewohnt hatten. Es war eines der weniger berühmten, ein kleines College, das versteckt zwischen dem Fluss und der Hauptstraße lag. Das Taxi hielt gegenüber am Straßenrand. Kate bezahlte und stieg aus. Kaum stand sie auf der schmalen Straße, wurde sie fast von einem Radfahrer überrollt, der ohne Licht aus der diesigen Kälte auftauchte und direkt vor ihrer Nase vorbeiraste. Kate eilte über die Straße auf das Tor zu, das inmitten der Enge zu groß und einschüchternd wirkte. Nach dem Beinahezusammenstoß mit dem Radfahrer war sie zittrig, und der Nebel hatte den Effekt, dass sie sich seltsam losgelöst von Raum und Zeit fühlte.

Die Lady-Jane-Mädchen hatten in Zimmern unter dem Dach des College-Gebäudes gewohnt. Von Susans und Serenas Zimmer aus konnte man – sofern der gefrierende Nebel es zuließ – den ganzen honigfarbenen Innenhof mit seinem bröckelnden Mauerwerk und den krummen Fenstern mit den kleinen rautenförmigen Scheiben überblicken. An der Mauer auf einer Seite des Hofes war eine gigantische Sonnenuhr angebracht, aufwendig gearbeitet und mit Tierkreissymbolen sowie römischen Zahlen versehen. Hatties und Kates Fenster blickte in die andere Richtung, auf den ummauerten Garten des Schulleiters und den dahinterliegenden Fluss. Der Garten war während des gesamten Wochenendes bereift gewesen, alle Sträucher waren braun und kurz gestutzt. Er hatte vollkommen tot ausgesehen. Am Ende des Gartens war eine alte Steinmauer, anderthalb oder zwei Meter hoch, die den Garten vom Fluss trennte. Dort hatten Stakkähne gelegen, vier oder fünf, die über den Winter nahe der Brücke vertäut worden waren und sich sanft auf dem verlassenen Cam wiegten.

Heather. Kate war heute hier, um jene Tage nochmals zu durchleben, sich an Heather zu erinnern und daran, wie sie gestorben war. Wie kam es überhaupt, dass sich Heather den Lady-Jane-Mädchen angeschlossen hatte?

Heather war allein hier gewesen, so viel wusste Kate noch. Sie war die einzige Schülerin ihrer Schule, die zum Schnupperwochenende eingeladen wurde, die einzige, die für die Oxbridge-Zulassungsprüfungen in Frage gekommen war. Und man hatte ihr eine winzige Kammer neben der von Hattie und Kate zugeteilt. Sie mussten sich zu dritt ein Bad teilen. Ja, genau. Das war es! So waren sie mit ihr ins Gespräch gekommen. Über das gemeinsame Badezimmer. Am ersten Morgen war es klirrend kalt gewesen, und Kate und Heather standen auf dem Treppenabsatz der kleinen Wendeltreppe oben, ihre Handtücher und Kulturbeutel umklammert. (Hattie hatte Kate ausgelacht, weil sie von ihrem »Kulturbeutel« sprach.) Sie warteten, dass Hattie im Bad fertig wurde. Heather und Kate hatten beide Bademäntel und Hausschuhe getragen; sie kamen ins Gespräch, und sie fanden einander ein bisschen sympathisch. Mehr noch empfand Kate Mitleid mit Heather und bot ihr deshalb an, mit ihnen zusammen zum Frühstück zu gehen.

Aber sie war nicht bloß mit ihnen zum Frühstück getrottet; sie wich ihnen gar nicht mehr von der Seite. Für den Rest des Wochenendes hieß es: Kate und Hattie, Susan und Serena und Heather, ihr kleiner roter Schatten. Dieses rote Sweatshirt, das sie ununterbrochen trug, hatte sie am Tag ihrer Ankunft in Cambridge gekauft. Heather hatte ihren schweren Koffer vom Bahnhof in die Innenstadt geschleppt und sich in einem der Souvenirläden den Pulli gekauft. Das war die Geschichte, die sie ihnen erzählte, unbekümmert, unbedarft, ohne die geringste Ahnung, wie sie in den Ohren der anderen klang. »Hat meine Mum ja gleich gesagt. Man muss sich einfach so ein Sweatshirt von der Cambridge University kaufen, oder?«, sagte sie.

»Und ob. Das ist quasi ein ungeschriebenes Gesetz«, bestätigte Susan in genau dem gleichen naiven, munteren Tonfall. Hattie und Susan hatten gelacht, und Kate lachte mit ihnen. Heute schämte sie sich dafür. Heather hatte sie zunächst verwirrt angesehen, dann aber ebenfalls gekichert, obwohl sie sichtlich unsicher war, worüber sie lachte – oder über wen.

Nach und nach kehrten die Erinnerungen wieder. Kate lehnte in der Tür zu einem der Treppenaufgänge, zog ihren leuchtend grünen Wintermantel fester um sich und blickte in den vereisten Innenhof. Zu dieser Zeit waren keine Studenten da, sodass alles wie ausgestorben wirkte, gleichsam im Wartezustand. Als Kate die Wand hinter sich berührte, spürte sie den bröckelnden, staubigen Stein. Sie hatte ein komisches Gefühl im Bauch, mulmig, während ihr Dinge in den Sinn kamen, an die sie sich lieber nicht mehr erinnern würde.

Zuerst hatte sie versucht, Heather abzuwimmeln. Sie hatte gemerkt, dass Susan, Serena und Hattie das Mädchen nicht mochten und sich über Heather lustig machten. Und ihr war auch bewusst, dass sie Kate anlasteten, dass Heather wie eine Klette an ihnen klebte. Also bemühte Kate sich, Heather loszuwerden und sie davon abzuhalten, ihnen dauernd nachzustiefeln. Am ersten Seminartag hatte Heather sich abends wieder zu ihnen gesetzt. Zuvor hatte sie Kate gefragt: »Ist doch okay, wenn ich mich zu euch setze, oder?«

Und Kate antwortete: »Na ja, eigentlich weiß ich gar nicht genau, wann wir zum Essen gehen. Du brauchst nicht auf uns zu warten. Geh einfach runter, wenn du so weit bist.« Deutlicher hätte sie es wohl kaum sagen können, denn ein klares Nein brachte sie nicht über die Lippen. Dennoch hatte Heather zwanzig Minuten später in ihrem roten Sweatshirt vor Hatties und Kates Tür gewartet, als sie rauskamen – wahrscheinlich hatte sie die ganze Zeit dort gestanden. Sie folgte ihnen nach unten in den Speisesaal und setzte sich zu ihnen. Kate hatte sie dafür gehasst.

Zum allerersten Mal war Kate Teil der Gruppe, wurde als eine von ihnen akzeptiert. Sie war Hatties Zimmergenossin, und Hattie mochte sie, deshalb wurde sie von Susan und Serena geduldet. Und alles wäre wunderbar gewesen, hätte es nicht ihren kleinen Schatten im roten Sweatshirt gegeben.

Bei jenem Abendessen ging das Verspotten richtig los. Serena machte den Anfang. Kate bemerkte, dass sie absichtlich Heathers Londoner Akzent imitierte – mit verschluckten H und Knacklauten. Susan stimmte ein, dann Hattie und schließlich auch Kate, die so hart daran gearbeitet hatte, ihren Arbeiterklassenakzent abzulegen. Sobald sie angefangen hatte, war es ganz einfach, ja, das Einfachste von der Welt. Sie brauchte nichts weiter zu tun, als Serenas und Susans Beispiel zu folgen, und schon war alles gut. Sie wurde akzeptiert, weil Heather die Außenseiterin war. Heather hatte Kates Rolle übernommen.

Heather selbst war das allerdings gar nicht aufgefallen. Das war das Schlimmste daran. Sie schien gar nicht mitzubekommen, dass sie verspottet wurde, oder, falls doch, überspielte sie es sehr geschickt. Im Laufe der nächsten beiden Tage wurden die vier immer dreister in ihrem Hohn. Susan zog los, kaufte sich ein Cambridge-University-Sweatshirt und trug es über ihrer hübschen teuren Bluse und dem Cashmere-Pullover. Serena behielt das gesamte Wochenende ihren Londoner Akzent bei, und Hattie gewöhnte sich an, genauso gebeugt herumzuschlurfen wie Heather. Und Kate … was hatte sie getan?

Oh Gott! Während sie hier in dem Innenhof des Colleges stand und durch den frostigen Nebel in die Vergangenheit blickte, konnte sie fast nicht ertragen, was ihr wieder einfiel. Sie hatte das Schlimmste von allem getan.

Sie hatte die Freundschaftsbombe mit Heather gespielt. Am zweiten Tag des Seminars war es gewesen: Da hatte sie mit Heather exakt das gemacht, was die Mädchen an der Lady Jane mit ihr angestellt hatten. Sie ließ Heather in allen Seminaren und Gesprächsgruppen neben sich sitzen. Sie lobte Heathers Haare. Sie ging eingehakt mit Heather zu den Mahlzeiten und setzte sich neben sie. Und währenddessen machte sie sich mit Hattie hinter Heathers Rücken über sie lustig. Am nächsten Tag dann hatte sie Heather fallenlassen wie eine heiße Kartoffel.

Kate schluckte. Ihr war schlecht. Erst Mr. Atkins und nun das. Sie war gehässig gewesen, das wurde ihr nun deutlich Sie war genauso eine Tyrannin gewesen wie alle anderen. Nur dass es sich bei ihr noch weit ärger ausnahm, weil sie ganz genau gewusst hatte, welchen Schmerz sie dem Mädchen zufügte.

Kate ging vom College aus den schmalen Pfad hinunter, der zu einer Fußgängerbrücke über den Cam führte. Sie achtete darauf, den Radlern auszuweichen, während sie auf die Brücke trat. Durch den Nebel konnte sie nur wenige Meter in beide Richtungen des Flusses sehen: honiggelbe College-Gebäude, überhängende Bäume, der Direktorengarten und eine kleine Gruppe von Stakkähnen, die über den Winter unter der Brücke vertäut waren. Erneut holten Kate Bilder aus der Vergangenheit ein, und sie fröstelte.

In Serenas und Susans Zimmer hatten sie sich alle vier betrunken – Serena, Susan, Hattie und Kate – und Heather. Auch Heather war dort gewesen. Sie hockten im Schneidersitz oder mit angewinkelten Beinen auf den Betten. Kate erinnerte sich, dass ihre Position auf dem Fußende ungemütlich gewesen war. Heather saß auf dem Boden und sah aus, als wäre ihr ebenfalls unbequem. Sie hörten Musik. Eine von ihnen, vermutlich Serena, hatte einen Walkman und dazu passende kleine Boxen mitgebracht. Kate war es wie ein verlockender

Vorgeschmack aufs Studentenleben erschienen: Wein, Musik und eine Unterhaltung, die ihr höchst intellektuell vorgekommen war.

Als der Wein ausgetrunken war, stiegen sie auf härtere Sachen um, auf Whisky, Wodka und Gin. Kate hielt sich an ihrem Glas fest und nippte so zaghaft an ihrem restlichen Wein, wie sie konnte. Hochprozentiges machte ihr Angst, weil sie weder wusste, wie stark die Sachen tatsächlich waren, noch einschätzen konnte, wie viel sie trinken könnte, ohne die Kontrolle zu verlieren. Aber niemandem schien aufzufallen, dass sie nicht mittrank. Ausnahmsweise achtete niemand auf sie. Es war Heather, die von allen beobachtet wurde, Heather, auf die sie Druck ausübten. Und es war Heathers Glas, das fortwährend nachgefüllt wurde.

Hattie war gegangen, sie wollte eine ihrer Wodkaflaschen holen, um den Vorrat aufzustocken. Währenddessen wühlte Susan in ihrem Kulturbeutel, aus dem sie eine kleine Klarsichttüte mit einem weißen Pulver hervorzog. Kate wusste, dass es Drogen waren. Wahrscheinlich Kokain. Und sie bekam erst recht Angst. Auf keinen Fall wollte sie das Gesicht verlieren und uncool erscheinen, indem sie ablehnte oder irgendwas falsch machte. Andererseits wollte sie auf keinen Fall in Gegenwart dieser Mädchen, die sich jederzeit geschlossen gegen sie wenden könnten, die Kontrolle verlieren.

Also entschuldigte sie sich. Sie sagte, dass sie nach Hattie sehen und ihr beim Suchen helfen wollte, irgendeine schwammige Ausrede. In ihrem gemeinsamen Zimmer hatte sie sich dann aufs Bett gelegt und vorgetäuscht, schrecklich müde zu sein oder Kopfschmerzen zu haben – genau wusste sie es nicht mehr. Jedenfalls hatte Hattie ihr gesagt, sie solle nur bleiben und ein bisschen schlafen. Und so konnte Kate entkommen.

Heather hingegen schaffte es nicht. Sie hatte weniger Glück, die arme Heather. Stundenlang musste sie in Serenas und Susans Zimmer gewesen sein, gezwungen zu trinken und Kokain zu probieren, weil sie bei diesen merkwürdig netten Mädchen war, die sie in ihren erlesenen Kreis aufgenommen hatten. Sie musste sich bemüht haben, mit ihnen mitzuhalten, alles zu machen, was sie taten, bloß um als cool zu gelten und akzeptiert zu werden. Kate konnte sich sehr gut vorstellen, wie es für Heather gewesen war. Wahrscheinlich war Heather überhaupt nicht klar geworden, dass sie von ihnen allen verarscht wurde.

In der Nacht war Kate wach geworden, als es vor ihrem Fenster lärmte. Sie setzte sich im eiskalten Zimmer auf und stellte fest, dass Hattie noch nicht im Bett war. Dann versuchte sie, aus dem Fenster zu sehen, doch die winzigen Rautenscheiben waren alt, das Glas rissig und vereist. Deshalb öffnete sie das Fenster und schaute hinaus in den Frostnebel. Viel konnte sie nicht sehen.

Unten im Garten konnte sie einige Gestalten ausmachen, die sie jedoch nicht erkannte. Sie hörte Mädchenstimmen, die durch die eisige Luft klangen, und schemenhafte Umrisse bewegten sich im Direktorengarten. Außerdem war jemand auf der Mauer und balancierte über die Steine. Jemand in Rot. Plötzlich ertönte ein lautes Platschen, und die rote Gestalt war nicht mehr da. Erst wurde gelacht, gleich darauf gerufen, und mit einem Mal wurde alles still. Kurz darauf, verblüffend klar in der frostig diesigen Nacht, hörte sie Hatties Stimme, die sagte: »Ach du Scheiße! Was sollen wir jetzt machen?«

Und jemand – Susan vielleicht oder Serena – bedeutete ihr zischend, ruhig zu sein.

Wir haben etwas Furchtbares getan.

Neunundzwanzig

Durch die elende Kälte, die sich inzwischen in ihrem Mantel, auf ihrer Haut, bis in ihre Knochen festgesetzt hatte, ging Kate langsam zum Bahnhof zurück. Sie zurrte ihren Schal fester um Hals und Kinn. Sie fühlte sich abscheulich, vollkommen erschöpft und ausgelaugt. Es fiel ihr schwer, einen Fuß vor den anderen zu setzen, und sie kämpfte sich mühsam vorwärts, was nur teilweise an der Kälte lag. Vor allem fühlte Kate sich schrecklich schuldig; sie war durchtränkt von Schuld, einer solch scharlachroten Schuld, dass es sie wunderte, durch die Straßen gehen zu können, ohne dass die Leute stehen blieben, sie wüst beschimpften und mit Steinen bewarfen.

Ihr Leben lang war Kate hart im Nehmen gewesen. Das war ihr Credo: Sie war eine Kämpfernatur. Nein, falsch, sie war ein *Opfer*, zunächst hatte sie sich selbst als Opfer betrachtet, als jemanden, der sich gegen eine Menge Widrigkeiten durchsetzen musste. Zäh und verbissen, unangreifbar, weil unnahbar. Sie war ein Opfer, das zur Kämpferin wurde: bewundernswert, wenngleich mit einem starken Hang zur Selbstgerechtigkeit. Zu lange hatte sie gebraucht, um sich einzugestehen, dass sie an dem Ganzen beteiligt gewesen war, dass sie eine von ihnen gewesen war, von den Lady-Jane-Mädchen mit boshafter Neigung. Deshalb hatte sie sich viel zu lange nicht eingestanden, dass sie verfolgt wurde, sich eingeredet, sie hätte nichts getan, um diese Art Strafe zu verdienen.

Doch in Wahrheit hatte sie zwei Menschen getäuscht, getriezt und bedrängt. Einen hatte sie in den Tod getrieben, den anderen dazu gebracht, zu morden. Heather und Mr. Atkins.

Die arme Hattie, von Sinnen vor Angst, hatte vor zwei Wochen versucht, ihr genau das zu sagen. *Wir haben etwas Furchtbares getan.* Ja, sie hatte tatsächlich »wir« gemeint. Sie und Kate trugen gleichermaßen Schuld an Heathers Tod.

Im Bahnhof von Cambridge herrschte reger Feierabendbetrieb. Überall Leute, die klare Ziele hatten, die wussten, wohin sie wollten. Kate ließ sich von ihnen durch die Ticket-Barriere schieben, kaufte sich einen Kaffee und ließ sich weiterschieben, bis sie auf einem der letzten freien Plätze im Zug nach Kings Cross landete. Der Zug war überfüllt und überheizt, sodass die Fenster beschlugen. Lauter gestresste Pendler hockten im Wagen, die Aktenkoffer und Pappbecher mit Kaffee auf den Knien balancierten. Kate machte sich so klein wie möglich, krümmte sich auf ihrem Sitz zusammen, bemüht, die Tuchfühlung mit dem übergewichtigen Geschäftsmann neben sich zu vermeiden. Als sie an ihrem bitteren Kaffee nippte, verbrühte sie sich die Zunge. Eigentlich wollte Kate ihn nicht trinken, zwang sich aber, noch einen Schluck zu nehmen. Immerhin war der Becher etwas, woran sie sich festhalten konnte.

Sie musste darüber reden. Das würde Neil jedenfalls sagen. Sie müsste alles herauslassen – lieber alles rauslassen als in sich reinfressen. Ihr war klar, dass sie mit ihm sprechen sollte. Sobald sie den Kaffee ausgetrunken hatte, würde sie ihn anrufen, ganz bestimmt. Kate verzog das Gesicht. Dann würde Neil sie garantiert für seine Doku filmen wollen. Er würde sie dazu bringen, die Geschichte von Heather zu erzählen und somit ihre eigene Schuld offenzulegen. Geständnisse sollten doch gut fürs Seelenheil sein, nicht wahr? Außerdem hatten Heathers Eltern, sofern sie noch lebten, es verdient, die Wahrheit zu erfahren. Wer sonst hätte sie ihnen erzählen können? Susan, sonst niemand.

Nur Susan ist noch übrig. Diese Worte wiederholten sich in Kates Kopf, während der Zug durch Bahnhöfe ratterte, ohne anzuhalten: Royston, Hitchin, Stevenage. *Nur Susan ist noch übrig.* Bei dem Satz wurde Kate beständig kälter. War es nicht seltsam, dass von den vier oder fünf Opfern, deren Tötung Mr. Atkins gestanden hatte, zwei Hattie und Serena waren? Zwei von den vier Mädchen, die Heather verhöhnt und ihren Tod mit verursacht hatten, waren nun selbst tot. Susan nicht.

Hatten sie alles vollkommen falsch gedeutet? Hatten Neil und Kate voreilige Schlüsse gezogen? Wie viel von allem ging wirklich auf Mr. Atkins' Konto, und wofür war er lediglich als Tarnung genutzt worden? Atkins hatte sich seine Opfer vollkommen willkürlich gesucht. Er hatte zugegeben, dass es ihn nicht kümmerte, wen er erwischte, solange es sich um eine Lady-Jane-Schülerin handelte. Und dennoch waren zwei der Frauen, die er ermordet hatte, dabei gewesen, als Heather starb. Nur Susan war noch übrig. Ein merkwürdiger Zufall? Oder steckte etwas Ernsteres dahinter?

Neil hatte Susan Sullivan endlich überredet, ihm ein Interview zu geben. Nach mehreren Tagen hartnäckigen Nachfragens, nach E-Mails und Telefonaten, hatten sie sich auf die Bedingungen geeinigt, und Susan war bereit, sich für seinen Dokumentarfilm über das Mobbing an der Lady Jane Grey befragen zu lassen. Das boshafteste aller boshaften Mädchen, wie Kate ihm erzählt hatte, die Domina in den gewagten schwarzen Stiefeln, wollte ihn gleich hier in ihrer alten Schule treffen. Neil freute sich schon darauf.

Susan hatte nur unter der Bedingung zugestimmt, dass Neil selbst als Kamera- und Tonmann fungierte, sprich: sie unter sich wären. Und sie verlangte, das Video zu sehen, um erst danach zu entscheiden, ob er es in seinem Film verwenden dürfe oder nicht. Normalerweise hätte Neil sich auf derlei Bedingungen bei einem Interview mit einem gewöhnlichen Bürger nie eingelassen, aber in diesem Fall ... Etwas an Susan machte ihn neugierig. Er brauchte sie für die Geschichte, die er erzählen wollte. Er wollte hören, was sie über ihre beiden ermordeten Freundinnen sagen würde.

Neil hatte seine Kamera in einem der alten Klassenzimmer aufgebaut. Er hatte vor, Susan an einem der Schülerpulte sitzend zu filmen, die alte Tafel im Hintergrund. Und er war bereit. Beim Blick auf die Uhr stellte er fest, dass es noch eine Dreiviertelstunde dauern würde, bis sie hier wäre. Sie hatte gesagt, dass sie direkt von der Arbeit käme.

Genug Zeit, um sich noch etwas zu essen zu holen. Am U-Bahnhof war ein Curry-Imbiss, der ganz passabel ausgesehen hatte. Dort konnte er sich ein schnelles Gericht zum Mitnehmen holen, und dann würde er Kate anrufen. Er machte sich Sorgen um sie. Seit der wirren Nachricht, sie führe jetzt nach Cambridge, die sie ihm mittags auf die Mailbox gesprochen hatte, hatte er nichts mehr von ihr gehört. Er hatte keine Ahnung, was sie in Cambridge suchte oder wen sie dort treffen wollte, und anscheinend hatte sie gleich nach der Nachricht ihr Handy abgeschaltet. Jedenfalls hatte Neil es seitdem mehrmals probiert und Kate nicht erreicht. Jetzt versuchte er es erneut. Immer noch keine Antwort. Er schickte ihr eine SMS und schlug ihr vor, zu ihm in die Schule zu kommen. Dann lief er los, um sich sein Essen zu holen.

Kate erschrak, als ihr Handy piepte. Sie war also wieder im Signalbereich. Es war eine Nachricht von Neil. »Arbeite länger. Drehe an der LJG. Komm dorthin. Xxx.« Unweigerlich musste sie lächeln. Der Gute! Er bemühte sich wahrlich, ihr Interesse an seinem Dokumentarfilm zu schüren – oder an irgendetwas anderem als dem dämlichen Nachmittagsfernsehen.

Der Zug fuhr in den Kings-Cross-Bahnhof ein, und Kate fällte eine spontane Entscheidung. Sie wollte mit Neil reden, von Angesicht zu Angesicht, und ihm von den vagen Gedanken erzählen, die ihr gekommen waren – über Hattie, Serena und Susan.

Also rannte sie zur U-Bahn und quetschte sich in die überfüllte Victoria Line in Richtung Seven Sisters. Nachdem sie in den Nahverkehrszug umgestiegen war, schaffte sie es sogar, zwischen den zahlreichen Pendlern einen halbwegs erträglichen Stehplatz zu ergattern. Während sie sich an der Rücklehne einer Sitzbank festhielt, polterte die Bahn langsam gen Nordosten.

Als Kate an dem winzigen Bahnhof nahe der Lady Jane Grey ausstieg, erschien ihr alles beklemmend vertraut. Die Gleise waren hier über die Hauptstraße geführt, sodass der Bahnhof erhöht lag und kaum größer als eine Bushaltestelle war. Hier oben war es bei jedem Wetter öde und kalt gewesen. Kate dachte an all die Stunden, die sie hier mit Warten verbracht hatte, wobei ihre Knie vor Kälte fleckig wurden. Früher hatte sie immer am hintersten Ende der Plattform gestanden, so weit wie möglich entfernt von den Bänken mit den anderen Mädchen. Manchmal hatte sie auf dem Weg zum Bahnhof sogar absichtlich getrödelt. Sie war einen Umweg durch das endlose Gewirr von Vorortstraßen gegangen und hatte alles getan, um sich zu verspäten und einen Zug nehmen zu können, in dem die anderen nicht saßen. So viel Angst und Elend, und dennoch war sie selbst keinen Deut besser gewesen. Wie konnte sie nur?

Neils Curry dauerte länger als erwartet. Wenn er nicht gleich loslief, würde er sich bei seinem Treffen mit Susan Sullivan verspäten. Wie blöd von ihm! Er hätte es gar nicht erst riskieren dürfen, denn dieses Interview wollte er auf keinen Fall vermasseln. Er rief Susan auf dem Handy an, die recht munter klang, als sie sich meldete. Sie sagte ihm, das mache überhaupt nichts, sie sei fast bei der Schule und würde eben auf ihn warten. Kein Problem. Überhaupt kein Problem. Ihre Reaktion wunderte ihn.

»Kann sein, dass Kate vorbeikommt«, fügte Neil noch hinzu. Zu spät fiel ihm ein, dass er damit gegen Susans Bedingung verstieß, das Interview unter vier Augen zu führen. »Sie war heute in Cambridge, aus welchen Gründen auch immer, aber ich kann sie natürlich bitten, woanders zu warten, solange wir das Interview machen.«

»Cambridge«, wiederholte Susan, die immer noch verwirrend munter klang. »Wie interessant!«

»Wahrscheinlich haben Sie beide sowieso eine Menge zu bereden. Dann können Sie sich in aller Ruhe aussprechen.«

»Ja, Sie haben vollkommen recht«, sagte Susan forsch. »Wir müssen uns wirklich aussprechen.«

»Die sind oben in 3C«, sagte der Hausmeister zu Kate, als sie in der Lady Jane Grey ankam. »Die«, dachte sie. Neil musste einen Kameramann oder einen Assistenten dabeihaben. Er hatte ihr erzählt, dass er Steadicam-Aufnahmen plante: langsame Bildläufe durch die leeren Schulkorridore, um die richtige Stimmung einzufangen. »Wie in *Shining*«, hatte er gesagt. »Bloß unheimlicher.«

»Wo ist 3C?«

»Der mittlere Raum im ersten Stock, gleich neben der Treppe zum Musikraum.«

Er zeigte die Richtung mit dem Ende seines Wischmopps. Auf der Treppe zum ersten Stock hielt Kate sich am Holzgeländer fest, das von Tausenden Teenagerhänden glatt gerieben war. All die alten Erinnerungen kehrten zurück und mit ihnen das Gefühl von Angst und Isolation. Sie hasste diesen Ort, und sie wünschte sich schon, sie hätte zu Hause auf Neil gewartet, um mit ihm zu reden.

Das Klassenzimmer war leer, allerdings stand dort ein Kamerastativ. Vermutlich wollte Neil hier ein Interview aufzeichnen; fragte sich bloß, mit wem. Kate setzte sich für einen Moment an eines der Schülerpulte, wo sie auf ihn warten wollte. Nur war sie zu rastlos, um ruhig zu sitzen. Sie musste irgendetwas tun, herumwandern und ihre Gedanken ordnen. Und sie wusste, welches der ideale Platz dafür war.

Hastig stieg sie die Wendeltreppe zum Musikraum hinauf, der früher einmal die Kostümkammer gewesen war. Zu dem Raum, in dem sie sich stundenlang versteckt hatte, den Stoff des Kostüms in den Händen, als wäre er ihr Talisman, der sie schützte. Mit jeder Stufe schwand ihr Mut. Sie wollte nicht hier sein, wollte kehrtmachen und wegrennen. Am liebsten wäre sie für den Rest ihres Lebens gerannt. Sie wollte weder an die Schule denken noch an den grausamen Menschen, zu dem die Schule sie gemacht hatte.

Trotzdem ging sie schließlich in den Musikraum. Die Bodendielen knarrten unter ihren Schritten. Fast hatte sie damit gerechnet, Neil hier oben vorzufinden, auch wenn sie nicht sagen konnte, wieso. Aber es war niemand da. Und es war kalt hier oben. Kate fröstelte und wickelte Mantel und Schal fester um sich. Warum war es so kalt? Und dann hörte sie es, das Quietschen von Angeln. Die Tür zum Dach, dieselbe Tür, die vor Jahren ihre Fluchtluke gewesen war, bewegte sich halb offen im Wind hin und her.

Kate stieß sie auf und trat hinaus. In der Dunkelheit konnte sie die Umrisse von Schornsteinen ausmachen. Obgleich es eisig war, tat es gut, hier zu stehen, dem Abendhimmel und den Sternen so nahe. Sie atmete tief ein und erinnerte sich, wie sie sich gefühlt hatte, wenn sie früher hierhergekommen war: eine Empfindung wie – nein, keine Freude; niemals Freude. Freiheit, ja die war es gewesen. Das Dach war der einzige Ort an der Schule gewesen, wo sie frei sein konnte.

Sie hörte ein Atmen. Es war nicht ihres. Sofort lief ihr ein Schauer über den Rücken, und sie hielt sich an der Mauer fest. Einer der Schornsteine schien sich zu bewegen. Dann tauchte eine große Gestalt aus der Dunkelheit auf: dunkles Haar, dunkle Kleidung, blasses Gesicht. Kate sah nur eine Silhouette, erkannte aber gleich an der aufrechten, selbstbewussten Haltung, wer es war: Susan Sullivan.

»Hallo, Kathryn«, sagte Susan, deren Stimme so klar, autoritär und selbstzufrieden klang wie eh und je. »Dein Mann will mich interviewen. Er ist nur kurz losgelaufen, um irgendeinen Snack zu holen.« Sie sprach das Wort »Snack« mit Anführungszeichen. »Einen Kebab, schätze ich, bei einem der gruseligen Läden am Bahnhof. Als er mir sagte, dass du vielleicht herkommst, dachte ich mir, ich warte am besten hier auf dich.«

Kate hielt sich immer noch an der Mauer fest und wartete, dass sich ihre Augen an die Dunkelheit gewöhnten. Sie wollte etwas sagen, aber ihr blieben die Worte im Halse stecken. Sie sah, dass Susan direkt am Dachrand stand.

Susan fuhr fort: »Das hier war dein Lieblingsplatz, nicht

wahr? Wir standen früher immer unten auf dem Schulhof und haben zu dir raufgeguckt. Ich glaube, du hast es nie gemerkt. Wir haben Wetten abgeschlossen, ob du springst oder nicht, und, falls ja, ob du dabei stirbst. Ich sollte dich wohl bewundern, weil du dich nicht feige aus der Affäre gezogen hast. Wir sind uns womöglich ähnlicher, als ich früher je gedacht hätte. Nicht wie Hattie. Sie ist gesprungen. Feige.«

»Hattie wurde ermordet.« Kate merkte, dass ihre Stimme wie ein Krächzen klang. Sie trat einen Schritt auf Susan zu, behielt ihre Finger allerdings an der Mauer nahe der Tür.

»Glaubst du das wirklich?«

Kate meinte ein Lächeln in Susans Gesicht zu erkennen.

»Denkst du allen Ernstes, dieser lächerliche kleine Mann hat sie vor die U-Bahn geschubst?« Susan lachte, was in der Abendluft klirrend klang. »Nein, Hattie hat sich umgebracht, und das wissen wir beide.« Sie legte eine Pause ein, und als sie weitersprach, war ihr Tonfall anders, hochnäsig – wie er zu einer eleganten Gartenparty gepasst hätte. »Dein Mann hat mir erzählt, dass du heute in Cambridge warst. Hat es dir Spaß gemacht, die Geister der Vergangenheit zu besuchen?«

Kate spürte den Mörtel zwischen den Mauersteinen, der ihr Halt zu geben schien. Sie durfte die Mauer unter keinen Umständen loslassen. »Heather«, sagte sie. »Das Mädchen, das gestorben ist. Was genau ist da passiert?«

»Ach, warst du denn nicht dabei?« Jetzt lächelte Susan eindeutig, denn Kate konnte ihre weißen Zähne in der Dunkelheit blitzen sehen. »Tja, weißt du, ich habe mir das Hirn zermartert, ob du da warst oder nicht, als es geschah. Aber, um ehrlich zu sein, erschien es mir eigentlich nicht von Belang, ob du dabei warst.«

Kate nahm all ihren Mut zusammen, um an dieser Stelle nachzuhaken. »Was ist mit Heather passiert?«

Sie erntete ein abfälliges Lachen. »Ach, wir haben ihr bloß gesagt, dass sie sich bestimmt nicht traut, oben auf der Mauer zu balancieren. Vielleicht hat eine von uns auch ein lautes Geräusch gemacht, sie erschreckt, und da ist sie eben runtergestürzt.«

»Du hast sie gestoßen«, sagte Kate, die sich auf einmal sicher war. Sie meinte es sogar vor sich zu sehen; vielleicht handelte es sich um eine echte Erinnerung.

Aber Susan lächelte immer noch. Wieder sah Kate ihre Zähne weiß in der Dunkelheit leuchten, und sie konnte nicht umhin, sich zu fragen, ob Susan sie kosmetisch behandeln ließ. Ihre Zähne kamen Kate zu groß und zu weiß vor.

»Kann sein, dass wir einfach sehen wollten, ob sie oben treibt«, sagte Susan lachend. »Nein, Kate, glaub mir, das war ein Unfall.«

»Und warum habt ihr dann nichts gesagt?«

»Ach, komm schon! Die hätten uns wegen des Trinkens und der Drogen ausgequetscht. Am Ende wären wir noch von der Lady Jane verwiesen worden. Und das war nun wirklich nicht das, was wir uns auf unseren Bewerbungsbögen für die Uni wünschten.«

»Du, Hattie und Serena, ihr habt das alles die ganzen Jahre über für euch behalten?«

»Genau wie du«, entgegnete Susan, die auf einmal unnachgiebig und eisig klang.

»Ich wusste von nichts.«

»Ach nein? Oder hattest du alles praktischerweise vergessen?«

Kates Augen hatten sich nun endlich an die Dunkelheit gewöhnt, und sie sah Susan recht klar. Sie trug einen maßgeschneiderten dunkelgrünen Regenmantel, denselben, den sie auch bei Hatties Trauerfeier getragen hatte, sowie ein Paar glänzender Lederstiefel mit hohen Stahlabsätzen. In dieser Aufmachung stand sie auf dem Dach, vollkommen angstfrei, die Hände in die Hüften gestemmt und ein keckes Lächeln auf den Lippen. In dem Moment war Kate sich sicher. »Du hast Serena umgebracht.«

Susan lächelte noch immer gänzlich ungerührt.

Eine halbe Ewigkeit hatte es gedauert, bis Neils Rogan Josh fertig war. Mit einem breiten Grinsen reichte ihm der Kellner eine braune Papiertüte. Das Poppadum war umsonst, und die Tüte roch nach warmen, würzigen Wohltaten. Neil sah auf sein Handy: Keine Nachricht von Kate. Durch die kalten, windgepeitschten Straßen lief er zurück zur Lady Jane Grey, vorbei an dem Wohnblock, in dem Atkins gelebt hatte und gestorben war.

Für Kate fügten sich jetzt endlich alle Puzzleteile zusammen. »Mr. Atkins hatte gar nichts mit ihrem Tod zu tun, nicht wahr? Weder bei Hattie noch bei Serena. Es war reiner Zufall. Er hatte von Hattie und Serena gelesen und angefangen, ihnen nachzustellen wie all den anderen früheren Schülerinnen. Nur dass es Hattie unnatürlich große Angst eingejagt hat, und das hing mit dem zusammen, was mit Heather geschehen ist.«

Kate begriff, dass Atkins' anonyme Briefe Hattie in den Wahnsinn getrieben hatten, weil sie eine Verbindung zu ihrer Mitschuld an Heathers Tod hergestellt hatten. In ihrem Rausch hatte sie geglaubt, sie würde für das bestraft, was sie mit Heather getan hatte. »Hattie und Serena haben beide Angst gekriegt, stimmt's? Sie haben festgestellt, dass sie beide anonym bedrängt wurden. Sie müssen miteinander geredet und herausgefunden haben, dass sie beide solche merkwürdigen Briefe erhielten. Und als Hattie dann so grausam ums Leben kam, ist Serena in Panik geraten. Sie wollte wissen, was Hattie vor ihrem Tod zu mir gesagt hat. Deshalb hat sie sich so gefürchtet.«

»Die gute Serena hat einfach zu gern geredet. Sie hätte sich gewiss bestens mit deinem Mann verstanden, denn sie mochte es, alles und jedes bis ins Letzte zu zerreden«, sagte Susan. »Das war wirklich ihre einzige Schwäche. Na ja, das und ihr Gewichtsproblem. Sie *liebte* es zu reden. Glaub mir, sie war der letzte Mensch, dem man ein Geheimnis anvertraut hätte. Ich sah, wie sie dich bei Hatties Trauerfeier ansprach, und mir war klar, was sie dir erzählen wollte. Also bin ich am nächsten Tag bei ihr vorbeigefahren. Sie wollte geradezu verzweifelt alles ausplaudern. Bei meiner Ankunft wartete sie auf dich, um von dir zu hören, wie viel du weißt. Stell dir vor, sie wollte dir alles erzählen! Sie meinte: ›Kathryn wird wissen, was wir machen sollen.‹ Dann hat sie von deinem Mann geredet, dass er Geschichten recherchiert. Ich glaube, sie hat sich vorgestellt, dass er rausfinden könnte, wer sie verfolgte. Eigentlich ist es wirklich witzig, wenn man bedenkt, dass er es am Ende tatsächlich herausgefunden hat. Aber das tut nichts zur Sache. Entscheidend ist, dass sie euch beiden erzählen wollte, was mit Heather passiert ist. Und nicht bloß das, sie hatte sogar vor, mit der Sache an *die Öffentlichkeit* zu gehen.«

Die Worte »die Öffentlichkeit« sprach sie mit solchem Ekel aus, als wäre es das Schlimmste überhaupt.

»Und da musste ich sie erwürgen.«

Susan blickte von Kate weg hinunter zum Schulhof. »Ich wünschte, sie hätten nicht entdeckt, dass es kein Selbstmord war. Alles hätte so sauber und ordentlich aussehen können.«

Plötzlich machte Susan einen Schritt auf Kate zu. Sie streckte die Hand aus, und ehe Kate klar wurde, was geschah, schlang sich Susans Arm um ihre Taille und riss sie zur Dachkante. »So sauber und ordentlich, dass ein weiterer Selbstmord niemanden mehr wundert.«

Kate bewegte sich schnell. Sie schaffte es, mit einer Hand Susans Haar zu packen und ihr den rechten Ellbogen in den Hals zu rammen. Susan gab einen erstickten Laut von sich und lockerte kurzzeitig den Griff um Kate, klammerte sich jedoch sofort an deren Mantel fest. Kate bekam den Gürtel von Susans Trenchcoat zu fassen und trat sie mit dem rechten Knie. Susan krümmte sich vor Schmerz. Wir beiden kämpfen um unser Leben, ging es Kate durch den Kopf. Die große, athletische Susan, der Lacrosse-Star der Schule, gegen die drahtige, durchtrainierte Kate. Sie hat nicht damit gerechnet, dass ich so stark bin, dachte Kate verbissen, als sie Susan von sich stieß. Der Metallabsatz ihres Stiefels verfing sich im Gitter an der Dachkante, und Susan knickte der Knöchel um. Die große Frau rutschte – und fiel. Sie verlor den Halt, sodass ihre Beine bereits über den Rand hingen.

Es war reiner Instinkt, ja, es musste Instinkt sein, denn Kate wollte Susan gar nicht das Leben retten. Aber irgendetwas brachte sie dazu, nach Susans Handgelenken zu greifen und sie festzuhalten. Sekunden vergingen, bis Susans beide Hände Kates Unterarme umfassten. Es mutete wahrlich absurd an, dass sie beide sich aneinander festhielten. Kate gelang es, sich mit dem Po hinter die niedrige Kante zwischen Dachschindeln und Mauerwerk zu hocken, die Beine gespreizt und die Füße fest gegen die kleine Erhebung gestemmt. So versuchte sie, das Gleichgewicht zu halten, während sie gegen Susans

Gewicht nach hinten zog. Sie hatte das Gefühl, ihr würden die Arme ausgekugelt, und unweigerlich fragte sie sich, wie lange sie noch durchhalten konnte. Susan bemühte sich, mit den Füßen Halt an der Mauer zu finden, drehte und wand sich, was den Schmerz in Kates Armen fast unerträglich machte. Deutlich konnte sie Susans Gesicht sehen: entschlossen, stark, verbissen. Ihr eigenes sah wahrscheinlich ähnlich aus.

Kate hatte keine Ahnung, warum sie nicht einfach losließ – und vor allem, wie sie es schaffte, nicht loszulassen. Aber sie schaffte es. Ihre Hände hielten Susans Handgelenke fest umklammert, und schließlich, als sie bereits glaubte, sie könnte das Gewicht der anderen keine Sekunde länger halten, musste Susan mit den Füßen ein Loch im Mauerwerk, einen Vorsprung oder ein Rohr gefunden haben, denn auf einmal war das Zerren in Kates Schultern weg. Und so entdeckte Neil sie beide, als er auf den Schulhof geschlendert kam: Kate, die Susan das Leben rettete – grundlos, instinktiv.

Dreissig

Die Wohnung war geradezu beklemmend sauber. Die viel zu große dreiteilige Sitzgarnitur im kleinen Wohnzimmer war mit durchsichtigen Plastikschonbezügen bespannt. Unbehaglich hockte Kate auf der Sofakante und achtete darauf, ihren Becher mit starkem Tee ordentlich auf den Untersetzer auf dem Couchtisch zu stellen. Hier fühlte sie sich an ihr früheres Zuhause erinnert: alles äußerst ordentlich und kein bisschen gemütlich.

Heathers Mutter war eine sehr gepflegte Frau mit kurzem getöntem Haar, großen goldenen Ohrringen, einem Siegelring am Finger und mehreren Halsketten. Kates Mutter hätte sie als »gewöhnlich« beschrieben, ohne zu begreifen (oder nur allzu gut wissend), wie ähnlich sie ihr war.

Mrs. Clark war misstrauisch geworden, als Kate vor ihrer Tür stand. »Eine Freundin von Heather? Sie wissen aber schon, dass Heather seit zwanzig Jahren tot ist, oder?«

Trotzdem hatte sie Kate hereingebeten, ihr einen Tee gemacht und wartete nun im Sessel gegenüber auf das, was Kate ihr zu sagen hatte.

Kate war nicht sicher, warum sie hergekommen war. Vielleicht trieb sie dasselbe Gefühl von Schuld und Verantwortung an, das sie vor Wochen dazu gebracht hatte, Hatties Mutter zu besuchen. Sie wollte sich von einer Last befreien, und sie fand, dass Mrs. Clark erfahren musste, was genau geschehen war.

»Ich war in Cambridge, als Heather starb. Das alles tut mir entsetzlich leid.«

Für eine Sekunde verkrampfte Mrs. Clark sich. Dann zuckte sie mit den Schultern und nippte an ihrem Tee. Kate bemerkte die Fotos auf dem Kaminsims: sommersprossige Enkelkinder, ein paar Hochzeitsbilder und, eingeklemmt in den Rahmen eines anderen Fotos, ein kleineres von Heather. Sie musste ungefähr dreizehn Jahre alt gewesen sein und trug ihre Schuluniform. »Ich habe ihr gleich gesagt, dass Cambridge nichts für Mädchen wie sie ist«, sagte Mrs. Clark unvermittelt. »Ich habe ihr gesagt, sie soll da nicht hinfahren.«

Mrs. Clarks Bemerkung klang so, als habe Heathers Wunsch, in Cambridge zu studieren, ihr Traum von einer solchen Universität, erst zu ihrem Tod geführt. In gewisser Weise stimmt es vielleicht, dachte Kate. »Sie war so aufgeregt, dort zu sein. Es ist bloß, dass sie ...«

Was wollte sie sagen? Und vor allem: Was wollte Heathers Mutter hören? Kate hatte sich vorgestellt, ihr die ganze Geschichte zu erzählen. Und hinterher würde ihr Mrs. Clark vergeben, ihr Absolution erteilen. Aber nun, hier in diesem Wohnzimmer, in dieser Wohnung, erinnerte sie alles so sehr an ihr eigenes Zuhause, dass sie es einfach nicht konnte. Keine Mutter wollte hören, dass ihr Kind gemobbt worden war. Also hielt Kate sich stattdessen an die Fakten. »Heather wurde zum Trinken gedrängt. Sie hatte sich einigen boshaften Mädchen angeschlossen, zu denen ich auch gehört habe. Und wir setzten sie unter Druck. Sie – wir – haben sie überredet, auf der Mauer am Fluss zu balancieren. So ist sie gestorben.«

Und Mrs. Clark tat nichts weiter als zu nicken, als hätte Kate soeben bestätigt, was sie längst wusste. »Tja, wie ich schon gesagt habe. Cambridge ist nichts für Mädchen wie sie.«

Neil wartete draußen im Wagen. Kate öffnete die Beifahrertür, stieg ein, knallte die Tür wieder zu und schwieg. Neil stellte das Radio ab. »Und?«

»Sie hat sich überhaupt nicht aufgeregt. Als wäre es ihr vollkommen egal.«

»Das ist alles lange her. Sicher hat sie vor Jahren schon mit der Sache abgeschlossen. Und dir ist doch klar, dass du eigentlich nur hergefahren bist, damit du dich besser fühlst.«

Kate stieß einen Laut irgendwo zwischen Lachen und spöttischem Grunzen aus. »Ja, wahrscheinlich.«

»Und? Fühlst du dich jetzt besser?«

Neil blickte seine Frau an, die ihn allerdings nicht anschaute. Sie versuchte, etwas zu sagen, schien aber nicht die richtigen Worte zu finden. »Ich fühle mich einfach nur so schrecklich schuldig«, murmelte sie schließlich.

»Jeder macht sich irgendwann schuldig«, sagte Neil. »Du hattest eine beschissene Zeit an der Schule, und dann hast du deinen Frust an anderen ausgelassen. Das ist nur verständlich.«

»Ja, aber bloß weil es verständlich ist, wird es deshalb nicht gleich richtig. Oben auf dem Dach hat Susan etwas Interessantes gesagt. Sie meinte, dass wir uns ähnlicher seien, als sie gedacht habe. Und daran muss ich immerzu denken. Mich trifft Schuld, weil ich mit der ganzen Geschichte zu tun hatte.«

»Kate, sei nicht albern! Susan hat Serena umgebracht. Sie hat sie erwürgt, und sie hat versucht, dich umzubringen. Sie ist eine Mörderin, eiskalt und böse. Egal wie gemein du dich vielleicht verhalten hast, du hast nie jemanden getötet. Niemals. Jeder trifft seine Entscheidungen im Leben selbst. Heather hatte entschieden, sich euch anderen anzuschließen, obwohl ihr sie schrecklich behandelt habt. Hattie entschied, sich vor die U-Bahn zu stürzen, und Susan entschied zu töten. Du hast nichts weiter getan, als ein bisschen fies zu einigen wenigen Leuten zu sein. Und dann hat dich dein Gewissen eingeholt, und du hast die Selbstgerechte gegeben.«

»Du hast recht. Ich bin eine selbstgerechte Kuh.« Kate fühlte sich tatsächlich besser, und sie genoss es, wenn sie so unverblümt miteinander redeten. Solche Momente der gnadenlosen Offenheit hatten früher einen festen Bestandteil ihrer Beziehung gebildet. Vielleicht gelang es ihnen ja doch, endlich wieder zusammenzufinden. »Trotzdem möchte ich etwas tun. Ich möchte etwas gegen dieses entsetzliche Mobbing unternehmen. Es kann doch nicht immer so weitergehen, dass Teenager, die von anderen gequält werden, sich selbst zu Tyrannen entwickeln. Mich würde nicht mal wundern, wenn Susan in ihrer frühen Kindheit von anderen gemobbt wurde, in der Vorschule vielleicht. Das muss aufhören. Ich möchte etwas dagegen tun.«

»Okay. Und was?«, fragte Neil grinsend.

»Keine Ahnung. Mich irgendeiner Organisation anschließen, Beratungsgespräche führen, Lehrerin werden, Pflegemutter für einen schwierigen Teenager ... ein Buch schreiben. *Irgendwas.*«

»Willkommen zurück im Leben, Kate Callan«, sagte Neil, hob ihre rechte Hand an seine Lippen und küsste sie.